有川 浩
Hiro Arikawa

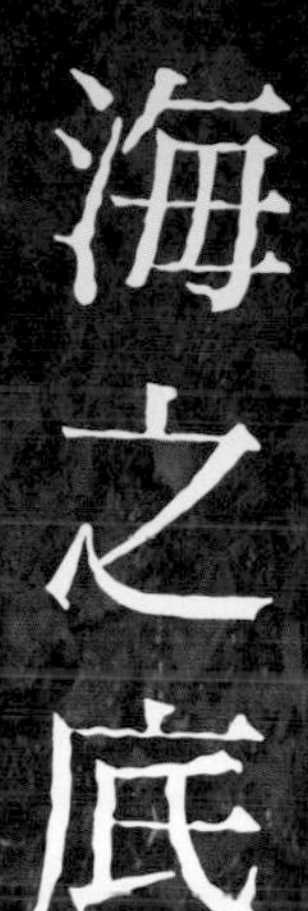

海之底

導讀

有川浩旋風席捲出版界！二〇〇四年二月，在輕小說海平面上形成的這個颱風，挾著一股強大力量漸漸增強，在一般文學書單行本的平台上登陸。接著更輕而易舉超越原有的分類及媒體架構的高牆，以壓倒性的姿態睥睨日本文藝娛樂界。

談到撰寫逼真的懸疑冒險小說，當然還有其他名家。至於擅長寫扣人心弦的青春小說、或是喜感十足的逗趣愛情，日本小說界也不乏優秀作家。不過，能將這三項要素以如此高水準呈現在長篇小說的，就屬她一人！尤其是她筆下描寫那些在團體中努力不懈的專業男性們，個個英姿煥發。這類獨特的文風至今無人能仿效。

她從將現代寫實的「怪獸小說」具體化的《鹽之街》、《空之中》、《海之底》（通稱「自衛隊三部曲」）出發，在接下來的《圖書館戰爭》系列作品裡，一舉將創作領域拓展到「軍事愛情喜劇」的新天地。對於一般讀者，有川浩也以嚴肅的愛情小說或文學小說來證明自身實力。在此，先以各個系列來簡單回顧有川浩的創作歷程。

《鹽之街》

榮獲二〇〇三年第十屆電擊小說大賞，相當值得紀念的初試啼聲代表作。二〇〇四年由電擊文庫以《鹽之街wish on my precious》的書名出版，更在二〇〇七年加入四篇番外短篇後重新修訂，以《鹽之街》為名出版精裝單行本小說。

故事背景架構在近未來（或可稱為平行世界）的日本。某天，直徑五百公尺的白色隕石狀物體以迅雷不及掩耳之勢墜落在地球上。同一時間，發生了人類變化成鹽柱的詭異現象（一般稱之為「鹽害」），光是日本地區的死亡人數便估計多達八千萬人。文明社會在一瞬間崩潰，劫後餘生的人們逃到農村，過著自給自足的貧乏生活……

小說的前半段淡淡地描寫因鹽害失去家人的女孩和同住的男子生活的情景，然而，故事到了後半段，男子真實身分揭曉後節奏一變，一口氣帶動起有川風格。

重新拜讀後，才了解到本書其實已幾乎包含所有有川浩作品的特色——科幻背景的設定；比起解開危機的科學之謎更著重在因應面；大團體旗下一群專業男子大顯身手的英雄式小說；不擅言詞、個性笨拙的腳踏實地型主角搭配圓滿周到、伶牙俐齒的配角；讓人看了心焦的超緩慢戀情發展……唯一稍嫌薄弱的逗趣愛情要素，也由收錄於精裝本的幾篇番外短篇精彩補足；堪稱是有川浩的原點。

《空之中》

基本上可說是「沒有超人力霸王（註1）的超人力霸王」，或是將金子修介導演在電影「卡美拉 大怪獸空中決戰（註2）」中所呈現出的意象（摒棄過去怪獸電影制式化的描寫，改以具體懸疑情節敘述的手法）在小說世界裡重現的科幻冒險鉅作。

故事發生在四國海域高度兩萬公尺的高空中。民營超音速噴射機開發小組的測試機和自衛隊軍機相繼在同一片領空發生了神秘的意外，似乎有相當巨大的不明飛行物飄浮在上空。民營事故調查委員會委員——春名高巳造訪自衛隊基地，與失事當時駕駛同一小隊另一架軍機的女飛行員武田光稀一同前往事故領空展開調查。

另一條故事線的主角是住在高知市近郊的高中生——齊木瞬。瞬在海邊撿到了類似水母的不明生物，將其取名為「費克（FAKE）」。費克擁有任意操縱電波訊號的能力，透過瞬過世的父親留下的手機，以生澀的語言和他交談……這部分就成了「E・T」風格的青少年科幻路線。以使用方言的筆法鮮活重現高知當地的氣氛，充滿青春小說的寫實風格。

兩線故事夾雜敘述，在後半段合而為一時展現出一幅雄偉浩大的景象。這部傑作在現代小說中，重新鮮活地感受到兒時首次看到「超人力霸王」瞬間的感動與激情。

註1：日文原書ウルトラマン。
註2：電影「ガメラ 大怪獸空中決戦」，一九九五年。

《海之底》

主角為海上自衛隊，敵人則是神秘的巨大螯蝦群，人稱「帝王蝦」。在有川作品中少見地以密室發生的緊湊故事為主軸。

主要的故事舞台為停泊於美軍橫須賀基地的海上自衛隊親潮級潛艦「霧潮」。在接獲命令準備啟航時，卻因不明緣故陷入無法航行的狀態。於是艦長做出決定，要艦上所有人員撤退；然而當艦組人員步出霧潮艦時，目睹的竟然是一群體型大如人類的甲殼類生物捕食基地人員的淒慘畫面……

小說主角是海上自衛隊的一組年輕自衛官，夏木大和與冬原春臣。兩人雖然帶領十三名參加基地教學觀摩活動的兒童逃進了霧潮艦，卻也因此而行動受限。另一方面，地面上則由神奈川縣警官和警政廳參事組成特勤小組，為擬定因應帝王蝦來犯對策而奔走……是一部描寫現場一群男子拚盡全力奮鬥的災難科幻小說，情節緊湊，一氣呵成。有如以「大搜查線」加「卡美拉2 雷基歐來襲（註3）」為主軸，探索理想的英雄形象。

《クジラの彼》、《ラブコメ今昔》

兩部都是聚焦在自衛隊隊員的戀愛小說集。《クジラの彼》收錄的六篇故事中，「ファイタ

ー・パイロットの君」是《空之中》的支線短篇。描寫的是春名高巳和武田光稀的「後續發展」。此外，書中同名短篇以及「有能な彼女」中也出現了《海之底》的人物（冬原春臣與中峰聰子、夏木大和與森生望兩對情侶）。

《ラブコメ今昔》同名短篇，講的是習志野第一空降部隊的大隊長，被一名新任公關部軍官無理要求：「讓我採訪你結婚的經過啦！」兩人展開一逃一追的輕鬆喜劇。至於另一篇「青い衝擊」，敘述一名妻子對於隸屬Blue Impulse小組一員的丈夫感到不安，是有川浩對於心理懸疑風格的全新挑戰。

圖書館戰爭系列

《圖書館戰爭》、《圖書館內亂》、

《圖書館危機》、《圖書館革命》、

《別冊圖書館戰爭1》+《雨林之國》

系列作品總計熱賣一百一十萬冊，成為超級暢銷大作，並已改編成動畫躍上電視螢幕，堪稱有川浩的代表作。

構想起源於日本圖書館協會於一九五四年通過的「圖書館的自由宣言」（一九七九年部分修

註3：電影「ガメラ2 レギオン襲來」，一九九六年。

訂）。一、圖書館有收集資料的自由。二、圖書館有提供資料的自由。三、圖書館必須保守使用者的秘密。四、圖書館得以拒絕所有不當的檢閱。圖書館的自由被侵犯之時，吾輩必團結力守自由。

《圖書館戰爭》系列作品以平行虛構的日本社會為背景。在此，五項「宣言」不單單只是理念，而是賦予武力行使正當性的基本法，架構出一部圖書館動作推理（也包含愛情喜劇）鉅作。

故事從正化三十一年的日本揭開序幕。昭和最後一年，為取締擾亂公共秩序、善良風俗而制定了「媒體優質化法」。反對人士對此期待將前述的「宣言」提升為圖書館法，以作為對抗支持審查圖書館一派的核心勢力。三十年過去——總部設在法務省的優質化委員會，在各都道府縣都配置了合法審查的執行部隊，也就是優質化特務機關。另一方面，圖書館方面也增強防禦力，編制警備隊。

「時至今日，兩組織的抗爭本身已具有超越法規的特性。只要抗爭不侵害公共物品以及個人的生命與財產，司法也不會介入。」在這樣的狀況下，「圖書館也擁有了設置在全國十個區域裡用來訓練圖書防衛員的根據地——圖書基地」。

……在這些說明下，看來像是嚴肅的社會寫實類情節。然而，故事一開始就是新進圖書館員女主角（衝動魯莽型）被魔鬼教官嚴格操練的趣味新兵訓練喜劇。整個系列的基本架構就是兩人讀來令人難為情的戀情發展，以及周遭極具吸引力的人物們所交織出的青春喜劇（同時可見圖書隊與優質化特務機關的對峙）。

本篇在《圖書館戰爭》、《圖書館內亂》、《圖書館危機》及《圖書館革命》四冊告一段落。之後由番外短篇系列接棒發展，目前描寫笠原與堂上甜蜜關係的《別冊圖書館戰爭Ⅰ》已經出版。於二〇〇八年春天播放的動畫「圖書館戰爭」則是以《圖書館戰爭》為原作。至於漫畫版，已有弓黃色的《圖書館戰爭ＬＯＶＥ＆ＷＡＲ》以及《圖書館戰爭ＳＰＩＴＦＩＲＥ！》兩冊單行本出版（註４）。

此外，《雨林之國》則是將《圖書館內亂》裡出現的虛構小說實際出版的支線長篇故事之單行本，是有川浩作品中唯一一本系列作品純戀愛長篇小說。

《阪急電車》

以關西大型民營鐵道公司阪急電鐵所擁有的路線中規模最小，全長僅有九．三公里的阪急今津線為舞台，描寫在電車中上演的種種人生風貌。

從寶塚到西宮北口，單程不過十五分鐘，「載著每個人的故事，電車駛在不往任何地方的軌道上」（摘自本文）——就這樣，由偶然搭乘同一列電車的人們交織出的一個個小故事填滿往返旅程。

與在圖書館遇見過的心儀女孩，於列車上再度重逢的二十多歲上班族。在籌備婚禮時遭前男友劈腿，於是穿著白紗闖入男友婚禮的豪氣粉領族。還有帶著伶俐孫女、個性堅強的時江。空有

註４：以上為日本出書時間。

帥氣臉孔卻腦袋空空的暴力男，和遲遲無法分手的女人……

由於搭乘時間短暫，無法鋪陳出太長的情節，每一個場景鮮活切割出人生的一小格，展現有愛、有笑、有淚的人生百態。沒有華麗的打鬥、超帥氣的男主角，也沒有甜蜜的逗趣愛情，這本小說可說將有川浩向來擅長的技巧完全封印，卻更能藉此清楚體認到作家有川浩的實力所在，同時也獲得輕小說及科幻類作品之外的讀者群廣大支持，更進一步拓展個人創作領域。

以上簡略介紹有川浩至今已出版的著作。進入文壇僅僅四年就躍升為娛樂小說界一線作家的有川浩，其日後的精彩表現將值得矚目！

大森 望

Ohmori Nozomi

一九六一年生。
譯者、評論家。
主要著作有《現代SF1500冊》、《特盛！SF翻譯講座》、《ライトノベル☆めった斬り！》（三村美衣 合著）、《文学賞メッタ斬り！》（豊崎由美合著）等。

海之底

umi no soko

1,000

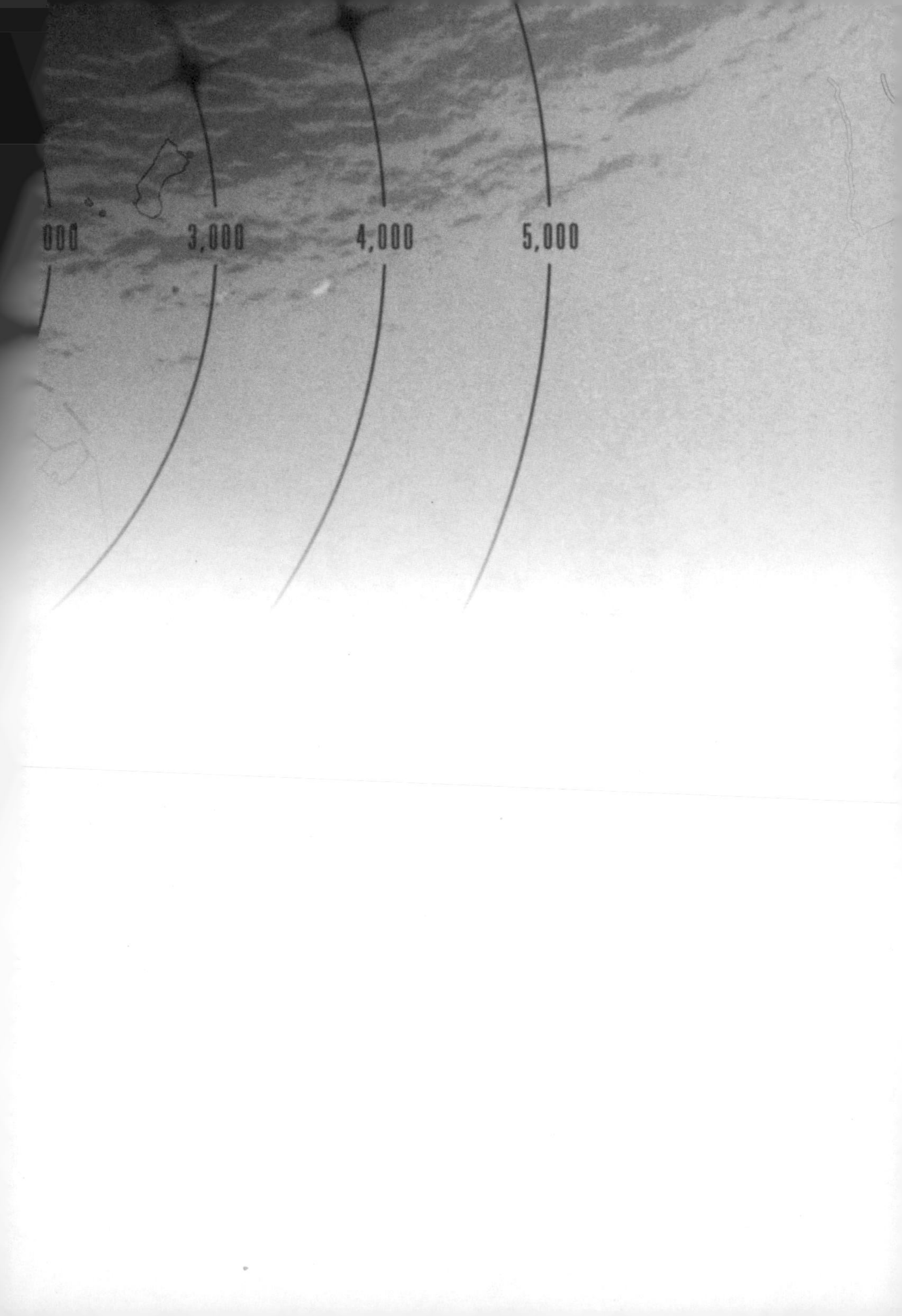
000
3,000
4,000
5,000

C O N T E N T S

時值春季寧日。
天氣晴朗，海面之下卻暗生動盪。

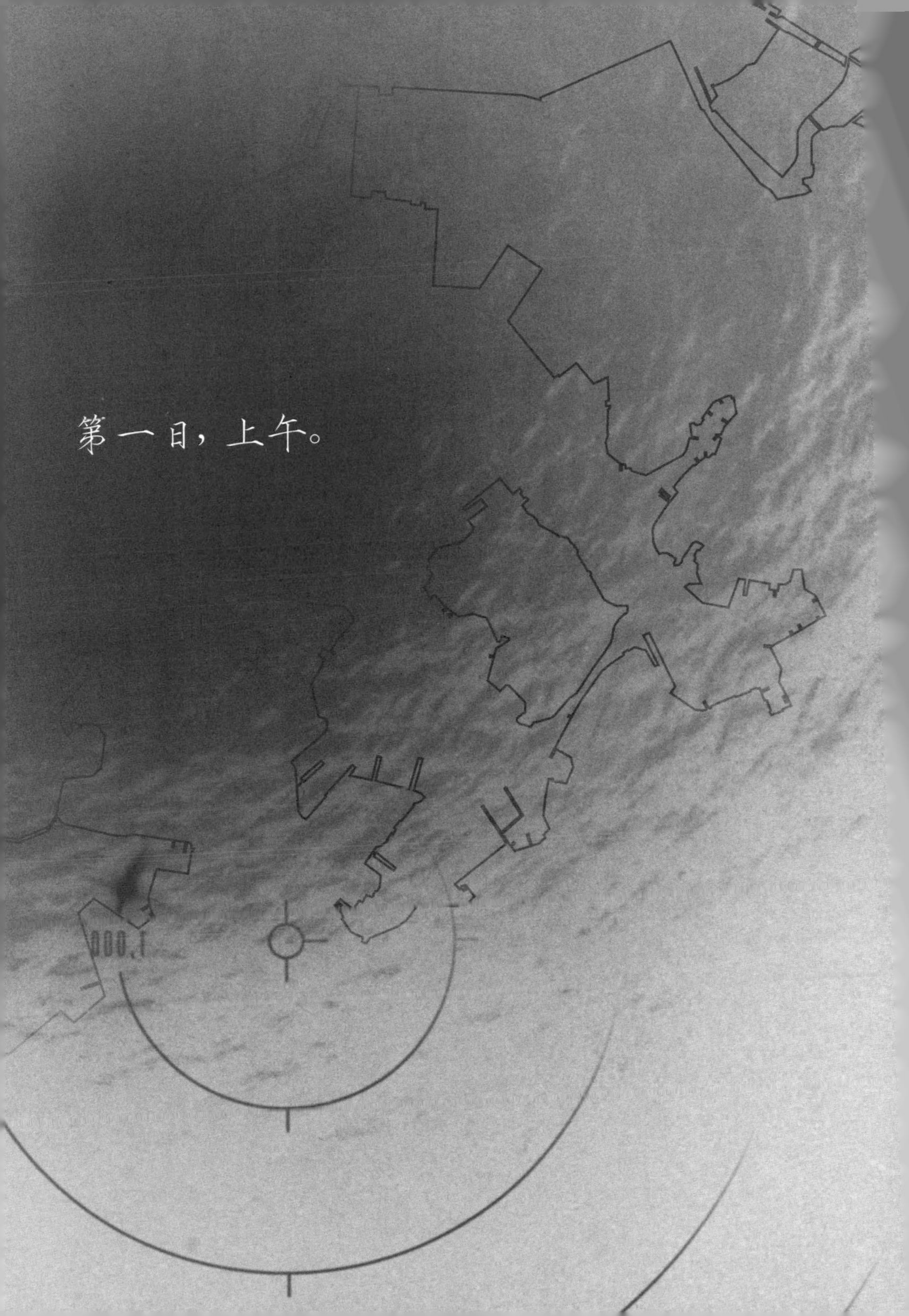

第一日，上午。

美軍橫須賀基地每年都有幾次機會開放供民眾參觀。

春天的櫻花祭即是其中一次。雖然曾有幾年受世界情勢影響而停辦，但每回舉辦時都有儀隊遊行及戶外品茶等活動，廣受民眾好評。不光是一般民眾，衝著展示船艦而來的戰艦迷也會蜂擁而至，因此大門前總是大排長龍，等著接受隨身物品檢查。

至於想在大門前拍照留念而被鄰近派出所員警警告的觀光客，更是每回可見（最壞的情況是被基地警衛斥責一番，沒收底片；所以只被派出所員警警告已經算是好的了）。

不過，櫻花祭的盛況對於靠岸期間的海上自衛隊潛水艇水手而言，並無太大干係。

＊

長浦與橫須賀兩港的軍用設施幾乎盡屬美軍所有。

然而，縱使建蔽率遠不如人，海上自衛隊的設施依舊占有一定比例；橫須賀地方司令部便位於其中的逸見公所。

這些海上自衛隊設施大多位於長浦港的港灣沿岸，與美軍基地隔岸對望；但某些設施卻設置於美軍基地之中。

地跨楠浦鎮與泊鎮的美軍橫須賀基地裡，最具代表性的海上自衛隊設施便是反潛作戰中心與第一日，上午。

第二潛水聯隊司令部。

一進入美軍基地，便可看見一棟四方形建築物與基地旁的大榮超市比鄰而立，那棟建築就是反潛作戰中心。而經過兩個船塢的距離再往裡頭，便是第二潛水聯隊司令部與潛艇碼頭。

這一天，潛艇碼頭停靠著號稱海上自衛隊最新型潛艇的親潮級潛水艇——近幾年剛服役的第十一號艦「霧潮號」兩天前便已入港。

靠岸期間潛艇內採三班制，此時「霧潮號」內的人員為出航時的三分之一，約有二十幾人。其中又包括兩名實習幹部——夏木大和少尉與冬原春臣少尉。

「今天真是風光明媚啊！」

夏木在潛艇上做著伏地挺身，同時喃喃說道。

他身旁的冬原也一面伏地挺身，一面回答：

「現在是櫻花祭，女性遊客也多嘛！放眼望去，人潮五顏六色……一九三。」

「這種日子裡，為什麼我們得在甲板上做伏地挺身啊……一九四。」

「夏木老弟，你該不會忘了理由吧？一九五。」

「我可沒說實際試試看之類的蠢話。一九七。」

「原因明明出在你身上啊，冬原！一九六！」

此時，在艙口附近站崗的老士官長怒吼：

「喂！聊什麼天，還不快做！這是處罰！」

在海上自衛隊，年資原本便強過官階；而在從小兵一路苦幹上來的老士官長跟前，實習幹部更是形同孩童。尤其這位村田一等士官長握有許多他們的把柄，他們向來抬不起頭；即使官階較高，也只有挨罵的份。

兩人同時高喊：「了解！」一口氣做完剩下的三次伏地挺身。

結束兩百回伏地挺身之後，夏木與冬原巴不得就地攤平；無奈潛艇的黑色外殼吸熱極快，早將甲板化為大暖爐，他們只得坐著休息。

村田一等士官長板著威嚴的臉孔，狠狠地瞪了他們一眼。

「學乖了以後就別在船上鬧事！」

不過我看說了也是白說——村田又苦著臉加上了這一句。夏木與冬原如同被斥責的壞孩子一般，縮了縮脖子。

「你就當成是大家有志一同，進行反恐演習嘛！」

夏木咕噥著，村田聽了又是怒目相視。

「什麼有志一同啊？白癡！這種行為叫胡鬧！要是艦長換作別人，你們早被開除了！」

事情的起因是夏木與冬原的閒聊。「假如靠岸期間被水鬼摸進船裡，該怎麼辦？」冬原丟了這道問題給夏木，於是夏木代表潛艇，冬原代表水鬼，開始了沙盤推演；他們越談越起勁，把周圍的年輕軍官們也引來，在餐廳裡開起了盛大的討論會——到此為止，村田及其他幹部還能面帶微笑地旁觀年輕人的熱忱與幹勁。

問題發生在之後——

夏木主張潛艇能防衛敵襲，冬原卻堅持水鬼能控制潛艇，向來不服輸的夏木便點燃了戰火：「那我們來試試看啊！」——接下來的發展便不言而喻了。

「這類話題本來就是紙上談兵才有趣，夏木，你實在該學著理解清談的雅趣。」

冬原毫不慚愧地將過錯推到夏木頭上，其實他當時並未出言勸阻，也是同罪。

他們募集有志一同的弟兄於黎明時分進行模擬戰，卻把不明就裡的船員（主要為幹部及老士官長）全拖下水，造成了一場全體船員互毆負傷的大混亂。

艦長將兩名主嫌傳喚至艦長室，太陽穴上青筋暴現，彷彿有條蚯蚓爬在上頭。

呃，我們該不會被開除吧？夏木偷眼打量艦長，只見艦長怒吼：「這種事能向上頭報告嗎？我會第一個被開除！」——說得也是。

結果，夏木與冬原被罰兩百下伏地挺身及禁止上岸一星期，才結束了這場船上風波。

「唉！要不是受你的唆使，現在上岸正好碰上櫻花祭，說不定能把到幾個漂亮妹妹呢！」

「慢慢作你的春秋大夢吧！反正你也只能站得遠遠的，咬著指頭偷看！」

「別拿我和你相提並論，只要我願意，把一、兩個妹回家有什麼問題？」

的確，冬原外表看來溫文儒雅，又總是笑臉迎人，頗受女性歡迎；而夏木呢，則是相貌平平，看來冷酷淡漠，又不懂得討女孩歡心，因此一直沒有女朋友。

「枉費我還替你製造機會。」

「誰要你雞婆啊！」

正當夏木怒吼之際，有個水手自敞開的艙門爬上甲板，探出頭來：

「出航了！全體人員回到艦內！」

待在外頭的三人面露訝異之色，但沒人多說一句話，便開始動手解下繫船索及舷梯。

艦內警鈴大作，滑下艙口梯的村田衝進樓下的機械室，夏木也跟著往裡探頭，只見內燃員與機械員慌慌張張地四處奔走，根本沒機會說話。

「霧潮號」原定於兩週後出航，靠岸期間又有三分之二的水手不在船上；要在這種狀態之下出航，可見是發生了相當緊急的狀況——

最後下來的冬原關上艙門，詢問夏木：

「什麼事啊？」

「根本沒辦法問。走，去發令所。」

夏木與冬原的實習項目為水雷，但潛艇不可能在港灣內發射水雷；縱使想幫其他部門的忙，目前他們尚未獲准單獨作業，只會越幫越忙而已。

當他們跑過狹窄的船艙，抵達發令所時，艦長正在使用潛望鏡。

「夏木、冬原報到！」

他們敬了個禮，站往導航區，以免妨礙航行作業。此時艦長收起潛望鏡，一面將後轉的帽子調正，一面轉向兩人。

「來了啊？小鬼們，可別礙事啊！」

換句話說，便是要他們倆什麼也別做。看來目前並無實習軍官的用武之地。

第一日，上午。

「到底發生了什麼事？」

夏木詢問，艦長直截了當地表示不知道。

「司令部命令我們立即出航，連拖船也沒派。」

「連拖船也沒派？」

基本上，船艦離岸時必須有拖船牽引；若無拖船，外殼可能摩擦岸壁，造成橫舵及螺旋推進器損傷。姑且不論實戰時，平時是絕不可能下達這種命令的。

「不光是這樣，上頭還說如果無法出航，要我們立刻撤離潛艇，到基地外避難。」

夏木啞然無言。這是什麼命令？居然要他們棄船逃走，比不派拖船更教人難以置信。

「——有敵人來襲嗎？」

他問了個不可能發生的問題，但回答並非肯定，亦非否定，只有「不知道」三字。

「外頭並沒發現敵人的蹤影。」

「開始水面航行！」

聽到操舵員如此大喊，所有站立的水手都採取了最穩定的姿勢。因為沒人能預測獨力離岸會產生何種衝擊。

雖然無法預測，夏木還是不由自主地想像起鈍重的衝擊；而實際上的衝擊遠遠超出他的意料之外。

一陣間隔極短且尖銳的衝擊震動著船身，雖然眾人皆採取了抗震姿勢，還是有幾個人跌倒。

「有東西卡著推進器！」

操舵員發出哀號般的叫聲，警告損壞的尖銳嗶聲響徹船內。

「甩得掉嗎？」「我試試！」

操舵員應該是打算倒轉螺旋推進器以除去卡在裡頭的障礙物。不過——

「不行！甩掉了又咬住！」

某種堅硬的物體卡住了推進器，即使倒轉除去，一恢復正轉，又會重新卡進來。船內一再反覆發生間隔短促的不祥震動。

不光是如此，一陣堅硬的摩擦聲開始包圍船身。這是什麼聲音？眾人豎耳傾聽這恐怖的聲音，刮摩外殼的聲音包圍了四周。

「我們——被包圍了……？」

夏木的低喃聲出乎意外地響亮，是他天生的大嗓門與周圍的沉默加乘之下的效果。

原來是這麼回事啊！艦長低喃。司令部就是料到可能發生這種情況，才下了棄船指令。艦長當機立斷：

「全員撤離！立刻上岸！」

港灣之中存在著某種物體，且數量相當驚人。卡住推進器的可也是這些聲音的主人？

唯有在這種狀況之下，水手變少才值得慶幸——不消五分鐘便能全員登上甲板。

夏木與冬原排在後頭，在他們之後的只有艦長一人。等待期間不斷傳來的驚叫聲讓人緊張，不知外頭究竟發生了什麼事？

好不容易輪到夏木，待他爬上甲板後，也不能例外地大叫：

「這是什麼啊！」

人就是這樣，明知沒人能回答還是忍不住要問。「這是什麼……」隨後爬上的冬原也目瞪口呆地發出低喃。

巨大的紅色甲蟲——不，甲殼類在岸上四處爬動，那模樣就像是將淡水螯蝦直接放大至數公尺長，而且數量多得教人咋舌。

這玩意兒是打哪兒來的？既然是蝦類，就是海裡吧？夏木立即環顧海灣，發現黑沉沉的水中隱隱約約地透著紅色，整個灣面呈現一片淡紅，不知潛藏了多少。岸上爬動的甲殼類似乎是來自於海中。

甲殼大軍如紅毯一般，自居住區與美軍設施的方向一擁而至；由牠們來時的方向判斷，應該是從基地東側上岸的。在紅毯的逼近之下，四處逃竄的人們宛如一波波的海嘯。

時有甲殼類停步聚集，揮舞大螯；大螯的下方——躺著一動也不動的人體，是被追上的人。

「——牠們在吃人……！」

夏木與冬原反射性地掩口，嘔吐的衝動自胃袋一躍而上。

「發什麼呆，快跑！」

在艦長的喝斥之下，兩人奔向舷梯；先行登上甲板的水手已將舷梯拉了過來。

「全體人員各自協助民眾避難，撤離基地，隨後於四個公所會合！如果情況不允許，就由階級較高者選擇轄區內的任一自衛隊設施集合！動作快，別落後了！」

我先走了。冬原輕聲說道，閃過夏木，爬下舷梯。

水手們亦先後拔腿奔跑。船艦到大門間的距離和中距離賽跑差不多，落後的夏木等人也加入這場競爭。就在這時——

一道裂帛似的尖叫聲由上頭傳來。抬頭一看，有幾個孩童被逼到海上自衛隊宿舍的外梯平臺上，追趕在後的巨大螯蝦已逼近二樓。

艦長嘖了一聲叫道：

「夏木、冬原，跟我來！」

「不會吧！我也得去啊？」

冬原發出了不平之聲，艦長怒吼：

「你以為國家幹嘛拿一人份的薪餉養你這種專惹麻煩的半吊子？不能出腦子出點力氣總沒問題吧！」

「至少給我表達不滿的權利嘛！我也愛惜我的生命啊！」

毫無反省之色的冬原反而緩和了緊張氣氛。

「我來！」

夏木拾起附近的鐵管，奔上外梯。

「王八蛋，轉過來！」

他一面怒吼，一面往紅色幾丁質生物背後劈擊。

卡茲一聲，鐵管猛地彈開，夏木險些抓不住。他揮管擊中之處別說碎裂，連個凹痕都沒有。好驚人的硬度，說不定一個角度不對，連子彈都能彈開。

雖然這一擊未對螯蝦造成傷害，卻吸引了牠的注意力；只見牠在狹窄的樓梯上勉強轉身，忿怒吐泡的臉就和夏木小時候常釣到的螯蝦一模一樣。

「看招！」

夏木一見牠轉過來，立刻把鐵管塞入牠吐著泡沫的口中。這記刺擊加上了夏木全身的重量，鐵管隨著甲殼破裂的觸感一起沒入對手口中。螯蝦似乎覺得疼，怒氣沖天地揮動大螯。這樣還要不了牠的命，實在可怕。

大螯牢牢地夾住夏木的鐵管，往上扭轉。夏木沉下腰來，試圖穩住重心；結果卻無法抵擋，險些連人帶管被扯過去，只得慌慌忙忙地鬆開鐵管；他的腳差點踩空，幸好及時扶住牆壁，才只以單膝跪地收場。

螯蝦跌跌撞撞地轉身，似乎已認定夏木是敵人，只不過一對大螯礙事，遲遲無法完全轉過身來；但是夏木武器被奪，手無寸鐵，也沒占到便宜。

夏木瞪著螯蝦，雙腳一階階地踩著階梯，倒退下樓。若是他自螯蝦的視野消失，螯蝦想必會再度轉向，攻擊孩童。

「冬原！小孩全救下去了嗎？」

「還有兩個！你再撐一會兒！」

別說得那麼輕鬆！夏木苦笑。想必是小孩不敢聽從指示往下跳，才拖到現在。不知是螯蝦轉換方向較快，還是救出孩童的速度較快？

螯蝦將奪來的鐵管往後丟，平臺的另一端同時響起尖叫，似乎正中冬原等人所在的位置。

「好危險！喂！夏木先生，你幹嘛亂丟啊？」

「是被搶走的啦！白癡！」

聽了他們倆這段愚蠢的問答，艦長叫道：

「你沒武器？」

「對！我正和牠大眼瞪小眼，動作請快一點！」

「好，輪到最後一個了，跳！」

冬原下指示的同時，最後一個人似乎已飛身跳下。「夏木，快逃！」艦長的聲音與冬原的聲音同時響起。

夏木轉身跑下樓梯，卻看見新的追兵正從地面開始上樓，只好在一樓與二樓間的平臺上緊急煞車，但一時收勢不及，多往下踩了幾階。他回身上樓，打算從平臺縱下，可是由上方追來的螯蝦已堵住平臺。這下子他是腹背受敵。

「夏木！你在幹嘛！」

聽到艦長的叫聲，他豁出去了——聽天由命吧！

他往下跑了幾階，如同跳海似的投向地面，飛越了盤據於下方的追兵——勉強成功著地。

夏木根本無暇喊疼，便朝著大門疾奔而出——若要為眼前的景象加個標題，大概就是「絕望的紅色海洋」吧！在他們救援孩童時，紅色甲殼類鋪成的地毯已完全堵住了通往大門的退路。

現在已無法一口氣衝過螯蝦陣，突破大門；但司令部與宿舍的門口又遭破壞，甲殼類已侵入內部，只能往潛艇碼頭逃了。

第一日，上午。

「退回潛艇！」

艦長邊下令邊朝碼頭邁開腳步，孩子們也跟隨在後；夏木一把抱起腳程緩慢的幼童奔跑。

「我去開艙門！」

冬原喊完便先行離去，艦長接著大吼：「你也一起去！」夏木依言追上，但懷裡的小孩卻開始大哭。別哭啦，我才想哭咧！

夏木跨過舷梯時，冬原已經開了艙門。潛艇外殼聚集了一堆螯蝦，但由於沒有著力點，目前還爬不上來；話雖如此，爬上來也只是遲早的問題而已。

「冬原，你先下去！我和艦長來放小孩！」

需要有個人先到下頭接人。冬原滑下梯子後，夏木便把懷中的孩童放入艙門。

「看到梯子了吧？抓著爬下去！」

小孩抽抽噎噎地緊抓著夏木的手臂不放，似乎不敢攀爬垂直的梯子。現在是害怕的時候嗎？夏木發火了。

「冬！我要丟囉！」

說著他便把臂上的孩童甩了下去。由於坑道狹窄，身子沒有滾動的空間，不用擔心撞到頭；至於身體上的跌打損傷，就請孩子忍耐吧！小孩咚隆咚隆地跌下坑道，隨即傳來冬原的回收報告：「我接住了！」驚人的哭聲同時於下方響起。

夏木轉過身來，對著追上來的孩子們說道：

「不想變成這副德行就快點下去！」

由於已有前人親身示範了「這副德行」，這道低聲恫嚇相當有效。

艦長依照身材排序，讓矮小的孩子先行，依序放下了十幾名孩童；正當他欲放下最後一個身形細瘦的孩子時，螯蝦爬上了潛艇。剛爬上一隻，接下來便沒完沒了。爬上來的螯蝦沒方才的大，或許正是因為體重輕，才能率先登船；然而雖說較小，體型仍與人類差不多。

「媽的！」

夏木與艦長合力踹向直衝而來的螯蝦腹部。那隻螯蝦體型小，尚可將牠擊退，卻無法把牠踹落潛艇。就在他們一再踢腿爭取時間之際，最後一人的頭已消失於坑內。

「夏木，你下去！」

「艦長先下！」

「現在是讓來讓去的時候嗎？」艦長毫不容情地給了夏木一腳，夏木被踢進艙口，雙腳踩著梯子扶手滑落之時，上方傳來了慘叫聲。

「艦長？」

夏木抬頭仰望——一陣溫熱的紅雨落了下來。某個物體咚一聲打中夏木的肩膀，彈落地面。

那是——

艦長的半截手臂。

「艦長————————！」

夏木大叫，三步併作兩步地爬上梯子。孩子們的尖叫聲在下方轟然響起。

「艦長！」

夏木試圖爬出艙口，艦長卻踩住了他的臉。

「你這白癡，把門關起來！還不快關！」

艦長連踩夏木數次，將他踢開，並試圖關上艙門。趁著艦長應付夏木之際，螯蝦也掙扎著將大螯及頭部塞進艙口；依牠的體型，要鑽入艙口不成問題。

「被牠鑽進去就完了，白癡！」

夏木的臉不知挨了幾腳，卻仍繼續叫道：

「艦長還沒進來，怎麼能關門！請快進來！」

「要是我進去，來不及關上艙門這些傢伙就會跟進去！港灣裡不知道還有幾萬隻，你想讓牠們吃掉裡頭的孩子嗎？」

「要吃就吃啊！我才不管那些看都沒看過的小鬼咧！」

「這是艦長命令！夏木少尉，把頭縮進去！」

夏木的身體不由自主地對長官的怒吼起了反應。當他把頭縮進坑內的瞬間，艙門闔上了。

艦長的慘叫聲從微微浮起的艙門縫隙間傳來，慘叫聲裡夾雜著「把艙門關上」的話語；艦長甚至還故意倒在艙門之上。

這陣渾然不似人聲的渾濁哀號燒斷了夏木腦裡的某根筋。

豈能就這麼放棄！

「冬，前艙口！我們去救艦長！」

要繞道救人，只能從連接發射管室的前艙口。聳立於甲板前端的艦橋瞭望臺約有十米高，正

第一日，上午。

好可作為屏障。夏木滑下梯子，一把推開聚集在下方的孩童，奔馳於狹窄的通道上。

冬原不久後便追上他，將自己從機械室取來的大型工具遞給夏木。潛艇之內沒有像樣的武器，這點在之前的反恐演習之中也曾被討論過。

他們跑過只容勉強閃身而過的狹窄通道，抵達了裝滿魚雷的發射管室，爬上位於魚雷之間的艙口梯。

待夏木轉動圓形把手，微微掀起艙門往外看時——

他反射性地將頭一扭，一把紅色大螯已刺向方才他眼睛所在的位置。那把原欲挖下他眼珠的大螯削過了他的左臉頰，儘管並不銳利，仍然造成一陣相當原始的疼痛。

「媽的！」

趁著大螯縮回的瞬間，他立刻拉下艙門。甲板上已滿是螯蝦——還有哪裡？還能從哪裡救回艦長？

「發令所。」

冬原低聲說道，爬下縱孔。原來如此，從發令所可爬上瞭望臺，那兒位置較高，螯蝦或許還沒爬上去。

然而進入發令所後的冬原並未走進通往瞭望臺的升降筒，反而走向了通訊席。

「你在幹嘛啊？冬原！」

「請求司令部接回艦長。」

你在說什麼蠢話！夏木高聲大吼：

「你以為艦長能撐到救兵來嗎？」
「夏，已經沒辦法了。」
冬原的聲音有如一盆潑向夏木的冷水。他說出了無可推翻的事實。
然而，這盆冷水還不足以阻止夏木。
「——別說沒辦法！說不定艦橋還……」
「是啊，說不定艦橋還沒被螯蝦占據；可是一有人爬下艦橋，牠們立刻就會發覺。以牠們的身體長度，踩著潛舵便能爬上艦橋。」
「在牠們爬上來之前救回艦長就行了！」
「一個人要爬下艦橋很簡單，但回來時要怎麼辦？艦橋無法從外側升降，也沒幾個可供踏腳之處。就算艦長還活著，一定也處於重傷瀕死的狀態，你要怎麼扛著他爬上來？要我綁條繩索拉你上來嗎？現在甲板上螯蝦肆虐，有時間慢慢拉嗎？」
堆疊事理以斷對方退路，是冬原想盡快結束爭論時慣用的戰法。平時的夏木不會敗在這招之上，但冬原方才強調的「就算」兩字卻深深打擊著他。
就算艦長還活著——艦長的生存機率已經得用假設方式來談論。
「——所以你要我棄艦長不顧？也許他還——」
「你想說也許他還活著？你希望他還活著？」
冬原這番話毫不容情地直戳現實。
以那群螯蝦毫不遲疑地分解並吞噬人體的速度來判斷，艦長恐怕早已被分食了。如果他還活著——那才是地獄。

「認清現實吧！」

這道最猛烈的斥責，總算讓夏木閉上了嘴。

夏木與冬原用無線電聯絡司令部，得知公所也是一片混亂。港灣沿岸的市區更是陷入了恐慌狀態，而恐慌仍在持續擴大。

對於接回艦長一事，司令部的答覆是「我們會看著辦」。既然艦長生存無望，必定是挪後處理，但到時遺體還在不在都是個問題。

潛望鏡的俯角看不見甲板，因此他們無法得知艦長現在情況如何；不過，那刮摩外殼的刺耳雜音卻說明了潛艇已完全被螯蝦包圍。

夏木與冬原一併報告了未成年人受困於潛艇之事，但依然無法指望即時救援。目前他們躲在潛艇之中，安全暫時無虞，八成得等到市區的混亂平息之後，政府才會派人救援。

現在他們只能靜待——正如一開始的預料。此時夏木猛醒過來，二話不說便衝出發令所，奔向艦長關閉的一般艙口。冬原什麼也沒問便跟了上來，想必是想到了同一件事。

當他們進入連接著艙口的士官居住區時，只見所有孩童全擠到了角落邊，默默無語地呆立著，顯然是想盡可能地遠離艙口正下方。

艦長的手臂便躺在艙口下——依舊維持著切斷落地時的狀態。

一股無處宣洩的怒氣在夏木的腹底流竄。

居然沒人把手臂撿起來？

他的理智知道如此要求孩子太過苛刻，但一見他們遠遠圍觀，就令他怒火橫生。

夏木走向艙口，孩子們避之唯恐不及地讓出一條路，那膽顫心驚的神色也讓夏木滿肚子火。

他下意識地跪地，下意識地將雙手放入斷臂之下，靜靜地捧了起來。殘破衣袖中的手臂早已失去了溫度。夏木抱著手臂回過身來，孩子們又讓出了一條路。他們戰戰兢兢地從夏木身後窺探的樣子，依舊教夏木滿腔怒火。

通道原就狹窄，僅能勉強容納成人擦身而過；貼壁而立的孩童們更加努力地把身子擠往牆壁，以讓出道路來。他們這麼做，是為了避免自己不慎觸及手臂。

冬原領頭邁開步伐，朝著樓下的餐廳邁進；孩子們則三三兩兩地跟在夏木身後。

餐廳原本設計成一次能容納二十幾人，但面積卻極為狹小，加上廚房搞不好還沒單人套房大。冬原從狹窄的廚房中取來保鮮膜，遞給夏木。

夏木接過保鮮膜，將艦長的手臂連著衣袖層層包覆。那指甲剪得很短、勤於工作的手臂，如今已成了一動也不動的物體。

夏木裹了一層又一層的保鮮膜，直到手臂變成白色的棍棒為止。接著他走進廚房，打開冰箱，將手臂放了進去——

咦？

此時，孩子們發出了小小的尖叫聲。

之後孩子們硬生生地噤了聲，但他們想說什麼，卻是再明白不過了。

竟然把屍體放進冰箱？

夏木彷彿聽見自己的太陽穴一帶傳來血管爆裂的聲音。所謂事不過三，而他豈只三次，已經忍下四次怒氣了。

「是誰鬼叫的，站出來！」

夏木拿著手臂怒吼。當然，沒人敢站出來。夏木從廚房裡瞪著餐廳中的孩童。

「要我告訴你們為什麼得把『這個』放進冰箱裡嗎？我們艦長為了救你們，現在正被上頭的螯蝦生吞活剝，連骨頭都不知道能不能剩下來！這是目前唯一留下的艦長遺體！我們能交給家屬一條腐爛的手臂嗎？要是沒去救你們，現在待在這裡的是艦長！」

夏木抖著肩膀喘息。多吼幾句，多罵幾句！他索盡枯腸，腦袋卻只是空轉，想不出更多罵人的詞句。快吼，快吼，快吼啊——如果不破口大罵，夏木便會忍不住想像起艦長的死狀。

艦長被吞噬之際，是否已斷氣了？希望他斷了氣，拜託，誰來告訴我他當時已經死亡？既然橫豎是沒救了——

老天爺啊！至少別那麼殘忍，讓他在最後還保有意識。

這種不得不祈禱敬愛的人快點死亡的狗屁狀況，就是這群孩子造成的。

「——夏。」

冬原的聲音，讓夏木察覺孩子們已鴉雀無聲。

求求你們，別閉嘴！夏木明明是為了讓他們閉嘴才怒吼的，卻又生了這種矛盾的念頭。孩子們乖乖聽話，便會安靜下來，他便會不由自主地猜想艦長是在何時斷氣的。快惹我生氣，讓我氣得忍不住大吼大叫——

此時，冬原面向孩子，露出滿面笑容。

「我問你們喔……」

冬原以親切和藹的聲音說道。但夏木知道，這種表情與聲音是冬原最為忿怒時的組合。

「要是在冬天也就算了，現在天氣這麼暖和，如果把生肉放置於室溫下，你們覺得能撐多久呢？」

故意選擇露骨說法的冬原其實對小孩並不留情。

「你們聞過腐爛的肉味嗎？潛水艇中的空氣循環很差，不快點放進冰箱裡，只要過一晚，整個船上都會充滿腐爛的臭味喔！沒經過去血或防腐處理的生肉爛得快，救援又不知何時會到。冰箱裡冰著救援到來之前要吃的食物，你們不想把屍體放進裡頭的心情我也能懂；不過，把屍體放進冰箱和船上充滿屍臭味，你們覺得哪個比較好？我們無所謂，看你們能接受哪種情況，我們願意配合。」

冬原根本無意放任艦長的手臂腐爛，卻故意這麼說；但這番話由他說來完全不像開玩笑。

「還是把空調關掉好了？雖然會變得很冷，不過肉比較不容易壞。由你們決定，我們是自衛官，尊重民眾的意見。」

他越說越露骨，孩子們不發一語。

「要怎麼辦？快決定啊！」

這追加的一擊逼得最小的孩子哭了出來，其餘年紀較小的孩童也跟著掉淚；國中生年紀的少年們則是緊咬嘴唇低著頭。

夏木於心不忍，正要開口制止之時——

「請把艦長的手臂放進冰箱裡。」

開口的是個短髮的高個子少女。她穿著牛仔褲，身材又過瘦，所以在她開口之前，夏木完全沒發現有個女孩混在裡頭。

最後下來的那個身高較高但極為細瘦的孩子，似乎便是她。看來像是個高中生，似乎是所有小孩之中最為年長的。

「是我們失禮了，對不起。」

不知是不是她的嗓門原本就小，奮力提高的聲音微微顫抖著，幾乎聽不到。她真摯地凝視著夏木，並深深地鞠了個躬。

周圍的孩童也跟著鞠了個深度不及她的躬，看似國中生的數名少年則是心不甘情不願地低下了頭。

「——聽見了吧？夏木老弟。」

在冬原的催促之下，夏木總算將艦長的手臂放入敞開的冰箱中。

接下來要怎麼辦？該做什麼？

「冬，我們到發令所談談。」

他必須和冬原商量今後的方針；到發令所去，還可順便等候無線電。

夏木走出廚房，正要邁步離去之際，突然回頭望了孩子們一眼——徬徨無助的眼神一齊刺向了他。
沒事的。不用擔心。夏木該說其中一句來安撫他們，但卻說不出話來回應他們求助的視線。他現在還沒心情安慰別人。
「——給我們一點時間。」
他左思右想之後，好不容易才擠出這句話。
冬原對孩子們說道：
「大哥哥有事得討論，你們乖乖待在這裡別亂跑。你們可以看電視，但是絕對別碰機器喔！廚房除了水龍頭以外，其他東西都不准動。還有，妳能過來一下嗎？」
冬原對著方才主動道歉的少女招手，帶她到餐廳旁的廁所去。
「廁所在這裡，使用方式有點特殊，妳記好再教其他人。」
潛水艇廁所的大號與小號沖洗鈕是分開的，手續有些複雜；少女認真地聆聽冬原的說明。
夏木拋下他們倆，先行走向發令所；不久後，冬原追了上來。
「唉呀，幸好有個懂事的乖孩子在。」
聽了冬原的話，夏木停下腳步，回頭瞪著冬原的腳邊——無論那孩子多麼懂事、多麼乖巧，即使那孩子本身並無任何罪過——
「……我還是寧願死的是那孩子，獲救的是艦長。我這樣很殘酷嗎？」
冬原沉默了片刻才回答：
「夏木老弟，你真是個傻瓜耶！這還用問嗎？」

冬原看穿了夏木的無助，繼續說道：

「才不殘酷，我們一點也不殘酷。」

冬原的口吻鮮少如此激動，正好顯示了他此刻的心境。

夏木將頭靠在冬原的肩上。

「——幸好有你在。」

「我該說『我也這麼覺得』嗎？」

「太噁心了，算了吧！」

雖然夏木耍嘴皮子帶過，其實心裡也知道，若是只有他一人，肯定無法像冬原方才那樣妥善地囑咐孩子們等候。平時他的心裡雖然承認這位損友的自制力強過自己，卻從來不說出口，而現在的他總算能坦率承認了。

＊

由於避難民眾蜂擁而至，美軍橫須賀基地大門口陷入幾近暴動的混亂之中。

設置於車輛出入口的Z型柵欄早就被強行突破的車子給撞飛，大批人潮洶湧而來，結果造成瓶頸現象，人潮流動異常遲緩。正因為如此，突破瓶頸後的人潮更如萬馬奔騰，一發不可收拾。

「請大家冷靜下來，不要亂跑！不要踩到跌倒的人！」

雖有大門警衛與派出所警員出面整頓交通，但在一擁而上的數千名賞花遊客、居民與職員之前，他們甚至還不如江河中的小石頭；光是攙扶被好幾百人踐踏得奄奄一息的跌倒民眾並安頓至陰涼處休息，便已教他們精疲力盡了。

車道也被大門湧出的人潮堵得水泄不通，基地前的交通陷入了癱瘓狀態；號誌的顏色已變得毫無意義，巨大的喇叭聲除了增添恐慌氣氛以外，派不上任何用場。

究竟發生了什麼事？在警界服務快三十五年的八幡警佐放棄整頓交通，擠向基地警衛。

「到底出了什麼事啊！」

那警衛明明是個隸屬民營保全公司的日本人，卻身穿迷彩服又佩帶手槍，看在警察眼裡，總覺得不是滋味；但現在不是執著於這件事的時候。

警衛也放棄引導避難者的工作，回答八幡：

「不知道，一堆人突然湧上來……說不定發生了什麼案件。報警了嗎？」

基地內發生案件或異狀時，必須立刻報警。

雖然不明就裡，派出所還是通報了縣警局；只不過不知後續情況，便無法做適當的安排。據說縣警局也接獲大量民眾報案，陷入一片混亂。

「你們是基地雇用的，沒聽見任何消息嗎？」

「剛才美軍士兵來通知大門的職員避難……卻完全沒管我們警衛，自個兒就走了。」

果然是自我本位的美國佬會幹的事──八幡暗自想道，不禁皺起眉頭。年輕的警衛在考慮是否要擅自撤退，還詢問八幡的意見；但八幡也無從回答。

就在人潮開始稀疏之際，數名穿著作業服的海上自衛官出現了。他們攙扶著腳程遲緩的老弱婦孺，走上前來。

其中一人發現大門旁的八幡，便立刻跑過來。

「請呼叫機動隊！要求陸上自衛隊出動！」

聽了這可怕的請求，八幡嚥了口氣。機動隊便罷，居然要求陸上自衛隊出動？裡頭究竟發生了什麼事？

自衛官等人似乎是最後一群人了，只見他們帶領避難者通過大門之後，其中幾名自衛官便立刻將行人及車輛出入口雙雙關閉。

「你們怎麼可以隨便關門！」

警衛出言責備，卻反被其中一個關門的人吼道：

「你看了那個還會這麼說嗎？」

徐緩的上坡路段彼端出現了紅影。

那是什麼？

狀似巨大螯蝦的甲殼類大軍正以Z字形路線衝下坡道。

行人出入口連接著拱廊，關上門後並無足夠的縫隙讓螯蝦爬過來，但車輛出入口卻完全處於室外，門扉也相當低矮。螯蝦大軍開始輕輕鬆鬆地攀越車輛出入口。

「快逃！」

其餘自衛官異口同聲地大吼，警衛與警員聞言便拔足狂奔。八幡原欲逃走，卻發現有個警衛愣在行人出入口之前；是方才與自己交談的那個青年。他看著在大門後蠢動的螯蝦不停發抖，完全陷入了恐慌狀態。

「你在幹嘛，快逃啊！」

八幡用力搖晃警衛的肩膀，只見警衛一面顫抖，一面說著意義不明的話語，並從腰間的槍套之中拔出自動手槍。那是美軍的借用品。警衛將槍口對著門內聚集的螯蝦。緊迫的危機已逼近背後卻絕不回頭，可是拒絕面對現實的表徵？

警衛猛扣扳機，與隆隆槍聲交疊的吶喊聲依稀可聽出是：「別過來。」射光的子彈有一半以上打中了大門的鐵欄杆，化為跳彈；穿過欄杆的子彈也被甲殼類的硬殼給彈開了。警衛的準度太差，彈道歪斜，無法貫穿硬殼。

八幡抱頭縮起身子，子彈用盡的警衛身子一歪，倒在他的眼前。

「喂！」

八幡扶住警衛，這才發現警衛的上半身已是鮮血淋漓——跳彈擊中了他。攀越車輛出入口的螯蝦繞到了行人出入口之前。如今退路被斷，八幡只得放下警衛，拔出手槍。38口徑，第一發子彈是威嚇用的空包彈，實彈只有四發。他轉向螯蝦，擋在警衛之前。

「警察先生……」嘶啞的呼喚聲從地上傳來。

「你就多唸幾句經好了，反正也只是晚幾秒死而已。」

他的腦海裡閃過了年邁妻子的面容。去年將女兒嫁出去之後，妻子笑著說道：孩子的爸，從現在開始就是我們的第二人生啦，所以你得平安退休才行喔！

抱歉啊。

八幡瞪著螯蝦大軍的先鋒。別看他現在這副德行，年輕時可是曾被選為奧運射擊項目的重點培訓選手；只不過在他漫長的警察生涯中，一直沒機會對著小偷拔槍。

八幡沉住氣等待螯蝦逼近，直到彈道與甲殼呈垂直交集狀態。要害應該是頭部吧？

他扣下扳機——包含空包彈在內共射擊了五發子彈。彈無虛發，射出的子彈連續四次貫穿了同一處。

中彈的螯蝦並未停下腳步，儘管淡黃色液體自被打穿的頭部噴出，牠仍就著原先行走之勢衝向八幡。

八幡的身體被橫衝直撞的螯蝦腳貫穿多處，竄過一陣陣劇痛。他分辨不出腥味是出自於自己傷口噴出的血，或是迎頭澆下的螯蝦體液。

喀噹一聲，八幡的身體被撞到門上，此時螯蝦終於停下腳步，狠狠地往他身上壓去。被夾在沉重螯蝦與鐵門之間的痛楚，是八幡最後感受到的感覺。

＊

■電子佈告欄：神奈川縣民ＢＢＳ

姓名：目擊者@橫須賀　投稿日：04/07（日）10:25

喂喂喂！有人去橫須賀基地嗎？

第一日，上午。

姓名：神奈川縣民　投稿日：04/07（日）10:26
發生了什麼事嗎？今天不是櫻花祭？

姓名：神奈川縣民　投稿日：04/07（日）10:26
櫻花祭人擠人，想到就累。
真不知道怎麼會有人想去。

姓名：目擊者@橫須賀　投稿日：04/07（日）10:27
超勁爆的！我才剛逃回來。

姓名：神奈川縣民　投稿日：04/07（日）10:27
發生什麼事？重大刑案？

姓名：神奈川縣民　投稿日：04/07（日）10:27
恐怖攻擊？

姓名：神奈川縣民　投稿日：04/07（日）10:28

怎麼可能？

姓名：目擊者@橫須賀　投稿日：04/07（日）10:29

其實還滿接近的>>恐怖攻擊

姓名：神奈川縣民　投稿日：04/07（日）10:30

>>目擊者@橫須賀

到底是什麼事？不要賣關子啦！

姓名：神奈川縣民　投稿日：04/07（日）10:30

看了很不爽>>目擊者@橫須賀

姓名：目擊者@橫須賀　投稿日：04/07（日）10:31

橫須賀被襲擊了。

姓名：神奈川縣民　投稿日：04/07（日）10:31

真的嗎？蓋〇組織終於來到橫須賀了嗎？

第一日，上午。

姓名：神奈川縣民　投稿日：04/07（日）10:31
自衛隊出動了嗎？哇！超想去看的！

姓名：神奈川縣民　投稿日：04/07（日）10:32
新聞快報又沒播，我看是假的吧！
消息是從哪裡來的？

姓名：目擊者@橫須賀　投稿日：04/07（日）10:32
真的被襲擊了，但對方不是人。

姓名：神奈川縣民　投稿日：04/07（日）10:32
嗄？你在說什麼？不是人是什麼？

姓名：神奈川縣民　投稿日：04/07（日）10:33
機器人？無人兵器？

姓名：神奈川縣民　投稿日：04/07（日）10:33
阿宅閃邊去。

姓名：目擊者@橫須賀　投稿日：04/07（日）10:34
是蝦子，巨大的蝦子，而且是一大群，超大一群，還會吃人。

姓名：神奈川縣民　投稿日：04/07（日）10:34
好，確定是唬爛～辛苦了。

姓名：神奈川縣民　投稿日：04/07（日）10:34
愚人節已經過了一個禮拜啦（笑）。

姓名：神奈川縣民　投稿日：04/07（日）10:34
我剛才竟然相信了。上當了！

姓名：目擊者@橫須賀　投稿日：04/07（日）10:35
真的啦！

姓名：神奈川縣民　投稿日：04/07（日）10:35
好啦好啦，再唬就沒意思啦～

第一日，上午。

見好就收啦～

姓名：目擊者@橫須賀　投稿日：04/07（日）10:36

真的啦！長得很像螯蝦！

姓名：神奈川縣民　投稿日：04/07（日）10:36

你很盧耶！

姓名：神奈川縣民　投稿日：04/07（日）10:36

白癡。

姓名：目擊者@橫須賀　投稿日：04/07（日）10:37

靠！真的啦！不然你們來基地看看啊！

現在一片混爛耶！

姓名：神奈川縣民　投稿日：04/07（日）10:37

〉〉現在一片混爛耶！

急到打錯字？好好笑。

姓名：神奈川縣民　投稿日：04/07（日）10:38
等一下，他說的好像是真的。
剛才去櫻花祭的親戚打電話來，
也是這樣講。

姓名：神奈川縣民　投稿日：04/07（日）10:39
配合演戲的白癡出現了。

姓名：神奈川縣民　投稿日：04/07（日）10:39
把消息來源拿出來啊！

■貼圖電子佈告欄：基地參觀資訊交換BBS

〔櫻花祭〕：ryu　投稿日：04/06（SAT）22:50
明天要去橫須賀的櫻花祭。
說不定可以託朋友帶我參觀裡面的船塢。

第一日，上午。

好期待～

〔好羨慕〕：獵鷹　投稿日：04/06（SAT）22:55

好羨慕！我是當地人，可是帶了工作回家做，不能去。

好恨啊！

要是拍到漂亮的照片，記得貼上來喔！

〔沒問題〕：ryu　投稿日：04/06（SAT）23:03

我會帶數位相機去。

打算拍小鷹號和藍嶺號。

核子潛艇好像已經出航了，我本來想偷拍的（笑）。

那就明天見囉～

〔柴油潛艇倒是有〕：神盾　投稿日：04/06（SAT）23:25

兩天前親潮級潛艇入港了，聽說是最新型的「霧潮號」。

啊，ryu大今天不會再上線了？

〔無題〕：ryu　投稿日：04/07（SUN）10:30

大家好　我是ｒｙｕ　我按照原訂計畫去橫須賀櫻花祭
發生大事了　請看照片　現場真的是這樣

〈確認〉：獵鷹　投稿日：04/07（SUN）10:35

ｒｙｕ大，你好。
為了慎重起見，我請教一下，請你別生氣。
這不是特效照片吧？

〈無題〉：ｒｙｕ　投稿日：04/07（SUN）10:36

我不會欺騙各位啦！

〈怎麼了?〉：湯姆貓☆　投稿日：04/07（SUN）10:37

ｒｙｕ大，你現在沒事吧？

〈無題〉：ｒｙｕ　投稿日：04/07（SUN）10:40

我沒事　美軍哨兵帶我們去避難　現在我在一個像是避難所的地方　對不起
用手機打的不能換行　我有ＰＤＡ　但現在一片厂亂　不能開

〔建議〕：神盾　投稿日：04/07（SUN）10:42

對不起，插個嘴。ryu大，別開PDA。

在避難所裡最好別幹太顯眼的事。

他們會收容日本人到軍事機密一堆的設施裡，代表目前狀況極為緊急，要是你用PDA實況報導，一定會被盯上的。

不要引起別人的注意。

〔贊同神盾大〕：獵鷹　投稿日：04/07（SUN）10:42

對，要是因為洩漏機密而被調查或沒收器材就麻煩了。

用手機沒關係嗎？

〔無題〕：ryu　投稿日：04/07（SUN）10:45

旁邊的人也都在用手機　還沒人被禁用或沒收　不過我會小心

不去引起別人的注意

「這是……蝦子？」

明石亨警監在空位上打開了筆記型電腦觀看，不解地歪著腦袋。

因手震而略微失焦的照片上，映著生有紅殼的螯蝦狀生物。照片上的生物不只一隻，而是一群；與一起入照的自用車對照，可推知小隻的體長約一公尺餘，大隻的則長達三公尺左右。

明石大略回顧貼有這張照片的留言板，發覺貼圖者是長年流連於此的常客，頻繁的留言之中有著許多資深板友才看得懂的話題。

方才瀏覽的匿名型地區資訊留言板也有類似的留言，這個貼圖者總不致於冒著被逐出留言板的風險，散播這種惡質的謠言。這麼說來——

「難道是真的？」

神奈川縣警局自方才起就不斷接獲一一〇報案電話，短短十分鐘內便超過上百通，線路已接近癱瘓狀態。

每通電話都是從橫須賀管區打來的，橫須賀基地前的本町派出所再三請求支援，說是基地周遭發生了混亂；連同管區的巡邏車在內，已派出了數十輛警車火速前往現場，但目前仍無人回報狀況。

雖然情勢尚未分明，但動盪氣氛相當濃烈，因此所有可能出動的部署全都自動自發地待命。

橫須賀真的出現怪物了嗎？縣警已經開始行動了？

方才有個熟識的報社記者打電話給明石，據他所言，各大媒體似乎也接獲了同樣的消息。平時這種通報鐵定是當成惡作劇處理，但記者特地打電話來向明石打聽消息，可見該報社接獲的通報件數也非比尋常。

據記者所言，救護車與消防車都已出動；倘若這真是惡作劇，便表示以整人取樂的幕後主使不只一人，而是規模相當龐大的集團，方能同時向各主要機關報案，並不忘在網路上散播謠言。這情況已不能以等閒惡作劇視之，可能是恐怖活動的前兆。

「不過沒聽公安那邊提起任何不尋常的跡象啊……」

公安課與明石所屬的警備課同屬於警備部，雖然部門相同，但公安課屬於非公開單位，因此情報鮮少於檯面上流通；即使如此，若他們事先掌握了如此大規模的情報擾亂行動，又怎麼可能不提醒縣警總部注意？

警備部外事課、刑事部國際調查課——就明石所知，這兩個單位並未掌握到與此事直接相關的情報。

「明石！」

通訊司令課課長對巴著電腦不放的明石大聲怒吼：

「你這傢伙，都已經這麼忙了，還跑來別人的部門玩！」

「唉呀，因為這裡的情報最多嘛！」

明石占據之處，是受理一一〇報案專線與分派指令的通訊司令室一角。從方才開始，便有幾十個接線生卯足全力接聽報案電話，所以最容易掌握最新情報。

每當發生大型案件，明石總是窩到這裡來，令課長極為不悅。

「礙事！回你的警備課去！都忙成這樣了還在玩電腦，電話又不是不用錢！」

「線路是用我自己的啊！」

說著，明石揚了揚連接著電腦的手機。課長怒目相視。

「所以就可以玩嗎？」

「我這次不是在玩，是在收集情報。」

混小子！課長一臉不快地啐了一句。和這位課長比起來，明石的確年輕了十來歲；不過都年過了四十了，還被稱呼為小子，反而令他感到光榮。明石本來就不討上頭的人喜歡，這種程度的諷刺對他而言無異是耳邊風。

說歸說，瞧課長那微微上禿的腦袋都快冒出煙來了，還是盡快撤退較好。

「明石先生，你還是回去吧！有消息我會通知你的。」

坐在附近的接線生悄悄對明石說道。或許是課長不得人緣之故，這個課裡站在明石這一邊的人很多。

「麻煩你啦！」

明石邊道謝邊闔上筆記型電腦，站起身來。他走向出口，卻又停下腳步。

「對了，橫須賀的報案內容到底是真是假？」

他隨口問道，課長沉著臉回答：

「數量那麼多，應該不全是假的，不過惡作劇電話也不少。」

「原來如此。」

橫須賀出現巨大螯蝦，聽來的確像是惡作劇。明石沒說出這番話，便離開了通訊司令室。

同一天的上午十一時〇五分。

橫濱市金澤區的縣警第一機動隊接到了縣警總部的來電。

電話轉接至第一機動隊長瀧野錬太郎警監手上，他拿起話筒，便聽見一道悠然的聲音：

「小瀧啊，你有空嗎？」

來電的是縣警總部警備課的明石警監。他與瀧野同梯，與其說是朋友，倒不如說是臭味相投。他們都是不討上頭喜歡的人，這一點便是他們的交情能維持長久的原因。

小瀧啊，你有空嗎？一回想起始於這句對白的種種往事，瀧野便皺起了那張嚴峻的臉孔。

「這次又是什麼事？」

「你們那邊接到出動命令了嗎？」

答案是沒有。第一機動隊自早上開始便一如往常地進行訓練，中原區的第二機動隊應該也是一樣。如果二機接到出動命令，一機應該也會同時或先行接獲命令才是。

瀧野回答後，電話彼端的明石似乎早料到他會如此回答，自言自語道：「果然沒有。」

「發生了什麼事？」

身為縣警頭號問題人物的明石嗅覺格外敏銳，他會有此一問，代表事情不單純。

「橫須賀似乎出事了。」明石這句話讓瀧野的身心登時緊張起來。

「美軍嗎？」

當時正值恐怖行動頻發的時期，因此瀧野頭一個聯想到的便是這個。如果橫須賀發生了恐怖行動，介入將成為極為敏感的問題。橫須賀出事時自衛隊須得出動——這乃是眾所皆知的大方針，自衛隊也遵照這個方針進行訓練。然而真到了實際上陣之時，必然又是一場混亂。

「軍方還沒出動，是不是恐怖行動還說不準，不過基地的確發生了不明狀況。各個相關單位都接獲了大量的民眾報案電話。」

倘若不是大規模軍事進攻，而是小規模游擊行動，基地及附近居民自然會優先報警；但通知自衛隊接手處理的具體管道並未建立，卻也是實情。此外，美軍自行行動或與日本共同合作的條件也不明確。

這件事鐵定會演變成極為棘手的問題——雖然狀況尚不明朗，瀧野卻有這種預感。明石繼續說道：

「就我所見，這次的事件相當古怪；光聽描述，任誰都以為是胡說八道。縣警總部也一樣，即使報案數目多到不容忽視，依然認為是惡質謠言造成的混亂。」

「所以你認為不是胡說八道？到底發生了什麼事，快給我直截了當地說出來！」

「巨蝦大軍侵襲橫須賀。」

明石依照要求直截了當地說道，卻換來瀧野反射性的一句：「胡說八道！」

「誰會相信這種鬼話啊？又不是怪獸電影。」

「我不會騙你的。」

明石平靜地回答，令瀧野一時語塞。的確，他們認識了這麼久，明石從未對他說過半句無意義的謊言。至少明石是真的相信有巨蝦，才會向瀧野提及此事。

「——我知道啦！」

「就是這麼回事。你要不要來個先行待命，到橫須賀附近看看情況？這樣就能順勢插手這件事。裝備能帶多少就帶多少，人手至少要有一百個，不，兩百個。」

「喂喂喂，你要我在沒有命令的情況下出動兩個中隊？」

在明石穿針引線之下胡亂出動的經驗不少，但這回可真的太過誇張了。

「這樣還嫌少了，馬上就會發展成傾巢而出的局面。至於命令嘛，就說是警備課提出支援要求吧！」

「警備課長同意了嗎？」

明石的頭銜是課長助理。以明石的年齡及資歷來看，他的官升得並不快，說來也是他這類人的宿命。對瀧野而言，這也是個切身的問題。

「要不了多久，他不同意也得同意，別擔心。」

聽了這個可疑至極的保證，瀧野嘆了口氣。他心裡已做好覺悟，倘若這回的狀況只是以訛傳訛，便要一力承擔，絕不累及下屬。

掛斷電話前，明石突然噢了句：「小瀧……」

「可別死啊！」

這聲音正經得不像出自明石之口，瀧野的臉色也不禁沉了下來。

教人笑不出來的激勵，理所當然地轉化為不讓部下喪命的決心。

十一時三十五分。

正當第一機動隊第一中隊乘著三輛大型運輸巴士與四驅指揮官座車，浩浩蕩蕩地沿著國道16

號線南下時，便接到機動隊辦公室傳來的無線電通話：

『縣警總部下達出動命令，要我們前往橫須賀基地協助救援及引導民眾避難！』

聽了奉命留守辦公室的副隊長報告之後，瀧野鬆了口氣。雖然出動在先，命令在後，但這麼一來，擅自先行待命之事便不會被追究責任。

然而，這道來得比預料中快的正式命令亦說明了狀況有多嚴重。明石所說的巨蝦來襲是真的嗎？瀧野已將自己聽到的消息一五一十地對部下說明，眾人皆是半信半疑。倘若過去明石的嗅覺沒那麼靈驗，這番話恐怕只會被當成胡謅。

『據說有大量的未知巨大甲殼類在市區徘徊！』

與瀧野一同乘坐指揮官座車的中隊長及兩個傳令員驚訝地屏住呼吸。

古板頑固的縣警總部承認此事？這麼說來，這個消息是真的了。

瀧野指示留守部隊隨後出動之後，便暫時結束通話。

「隊長……」

西宮中隊長並未發問，只是喚了一聲。他那僵硬的聲音只有一種含意。

機動隊能和巨蝦抗衡嗎？機動隊設定的警備對象為人類與災害，未知的巨大生物並不在設想範圍之中。

『這下我們可成了超人警備隊啦！』

一道飄然的聲音自全車共通的無線電傳來，原來是坐在後續運輸車上的住之江第一小隊長。

『沒錯！我們當英雄的時刻到來啦！』

立即回應的是魚崎第二小隊長。他是第一機動隊數一數二的開心果，對於提升隊上士氣有著重大貢獻。

瀧野對著一本正經的西宮中隊長微微一笑。「這次我們就配合這些得意忘形的傢伙吧！」接著他從副駕駛座上伸出手，拿起無線電麥克風。

「咱們縣警的醜聞向來一籮筐，偶爾也得好好表現，洗刷污名。大家全力以赴！」

不久後，部隊來到橫須賀本港附近，卻在橫須賀隧道之前完全停步；此時位置的左手邊正好是JR橫須賀站。

整個隧道塞得水泄不通（八成從隧道另一端便已開始堵塞），機動隊正好接在車陣的最尾端；只見不少行人在堵塞的車陣之間逆向奔逃。

「我看是動不了了。」

負責駕駛的是跟隨瀧野的傳令員——立花警佐。他一看到路上幾乎全是棄車，便放開了方向盤。

「全隊下車！」

瀧野指示道，自己也下了指揮官座車。兩名傳令員背起手提無線電收發器；在縣警總部設置前線指揮所之前，瀧野便是發令所，藉由中、小分隊長傳令，指揮全局。在沒有總部彙整情報的狀態之下，指揮起來必然是一片混亂；不知在這種情況之下，自己能有多少作為？

明石，還不快給我滾過來！

瀧野在內心咒罵著定會不請自來的明石。明石最擅長的就是見縫插針，想必現在正想方設法混進最前線的指揮所。

而瀧野等人的命運，也將隨著明石能否成功進駐前線而改變。

「先行出動的警員應該已經到了現場，設法聯絡他們！」

瀧野對立花下達指令後，便從指揮官座車的行李箱中取出大盾。那盾牌並非新型的透明材質，而是舊型的硬鋁材質；雖然對上槍彈時即使疊上兩面也會被打穿，但可充當武器使用，在沒有中彈之虞的情況下，比新型的更為好用。

「瓦斯對蝦子有效嗎？」

「能帶的就全帶上吧！緊急的時候就直接目測瞄準，當飛鏢射！」

對手不是人類，令瓦斯分隊頗為困惑。

待眾人裝備大盾之後，瀧野依照隊長打頭陣的傳統，站到了最前排。

就在這時，立花突然叫道：

「警備課明石警監來訊！」

明石在這時候來訊，想必是要將彙整過後的前線情報告知瀧野。他在這方面向來滴水不漏。

「趕往現場的警員目前已有九人殉職！」

全隊起了陣騷動。第一機動隊出動至今不過三十分鐘左右，這麼短的時間內竟有九人殉職，可說是非同小可。

「據說是在救援民眾時……被吃掉了！」

立花的聲音在顫抖。被吃掉了這四個字用在人身上，似乎令他大為震撼。

「射擊效果視距離及中彈數量而定！一對一無法應付，必須多人圍攻！來不及逃離的避難者目前被送往大榮超市汐留店及橫須賀王子大飯店！完畢！」

「從現在起兵分兩路，朝汐留天橋出發！從大榮超市及橫須賀王子大飯店繞進現場，協助避難！行動以小隊為單位，嚴禁單獨行動！」

聽了駭人的報告之後，瀧野下了適切的指令，將部隊一分為二。瀧野率領地近海邊的大榮超市分隊，橫須賀王子分隊則交由西宮中隊長負責。

西宮帶著分隊走對向車道，穿越隧道而去；瀧野則率領另一個分隊，從隧道前的平交道進入港灣沿岸的維尼公園之中。橫跨平交道的道路如巷弄般狹窄，逃竄至此的避難者極少。

正當他們穿越車站前的圓環，進入公園之時——

不會吧！年輕隊員的叫聲此起彼落。他們的心境不難理解；雖然事前已聽過說明，但實際上一看——還是太超乎現實了。

長著紅色甲殼的巨大螯蝦四處蠢動，有的在馬賽克花紋混凝土磚鋪成的步道上，有的在籬笆旁的草地上，有的在修葺有加的花壇上，有的則在收費道路的高架橋下。

牠們時而張牙舞爪地追趕逃竄的人們，時而聚在一塊戳戳點點——被戳食的便是人體，路面上血跡斑斑，怵目驚心，長長的內臟拖曳於地。

嘔！有幾個人反射性地嘔吐。即使曾在車禍現場見過死狀悽慘的遺體，還是不及慘遭生吞活剝的人體來得震撼。

附近有個正被戳食的人朝著分隊動了動手，那人的腸子被挑出來，已經連聲音都發不出了。

他的動作雖然虛弱無力，卻帶著明確的意志；瞳孔已開始擴散的無神眼眸卻牢牢地盯著分隊。

該救他嗎？

還有許多民眾正在逃竄。他們雖然逃進了這座被指定為廣域避難場所的公園，但此處並不像避難所一般建有防護設施；憑老幼婦孺的腳力根本無法甩開成群的螯蝦，不少人逃之不及，已被逼得無路可退。

在這種狀況之下，該「救援」顯然已活不成的人嗎？

正當天秤逐漸傾向見死不救之際，魚崎小隊長叫道：

「隊長！救援對象正看著我們！」

這道怒號讓瀧野下定決心堅守名義。豈能讓救援對象在最後一刻留下被棄之不顧的記憶？

當魚崎說要當英雄時，表態贊同的正是瀧野。

「各小隊引導民眾至大榮超市避難！第一小隊跟著我！衝啊！」

瀧野吶喊，朝著不知是男是女、奄奄一息的救援對象衝刺。他以盾角順勢撞向壓在救援對象身上的螯蝦下巴。這招若是對著人類用，可能會造成頸椎上的致命傷，因此過去瀧野從不敢使出全力；但這回可用不著手下留情了。

螯蝦只顧著分食救援對象，挨了這出其不意的一擊，便踉踉蹌蹌地往後退了幾步。魚崎也在一旁對付另一隻螯蝦。

隨後跟上的隊員朝著數隻螯蝦揮動盾牌，在他們一再使勁撞擊之下，怪物開始畏怯。

「把救援對象拉出來！」

身為傳令員而未持盾牌的立花從後架住救援對象的上半身，試圖將人拉出來，但是——

「不行，卡住了……！」

「你們擋著！」

瀧野將螯蝦交給周圍的隊員應付，自己則加入拉出救援對象的行列。

「大家合力推開蝦子！一、二、三！」

數到三，眾人猛烈撞擊，瀧野與立花則趁機使勁一拉。

啪喀！一道刺耳的聲音響起，拉扯救援對象的手感倏地變輕了。

立花屏住了呼吸。

他們只拉出救援對象的腰部以上；腰椎在螯蝦戳食之下，早已變得脆弱不堪。仔細一瞧，裂開的腹中顯然少了許多部位，連外行人都可一眼分曉。

不知他可有看見瀧野等人趕來？不知他是不是想著救援已到而死的？

瀧野取下手套，探了探救援對象的鼻息——他已斷了氣，瀧野只能替他闔上了睜得大開的無神雙眼。

請原諒我們——瀧野在心中喃喃默禱。將死者留在原地或許會被吃得精光，但他們並無餘力回收遺體。

必須優先搶救活人。

「救援對象死亡！現在轉移陣地，協助其他小隊救援！」

聽了瀧野的宣言，魚崎下令：「好，撞開牠們！」隊員們再度撞擊螯蝦，並趁隙全體撤離。

或許是因為眼前擺著現成的食物，螯蝦並沒追上來。眾人瞇起眼睛，看著螯蝦慢條斯理地爬向斷為兩截的人體。

不過，眾人都明白他們已無能為力。沒能搶得食物的螯蝦已經認定小隊為新的獵物，朝著他們進攻。

「整隊！一面以盾牌防護，一面前進！」

瀧野率領小隊奔離悽慘的現場，前去與救助民眾的弟兄們會合。

*

事發至今已過兩個小時——發令所的無線電依舊一片沉默。

夏木轉了潛望鏡一圈，與冬原換手。碼頭與基地自是不用說，就連對岸的維尼公園也爬滿了巨大螯蝦。

「到處都是……」

機動隊在三十分鐘前衝進公園，協助民眾逃入大榮超市之中；但在機動隊到來之前，公園裡已有不少人罹難。夏木與冬原每隔十分鐘便升起潛望鏡觀看，光就他們所見，罹難人數便已不下幾十人。

何況潛望鏡能觀看的範圍極小，一想到範圍之外不知還有多少犧牲者，便教人毛骨悚然。

「警察的動作還挺快的，我們自衛隊不知道怎麼了……」

冬原一面以把手上的轉盤調整潛望鏡倍率，一面喃喃說道。潛望鏡正對著逸見公所，從這個碼頭看不到潛艇艦隊司令部所在的船越公所。雖然方才已有螯蝦從陸地及港灣侵入逸見公所，但逸見公所看來仍是一片平靜。

相對地，停泊於棧橋邊的數隻船艦有了動作，似乎打算以船身作為屏障，擋住港灣方向的螯蝦；照這麼看來，逸見公所已棄守，陸上防衛線應該已經退到較為內陸的長浦公所之後。大概是因為逸見公所與一般道路相鄰，不宜使用槍砲迎擊吧。

「逸見好像被放棄了。」

冬原也與夏木做了同樣的結論；換句話說，這個推測還算合理。

「他們的推進器還能動啊？」

「移動的只有大型船艦而已，大概是仗著噸位和輸出功率夠大，硬是啟動的吧！」

潛水艇與水上船艦即使排水量屬同一等級，引擎的輸出功率也大不相同；「霧潮號」辦不到的事，水上船艦只要做好承受輕微損毀的心理準備，便可以強行蠻幹。

「警備隊守得住嗎？」

「不管守不守得住，都得要陸自出面才能解決。」

夏木一臉不快地說道。橫須賀警備隊總數多達四百人，也持有部分陸戰裝備，只要防衛線設置得當，要守住基地還不成問題。

不過，現在的問題並非守住基地便能解決。對付登陸市區的螯蝦大軍，唯有陸上自衛隊才能勝任；這擔子對警察而言太過沉重了。

第一日，上午。

「老實說，你覺得救援何時會到？」

經夏木這麼一問，冬原皺起眉頭，抓了抓腦袋。他的表情回答了情況並不樂觀。

「假如事情不是發生在橫須賀就好了。」

第二潛水聯隊司令部位於美軍基地之中，令事態更加複雜化。就算欲派兵救援，不只得申請自衛隊出動許可，還得申請進入美軍基地的許可；而如今潛艇被「敵軍」包圍，救援行動勢必演變成軍事行動。

根據自衛隊法第八十一條第二項規定，自衛隊可為了保衛自衛隊及美軍設施而出動，平時自衛隊也會進行演習訓練；但實際上美軍可會同意自衛隊於駐日美軍司令部所在的橫須賀基地進行軍事行動？

「可是若要請求美軍救援，對方也不見得有餘力。」

掃蕩螯蝦大軍與救援「霧潮號」，光是其中一樁便已極為棘手，更何況兩件事攪在一塊？簡直是個悲劇。

「救援不會來嗎？」

夏木與冬原同時朝著發令所入口回頭，站在那兒的少女似乎被他們的氣勢嚇了一跳，身子微微後仰。是那個留著短髮的高個兒女孩，孩子們之中唯一的女生。

冬原曾告訴她發令所的位置，以備不時之需；而她似乎光靠口頭說明便找到了這個地方。不但乖巧懂事又聰明伶俐固然是件好事，但這時候反而礙事。

「妳來幹嘛？不是要你們待在餐廳嗎？」

不想被聽見的對話被她聽見了，感到心虛的夏木於是反射性地出口威脅。少女聽了只是輕輕地咬著嘴唇，露出了不以為然的神色。

「孩子們……好像餓了，可是你們一直沒回來。」

她的聲音中帶著些許抗議之意，夏木回以諷刺：

「真是對不起啊！我沒養成注意小鬼喝奶時間的習慣。」

少女的表情顯得更加不以為然。

「夏，你這話太孩子氣啦！沒注意到吃飯問題，是我們的疏忽。對不起啊！」

冬原打圓場，從聲納席上起身。

「現在立刻準備食物，不過我們也不太會煮就是了。」

然而，少女卻反而踏入發令所之中。

「救援不會來嗎？」

少女重複先前的問題，冬原微微皺了皺眉頭，又露出笑容。每當他打算迅速解決麻煩時，表情便會如此變化。

——而女人總是輕易被這招所騙。

夏木把問題交給冬原處理，袖手旁觀。

「不會不來的，妳放心，只是暫時聯絡不上而已。」

冬原好聲好氣地說道，少女卻露出頑固的表情，搖了搖頭。

「騙人，你剛才不是這麼說的。」

夏木還是頭一次見到不吃冬原這套的女人，而且居然只是個黃毛丫頭。他略微端正姿勢，再次面向少女。

「大家又餓又不安，但你們卻什麼也不說明；看了餐廳裡的電視，市內又變得一團亂。」

「啊，已經上新聞啦？」

冬原問道，少女點了點頭。

「那些蝦子在街上到處爬，已經有許多人罹難了。」

一說到罹難兩字，少女立刻露出說錯話的表情；從她偷偷打量夏木的眼神，就知道她是在顧慮艦長之事。夏木嘆了口帶刺的氣，轉向一旁。

他思索著該說什麼來表明自己並未淪落到得讓個黃毛丫頭擔心的地步，但想來想去卻想不出任何別出心裁的話語，結果什麼也沒說。

少女追問冬原：

「救援什麼時候會到？我們還得在這裡待多久？」

「我早覺得妳看起來很有主見，果然不好打發。」

冬原帶著苦笑說道，對少女招了招手。

「妳隨便找個地方坐下吧！」

冬原似乎打算說明。打從一開始，冬原就對這個少女特別好，令夏木頗為不快，但他並未因此表示異議。

冬原要少女隨便找個地方坐，但這個狹窄又堆滿器材的房間之中能坐的位子極為有限，少女只得戰戰兢兢地走進來，就近坐上通訊席。

「對了，還沒問你們這些孩子的來歷呢！妳叫什麼名字？」

冬原詢問，少女表示自己名叫「森生望」。

孩子們是參加鎮民聯誼活動而前來參觀櫻花祭，至於望則是陪同弟弟前來。他們在自由行動時間與帶路的大人分開，沒想到發生了這種事，望便招呼附近的小孩一起逃命。

「那我就當妳是孩子們的領導人，照實說了。」

冬原的聲音變得毫不客套，他坦白說道：

「依目前的情況來看，救援還得等上好一陣子。」

聽到這句話時，森生望刷白了臉。

「為什麼？船上有一般民眾耶！」

她那與責備僅有分毫之差的語氣，顯示出她的奮力自制。

「我們所處的位置太複雜了；如果這裡是海上自衛隊的碼頭，或許還有辦法……更何況也得先收拾市區的殘局，才能顧及我們。這艘船上的糧食和水電都很充足，足夠我們據守一陣子；處境較為安全的人就挪後救援，這個道理妳應該懂吧？」

「我們得被挪後到什麼時候？」

「要看市區殘局的收拾狀況。或許是三天後，或許是一週後，或許是十天後，或許是一個月後……妳賭哪個？」

望似乎沒有餘力去回應冬原的玩笑。見到她忐忑不安的樣子，夏木冷冷說道：

「看他們明知遺體會被吃得精光還不盡快來接收，就知道狀況有多嚴重了吧？」

「喂喂喂，夏木，別欺負人家啦！」

「我說的是事實。」

望咬著嘴唇，低下了頭。這似乎是她忍耐時的習慣動作。

冬原滿臉無奈地瞥了夏木一眼，那眼神就是在譴責他孩子氣，讓他極為不快。

「可是，有小孩困在這裡——警察和自衛隊卻不出動？」

面對這直接的質疑，夏木無奈地將視線從望身上移開。為了保護弱者而存在的組織什麼也不做，主要的原因竟是出於政治因素。較為安全的人挪後救援——這只是大人冠冕堂皇的藉口，其實等於是強迫弱者吃悶虧。冬原似乎也覺得問心有愧，笑容多了幾分苦澀。

對於小孩及家長而言，孤立於螯蝦大軍之中的潛水艇根本算不上「安全」。這個事實考驗著自衛隊的存在意義。

明明擁有即時援救孩童的手段、人力與戰力，卻無法進行救援；而理由竟純粹出於所謂「大人的考量」。

「新聞有提到你們被困在這裡嗎？」

夏木詢問，望搖了搖頭。我想也是——夏木喃喃說道，事情發展完全如他所料，真無聊。

冬原對著一臉訝異的望說明：

「換句話說，雖然我們已向司令部報告有未成年人受困於潛艇，但這個消息卻被壓了下來。

警察應該也還不知道這件事。」

「為什麼？」

「當然是因為把消息壓下來比較省事啊！」

夏木冷淡的語調令望再度咬起了嘴唇。夏木無視於她，繼續說道：

「要是外界知道有小孩困在孤立無援的潛艇之中，一定會吵著要他們立刻救人。可是就狀況及地點而言，救不救得成還是個問題；而他們多拖一天，輿論就多砲轟一天，當然是裝作聯絡不上、毫不知情最好啊！」

「怎麼這樣……」

望那毫無惡意的愕然語調教人難過，夏木的聲音卻因此變得更為冷淡。

「根據目前的狀況，根本無法確定參觀櫻花祭的孩子們安全與否；你們可能被捲入市區的混亂，可能在美軍基地中接受保護，也可能已經罹難。推說不知道是最簡單，也最輕鬆的方法。」

「自衛隊都是這樣的嗎？」

夏木沒回應她的譴責。說來可悲，他無法保證自衛隊不會因政治因素而流於採取「這樣」的方針。

他何嘗不希望自衛隊不是這樣？

現在——困在這艘潛艇上的自己能做什麼？

「放心吧！我會讓你們平安回家。」

夏木起身，一面走出發令所，一面對冬原說道：

「你和森生先回餐廳，製作孩子們的名冊。」

夏木先到居住區一趟，才來到餐廳；此時冬原與望正要求其他孩子寫下姓名及電話住址。

「名冊做好了就交給我。」

聽到這句話，望轉向夏木。

「我也有手機，由我來打回家。」

這個唐突的主張令夏木露出了訝異之色。冬原從旁幫腔：

「你想幹什麼我都知道，反正結果差不多，採用聰明一點的方法也無妨吧？犯不著由你一個人來扛。只要爬到瞭望臺上，誰都能打電話；遇上麻煩的孩子打電話回家，是再正常不過的事了，對吧？」

他的「對吧？」是朝著望說的，而望也點了點頭。搞什麼啊！狼狽為奸。夏木暗自啐了一句，將手裡的手機塞回口袋中。

望似乎鬆了口氣，表情略微緩和，這更教夏木不快。冬原是如何加油添醋地對望說明夏木的意圖，可想而知。

別看他那樣，他是很重情義的；為了你們，他打算賠上自己的前途——夏木光是想像便起雞皮疙瘩。嘴上說得慷慨激昂，但絕不會主動代勞，這便是冬原的作風。

我這麼做並不是為了你們——夏木連如此辯解的機會都沒有。

不久後，手寫名冊完成了。

第一日，上午。

森生　望　高三（17）
遠藤圭介　國三（15）
高津雅之　國三（14）
吉田茂久　國三（14）
坂本達也　國二（13）
木下玲一　國一（12）
芦川哲平　國一（12）
森生　翔　小六（12）
中村亮太　小六（11）
平石龍之介　小五（10）
野野村健太　小四（9）
西山　陽　小四（9）
西山　光　小一（6）

住址全都位於橫須賀市內的同一座鎮上，除了森生姊弟以外，還有一對姓西山的兄弟檔，年紀是眾人之中最小的。

做好名冊，他們便往發令所移動。儘管孩子們全進入發令所以後都緊靠著艙壁，依然顯得壅擠不堪。

冬原將潛望鏡微微升上瞭望臺，轉了一圈，檢查上頭有無螯蝦。他們之前已用潛望鏡看過好幾回，知道瞭望臺安全無虞，這次只是為了慎重起見。

確認完畢後，先由夏木爬上升降筒。

夏木打開艙門，走入上半截突出瞭望臺的上部指揮所；放眼望去，海水染成了一片淡紅色，碼頭與對岸的公園也盡是四處蠢動的螯蝦，真教人懷疑這是不是什麼整人節目。

他窺探艦長關上的艙門，附近已是泯然無跡。這幅彷若什麼也未發生過的光景，反而教他忍不住瞇起眼來。

不久後，森生望在冬原的協助下攀了上來。上部指揮所最多僅能容納三人。望戰戰兢兢地俯瞰下方——螯蝦雖無爬上來的跡象，卻在甲板上四處爬動。

「OK，打電話吧！知道該怎麼說吧？」

最後登上的冬原對望指示道，望也點了點頭，從腰包中取出手機。夏木不在之時，他們似乎已計議妥當。

電話線路壅塞，很難打通；重撥了數次之後，手機總算接通，望開始說話：

「喂？我是望……對，我沒事，翔也和我在一起。我們現在在美軍基地的自衛隊潛艇裡避難。嗯，停在美軍基地裡，不過是自衛隊的潛艇……聽說只有潛艇是停在美軍基地這邊。」

這些詳盡的情報想必是冬原事前傳授的。夏木瞥了冬原一眼，冬原咧嘴一笑，在盤起的手臂下方偷偷比了個V字。

「現在港灣裡到處都是蝦子，潛水艇動不了，我們被困在裡頭。鎮民會的孩子也和我在一起……對，遠藤他們和亮太，還有幾個我不太認識的小孩。我現在唸他們的名字和住址，請抄下來……哦，對，鎮民會可以查到住址嘛！那我唸名字就好。」

她和家人說話的口氣似乎稍嫌客套了一點，不過該說的都沒遺漏。雖然還是個孩子，卻是相當可用之材。

「還有，能不能請妳通知警察或縣政府這件事……還有電視臺及報社？嗯，好像是……無線電的收訊不太好，無法確定各個機關是否已收到消息，為了慎重起見……啊，對了，或許是因為外面那一堆蝦子弄壞了天線。」

說得好！冬原撫掌讚道。望似乎聽見了，一面說話，一面露出靦腆的微笑。這是她逃進潛艇以來初次展露的笑容。

望又表示目前水與糧食充足，螯蝦也無法進入潛艇，要家人別擔心之後才掛斷了電話。

這麼一來，孩童受困於潛艇之事便會流傳到外界，而且是以相當自然的形式。小孩在這種狀況下想聯絡家人，自衛官斷無禁止之理；比起夏木與冬原直接對外放出消息，這麼做所受的「譴責」應該要輕上許多。

待他們再度回到發令所後，冬原詢問眾人：

「除了小望以外，還有誰有手機？」

兩個年紀較大的少年舉起手，是三個國三生中的兩人。

「我們也會把手機借出來，大家輪流上去打電話回家。打完電話以後再來煮飯吧！」

「我可不借喔！」

說話的是遠藤圭介。他的身高僅次於望，一臉我行我素的模樣。

「因為我沒帶充電器來。大家一定會講很久，很耗電，又不知道得在這裡關到什麼時候。」

冬原微微瞇起眼睛。

「你這孩子還真是精打細算啊！不知道是誰教出來的？」

「別說了，冬原。」

夏木一面說道，一面瞪著圭介。

「別和這種屁眼小得只能拉出細屎的小鬼頭計較，太幼稚了。沒帶手機的小鬼用我們的就好。」

「大叔，你很囉唆耶！」

圭介漲紅了臉怒吼道。對於青春期的少年而言，這種下流的揶揄方式似乎過於猛烈。

「你就好好寶貝自己的手機吧！不過，既然你有這種觀念，就別指望借別人的東西。反正我們有充電器，不怕電池沒電。」

圭介心有不甘地噘起嘴，冬原則是露出啼笑皆非的表情。

「到底是誰比較幼稚啊？」

「囉唆！你也快點把手機拿過來！誰沒手機？」

夏木將手機遞給站在附近的少年，圭介卻怒吼：

「別跟這種人借，茂久！我們會借你！」

吉田茂久本來正要接下手機，又膽顫心驚地縮回了手。

夏木瞪著另一個有帶手機的少年。那是國三三人組的最後一個人，高津雅之。

「你也不肯借人？」

雅之迅速地打量圭介與夏木一眼，又倏地將視線從夏木身上移開。

「我的手機快沒電了嘛！」

「那你也好好寶貝你的手機吧！」

夏木丟下這句話後便將手機交給其他孩子，逕自爬上了瞭望臺。他等了片刻，最先上來的是三個國三生。

「別偷聽別人講電話！」

圭介斥喝，夏木原想還以怒吼，又覺得未免太過幼稚，便走到瞭望臺頂端，拉開距離。

三人打完電話下樓之後，年幼的孩子們便在冬原的攙扶之下爬了上來。

待眾人通話完畢，夏木才關上艙門，回到潛艇之內。就在這時——

「呃……請用。」

望來到夏木身旁，遞出擰好的毛巾，似乎是從廚房取來的。見夏木露出訝異的表情，望以手指咚咚地敲了敲自己的左臉頰。

見了她的動作，夏木才想起自己打開前艙門時曾被螯蝦的大螯所傷，之後一直擱著傷口沒管。他已習慣那鈍重的痛楚，反而沒感覺了。

「……謝謝。」

他接過毛巾，擦拭傷口，但抹得太過用力，出乎意料的尖銳痛楚教他忍不住彎下腰來。

「呃，輕輕拍……」

夏木依言輕拍傷口，但望的視線卻沒離開他的臉頰，看來他似乎沒將血糊擦乾淨。他摸索著下巴一帶，一旁的望按捺不住，說了句「對不起」後拿走毛巾，輕輕地擦拭旁邊一點的地方。

「你要用嗎？」

接著望遞出印有花俏圖案的ＯＫ繃。

「……不，不用了。」

望乖乖地將ＯＫ繃收回，冬原卻嘻皮笑臉地說道：

「幹嘛？你就拿來用嘛！」

「你故意的是吧？」

大男人怎麼能在臉上貼這種東西！但望也是一番好意，夏木不好在她面前這麼說，只能滿臉不快地瞪著冬原。

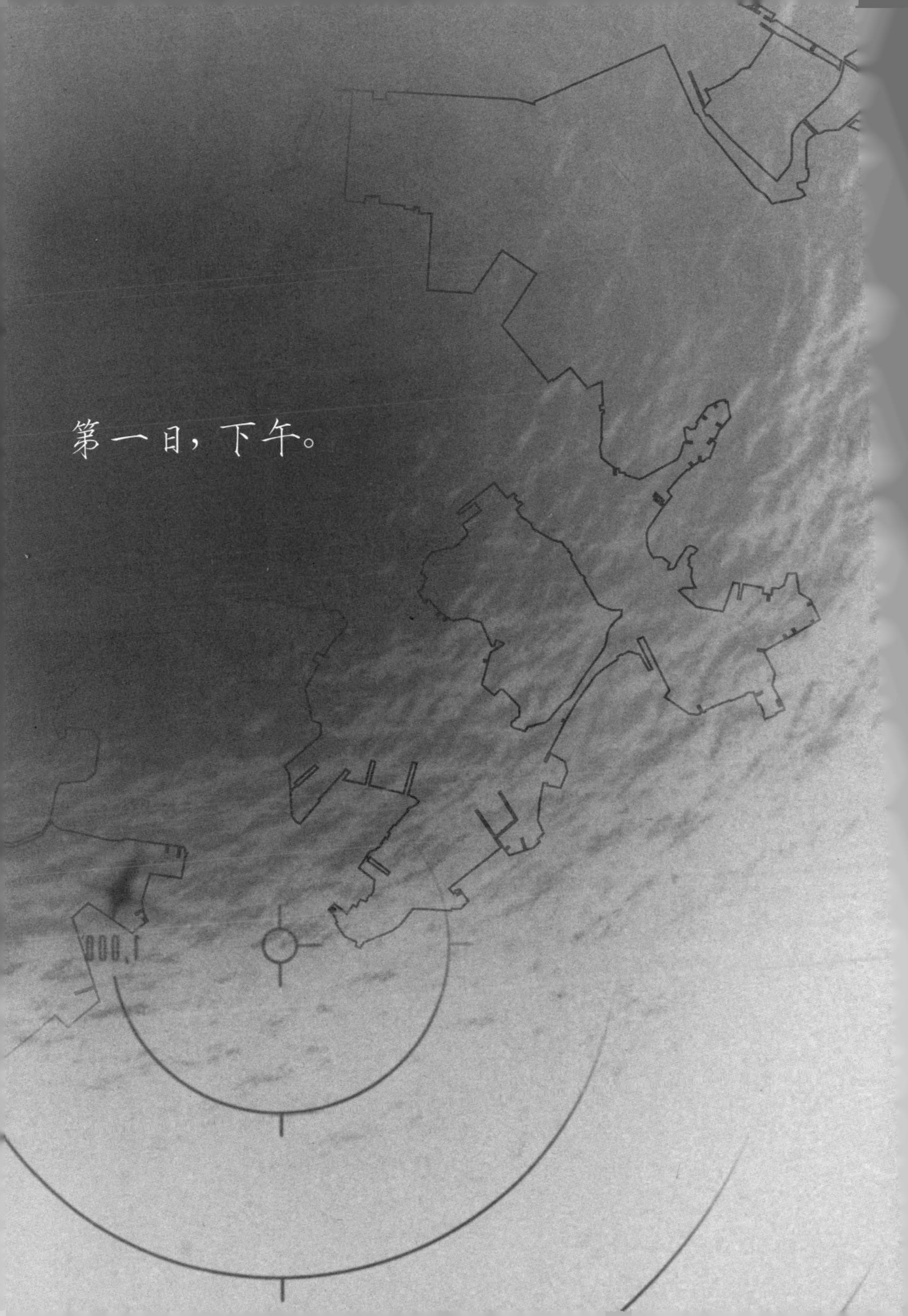

第一日，下午。

真的是九死一生。

*

雖說要保護並引導民眾避難，但機動隊並無足以擊潰甲殼類的裝備，基本上只能且戰且走。催淚瓦斯的成分尚不足以殺傷人類，對甲殼類自然無法發揮多大的效用；頂多只能利用催淚彈於近距離發射之下的衝擊力，充當飛鏢使用。

然而，由於催淚彈的初速並不快，縱使擊中敵人，也只是令對方略微停頓而已；接著隊員還得受隨後飄散開來的催淚瓦斯荼毒。

即使如此，為了爭取敵人停頓的那一瞬間，機動隊仍得頻繁使用瓦斯筒，造成汐留路口一帶籠罩於催淚瓦斯迷霧之中。雖然有網槍及高壓放水槍，但現場一片混亂，根本無暇填裝網槍子彈，射個一發就沒了；而放水槍的配備數量太少，無法達到掩護全體的效果。因此，即使明知是自找苦吃，機動隊還是得拿瓦斯筒當飛鏢用。

瓦斯筒原本便是設計用來丟入敵陣，因此防毒面罩並不在機動隊的基本配備之中，隊員只能拿白絹圍巾掩住口鼻；但圍巾無法完全防堵瓦斯，更不能遮擋眼睛，往往嗆得隊員一把鼻涕、一把眼淚，在煙幕之中四處奔走。有時連救援對象都被瓦斯燻得呼吸困難，動彈不得；此時隊員便得扛著民眾全力疾奔，心境上近乎潰逃。

媽的，你們這些臭蝦子。

瀧野背著老人，咬牙切齒地想著。

明明就和我小時候用魷魚釣來的蝦子長得沒兩樣。

事實上，越是就近觀看，瀧野便越覺得那些甲殼類生得與螯蝦一模一樣。

瀧野的眼睛紅腫發熱，鼻水多得吸不起來，把圍巾弄得又黏又濕。模仿特攻隊設計的絹質圍巾居然落到滿是鼻水的下場，說來真是教人心酸。

「隊長，快到了，加油！」

從旁攙扶的魚崎說道：

「往這邊！」

他循著弟兄的聲音，穿越煙霧籠罩的廣場，奔向大榮超市汐留店；待他連撲帶跌地滾進開啟的玻璃門內，看守出入口的人立刻將門關上。樓層挑高、整面玻璃採光設計的門口大廳中堆放著店內的物品，作為屏障。

瀧野跪在油地氈上，讓背上的老人下來；旁人立刻送上了幾桶水，應該是在外包餐飲店的協助之下提前備好的。

「先洗把臉，好好沖洗眼睛！洗完以後請立刻到二樓去！」

瀧野自己也將臉浸入水桶之中，用力眨眼。

行動至今已過了一小時左右，由於全隊馬不停蹄地救援，如今幾乎已不見需要救援的人了。

隨後出動的第一機動本隊也劃分災區，以一個中隊以上為單位，分頭引導受困於住宅的民眾避難。中原區的第二機動隊似乎是負責鞏固防衛線。在這一反常態的明快調度背後，隱約可看見明石的影子。

「如何？」

他以過度簡略的問法詢問自己出動期間的救難進度，看守入口的一名隊員回答：

「包含隊長救回的人在內，又救了四個人，其中一人重傷，已要求救難隊出動直升機。」

聽了這個報告，瀧野忍不住瞪大眼睛。

「竟然能……」

活到現在？這句感想他收入了心頭。

能夠營救的重傷者早在救援初期便已救回，在請求救難隊出動直升機之後，便立刻將這些傷患搬到了頂樓去了。至今仍未被發現的重傷者，只能算他們運氣不好，放棄搶救。來不及搭救而被吞食死亡的人應該不少，但機動隊也只能自我安慰：「我們已經盡了義務，接下來還有其他義務等著我們。」並將救援對象轉移至受困於車裡的民眾。

直到現在才被發現的重傷者能免於螯蝦捕食而獲救，可說是近乎奇蹟。

「是個警官。」

「我去看看他。」

瀧野率領的小隊自展開行動以來便不斷奔波，差不多該小憩片刻了。瀧野利用這個機會，命令隊員休息十分鐘，自己則搭著電扶梯前往二樓。

二樓撤去了商品，鋪上泡棉及塑膠墊，供傷患休息。這些傷患受的大多是沒有生命危險的傷勢，躺著的人主要是因為催淚瓦斯而感到不適，但其中卻有一個渾身是血的身影。

走近一看，是個年近退休的老警官。他發現瀧野來了，右手動了一動，試圖敬禮；瀧野以手制止他，在他的枕邊跪下。

滿身瘡痍。

隊員已替他做過緊急處理，看不見傷口，但全身上下都包著繃帶。脫下放在一旁的寶藍色制服染成了一片烏黑，如果動手去擰，只怕會流出紅色液體來。看來他在接受應急處理之前，出血相當嚴重；臉色已不只是面如土色，而是面如死灰了。

「真虧你撐了下來。」

可別就這麼死了——這個念頭讓瀧野選擇了另一句話，而非「別死」。

「救難隊的直升機馬上就到，請加油。」

老警官微微歪了歪頭，似乎是點頭之意。

瀧野再度起身，走向下行的電扶梯。他對著電扶梯旁站崗的兩名警官敬禮。

「很抱歉，還得請你們繼續工作一陣子。別鬆懈！」

獲救或自行逃進店裡的輕傷警官全都就地執行警備工作。

年紀尚輕的兩名警官微微一笑，並一本正經地回敬一禮。

負責橫須賀王子飯店方面的西宮分隊亦逐一救出救援對象。

住之江小隊長率領的小隊正在搶救受困於市公車之中的數名乘客。

受了催淚瓦斯影響，乘客們開始咳嗽，住之江抱在懷中的小男孩也發出異常的呼吸聲。那是種宛若咻咻笛聲的痛苦喘息。

「這孩子……有氣喘……」

說明的可是母親？住之江將小男孩的頭部壓在自己的胸膛上，這樣他應該會舒服一點。

「加油，再撐一會兒！」

他混在煙霧之中，一面閃避四處爬動的螯蝦，一面朝著橫須賀王子飯店奔跑。乘客們也在隊員的攙扶之下緊隨在後。

然而氣喘兒童的母親卻在半途尖叫起來。

「我的皮包……！」

她似乎掉了皮包。

「放棄吧！」

周圍的人勸解，但母親卻反抗似的停下腳步。

「不行，那不能掉！」

母親轉身就要折回，隊員從兩側架住她，強行拉著她離去。母親無力抵抗，被拉扯的同時大聲叫道：

「放手！那裡面放著吸入劑！」

「我們會立刻聯絡救難隊，準備直升機！」

「那得花……幾分鐘啊！」

母親怒斥，一面劇烈地咳嗽，一面訴說著她的孩子撐不了那麼久。滿是淚水及鼻水的母親面容相當悲壯，而孩子的喘息聲也越發異樣。

一名乘客見速度減慢，按捺不住地叫道：

「忍耐一下就好了，又不會死！」

一個人發難，接著便是連鎖反應。「這麼重要的東西幹嘛不拿好！」連這種無濟於事的譴責都毫無顧忌地出現了。

「我去拿！」

自告奮勇的是長田隊員。「不行！」他才剛說完，住之江立刻否決。「我再派其他小隊的人去撿！」

「能見度太差了，不知道經過路線的話沒辦法找！我去！」

「不行！小隊行動是絕對原則！」

「沒問題的，我參加過全國運動會的短跑項目！」

長田撂下這句不成回答的回答之後，便朝著來時路跑去。

「關目、守口，跟著他！」

情急之下，住之江下令分頭行動；長田也聽見了這道從遠遠身後傳來的指示。

他循著記憶中的路線折回，跑了片刻之後，便發現一只女用的褐色皮包掉在白色煙霧之中；然而，卻有隻螯蝦跨在皮包上。

要是讓牠踢走皮包，裡頭的東西飛散開來，屆時要找就難如登天了。長田近乎反射性地下了

第一日，下午。

決斷。

「嗚喔喔喔喔喔！」

長田大吼，連人帶盾衝撞螯蝦。帶著渾身重量與加速度的全力一擊微微逼退螯蝦，長田趁隙拎起皮包，棄盾跳開。

他抱著皮包翻滾一圈起身，維持前傾的姿勢開始奔跑。棄盾之後的輕盈身體大步加速著，視沉重的出動靴為無物，彷彿重獲自由一般。

這是他跑得最快的一次。

他曾三度參加全國運動會，沒一次獲勝，但今天——啊，我就像英雄一樣。為了痛苦的孩子而抱著吸入劑，比跨越白色終點線還帥，不是嗎？

——此時，輕快流動的濛濛景色突然翻倒。

在煙霧瀰漫的橫倒景色之中，長田望見關目與守口臉色大變地跑過來。

他動了數次膝蓋，發覺只是空轉，原該跟著蹬地的小腿沒連在一塊。仔細一看——怪了，為什麼？

右膝以下的部位消失了。

膝蓋與膝下的部分相距約有一公尺遠，中間流成了一片紅色血海。

接著，來自右側的螯蝦試圖壓住長田。牠混在煙幕之中接近，因此長田未能察覺。

「長田————！」

衝上前來的關目以盾牌敲打螯蝦，守口趁隙扶起長田。

第一日，下午。

「拿著！」

守口塞給長田的，便是他截斷的膝下。長田愣愣地接過，喃喃問道：

「皮包呢？」

「拿了！」

仔細一看，守口的肩膀上掛著小小的女用皮包，魁梧身材與小巧皮包之間的落差相當滑稽，頗具幽默感。

我自己也很好笑吧？

洋洋得意地說自己曾參加全國運動會，結果竟然跌倒而失去資格。

正當他發笑的瞬間，麻痺的痛楚朝著感覺神經席捲而來。

「啊啊啊啊啊啊啊啊啊啊啊啊啊啊啊啊啊啊啊啊啊啊啊啊啊啊啊啊啊啊啊啊啊！」

「撐下去！很痛，很痛吧？加油！」

守口的激勵也顯得顛三倒四。推開螯蝦的關目丟下盾牌，從另一側攙扶長田；長田便被他們兩人吊著移動。

住之江又率領新的分隊——不，遠多於分隊的人數趕來。

「瓦斯隊，射擊！」

不知住之江召集了多少火力前來？只見隊員們朝著目標一次又一次地進行水平射擊，被血腥味引來的螯蝦開始畏怯，催淚瓦斯的煙霧重新籠罩四周。

隨後趕上的小隊一齊圍住長田，同心協力抬起他的身體，拔足疾奔。

「替他拿腳！」

有人伸手去拿長田抱在懷中的膝下部位。

「不行，他不放手！」

長田緊緊抱著截斷的腳，已然昏迷。

飯店大廳倏然騷動起來。

「快請求直升機前來！長田重傷！」「右膝截斷！還有呼吸！」

眾人執行人海戰術，如怒濤般將長田搬進屋內。

在一片手忙腳亂之中，住之江由守口手中接過皮包，強作面無表情地走向方才的母子。倚牆坐在大廳角落的母親膽顫心驚地抬頭仰望住之江，小男孩仍咻咻地喘著氣，似乎連躺都躺不住，只能坐著地上痛苦地蜷曲著；母親則是不斷地輕撫他的背部。

住之江默默地將皮包交給母親，待對方接過皮包後又敬了一禮。

母親深深地低頭致謝，接著趕緊摸索皮包，取出了吸入劑。小孩如撲羊餓虎似的接過吸入劑，開始使用。過了不久，異樣的呼吸聲總算平息了。

母親叫住了正欲離去的住之江。

「請問……剛才那位先生呢？」

住之江無法回頭——母親找到吸入劑之後浮現了安心的微笑；一想到她的笑容，想到長田失去的腳，他的面無表情便開始龜裂，無以掩飾。身為一個母親，擔心氣喘發作的孩子更勝於失去腿的長田乃是理所當然；雖是理所當然，現在的住之江卻無法坦然接受。

住之江沒回頭，直接回答：

「對你們而言，他是正義使者。」

他知道這並非母親所期望的答案。在母親再次詢問之前，住之江制止她似的搶先說道：

「其他的妳不必知道——請妳理解。」

獲救的人無須知道正義使者的末路。

住之江轉過身，邁步離去。

「叔叔，謝謝。」

一道虛弱的聲音傳來。

住之江停下腳步，微微轉過頭來，輕輕敬了一禮。

「謝謝。」

見住之江反過來向自己道謝，小孩似乎頗為困惑。住之江是懷著何種心情反過來道謝，不知這孩子可會有明白的一天？

就算那一天永遠不會到來或許也無所謂。

重傷的長田隊員右膝被切斷。

聽了這個報告之後，瀧野的眉宇之間生了再也去不掉的深刻皺紋。終於出現了犧牲者，據說就是單獨行動那一瞬間發生的慘事。

就在瀧野再度嚴令全體隊員集體行動時，縣警總部捎來了訊息。立花將無線電遞給他，接過一聽，原來是明石。

『聽說有人受了重傷？』

「該來的躲不掉啊！」

一瞬間的沉默傳遞了悄然的哀悼之意。

『縣警成立了應變總部，地點就在不入斗公園。行政應變總部也到不入斗來了。』

「不入斗公園？」

那是座設有綜合體育館（橫須賀技擊館）及田徑競技場的大型運動公園，位於遠離美軍基地兩、三公里外的內陸。

『因為市公所和橫須賀警局離海邊太近了。』

換作平時，應變總部該設置於市公所或橫須賀警局；但這兩處都靠海，離基地又近，難以逃過螯蝦的摧殘，因此只得捨棄這兩處據點，在不入斗公園成立共同應變總部。

『管區機動隊（管機）決定出動了，上頭雖然不太樂意，也答應讓東京都警局支援。目前以國道16號為防衛線固守，阻止螯蝦闖到內陸來，附近的居民也同時進行撤離。至於受困於災區的居民，縣長已經要求陸上自衛隊比照救災模式出動救援，所以還得麻煩你們再撐一會兒。現在正在動員陸海空運輸直升機，目標是在數天內撤離全部居民。』

「自衛隊已經展開行動了嗎？」

『只有救災部分，軍事方面還是毫無動靜。內閣應變室直到剛剛才開始開會討論，可是……』

他那含糊的語尾所示的言外之意為何，瀧野很清楚。

「不過，至少前線應變總部有著落了吧？」

少了國家的正式支援，絕對無法止息這場災害；即使落後了縣警與行政單位一步，政府早晚還是得在前線設置應變總部才行。既然如此，現在內閣開會當然該優先討論前線應變總部的設置事宜。瀧野一心如此認定才這麼問，沒想到明石卻語帶諷刺地笑道：

「聽了可別太驚訝！現在各部會首長全體出動，正在替這個事件取名字呢！」

「白……」

白癡啊？瀧野險些罵出來，卻勉強忍住了。這件事若是傳入部下耳中，會影響他們的士氣。

「算了。防衛線該怎麼辦？要在整個災區周圍製造路障阻擋螯蝦，得花不少工夫啊！」

『這時候就得沿用哥吉拉的傳統啦！』

「……原來如此，用電流啊？」

在防衛線上灌水並導入高壓電——雖然只是個應急的辦法，成效卻不差。

『不過光靠這招無法收拾牠們，只能嚇阻而已。有些螯蝦被激怒了，甚至會變得更為凶暴。假如整條防衛線上都能導入致死程度的電壓，就好辦了；只可惜輸電線和電源無法負荷。不過，至少可以在螯蝦快突破防衛線時提升局部電壓加以防堵，控制牠們的行動範圍。現在正在趕工設置電磁柵欄。』

「還有沒有其他情報？比方螯蝦的來路和弱點。」

後者特別是瀧野迫切渴求的情報，然而明石卻無情地否定：「沒有任何情報。」螯蝦出現至今不過數小時，說來也是無可厚非；但也正因為如此，前線應變總部仍無著落之事更令瀧野氣忿難平——地方政府及縣警所能收集到的情報畢竟有限。

「媽的，為什麼偏偏選在橫須賀啊？」

幹嘛不挑其他縣市？瀧野口無遮攔地埋怨。

『這問題你得去問那群螯蝦才能知道。是偶然，還是必然……？總之目前還不明白，如果有新消息，我再向你報告。』

明石貼心地將怨言當成發問處理；瀧野滿懷感激地接受他的好意，改變話題。

「幫忙解決我們的伙食問題。餓著肚子沒辦法作戰。」

在外包餐飲店的協助之下，受困於超市內的民眾及業者的餐飲不虞匱乏，但卻無法顧及機動隊及警官。

伙食不公平最容易影響士氣。現在機動隊為求公平起見，全都餓著肚子；橫須賀王子飯店能否應付避難民眾的伙食也是個問題。

『我已經派人準備了。抱歉，可能得委屈你們少吃一頓中飯。至於避難民眾的份，縣政府已經著手安排了。』

雖然趕不上中餐，但這番調度已是相當迅速——這都得歸功於混進總部裡的明石。上頭的人大概認為精神力能戰勝饑餓感，在這種時候總是滿不在乎地延誤前線的伙食供給。

「我們就委屈一點，你快點把飯送來！」

瀧野心裡感激，嘴上仍不饒人，損了對方一句才掛斷無線電。

*

『關於今天上午發生的橫須賀巨蝦來襲事件，本節目「綜藝2點通」的採訪小組方才接獲了一個新消息。』

『咦？什麼消息啊？』

『請看VCR。請注意這個位置，碼頭邊有一個狀似黑色船艦的物體，看見了嗎？上頭爬滿了蝦子，或許不好辨認；就是這裡，這個位置。這就是海上自衛隊的潛水艇「霧潮號」，我們接獲消息，目前居然有十三個小孩受困於這艘潛水艇之中。』

『什麼？』

『真教人擔心啊！孩子們沒事吧？』

『是的，請看我們整理出來的孩童狀況表。』

・共有13名小學至高中生年紀的未成年人受困。

・潛艇上有2名自衛官。

・無人受傷，健康狀態也沒有問題（截至目前為止）。

・糧食與水源充足，還可支撐一段時日。

・停靠地點為美軍設施之內，可能造成救援上的阻礙？

『目前的狀況大致上就是如此。』

『為什麼會變成這樣？』

『是的，這些孩童是參加鎮民聯誼活動而前來參觀櫻花祭；後來巨蝦來襲，他們在混亂之中逃進了海上自衛隊的潛艇碼頭。呃，就在這張地圖的這個位置。這條紅線便是我們推測的孩童逃亡路線。』

『美軍基地裡怎麼會有自衛隊的潛水艇啊？』

『是的，海上自衛隊設施幾乎都建設於長浦灣邊，唯有潛艇相關設施位於美軍基地之內。據說事發當時潛艇水手原本正要避難，為了保護孩童才又躲進潛艇之中。』

『當時就該帶著孩童一起逃到基地外啊！窩到那種無路可逃的地方，未免太沒大腦了。』

『不，我們不清楚當時的狀況，不方便評論。再說其中似乎也有相當年幼的孩童。』

『不能立刻營救孩子們嗎？』

『如各位所見，港灣裡到處都是蝦子，尤其「霧潮號」及碼頭上更是不計其數；若是裝備與人力不夠齊全，很難立刻救出孩童。此外，美軍基地目前陷入極度混亂，能否允許日本政府派人進入救援也是個問題。』

『話說回來，那些孩童的安危真是令人憂心啊！長時間處於密閉空間之中，對精神造成的負擔想必很大。』

『應該趁早救援才對。自衛隊是幹什麼用的啊？』

『現在市區仍是一片混亂，但願事情能盡早解決。』

『好的，接下來是「今天的紀念日」單元。』

〔今天是什麼紀念日呢？〕（叮噹聲）

「好樣的……」

船越公所的潛艇艦隊司令部之中，正播放著三十分鐘前錄下的民營電視臺綜藝節目，喃喃地說出這句話的，正是第二潛水聯隊司令部聯隊司令富野少將；將據點由美軍橫須賀基地移往船越公所的也是他。

潛艇艦隊司令福原中將指示列席的幕僚將影片倒帶，轉向富野。

「電視臺說這些資訊是孩童家長提供的。」

「那幾個小子可精明了，當然會先把臺階準備好。」

富野露出無畏的笑容回答，福原也跟著笑了。

「『霧潮號』的不良實習幹部嗎……這種角色光是一個就夠讓人頭大了，川邊居然能一次管理兩個。」

福原所說的川邊，便是為了保護孩童而喪命的「霧潮號」艦長。

「或許該稱讚他居然能夠一次培育出兩個。」

在以橫須賀為據點的第二潛水聯隊之中，川邊艦長麾下的實習幹部——夏木少尉與冬原少尉乃是首屈一指的問題人物。雖然實習成績遠勝歷代實習幹部，但惹出來的麻煩規模亦是非同小可，甚至有人認為讓他們上潛艇，整個第二潛水聯隊都會完蛋。他們不只一次面臨被開除的險

第一日，下午。

境，而每次都是川邊救了他們的小命。

非常時期的可用之材平時總是放縱不拘。而我們該培育的，正是非常時期的可用之材。

川邊替兩人求情時所持的這番理論，是否將被證明？莫說海軍辦事處，就連參謀本部對於眼前的狀況都是束手無策；但區區兩個實習幹部卻能從孤立的潛艇之上打破僵局。

參謀本部早已將未成年人受困於港灣之事上報內閣應變室，但這個消息一直未被公開，事態仍舊停滯不前。轄區內各基地原以為接獲消息後便能立即領命出動，誰知事與願違，搞得大夥兒又氣又急；而這個節目正好在此刻給了內閣措手不及的一擊。這是個以演藝資訊為主的八卦節目，收視率相當高。

在這個節目的觸發之下，想必各大傳媒也會開始全力採訪吧！

這能成為現狀的推動力嗎？全體隊員都迫不及待地等著出動命令。雖然警方目前正竭力奮鬥，但要解決問題，仍然少不了軍隊的力量；對警察而言，這個擔子也太過沉重了。

然而，內閣應變室仍以內閣存續為重點，開著無意義且冗長的會議。

「川邊留下的部下能夠闖出一條路嗎？」

福原喃喃說道，富野也顯得心有戚戚焉。

「失去了一個大好人材，真可惜。連他的遺體都沒能接回，更是令人扼腕。」

夏木與冬原在報告狀況之時，亦曾要求司令部援救川邊艦長，然而終究是救之不及。

載有救難直升機與救難人員的護航艦目前並未停泊於橫須賀，司令部只得採用替代方案，派遣巡邏直升機及警備員前往；但當時潛艇上已不見川邊艦長的身影，只在附近的海面上找到了制服的殘骸，花了九牛二虎之力才加以回收。

即使川邊仍活著，且救難隊能以最快的速度出動，想必還是無法從無數巨蝦占據的潛艇之上救出身負重傷的他。海上自衛隊的救難隊基本上是負責救助船難，並不具備一面躲避敵人攻擊一面進行救援的裝備與技術。

實際上，要救出潛艇中的孩童，也需要陸上自衛隊支援；鎮壓市區之中的巨蝦亦然。海上和市區分別由海上、陸上自衛隊負責，雙方並肩作戰才能成功。參謀本部已經開始擬定作戰方案，但內閣不下決定，自衛隊便無法出動。

福原環顧眾幕僚。

「川邊艦長的部下闖開了這條路，至少要由我們來拓寬。自衛艦隊司令部應該也和我們有相同的想法。」

還有另一群人在船越公所的空會議室中觀看了這個節目，他們便是從「霧潮號」來此避難的水手們。他們將一同避難的民眾交給長浦公所的衛生隊照料之後，便到船越公所會合；當時於船上值班的二十餘名水手幾乎是毫髮無傷，全員到齊。

眾人默默地看著節目大爆秘辛。在影片重播了數次之後，有人喃喃地問道：

「這應該是他們搞的吧？」

「除了他們還會有誰啊？」

忿忿地如此回答的，便是監督「他們」伏地挺身的村田老士官長。

「除了他們，還有哪個白癡會幹這種事？」

在電視上暴露內閣刻意隱瞞的資訊——想得出這種手段且膽敢實行的，唯有留在潛艇上的那兩個白癡而已。

非常時期的可用之材平時總是放縱不拘的——村田回想起川邊艦長的口頭禪。

「他們會不會被處分啊？」

聽了這聲不安的輕喃，村田氣得吹鬍子瞪眼。

「要是因為這樣而被處分，海上自衛隊就是爛到底，沒救了！」

不會的，海上自衛隊還有捨身完成使命的艦長在，豈會爛到底——眾人已知道艦長為了拯救逃難不及的孩童而殉職。

「話說回來，那個評論家真讓人火大耶！」

某個水手怒不可抑地說道，其他人也爭先恐後地附和。

窩到那種無路可逃的地方，未免太沒大腦了。這便是那個自詡為社會派的評論家所說的話。

那你會怎麼做？

艦長為了保護素昧平生的孩童而死——既然敢批評他所做的判斷，那你在那種緊急狀況之下又能想出什麼妙計？既然敢責備賭命遵從艦長指揮的夏木與冬原沒大腦，那你在同樣的狀況下又能幹得出什麼豐功偉業？

縱使鞠躬盡瘁、死而後已，還是有人批評謾罵；這就是任職於自衛隊之人的宿命。死者為大這句話，無論在任何條件之下都不適用於自衛官。即使自衛官在飛機失事之際，為了不讓機身墜落於住宅區而奮力駛向郊外，結果錯失逃生時機而亡，仍會有人為了機翼切斷電線造成停電而大肆非議。

「別放在心上。等到艦長殉職被報導出來以後，我倒要看看這些人的嘴臉變得多快。」

即使如此，還是有人能夠理解我們——他們只能如此相信，完成自己的使命。一定還有其他人對那個評論家感到忿忿不平。

「希望能快點救出那些孩子。」

又有人如此喃喃說道。

至少得盡快平安救出艦長捨命保護的孩子們——這是留在世上的眾人共通的心願。

＊

設置於內閣危機管理中心的內閣應變室經過研議後，決定將橫須賀市的巨大甲殼類風波定名為「橫須賀甲殼類來襲事件」。當時為四月六日下午三時，約是事發五小時之後。

同時，內閣也決定設置前線應變總部，暫時由警察主導；除了已開始支援的東京都警局以外，並從警政署及關東管區警察局裡選出人員，組成幕僚團派遣至前線應變總部，與神奈川縣警組成的應變總部會合。

擔任幕僚團長的是警政署警備部參事——烏丸俊哉警察督察長，他於當天下午四時率領幕僚團抵達位於不入斗公園的前線應變總部。由於橫須賀市內的交通已陷入癱瘓，幕僚團乃是搭乘直升機前往前線。

「又來了個年輕人。」

降落於田徑場上的直升機捲起一陣強風，明石迎風眺望著下機的瘦小男子。從周圍同時下機之人的態度，不難看出哪個人是烏丸參事。要升任為參事，年齡至少得有三十五歲以上；但以他那俊朗的容貌，即使說他才二十來歲，旁人大概也信之不疑。

明石走向烏丸，面對他敬了個禮。

「我是神奈川縣警局的明石亨警監，由我來帶您到總部。」

「辛苦了。我是警政署的烏丸俊哉督察長。」

他那早已習慣下屬年紀比自己大的口吻，讓人感受到濃烈的菁英氣息。明石並不認為擅長處理書面工作的人能夠掌控眼前的局面，不知這位公子哥兒又是如何？

「能說明一下狀況嗎？」

「甲殼類的登陸範圍以橫須賀港為中心，西至吾妻島，東至新安浦港的港灣沿岸。我們以登陸範圍的兩端為起點，連結國道16號作為防衛線，並配置機動隊，盡力阻止敵人攻進內陸。」

「盡力阻止？」

「我們無法打包票，因為這本來就超過警察的應付能力。」

見明石說得毫不慚愧，幕僚團成員全露出了不悅的表情，唯有烏丸微微地笑了。

「防衛線守住了嗎？」

「勉勉強強。被突破了便再擋回去，大致上可以算是守住了……漏網之魚則由東京都警局的特殊奇襲部隊（SAT）狙擊手對付，不過牠們只有在頭部被打爆時才會安分下來，棘手得很。目前全線已設置電磁柵欄，應該能輕鬆一點；然而畢竟只是靠水和電極勉強應付，不能太樂觀。」

「電流方案是從哪兒來的？」

「先人的智慧。」

烏丸露出訝異的表情。明石暗忖這個年代的人已經聽不懂這道啞謎，便揭曉答案。

「您沒看過哥吉拉嗎？」

「明石警監，你放尊重……」

幕僚出言譴責，但烏丸卻大笑起來：

「原來如此，確實是先人的智慧，著眼點很好。」

之後，明石又繼續說明災區居民的救援調度、避難者的醫療安排及後方支援狀況，說著說著，便抵達了橫須賀技擊館。

幕僚團抵達之後，便與神奈川縣警於橫須賀技擊館的會議室中召開第一次共同警備會議。警備總部長由神奈川縣警局豐岡局長擔任，幕僚團形式上只是從旁協助，但作戰指揮官卻是由警政署警備部的芦屋管事出任，不成文的官階意識可見一斑。

明石也以縣警警備情報負責人身分敬陪末座。以明石的身分本來不足以出席這場會議，但由於他先前一再見縫插針，不著痕跡地左右警備計畫，如今已無人比他更了解整體狀況，因此才獲准出席。

出席歸出席，他並沒多少發言權，但至少能支持有利前線的意見。

依照慣例互相打過照面之後，烏丸參事開了口：

「好，這次警備任務的最終目的是什麼？」

這個問題並未指名任何人回答，所以眾人只是互使眼色，默默不語。一來沒人對敬陪末座的明石使眼色，二來縣警局裡本就沒人愛聽明石的建議，因此他只抱著事不關己的心態環顧議場。

「明石警監，你來回答。」

突然被點了名，明石滿臉錯愕。烏丸面露挑戰性的微笑注視著明石，其他出席者也訝異地望著他，至於縣警幹部更是莫名其妙，臉上的表情訴說著：幹嘛要這傢伙回答啊？

明石內心暗暗叫苦，卻仍打直了腰桿回答：

「盡快與自衛隊交接。」

明石的發言讓在場眾人全都氣得吹鬍子瞪眼，尤其是縣警幹部更覺得臉上無光，又羞又怒。

「明石警監，你胡說什麼！」

「我們現在正要動員所有警力來應對狀況，你卻打一開始就舉白旗……」

你一言、我一句地責備明石的，便是縣警局的我孫子警備部長及中津警備課長。他們平時與明石最合不來，是極端的保守派。同屬警備部的茨木災害應變課長雖沒發言，卻也是一臉不悅。

所以我才不想說話嘛！明石皺起眉頭，抓了抓腦袋。

「可是就算我們不一開始就舉白旗，問題也沒辦法解決。反正到頭來還是得舉，不如一開始就舉還省事多了。」

「這是省不省事的問題嗎？」

本來就是省不省事的問題啊！雖然明石心裡這麼想，卻姑且換了個切入點。

「人力損耗也是個大問題。就算搞到機動隊三萬人全滅，也不可能殲滅甲殼類。現在光是阻擋一隻，就得出動一整個分隊；難道各位要所有隊員為了根本不可能達成的目標送死嗎？」

一道強烈的拍桌聲響起，似乎是為了阻止更多的反駁。

是烏丸。

「明石警監說得對。」

聽烏丸說得如此果斷堅決，明石以外的所有人都愣住了。站在明石的立場，他等於是被推出來當箭靶，只覺得倒楣至極。看來他又莫名其妙地被盯上了，這下子上頭對他的觀感鐵定更差。

「現在可不是意氣用事，說什麼『維持治安是警察的榮耀』的時候。在這種『荒謬的狀態』下，警察與軍人爭功又有什麼意義？可是現在內閣裡的警察出身者和軍人出身者還在搶主導權，再加上那些只求自保的牆頭草，我看內閣會議也和小田原評定（註5）一樣，在得到結論之前，橫須賀會先完蛋。」

「烏丸參事，這些話要是傳了出去，可是大有問題啊！」

發出責難之聲的是警政署的芦屋管事。烏丸嗤之以鼻：

註5：戰國時代，豐臣秀吉攻打小田原城之際，城主北条氏與眾臣召開評定會議討論該戰或該和，卻遲遲無法決議而導致滅亡。

「要是你有膽和下任署長的愛徒為敵，不妨傳出去看看。這就是所謂的靠山萬歲。」

原來這小子也是個問題人物啊？明石聳了聳肩，完全不檢討自己也是半斤八兩。不過，烏丸有靠山可倚仗，可就比明石及瀧野高明許多了。一般人提及靠山都難免心虛，他卻反向操作；這一點無論在好壞層面之上——絕大部分是壞的層面——都不是凡夫俗子所能比擬。

「情況已超乎警察的處理能力。」

烏丸套用了明石與他剛見面時說過的話。要引用得先付著作權利金！明石忿忿不平地想道。

「你們以為國家給了國防部多少預算？那些高價的玩具可不是拿來擺著好看的。ＳＡＴ的最強武器頂多是衝鋒槍和來福槍，自衛隊卻是抗艦飛彈；照理說，該由誰上火線才對？」

面對這個單純的問題，眾人無話可答。當然，明石保持沉默，只是因為不願再招人白眼。

「我們的任務便是替勢必出動的自衛隊整頓好大環境，並教導那些開會逃避的閣員認清現實，盡早讓自衛隊出動作戰。有異議的人假如敢在罹難者及家屬面前一字不改地重說一遍，可以發言。」

這到底是哪門子的參事啊？縣警代表全都啞然無語，但警政署及關東管區警察局代表似乎不能默不吭聲，齊聲批評烏丸蠻橫。

然而，烏丸的下一句話卻狠狠地摑了他們一耳光。

「即使美軍已著手準備轟炸橫須賀，你們也堅持如此？」

這回眾人真的完全噤了聲。

隔了片刻，芦屋管事才以沙啞的聲音說道：

「外事課沒提過這件事……」

「這是國防部的極機密情報，目前只有部分警界高層知道，而且其中還有人認為是國防部為了爭奪主導權才搬出這些話來牽制，所以消息根本不會傳到我們這種層級來。」

烏丸這番話也暗中炫耀著自己擁有特權，才能掌握這個消息。依他這種個性，要不就是飛黃騰達，要不就是在升官途中被人捅上一刀。

「看到駐美日軍司令部被區區的節肢動物蹂躪，你們以為那種血氣方剛的民族會一聲不吭嗎？要是日本無法收拾善後，就得忍受國土被外國轟炸的屈辱。」

「可是之前才報導過有小孩受困於港灣裡的潛水艇啊！這樣美軍還要進行轟炸？」

豐岡局長略帶困惑地發問，烏丸一笑置之。

「受困的是美國公民嗎？」

這句話已經充分回答了豐岡局長的問題。過去的諸多經驗輕易打碎了人道上的期待。無論一再發生的誤炸與墜機事件對日本造成多大的損害與衝擊，美軍在日本國內依舊屹立不搖；先動手先贏的觀念深植於雙方心中，日本也已經養成了乖乖認命的習性。

「丟掉無聊的本位主義吧！這已經是戰爭了。」

這記毫不容情的震撼彈壓倒了所有反駁者。

緊接著襲來的便是危機感——關於美軍何時會展開轟炸的危機感。即便是八面玲瓏的烏丸，也無法回答這個問題。

「或許有方法掌握轟炸的預兆。」

在場眾人的視線全集中在發言的明石身上。

〔無題〕：ryu　投稿日：04/07（SUN）15:02
總算放飯了　惡名昭彰的美軍備戰口糧　加熱用化合劑的味道好濃！一堆人吞不下去XD　好像要發毛毯　太好了　不然地板好冷！

〔太好了〕：湯姆貓☆　投稿日：04/07（SUN）15:05
ryu大平常就對口糧很有興趣，應該吃得很慣吧（笑）

〔沒想到〕：獵鷹　投稿日：04/07（SUN）15:06
愛吃怪東西的習性居然在這時候派上用場（笑）

〔狀況如何？〕神盾　投稿日：04/07（SUN）15:07
有什麼動靜嗎？ryu大現在在幹嘛？

〔無題〕：ryu　投稿日：04/07（SUN）15:12
我和在這裡避難的日本人集團會合了　幸好有人懂英文　今天好像得留在這裡

過夜……

〔聽了別失望〕：神盾　投稿日：04/07（SUN）15:14

我想不會只有今天，ｒｙｕ大最好有個心理準備。

現在市區裡也非常混亂，死了一堆人，

短時間內大概不會有救援。

應變總部的所有成員輪流觀看明石自行帶來的筆記型電腦。

「這是？」

「本地軍事迷常上的電子佈告欄，其中一個常客似乎正在美軍基地裡接受保護。」

「該不會是惡作劇吧？」

出言質疑的是中津警備課長，但幾乎所有縣警幹部都和中津一樣露出狐疑的表情，或許是因為他們這個年代的人對於網路較為生疏之故。平均年齡較小的幕僚團則沒什麼排斥感，靜靜地觀望著眼前的狀況。

「這個板是五年前開的，而這個叫ｒｙｕ的人從開板時就已經常來了。要說是惡作劇，籌劃時間也未免太長了。」

「說不定開板時間本身就是假的……」

「當然，網路上沒有絕對確實的東西，我也無法斷定這絕不是惡作劇；但要說是惡作劇，又看不出目的。就我所見，這個板並未對外宣傳，只有幾個固定的訪客在閒聊，訪客計數器也跳得很慢。」

「不能把沒有確切證據的東西當成判斷的根據。」

「假如事事都要求證，根本無法運用這種隱匿性高的網路情報。這種東西的可信度就和現實生活中的匿名密報差不多，都得靠我們的鼻子來分辨真假。」

「釣釣看。」

烏丸突然插話。

「只要別完全依賴單一情報來源就沒問題。假如這是真的，關於基地內部的情報可是相當寶貴。」

美軍若要進行轟炸，應會先撤離避難所內的民眾。避難所中收容的大多是居住於基地內的民眾，即使有避難所這層保護，美軍也不至於在美國公民停留於基地內的狀態下進行轟炸。

「如果要撤離民眾，厚木及橫田一帶應該會有動靜，外事課總蒐集得到情報吧？到時兩相對照，再來判斷便成了。」

「可是……這麼一來，不就把機密洩漏給底細不明的人了？」

「沒關係。反正網路上的假消息本來就沒有媒體會當真，就算他們想拿來賣錢，這種沒憑沒據的情報只有三流的週刊雜誌會報導。除非公權力介入，否則根本無法查證網路上的身分；就算爆出來，我們只要堅持是謠言，一概否認就行了。」

「了解。」

明石回答，手指開始在鍵盤上滑動。

〔大家好〕：明石　投稿日：04/07（SUN）17:17

冒昧打擾各位，我是警察，來自橫須賀事件的應變總部。希望能請ryu提供情報，所以在此留言。

反應相當激烈，看來常客還掛在站上。

〔你誰啊〕神盾　投稿日：04/07（SUN）17:19

惡作劇啊？我們的朋友被捲入橫須賀事件，搞得現在大家都很緊張。假如你是來亂的，我要通報網管喔！

〔警告〕：獵鷹　投稿日：04/07（SUN）17:19

我是本板板主。

如果你是故意惡作劇，請別再留言了。
我已經記下你的ＩＰ，到時會通報網管處理。

「唔，如果他們不是在演戲，會有這種反應也很合理。」
明石故意說給身旁的老人家聽，接著又再度留言。

〈我不是惡作劇〉：明石　投稿日：04/07（SUN）17:20
麻煩你們打電話到神奈川縣警局去，找「警備部警備課的明石」。電話號碼在縣警局的官網上就可以查到。
要是沒有「明石」這個人，隨便你們愛怎麼通報都行。

下一個回應隔了片刻之後才出現。

〈真的是本人？〉：神盾　投稿日：04/07（SUN）17:27

他們說警備課裡確實有個叫明石的人，不過現在不在座位上。

假如你真的是他本人，為什麼沒待在縣警局裡？

〔回答〕：明石　投稿日：04/07（SUN）17:29

因為我現在人在前線應變總部。為了指揮上的方便，應變總部設置在不入斗公園。

（這件事媒體已經報導過了）

〔你的要求是？〕：獵鷹　投稿日：04/07（SUN）17:32

你沒用代理伺服器，IP又掌握在我手裡，在這種狀況之下冒充真有其人的警察風險太大，我就姑且相信你。

你說要請ryu大協助，要怎麼協助……？

〔如果可以的話〕：明石　投稿日：04/07（SUN）17:35

我希望能在不公開的場所說明原因，不知是否方便？

假如沒有合適的場所，我這邊可以安排。

「幹嘛拐彎抹角的？叫他們打電話來或是問他們電話號碼，直接溝通就行啦！」

我孫子警備部長焦躁地插嘴。明石一面重新整理網頁，一面回答：

「你要剛認識的人在網路上提供個人資訊，就跟要剛見面的女人張開雙腿一樣；向對方要電話自然是大忌。就算請對方打來好了，剛才他們肯打，是因為那是縣警局的電話；但若要打到這裡來，不是打電話簿上沒刊登的臨時專線，就是打我的手機。要對方用自家電話或手機撥打一支沒有任何保證的號碼，只會讓人家更加提防。」

「那就叫他們用公共電話打啊！」

「那麼人家鐵定會想：『你以為你是誰啊？還要我出門打公共電話？』網路上有網路上的禮貌和互信規則。」

拜託你行行好，閉上嘴行不行？明石懷著這般心思，再度重整網頁；重整之後，又多了一篇回文。

〔說到場所〕：獵鷹　投稿日：04/07（SUN）17:38

我們有個不公開的聊天室，我把網址寄給你。

不一會兒，收件匣有了反應。明石留言時也留下了信箱，對方便寄了郵件過來。對方用的是

免費信箱，大概是打算用過就丟。

打開郵件一看，內文只有一行網址。

明石又開了個新視窗，連往信中的網址；那是個常見的聊天室，神盾、獵鷹及湯姆貓☆已經入室等候了。明石也打上自己的姓氏，進入了聊天室。

明石：大家好。　04/07（日）17:43

獵鷹：歡迎。　04/07（日）17:43

湯姆貓☆：你好，明石先生。　04/07（日）17:43

神盾：請容我直接切入正題。我想請教一下，既然你是警察，為什麼用的不是警用信箱？　04/07（日）17:44

湯姆貓☆：神盾大真是火力十足XD　04/07（日）17:45

明石：警察和一般企業不一樣，並不是所有警員都能分配到電腦和信箱。再說，就算我有配給信箱，在這種狀況下也不能使用。接下來我要說的內容屬於高度機密，在彼此都不清楚對方底細的情況之下，這是當然的自我保護措施，請各位見諒。　04/07（日）17:48

神盾：意思就是你無法信任我們?了解。反正我們也只是以「相信」的名義來交換真假不明的情報而已，彼此總要留條退路。　04/07（日）17:49

湯姆貓☆：要不要相信這些不確定的情報，由各人自行決定。 04/07（日）17:45

明石：這就是網路交流的本質啊！各位應該也是基於這個前提來判斷是否值得與我繼續交談吧？ 04/07（日）17:50

神盾：是啊！別的不說，光是現任警察居然為了和我們這種非主流集團接觸而主動表明身分，就已經讓我很感興趣了。請說明你的來意吧！ 04/07（日）17:51

明石：那我就打開天窗說亮話。美軍恐怕會轟炸橫須賀的甲殼類。 04/07（日）17:52

湯姆貓☆：哇！真的假的？ 04/07（日）17:53

神盾：依美軍的作風，不無可能。 04/07（日）17:54

獵鷹：不意外，但是很困擾。 04/07（日）17:54

明石：詳細的內情還不明朗，總之我們想知道美軍展開轟炸的時限。04/07（日）17:55

神盾：我能理解。 04/07（日）17:56

獵鷹：你們打算搶先派出自衛隊把事情擺平嗎？ 04/07（日）17:56

明石：事關機密，恕我不能回答。 04/07（日）17:57

獵鷹：說得也是，沒關係。 04/07（日）17:59

明石：很抱歉。假如美軍要進行轟炸，我想他們會先把避難所裡的民眾撤離到別處去，你們認為呢？　04/07（日）18:00

獵鷹：那當然。　04/07（日）18:01

神盾：原來如此……換句話說，你希望ｒｙｕ大替你做實況報導，發現撤離的跡象就告訴你？　04/07（日）18:01

湯姆貓☆：到時就可以見機展開作戰，對吧？　04/07（日）18:02

明石：沒錯。　04/07（日）18:03

獵鷹：可是這樣對ｒｙｕ大來說很危險吧？要是美軍發現他將避難所內部的情報洩漏給日本警方知道……　04/07（日）18:04

神盾：別告訴ｒｙｕ大比較好，讓他在不知情的狀況之下跟之前一樣向我們報平安就行了。獵鷹大，麻煩你了。　04/07（日）18:05

獵鷹：收到。　04/07（日）18:06

獵鷹：我把明石先生在板上出現之後的留言記錄全部刪掉了。ｒｙｕ大沒有新留言，我想他應該還沒看到。　04/07（日）18:09

湯姆貓☆：要是他看到了，一定會來這裡的。　04/07（日）18:10

明石：麻煩各位了。　04/07（日）18:11

神盾：明石先生以後請別在板上留言。就當作是我們這些朋友互相聯絡，而你碰巧在板上潛水，看見了我們聊天的內容。　04/07（日）18:12

明石：那是當然。謝謝各位的協助。 04/07（日）18:13

獵鷹：我們也不希望橫須賀被胡亂轟炸啊！ 04/07（日）18:13

湯姆貓☆：就算失手炸錯了，美軍也一點都不在意啊。 04/07（日）18:14

神盾：他們在越戰春節攻勢之中還滿不在乎地炸掉自己的司令部呢！這回不過是多了民眾這道腳鐐而已。橫須賀基地的人口有一萬六千人，民眾就算占了一半好了，也有八千人；應該會用升降地點較不受限制的CH46或CH53來回載運吧！ 04/07（日）18:15

「CH是什麼？」

聽了豐岡局長的問題，明石原想回答是海上騎士與超級種馬（Sea Knight Super Stallion），後來又改口加以解釋：「是大型運輸直升機。」

獵鷹：單純計算，一架直升機得往返一百六十趟才能載送完畢。 04/07（日）18:17

神盾：若是增加直升機的數量，就能在更短的時間之內完成，計畫的可行性很高。我想美軍大概是打算從全國各地調飛機吧？運輸直升機一開始往橫

田及厚木基地集結，就該注意了。厚木由我來盯著，湯姆大，你能幫忙留意橫田嗎？　04/07（日）18:18

湯姆貓☆：交給我。反正我積了一堆特休沒請，跟監個四、五天沒問題。我會找朋友一起輪流監視。　04/07（日）18:19

獵鷹：既然得運送超過八千人，事前應該會進行模擬訓練；畢竟這計畫事關重大，不可能直接上陣。沖繩的海軍陸戰隊應該會有動作吧！　04/07（日）18:20

湯姆貓☆：這種特殊作戰少了海軍陸戰隊根本不可能成功。若只是殲滅敵人，或許沒受過特殊戰鬥訓練也無所謂；可是要將民眾送上直升機同時抵抗螯蝦……　04/07（日）18:21

獵鷹：所以只要盯住海軍陸戰隊，就能掌握美軍的第一步行動。好，我去問問住在沖繩普天間基地附近的親戚。　04/07（日）18:22

「這些傢伙是怎麼回事啊？自以為是專家嗎？」

「普天之下最可怕的人種就是狂熱分子，無論是哪種領域的都一樣。只要能好好利用，便會發揮連專家都自嘆弗如的功效。」

這種人不但熟知全國所有可以拍攝到基地航空器起降的地點，還有一眼判別機種的本領；既然他們願意效勞，自得好好利用。雖說外事課也會收集情報，但情報自然越是多元化越好，才能拼湊出最多真相。

神盾：明石先生，我們能做的只有這些，行嗎？ 04/07（日） 18:23

明石：夠多了。 04/07（日） 18:24

獵鷹：觀察報告寄到剛才的信箱裡就行了吧？ 04/07（日） 18:24

明石：謝謝。 04/07（日） 18:25

神盾：那我們也該散會了。明石先生，這個聊天室你最好別再來了。 04/07（日） 18:26

獵鷹：對，請你定時上站和查看信件就行。假如你想聯絡我們，請寄信到剛才的免費信箱。等大家下線以後，我會把聊天記錄全部刪掉。 04/07（日） 18:28

明石：謝謝，那我就靜候各位的消息了。 04/07（日） 18:29

「釣魚手法挺高明的嘛！」

烏丸說了句不太中聽的慰勞之辭。

「派個專人定時收信和上站吧！」

讓他人查看郵件的感覺並不好，但是無可奈何。明石身為警備情報負責人，今後的負擔將與日俱增。

接著眾人繼續召開會議，並決定將橫須賀基地周圍五公里內的居民完全撤離。這是為了替烏丸口中「勢必出動的自衛隊」建立適當的作戰環境。

至於居民避難計畫，則由警察與行政應變總部通力合作，擬定執行。

*

夏木等人中午以吐司果腹，晚餐則到了傍晚六點過後才有著落。兩個大人與孩子們有樣學樣，花了兩小時才做好一頓飯菜。

才剛開飯——

「這什麼東西啊？」

遠藤圭介吃了一口碗裡的白飯，便瞪著望。

「都糊成一團了，妳連飯也不會煮啊？還有這個炸肉又是怎麼回事？都焦成乾了。」

「肉是我炸的，真抱歉啊！小鬼。」

坐在圭介身後的夏木突然給了他一拳。餐廳狹窄，桌椅之間的空間也小，用不著起身，手臂便能輕易觸及身後的座位。

雖然夏木只是輕輕一搥，圭介卻誇張地摀著腦袋。

「你……你打我？」

「你接下來是不是要說『連我爸爸都沒打過我』啊？軟弱小鬼！」

這個年代的小鬼不知道那個梗啦！冬原在一旁冷冷地打岔，夏木沒理會他，繼續說道：

「別的不說，你剛才幫上半點忙了嗎？就連那些小鬼頭都會幫忙拿餐具咧！」

夏木與冬原忙著在廚房指揮孩童，明知國三三人組偷懶，卻沒時間去將他們揪回來。

孩子們雖然相當努力，但他們連刀子都拿不好，根本不成戰力；望也已經盡了力，不能怪她廚藝不佳，而夏木與冬原也只會煮些粗枝大葉的男人料理，最後只能拿油炸過的冷凍食品和醬菜配飯，再加上切完裝盤便了事的沙拉，勉強湊合出一桌簡陋的飯菜。至於味噌湯沒時間做，只得割愛。

「一日不作，一日不食，不爽就別吃啊！連半點忙都沒幫上的人，別像有戀母情結的老公一樣嫌東嫌西！」

「囉唆！」

不知夏木的哪句話刺激了圭介，只見他滿臉通紅地怒吼著。

「女人不會煮飯就是爸媽沒教好！我媽也是這麼說的！」

望停下筷子，低下了頭，用力咬著嘴唇。看來這果然是她忍耐時的習慣動作。

望的弟弟翔從鄰座倚向望，用力瞪著圭介。圭介察覺，也怒目相視。

「幹嘛？有什麼不爽就說啊！要是你說得出來的話！」

「我倒是比較懷疑你爸媽的教育方式。」

冬原哭笑不得地說道：

「反正啊，看你是要繼續招惹夏木，還是要閉上嘴巴乖乖吃飯，選一個吧！讓你這麼一鬧，其他孩子都沒辦法好好吃飯了。」

「什麼招惹啊？我是瘋狗嗎？」

「我怎麼會說你是瘋狗呢？至少你懂得克制，比瘋狗好上一點點。」

就在他們倆又開始鬥嘴之際，望抬起頭來，看著圭介。

「對不起，下回我會留意的，這次你就忍耐一下。」

她看在自己較為年長的份上而讓步，但聲音仍因不甘與屈辱而僵硬，顯然還不夠老成；然而，那努力老成的樣子卻惹人憐惜，至少比那個任性的小鬼更教人愛護。

好啦，該怎麼整治這個小鬼呢？夏木內心摩拳擦掌。

「這麼難吃的飯菜，我才不吃！」

圭介怒吼，用力站了起來——一般情形之下，圓椅應該會跟著往後倒；但不巧的是，潛水艇裡的座椅為固定式，因此圭介的膝蓋後頭反而狠狠地撞上椅面。險些栽了個四腳朝天的圭介更加氣忿，臉孔漲得通紅，粗暴地推開座位上的孩子們，離開了餐廳。他的目的地應該是分配給男生使用的居住區，但冬原為了慎重起見，還是叮囑道：

「別擅自跑到其他區域去啊！」

說來冬原也挺狠心的，居然不挽留圭介半句。

圭介的跟班高津雅之與吉田茂久一瞬間猶豫著該去追圭介或是留下來吃飯，最後決定優先填飽肚皮，於是匆匆忙忙地扒著飯菜。

「別在意啦，小望姊姊煮得很好吃啊！」

打圓場的是中村亮太，他和翔同為六年級生，也是翔的好朋友。望露出五味雜陳的笑容，向亮太道謝。

「我也比較喜歡吃軟軟的飯！」

這稚嫩的聲音出自於最年幼的西山光，他的哥哥陽從旁頂了他一下，笑著說道：

「那是因為你前一陣子剛掉牙吧！」

「太硬我咬不動嘛！」

說著，光以筷子戳了戳焦黑的炸肉。「所以我討厭這個……」他喃喃說著，視線與夏木對上，又慌慌張張地低下頭。逃入船內時，他被夏木丟進艙口之中，至今仍心懷恐懼。

「把麵衣剝掉再吃。下回我會注意，這次你就忍耐一下。」

夏木尷尬地說道，冬原則在一旁哈哈大笑。「你和小望說得一模一樣啊！夏木。」

原來如此，就是這種尷尬啊！夏木看了望一眼，而被當成同病看待的望似乎受了傷，沮喪地低下頭來。確實，夏木的炸肉慘不忍睹；女孩子的手藝被視為同樣水準，自然是又羞又愧。

不過望煮的飯只差一步就成了粥，也是半斤八兩。用不著這麼沮喪吧？夏木心裡有些不高興，用力扒著碗裡的飯。

「一次要煮十五人份，就算是媽媽來，也會拿捏不準的。畢竟現在是小家庭時代嘛！」

不愧是冬原，安慰起人來一把罩。望微微一笑，搖了搖頭。

「沒關係，我不會做飯是事實。從前老是依賴我媽，幾乎沒幫過忙。假如以前有好好學做菜就好了。」

此時，跟班雅之及茂久吃完了飯，悄悄起身；夏木立即出聲制止。

「你們要去哪裡！」

「還用問嗎……？」

雅之嘟起了嘴。他應該是要趕往圭介身邊報到吧！

「你們完全沒幫忙做飯，等一下碗盤你們來洗。」

「不作不食。」

冬原也從旁幫腔。

「那麼難吃的……」

「遠藤沒吃就走了，所以這次放過他；不過你們兩個吃了吧？」

雅之嘴裡咕噥著與圭介相同的怨言。

「連抱怨的台詞都和主人一樣，能不能有點創意啊？跟屁蟲！又不是我們求你吃的，少耍少爺脾氣啦！」

坐著等大家吃完！夏木喝道，兩人只得不情不願地坐下來。他們雖然擁護圭介，卻沒膽量正面反抗夏木；就是因為這樣，才只能當跟屁蟲。

待孩子們全數用餐完畢，雅之與茂久便被夏木趕去收拾碗盤。此時電視開始播放新聞，冬原

「啊！我要看追趕跑跳碰！」

光一發難，其他年幼的孩子便跟著吵鬧起來。

「等一下、等一下，待會兒再給你們看。」

夏木將負責收拾的兩人留在廚房，回到餐廳；吵鬧的孩子們一見到他，頓時鴉雀無聲。看來他們似乎很怕夏木。光黏著冬原，小聲地吵著轉台，顯然較喜歡態度柔和的冬原。

夏木早知道自己不討小孩喜歡，但見了如此的差別待遇，心裡還是有點不是滋味。話說在前頭，冬原可比我狠心多了。

「對不起。」

一道聲音突然傳來，夏木回過頭一看，原來是鄰座的望。

「年紀小的孩子很怕嗓門大的人。那些孩子也不敢親近鎮民會裡嗓門較大的叔叔伯伯；聽在小孩耳裡，聲音大就像是在罵人。」

豈只聽起來像，夏木先前的確大怒咆哮，只差沒爆了血管。夏木承認自己脾氣不好，但那還是他有生以來頭一次如此狂怒，也難怪首當其衝的孩子們害怕。

「謝謝妳特地打圓場。我本來就沒孩子緣，沒放在心上。」

反倒是把他和鎮民會裡的「叔叔伯伯」相提並論，令他頗不以為然。不過，對一個特地出言安慰自己的孩子說這種話，未免有失成人風範。

「別說我了。妳的個性就是這樣嗎？」

夏木反問，望不解地歪了歪頭。

「老是顧慮東、顧慮西的，其實妳用不著裝乖啊。」

望露出大受傷害的表情。夏木這才發現自己說錯了話，但為時已晚。混帳，為什麼我的嘴巴老是這麼笨啊？

若要解釋自己不是這個意思，又顯得是在自圓其說；夏木索性作罷，將視線移回電視上。此時，冬原突然插嘴：

「他的意思是叫妳別太費心，讓自己那麼累。當然啦，妳多費心，我們就落得輕鬆。對不起，夏很不會說話。」

望鬆了口氣，微微一笑；孩子們也都對著冬原露出這種表情。聯誼聊天時也是如此，夏木果然與婦孺合不來。

果不其然，新聞最先報導的便是橫須賀事件。該事件似乎已正式定名為「橫須賀甲殼類來襲事件」。

自衛隊已受命救災出動，將派出直升機前往救援受困於災區的居民。救災出動尚不允許使用武器，照這麼看來，「霧潮號」的救援還得等上好一陣子。

新聞以特輯形式報導了孩童受困於「霧潮號」的消息。從採訪直升機上拍攝到的「霧潮號」仍是老樣子，大群螯蝦盤據其上，幾乎看不見甲板；光是影像便足以說明救援的難度。

牠們該不會是知道裡頭有食物，才緊黏著不放吧？夏木如此想著，又用力搖了搖頭，甩去這個不祥的念頭。

第一日，下午。

新聞又提到採訪直升機為了拍攝「霧潮號」而飛近基地時受到美軍警告，不得不離去。即使在這種時刻，美軍依然神經質地嚴防外人近距離空拍軍事設施。

無論如何，連知名媒體NHK都播報出來了，代表夏木與冬原洩漏消息並未白費；至少這件事不會被當成「不知情」處理——但他們無法對孩子們提起這份憂慮，只能放在心裡。

「喂，轉到追趕跑跳碰啦！」

光向冬原撒嬌。此時新聞正好換了則報導，冬原便轉了台。然而，孩子們要求的頻道也改播橫須賀臨時特別報導，留在餐廳中的孩童一齊發出不平之聲。

接著又轉了幾臺，仍舊是相同狀況；唯獨教育頻道似乎將報導大任交給了綜合頻道，自顧自地播放學術節目。對孩子們而言，特別報導好像還勝過學術節目；只見他們隨便挑了一個頻道觀看起來。

平時的餐廳裡絕不會有這麼多孩童。孩子們全神貫注地圍觀電視——這種和平的光景放到了潛艇之中，反而凸顯了狀況的異常。

夏木又想起艦長便是為了這個狀況而犧牲，不禁露出苦澀的表情。

夏木等人規定孩子們不可每天洗澡，只能每三天沖一次澡，想洗的人自行前往淋浴室。但潛艇之內畢竟沒有孩童用的內褲及衣服，目前只好請他們一直穿著那一千零一套，但若是救援遲遲不到，便得想個辦法才行。

潛水艇中最為寶貴的便是水，許多勇猛的隊員為了節省淋浴及洗衣用水，往往連著十來天都第一日，下午。

不洗澡更衣；這點夏木與冬原也辦得到，但要強迫孩子們比照辦理，可就近乎虐待了。

夏木與冬原拿出備用毛巾發給孩子們，並指示想洗澡的人輪流使用淋浴室之後，便回到發令所商量。人手嚴重不足，無法隨時留守於發令所，因此他們曾要求司令部在聯絡之前先以無線電通知，但用餐期間內並無來電。

「反正電力充足，可以造水，就先讓他們三天洗一次衣服吧！但衣服晾乾之前該怎麼辦？」

「大家不是買了一堆免洗內褲？先向上岸的傢伙徵收吧！」

近年來百圓商店盛行，潛艇水手俱是大呼快哉。一群處於密閉空間、不能每天洗澡洗衣的男人累積下來的內衣褲與換洗衣物，臭味可是強烈到連計程車都拒載；要是一個沒留意和其他衣物一塊清洗，臭味便黏附不去，破壞力可謂無窮。

只要百圓商店存在一天，穿過即丟的百圓內褲便永遠穩坐水手的暢銷排行榜冠軍。夏木與冬原也從分發至潛艇的那一刻起開始蒙受其利，如今他們甚至懷疑：沒有百圓商店時的潛艇水手要怎麼過活？

雖然不願擅自翻動弟兄的行李，但事到如今也無可奈何。

「個子矮的人很多，尺寸應該沒問題吧？把制服的袖子和褲管捲一捲，還可以湊合著穿……」

或許是因為空間有限之故，分發到潛艇來的人多半身材矮小；身高一七五以上的夏木與冬原已算高大。

「換洗衣物搞定了，還有……刷牙該怎麼辦？要是蛀了牙可就糟啦！又不能帶去看牙醫。」

沒有隊員會購置備用牙刷，又不能讓孩子們使用他人用過的牙刷。

「叫他們用鹽刷吧！鹽不是有殺菌效果嗎？」

「現在的孩子應該沒用手指抹鹽刷過牙吧！還得教他們怎麼刷。」

冬原嘆了口氣。

此時，中村亮太衝進了敞開的發令所之中。

哇！出了什麼事？兩人連忙起身，亮太一面喘氣，一面叫道：

「翔和圭介打起來了……！」

又是那個小鬼！夏木嘖了一聲，正要衝出發令所又突然想起什麼問道：

「他們人在哪裡？」

「在我們的房間！」

開放的居住區似乎成了「我們的房間」。

「他姊姊在幹嘛？」

望應該不會讓放任弟弟和人打架，她怎麼了？亮太一面跟上，一面困擾地回答：

「小望姊姊在洗澡……」

畢竟不是家人，不好開門叫她——最近的孩子都很早熟。

一接近位於最下層的居住區，便傳來了圭介的怒吼聲：

「我說的是事實，要是你不服氣，就管好你姊啊！」

夏木衝進房裡，只見翔與圭介在狹窄的通道上扭打成一團——或該說是倒在狹長的地板上互相推擠。房裡狹窄，光是塞入細長的三層床鋪便已滿滿當當，根本沒有足以扭打的空間。

看來似乎是翔要湊上前去打人，而圭介將他推開。孩子們全都到床上避難，不知如何出手制止兩人，只能旁觀。

「你們在幹什麼！」

聽見夏木的怒吼聲，互相推擠的兩人倏然縮起身子；然而，翔卻趁著圭介回頭看夏木之際咬了他的手臂一口。

「好痛！幹什麼！死小鬼！」

圭介用力揍了翔的腦袋一拳。雖說打架本來就是不留情面，但國三與小六的體格差距甚大，圭介居然完全沒留情。被揍的翔並未掉淚，只是怒視著圭介，嘴唇抿成了一條線的樣子像極了姊姊望。

「還不住手！」

見圭介騎到翔身上，夏木抓住他的衣襟，單手便將他提起來。圭介被這麼不由分說地一拎，吊得喘不過氣來。

夏木將兩人分開至通道的左右兩側，低聲喝道：

「你們到底在搞什麼鬼！」

他表面上這麼問，其實心裡早就認定錯在圭介。

「我只是實話實說而已！」

圭介忿忿不平。

「虧她還是女的，卻笨成那副德行，一點用處都沒有！都高三了還不會煮飯，爸媽是怎麼教的啊！追根究柢，會逃到這裡來也都是她害的！都是她拉著大家逃跑，才會跑到這種鬼地方……要是沒跟著她，現在大家早回家了！」

翔沒回嘴，只是默默地以怒火中燒的雙眸瞪著圭介。

「喂！」

夏木的聲音轉為低沉，圭介反而打了個顫。

「男人的臉都被你丟光了。剛才那番話窩囊到了極點。」

圭介的臉因忿怒而漲得通紅。夏木無視於他，轉向翔：

「你也一樣，為什麼不回嘴？人家找碴，你還不吭聲？」

對不起。望的聲音從後方傳來，夏木回頭一看，只見她站在入口，似乎是光叫她來的；或許是匆忙出浴之故，一頭濕潤的短髮還滴著水珠。

「那孩子不會說話。」

聽了這句話，夏木的身體瞬間僵住了。

方才的那番訓斥多麼冒失啊！夏木渾身僵硬，詛咒著自己的粗心。

望朝著圭介深深地低下了頭，直至諷刺的地步——不，這應該就是望竭盡所能的諷刺吧！

「對不起——都是因為我才搞成這樣，以後有什麼不滿請直接找我。」

她直視圭介的眼神強悍得連第三者都為之膽怯，與翔那燃著熊熊烈火的眼神一模一樣。這對姊弟真的極為相像。

第一日，下午。

圭介咂了咂嘴，將視線從望身上別開。

「小翔，過來。你的嘴巴破了，我替你擦藥。」

在這種時候，冬原總是能絕妙地打破尷尬局面。夏木不禁在內心對冬原合掌一拜。

「好了，快去吧！」

他把翔推向冬原。望接過走來的翔，便與冬原離開了。

夏木一臉不悅地瞪著圭介。

「你早就知道了吧？」

知道什麼？圭介反問的語氣，顯示出他是明知故問。

「翔不會說話的事。」

吃飯時，圭介曾對怒視自己的翔這麼說──有什麼不爽就說啊！要是你說得出來的話！

夏木對著默默不語的圭介啐道：

「你真是個差勁透頂的男人。」

圭介心有不甘地皺起臉孔，但夏木並不理會他，逕自離開了居住區。

餐廳裡，冬原已經開始替翔擦藥，望與亮太則陪在一旁，還有糊里糊塗跟來的西山兄弟也在一塊。

冬原將沾了消毒液的脫脂棉放到翔劃破的嘴唇之上。換作一般情況，這應該是痛得大叫的場面，但翔依舊只是皺著眉頭，並未出聲。

「──對不起。」

夏木撿了個空位坐下，喃喃地說道。望笑著搖了搖頭。

「抱歉，我一開始就該說的。因為其他孩子都知道，我就疏忽了。」

「是啊！這是小望的疏忽，這種事該早點講嘛！」

聽冬原說得如此斬釘截鐵，夏木正想怪罪，卻反被他輕輕一瞪。

「別因為心煩意亂就會錯意啦！真窩囊。發不出聲音代表出了事無法求救，這麼重要的事不早點說，等出事了才講就晚啦！」

「說得也是，對不起。」

望對著冬原及夏木低頭致歉。雖說事先並不知情，但夏木方才說了那番冒失話，心裡已是愧疚不已；如今又被反過來道歉，更是羞慚萬分。

「小翔聽不見嗎？」

這種時候能不涉私情，一切秉公處理，正是冬原的過人之處。望還沒回答，翔便先搖了搖頭，證明自己並非聽不見。

「他聽得見，只是不能說話。是心因性的問題。」

夏木與冬原無權過問別人的隱私，因此沒再追問。

「話說回來，那個遠藤小弟實在教人傷腦筋耶！」

冬原替翔拭去嘴唇上的血後，便闔上急救箱。傷口在嘴唇上，所以沒辦法貼ＯＫ繃。

「因為……遠藤他討厭我們。」

望垂下頭，夏木與冬原面面相覷。那種反應可不是簡單一句討厭就能解釋的。夏木與冬原也有過類似經驗，但無處宣洩的情感扭曲至此的理由，卻是他們無法明白的。

「沒關係啦！我很喜歡翔，也喜歡小望姊姊啊！」

亮太拚命地打圓場。雖然不知道什麼沒關係，不過這話似乎達到了安慰望與翔的效果；只見他們倆露出了相似的笑容。

「我也很喜歡小望姊姊，因為她很漂亮！」

最為年幼的光說得老氣橫秋，惹得在場眾人哄堂大笑。

當天的事件就此落幕——不，還沒結束。

最後一個事件發生於日期即將變換的深夜，而對於夏木與冬原而言，那是最為棘手的事件。

大半夜的，突然有人搖晃夏木的身體，把他嚇得跳了起來，腦袋結結實實地撞上三層床鋪的低矮天花板。

「～～～～～！」

夏木痛得哼不出聲，一旁的西山陽探過頭來看著他。為何陽會從男生房跑到夏木就寢的另一個居住區來？正當夏木訝異之時，陽開口了。

「夏木叔叔！」

「…………不是叔叔，是哥哥。叫我夏木哥哥。」

「夏木哥哥。」

「乖。」

床鋪的高度不足以讓夏木坐起身子，因此他轉向陽，拄起手肘。陽難以啟齒地說道：

「光尿床了……」

「什麼？」

此時，地板傳來了小孩的啜泣聲。夏木從床上探出頭來一看，原來光也一起來了，正蹲在地上哭泣。

哇！又給我找麻煩！夏木心裡叫苦連天，但這個年紀的小孩尿床，又不好苛責。

話說回來——

「幹嘛不去找冬原啊？你們不是很喜歡他嗎？」

白天醒著時，夏木與冬原每隔一個小時便確認一遍無線電；而夜間為應緊急聯絡，則由其中一人在發令所裡打地鋪。經過了公正的猜拳程序之後，今晚決定由冬原留守發令所，而這件事孩子們也都知道。

陽如此回答夏木的怨言——

「冬原哥哥說這是夏木哥哥負責的。」

用不著交代，陽就自動稱呼冬原為哥哥，已經讓夏木頗不痛快了；現在聽說冬原的奸計，更是氣忿難當。

夏木滑下床鋪，直接朝發令所出發。夜間照明是紅色燈光，即使他仍睡眼惺忪，也不覺得刺眼。西山兄弟見夏木竟然不往男生房走，一臉困惑，卻還是跟在後頭。

「你這混帳，不要把事情都推給我！」
冬原裹著毛毯背對夏木，但夏木很清楚他是裝睡。
「喂！」
夏木一把扯開毛毯，只見冬原身著與夏木相仿的運動服，不情不願地起身。
「我血壓低，讓我睡嘛！真是的……」
「囉唆！你有那麼柔弱嗎？」
他們一面小聲鬥嘴，一面走向男生房。其他孩童大概是白天累了，全都睡得跟死豬一樣，完全沒發現兩人正將收納式床墊裝進皮箱搬走。他們先將床墊搬到通道上，剝下床單，並脫下光尿濕的褲子與內褲。
「你現在還會尿床啊？」
冬原詢問，陽代替抽抽噎噎的光回答：
「本來已經不會了……但他說他害怕，不敢起床。」
見兩人面露不解之色，陽又繼續說明：
「我們的房間晚上會有喀茲喀茲的聲音，他害怕，不敢起床，拖著拖著就尿床了。」
應該是螯蝦攀在外殼上發出的聲音。夏木就寢時也聽見了，夜深人靜，聲音更是響亮。
「你怕螯蝦跑進來？」
夏木詢問，光抽抽噎噎地點頭。想必是白天被螯蝦追趕的記憶猶新，心有餘悸吧！
「你放心，除非拿魚雷來轟，否則別想在這艘潛艇上挖洞。螯蝦絕對進不來的。」

「真的？」

「真的。」

夏木一面保證，一面帶頭走向洗手臺。床單可用水清洗，但床墊卻只能沾水拍打，還是去裝桶水來用吧！

一靠近洗臉臺，便傳來了潺潺的水流聲。潛艇內的水龍頭只要一離手便會自動回到原位，可見是有人故意開著水。夏木心中訝異，走向昏暗的紅色燈光，水聲卻毫無止息的跡象。

「是誰？我說過不准浪費水吧！」

夏木一出聲，那人便膽顫心驚地縮起身子。縮起身子的人——是望，她離開了分配為女生房的士官居住區，來到這裡。望將浸在洗手臺裡的床單抱到身體之前。

原來連翔也尿床啦？正當夏木感到無奈之際，突然發現望並未著牛仔褲，只有上身穿著T恤，一雙細嫩的裸足從她低頭抱著的床單底下探了出來。她的身材過瘦，穿著牛仔褲時就像是個少年，但未著衣物時的身體曲線卻是個不折不扣的女孩子。

夏木剛睡醒的腦袋一時無法判斷是怎麼回事，默默地呆立了好一陣子，冬原亦然。

「對不起。」

望顫著聲音喃喃說道。在紅色燈光照射之下呈現黑色的被單污痕——是紅的？

「西山兄弟，我們到下面去。」

「為什麼？」

「別問了！」

背後傳來的冬原聲音之中也帶著焦慮。慢著，這種局面應該由你來處理吧！夏木暗想，但如今才要在狹窄的通道上改變前後位置，又顯得太過刻意。

冬原帶走西山兄弟之後，望擠出了小小的聲音。

「本來這個月應該還不到時候的，卻來了……我以為還要好一陣子才會來，就沒去注意，醒來的時候已經弄髒了。」

「不……呃，發生了那麼多事，身體難免不對勁嘛！聽說精神狀態也會影響，對吧？」

現在不是說這些的時候！

「妳等一下。」

夏木逃也似的轉身離去。

被留下的望等候片刻之後，夏木跑了回來。

「現在只有這些東西，妳湊合著用。」

夏木遞出的是裝了脫脂棉的袋子。望滿心意外地收下——因為夏木看來並不像是如此細心的人。

「不夠了再說一聲，應該還有。還有這個。」

夏木遞出了另一手抱著的東西，是件摺好的藍色作業服與標籤尚未剪下的內褲。

「這衣服的主人身材和妳差不多，應該是洗了以後還沒穿過。內褲雖然是男用，不過是全新的。最近在百圓商店可以買到免洗內褲，大家都買了一堆囤放。不必洗，省事多了……」

瞧夏木拉拉雜雜地說了堆廢話，便知他相當緊張。望很感激他替自己準備替換衣物，但她根本騰不出手來拿；沒察覺這一點而遞出衣物，想必也是緊張的證據吧！

「呃，我沒手拿。」

「啊，是嗎？對喔！抱歉，那我放在這裡。」

說著，夏木走向狹窄的單人淋浴間，打開門，將換洗衣物放在裡頭的固定式毛巾架上。

「淋浴室給妳用，床單就別管了，反正多得很。妳放到外頭來，我拿去丟。」

「床墊也……」

「反正上頭的痕跡是洗不掉了，妳就疊好放著，以後我再清理，妳睡其他的床。還有，那邊的洗衣機可以用，妳趁著晚上把衣服洗好。洗衣粉就放在洗衣機上。」

對不起，不好意思，謝謝——

望原想這麼說，誰知一開口便淚水盈眶。剛才她明明還能正常說話的。

不得不道歉——讓她覺得丟臉、窩囊又難堪。

假如沒碰上這種狀況，根本不會發生這種事，根本無須向任何人道歉。

「——……！」

望知道夏木會擔心，卻止不住淚水。

為什麼我是女人？假如我命中註定得碰上這種遭遇，為何要生為女人？

生為女人，卻未嘗過半點甜頭。沒有女人的嬌美俏麗，卻得在這種時候承受女人的痛楚。

「對……起，我沒……事。」

「別說了，不用硬撐。」

妳不必道歉。說著，夏木拍了拍望的頭。

「都是因為我們想得不夠周到，害妳平白出醜。對不起。」

夏木的這番話，比安慰她「這並不是醜事」更為受用。即使這是正常的生理現象，曝了光仍教她難為情。

「妳去沖個澡吧！」

夏木大剌剌地說道，望只能連連點頭。

正當夏木在餐廳裡等候望時，冬原走上樓來。

「我替小光換了衣服，安頓他們兩個睡了。小望呢？」

「在洗澡。」

真是傷腦筋啊！冬原喃喃說著並坐了下來。

「原來有女孩子在就會遇到這種問題啊。」

「她一點女人味也沒有，所以我就疏忽啦！」冬原坦白說道：「雖然她是個乖孩子，不過老實說，我寧可她不在這裡。」

「現在說這個有什麼用！你不是很喜歡她嗎？」

「就是因為喜歡才這麼想啊！你不覺得她很可憐嗎？被素昧平生的人看到那種場面。」

那倒是。夏木點頭附和，又突然好奇問道：

「這麼一提，你從一開始就很看重森生姊，為什麼？」

「哦，這個啊！」

冬原吃吃笑著。

「因為她打一開始就是個女中豪傑啊！」

打一開始——打從孩子們被逼到樓梯平臺上，冬原前去搶救的時候嗎？夏木當時忙著對付螯蝦，沒看見情況。

「那些孩子心裡害怕，不管我怎麼呼喚都不敢跳下來；結果是她抱起小光，丟了下來。」

「……還真有魄力啊！」

「是吧？後來的人就一個接一個跳下來了。她的決斷力與行動力的確過人，還自願殿後咧！」

那忍氣吞聲時咬著嘴唇、心有不甘的表情，以及在居住區裡直視著圭介的堅毅眼神，在在讓人感受到她的韌性。

正因為如此，望平時那種顧慮周遭而壓抑自己的樣子更顯得反常。圭介找碴時也一樣，縱然只是做做樣子，其實當時望根本也無須道歉。為何她要如此忍氣吞聲？

「你為她做了什麼？」

被冬原這麼一問，夏木才回過神來，說出他給了望脫脂棉及替換衣物之事。冬原笑道：

「你這次還挺機靈的嘛！」

「還不都是因為你跑了！」

夏木逮住機會大罵冬原。

「應付女人是你的專長吧！剛才居然帶著小鬼先下樓！」

「就位置上來說，我出面不自然嘛！你又杵在那兒動也不動，要是我把你推開走上前，豈不顯得很奇怪嗎？我也很辛苦啊！尿床床墊都是我收拾的，西山兄弟又一直問為什麼、為什麼。」

「你怎麼回答？」

洗完的衣服無法一晚就乾，明天早上孩子們看見望換了衣服，一定會覺得奇怪。到時要怎麼說明？

「我說她大概是身體不舒服。」

「明天也用這套說辭？」

說望吐了，或是睡覺時流了一身汗？這種說辭很牽強，年長的孩子大概會察覺真相，不過也別無他法。

「真可憐。」

比起死在螯蝦腳下固然是好得多，不過現在這兒只有她一個女人，生理期又弄得眾人皆知，不知心裡有多難堪。當然，夏木等人也只能靠想像來揣摩她的難堪。

日期改變約一個小時之後，望回到餐廳裡來。藍色作業服雖然略顯鬆垮，但長度似乎還合身。昏暗的紅色燈光消解了彼此的尷尬。

「都弄好了？」

聽了冬原這若無其事的一問，望似乎鬆了口氣，露出笑容回答：「弄好了。」看來她已經將

第一日，下午。

一切處理完畢。

「對不起，我可以一併洗床單嗎？還有，請給我一桶水，讓我把床墊擦一擦。」

「反正要丟了，沒關係啦！」

夏木這話是出於體恤之意，但望卻露出了困擾的表情。

「對不起，就算要丟，我還是想先清理一下。」

「哦——是嗎？那就隨妳吧！」

這些細微的感受正是男人難以明白的。對女人而言，弄髒的東西似乎不是丟了便罷，還得顧慮經手的人。

體貼他人卻得處處受限，實在是種教人心焦的情況。再怎麼設身處地替望著想，依然有道無法跨越也無法想像的障壁存在。為什麼潛水艇中沒有女性自衛官（WAVE）呢？

望走進士官居住區，又抱著自己的衣物走出來，並直接走向打水場。

過了片刻，她提了桶水回來，又走入居住區。夏木與冬原不好幫忙，只能百無聊賴地等她幹完活兒。

「我就直接問了，小望，妳的量大概有多少？」

這是個一般男人絕不會問，或該說連想都想不到的問題，但冬原問起來卻極為乾脆。

量——望理所當然地聽懂了這個省略後的問題。量就是量。

「應該……和一般人差不多。」

當然，她從未和別人比較過。

「那大概是一個禮拜？」

冬原的問題道道切中要點，顯然私下常和女人相處。

「到了第七天就幾乎結束了，只有頭兩天比較多。」

「是嗎？那今明兩天得多注意。我會多拿點替換用的內褲給妳，要是用完了就說一聲。內褲是免洗的，畢竟已經要求其他孩子盡量別洗衣物，不好讓妳一個人破例。妳要洗自己的衣物時，原則上用手洗，別引起其他人注意。」

「呃，假如有多的保鮮膜及盒裝面紙請分給我，我好拿來墊褲子。」

「哦，這是個辦法。不過，不會悶嗎？」

「總比弄髒衣服好。脫脂棉不好墊，我怕歪掉。」

冬原淡然的說話方式反而令人自在，連望都為自己能如此坦然回答而感到意外。

「ＯＫ，不弄髒比舒適感優先，是吧？那我再給妳垃圾袋，妳可以當床單用。會生理痛嗎？」

「頭幾天比較痛。」

「那還得給妳阿斯匹靈。」

夏木將冬原所說的東西全數找齊，交給了望，並說好須等其他孩子入睡以後才可淋浴，但不可洗頭，之後便當場解散。夜已經深了。

「晚安，好好睡吧！小孩晚起沒關係。」

第一日，下午。

冬原背對著望揮了揮手，頭也不回地離開了餐廳。由於他走得太乾脆，望沒機會叫住他。

「那我也要走了。」

夏木也跟著離去，望連忙留住他。總不能對兩個人都失了禮數。

「對不起。」

聽了這句話，夏木轉過身來，用力地指著望。

「別說這種話。」

面對這道出乎意料的強硬聲音，望困惑地眨著眼。

「別道歉。我知道妳覺得很難為情，但妳做錯了什麼嗎？」

「可是，我給你們添了麻煩。」

「妳做錯了什麼嗎？」

夏木再度重複：

「妳的月經來了是錯事嗎？妳有月經，是妳的『錯』嗎？」

望有些無助地搖了搖頭——見了夏木的表情，她又連忙加重了搖頭的力道。

「別老是用抱歉、對不起這類的話來逃避。我幹嘛要因為一個女人月經來潮而接受道歉？我又沒有要幹什麼。」

「幹什麼」這三個字來得突然，望有些不解其意，卻又覺得沒必要刻意追問，便保持沉默，聽著夏木說話。

「覺得難為情是在所難免，可是不要向任何人道歉。拿出骨氣來，不是妳忍氣吞聲就能解決任何事。」

哦！他說這番話的用意是……看著夏木嚇人的表情，望突然懂了。

他是在擔心圭介的事。圭介總是找盡機會挑釁，要是知道了這件事，不知又要如何加油添醋地胡說八道了。夏木與冬原畢竟無法一直守在望身邊。

自己的尊嚴由自己來保護——這就是夏木言下之意。

對於早已習慣息事寧人的望而言，這是種新鮮的訓示。

「——謝謝你幫了我這麼多忙。」

望說道。

「及格。」

丟下這句如考官般的評語後，夏木便離開了餐廳。望暗想，他大概是個不擅溫言款語的人吧！他說話時的口氣雖凶，但表情一直顯得相當懊惱，似乎是在氣自己不懂得說話。

在望回居住區的路上，以及回到居住區之後——雖然在素昧平生的男人面前出了醜，但不知何故，她的心情並不煩亂。

第二日。

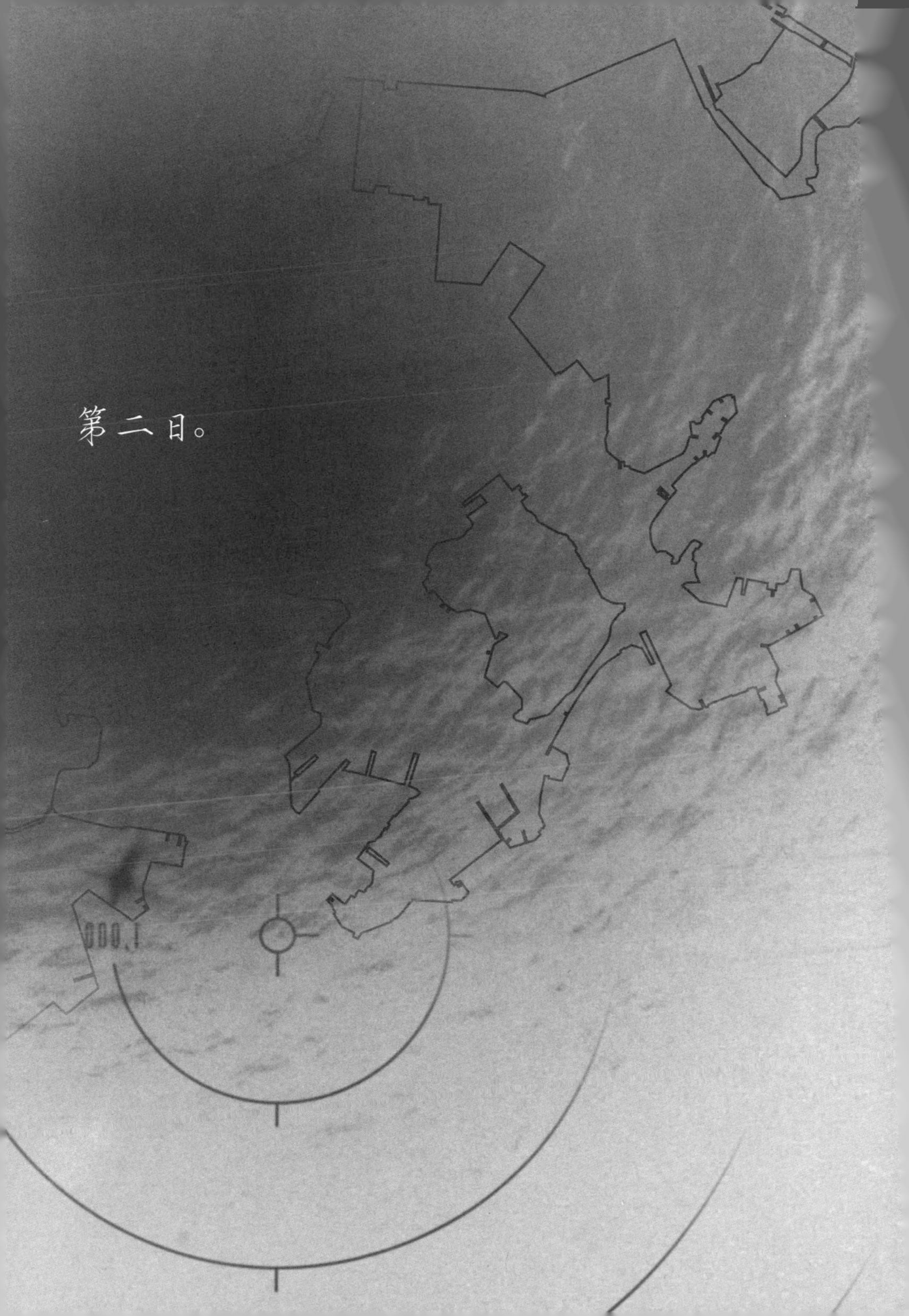

*

一夜過去，到了四月八日（一）。

經過昨天內閣應變室決議，陸海空救難隊及運輸隊已出動救災。載運大型建築物中的民眾時使用大量運輸型的CH47J或V107，救援民宅中的民眾則採用一般常用的UH60J直升機。空中救援行動自凌晨展開，救出的居民則分別送往防衛大學、厚木基地及久里濱的武山駐防地。

此外，為了提升救援效率，又將面積狹窄的救援地區結合為一，以便同時投入大量直升機救援；同時，警方與行政單位亦通力合作，通知居民救援順序。為求方便行事，自衛隊的指揮所與行動中的部分部隊已進駐不入斗公園的應變總部。

警方協助自衛隊的事宜並不只限於通知居民。擁有交通管制權限的只有警察，市內配置了五萬名警官，負責控制救援及運送所生的混亂。此外，為了安撫害怕獨漏新聞的媒體記者，警方每隔一小時便召開定時記者會，公平地發佈情報。

因此，警察的糧食及排泄物處理也成了個大工程。政府雖然撥了臨時預算來張羅伙食，但光是避難者的配給便已令市內外膾業者分身乏術，只得尋求外縣市或東京方面的業者協助。臨時廁所也供不應求，前線人員叫苦連天。上頭的人估算必要物資時總是東減西扣，應變總部未能堅守底線，如今反倒自食惡果。

自衛隊基本上是自給自足，應變總部不用分配資源給前來會合的部隊，可說是不幸中的大幸。不僅如此，總部甚至還得借用自衛隊設置的廁所。

「不過，借用廁所的恩情，我們應該還清了吧……」

明石從廣場上的臨時廁所中走出，向附近的自衛官輕輕敬了個禮。警備總部設置於橫須賀技擊館中，同時有警察及行政單位的大批人馬活動，因此廁所二十四小時呈現客滿狀態。

自衛隊雖已出動救災，但仍未獲准展開軍事行動，因此固守防衛線依然是機動隊的任務。長達十公里的防衛線設有電磁柵欄鎮守，但各地電壓時常中斷；每當此時就得搬出人海戰術，前呼後擁地將螯蝦擋回去。

如有漏網之蝦，則由SAT進行狙擊，然而在市內開槍卻引來了批判聲浪。曾獲縣政府頒發除害獸執照的獵友會也「主動協助」，但這些人滿腦子只想開槍，總是亂扣扳機，準頭又不夠，警方還得概括承受民眾對他們的怨言。

人人都視警察保護市民安全為天經地義，完全沒人顧及此次警備行動是如何破天荒。得冒險開槍狙擊，全是因為甲殼類闖入防衛線中；甲殼類闖入防衛線中，是因為前線沒能守住；前線沒能守住，是因為電壓中斷；而電壓中斷，則是因為電磁柵欄設置管理不當。總歸一句——都是警察不好，輿論真是毫不留情。

連警察都落得如此，若是自衛隊出動，批判聲浪想必更烈，也難怪內閣遲疑不決。國防部戰意高昂，但那也是用在與警察爭功搶先之上。

當明石走向總部之時，有個年輕的警官奔向他。

「明石警監，烏丸參事找您。」

那警官邊敬禮邊報告，明石微微抬了抬下巴，走進了技擊館。

明石一踏進設置於技擊館職員休息室中的幕僚團休息室，其他成員的視線便一齊集中於他身上。這是個只有長桌與折疊椅的簡陋房間，在場的成員卻醞釀出一種異樣的魄力。身為縣警局中的低階警官，本就不該隨意進出此地；更何況明石昨天出了不該出的風頭，眾人對他自然反感。

坐在裡面翻閱文件的烏丸發覺明石入內，抬起了視線。

「明石警監，過來一下。」

倘若烏丸指名縣警局長，倒還有幾分道理；但他為何偏偏指名一個微不足道的警備課長助理？幕僚團滿腹狐疑，而最無法理解的正是明石本人。

明石坐向烏丸的對側，烏丸又將視線移回文件之上問道：

「按照一般怪獸故事的理論（模式），接下來應該如何發展？」

「……這個嘛，差不多該揭曉敵人的生態了。」

「很好，你的理論挺可信的。」

說著，烏丸將手邊的文件遞給明石，那份文件似乎與烏丸正在閱覽的相同。明石也跟著翻閱，內容為各大學研究機關的甲殼類分析結果一覽表。

「哪個看來比較可信？」

「您問我，我問誰？」

「就常理來判斷，該視權威高低來決定；如果這是符合常理的事件，我大概會採用這部分的分析結果，幕僚也持相同意見。」

烏丸指著聲望顯赫的大學或研究機關提交的調查結果。

「不過這回的情況非常荒謬，所以我才要請益精通荒謬事態的明石警監。對於你在這次事件上的各種處置，我也有很高的評價。」

被警政署參事認定為荒謬權威，明石的心境五味雜陳；但還是姑且瀏覽了文件一遍。

每個機關都主張突變說，頂多就是舉出的原種略有不同，對於突變原因則都隻字未提。事發至今不過一個晚上，也怪不得他們。

唯有一份報告持異論——相模水產研究所，在一堆大名鼎鼎的全國頂級智庫之中，這個名號倒是默默無聞。

「這個還挺有趣的，不是嗎？」

明石拆下那一頁。

「不但路線獨特，論點也挺有說服力的。」

「那個啊？內閣應變室並沒委託，是對方自己主動提交的。上頭還有海洋研究所的推薦。」

「還附上推薦函啊？採正面進攻法插手，挺不賴的嘛！報告者的名字也很讚。」

聞言，烏丸確認報告書。報告者的名字叫做芹澤齊。

「製作新型武器擊退哥吉拉的科學家就姓芹澤，這兆頭不壞吧？」

哦！烏丸的表情閃過了一絲興趣。

「好，就叫他來吧！你也得到場。」

「我適合嗎？」

明石心裡嫌麻煩，但表面上還是做個猶豫的樣子，以示謙讓之意；然而烏丸完全不在乎。

「我這些優秀的幕僚已經把正牌的權威打理好了，警備計畫也進行得很順利，我可以放手賭一把啦！既然要賭，當然得和投機客聯手啊！」

這會兒明石又淪為投機客了。

「對了，聽說建議把總部設置於不入斗公園的也是你？理由是什麼？」

「您還需要我說明嗎？」

明石淡然回道，烏丸笑了。

為了因應會隨後出動──不，是勢必隨後出動的自衛隊，據點規模必須夠大。中央公園不但地大，距美軍基地不到兩公里，離防衛線不遠，又地近橫須賀警局與市公所，因此縣警局內的絕大多數人都屬意此地；但明石硬是獨排眾議，選擇了不入斗公園。

「可是被否決的中央公園似乎也給人訂下了，還有大津運動公園也是。」

訂下這兩處，完全是明石獨斷獨行，並未報告縣警幹部。

「我原想在上任之前先行訂下，沒想到已經有人捷足先登。是誰幹的，我當然也查過了。」

若只是要當機動隊的據點，一個不入斗公園便已足夠──但烏丸與明石再占他處的用意似乎是一致的。

「沒用上當然是再好不過……不過當時我無法預測橫須賀司令部的情況會變得如何，只好未雨綢繆。」

橫須賀司令部環海而築，自然也受到了甲殼類的襲擊；雖然後來行使了警護出動權防衛基地，阻止甲殼類登陸，但當時的基地確有被甲殼類占據的風險。為了慎重起見，明石才事先訂下這兩個公園，以便基地淪陷之時能有充足的據點供自衛隊展開行動。

明石要求瀧野率領第一機動隊出動，純粹是因為當時沒有其他部隊能救援民眾。消防局雖也出動了救難隊，但這回的行動名為救難，實為戰鬥，所有救難隊員在前線皆是苦戰不休，犧牲比例甚至比警方還高，因此老早便撤離前線，改為後方支援，負責以直升機運送傷患。

防衛線建立之後，救難隊雖能以消防車水柱協防，但畢竟成不了主戰力。

機動隊的重大損傷只有斷了右腳的重傷者一名，全賴平時的警備戰鬥訓練有素。

對於失去右腳的隊員而言，這固然是個相當重大的犧牲；然而看在警備總部眼中，卻是「只有一名重傷者」——機動隊尚未有人殉職，對總部而言是個值得誇耀的成果。

正因為如此，才得快點讓警察從這個警備計畫之中解脫。連個像樣的武器也沒有，卻得和排山倒海而來的危險生物作戰；縱使負了致命重傷，上頭也只當作是輕微損失。隊員流的血在傳遞至總部時，便已變換為單純的數據。

死守前線的人員實在吃力不討好。

第二日。

相模水產研究所的芹澤齊在當天中午過後來到了警備總部。

現身於會議室之中的，是個高高瘦瘦的青年。他生得一臉懦弱，穿起西裝又顯得格格不入，活像西裝穿人，實在很難與未受委託便自行提交報告的強硬形象相連結。

他結結巴巴地道著幸會，聲音細若蚊聲，更讓人覺得靠不住；如孩童般生澀的自我介紹之中，說明了他的專業領域為深海生物學，主要研究範疇則是相模海槽（舟狀海盆）及駿河海槽。

「相模海槽就是地震時常提到的那裡嘛……」

耐不住性子的明石插嘴說道，芹澤則如釋重負地頻頻點頭。

「對啊！相模海槽在地殼特徵方面比較有名。菲律賓海板塊沿著相模海槽隱沒於北美板塊之下，而太平洋板塊又隱沒於北美板塊之下，動態相當複雜，因此常在談論地震時提到。不過就深海生態系統面上來說，相模海槽也是小有名氣；尤其在海底冷泉發現白蛤和管蟲之後，更是廣受全世界矚目……」

見芹澤就這麼站著說個沒完沒了，烏丸硬生生地打斷了他。

「請先坐下吧！」

芹澤聽見勸座之際拉動椅子的聲音，竟嚇得縮起脖子來。喂喂喂，拜託你振作點啊，芹澤老弟！明石忐忑不安地看著他。

「能請你仔細說明你的報告嗎？」

然而烏丸待人的態度也實在算不上和藹可親。芹澤戰戰兢兢地從公事包中取出一疊A４紙，是以印表機列印出來的彩色文件。

「這就是我推測的甲殼類真面目。」

照片上是種與螯蝦極為相似的蝦子，和蹂躪橫須賀的甲殼類長得一模一樣，不過大小卻是天差地遠。

「很小嘛！」

一個應該是普通大小的培養皿之中養著數十隻蝦子；與一同入鏡的直尺相較之下，可知一隻還不到兩公分長，等於是將螯蝦的成體迷你化後的版本。正因為如此，即使已放大拍攝，照片上的牠們看來仍然極為瘦小。

「這是近年來在相模海槽的海底冷泉發現的蝦子，目前還沒有學名，是冷泉生物群集的──啊，你們應該不知道海底冷泉的意義吧？抱歉。」

其實就算不懂定義也無礙於警備計畫，但芹澤卻努力地扼要（其實又臭又長）說明。

簡而言之，陸地上的食物鏈是以植物的光合作用為根基，而深海則是仰賴化學合成；地底下湧出的熱泉或冷泉中的硫化氫及甲烷便等於陸地上的太陽，化學合成菌則相當於植物，而化學合成菌又與方才芹澤所說的白蛤與管蟲共生。

白蛤屬貝類，而管蟲正如其名，是種沒有口、消化管與排泄器官的管狀群棲生物，完全依賴共生菌來攝取營養。

而這些化學合成菌共生生物的聚落便是熱泉生物群集與冷泉生物群集的維生基礎。

「呃，這種新種的蝦子呢，向來群居在一起，靠捕食白蛤維生。換句話說，牠們是真社會性生物，和螞蟻及蜜蜂差不多。在中南美已發現一種具有社會性的水棲甲殼類物種，名叫帝王槍蝦；這種蝦子將是繼帝王槍蝦之後的新發現，現在暫稱為相模帝王蝦。」

事關自己的專業領域，芹澤說明起來變得流暢許多；但那相模帝工蝦與橫須賀的甲殼類究竟有何關連，他仍是隻字未提。

烏丸的臉色明顯沉了下來，明石連忙搶在他爆發之前修正軌道。

「那這個相模帝王蝦和橫須賀的甲殼類有什麼關係？」

「呃，請看這個……」

芹澤從公事包中取出Ａ４檔案夾，遞給明石等人。

明石順手接過，打開一看，裡頭是新聞報導影本。頭一則報導的日期約在五年之前。

『潛水艇「艾文Ⅱ號」於相模沿海發生事故

七月十三日，於相模灣進行深海探查的美國潛艇「艾文Ⅱ號」浮出時撞上漁具，導致採集筐破損，採集到的深海微生物及底泥樣本全數流失，所幸船上水手無人傷亡。

「艾文Ⅱ號」原與「深海６５００號」進行共同探查，但因採集筐破損之故，已決定中止探查。』

一來事故規模不大，二來非屬熱門領域，因此篇幅甚小，只占了寥寥數行。

下一篇報導則是在艾文Ⅱ號出事的近一年後。

第二日。

『變種龍蝦？逗子地方捕獲巨蝦

現在正值暑假期間，擠滿了海水浴遊客與釣客的逗子地方出現了難得一見的漁獲。居住於葉山鎮的佐佐木朋彥先生（51歲）釣到了體長達八十公分的蝦子，送到京濱水產大學分析後，研究人員認為可能是龍蝦或海螯蝦的變種。蝦子在釣客下榻旅館經烹煮過後，據說因氨水氣味過重，並無法食用。』

這則報導附了照片，曬得黑黝黝的釣客雙手抱著足足有孩童大小的蝦子，呵呵笑著。照片上的蝦子的確與橫須賀出現的甲殼類頗為相似。

再下一篇報導則是去年，這回是數份類似的剪報。相模灣一再發生漁網及漁具破損事件，上網的漁獲也被吃得僅剩些許殘骸，對漁民打擊甚鉅。

「這麼說來，接下來被歸入這個檔案夾的，就是橫須賀甲殼類來襲事件？」

烏丸直接詢問結論，這會兒他總算來勁了。芹澤點頭，繼續說道：

「當時艾文II號八成採集到了相模帝王蝦，卻因為意外而全數流失到淺海去；假如流失的帝王蝦還活著……啊，甲殼類原本就耐水壓變化，所以還活著的可能性很高；總之，假如帝王蝦還活著，對牠們而言，周遭環境等於是突然之間有了一百八十度的劇變。」

「環境劇變，指的是水壓嗎？」

明石詢問，芹澤搖了搖頭。

「是指相模帝王蝦從未體驗過的優氧環境。」

芹澤解釋，許多水棲生物若無營養及壽命限制，是可以無限成長的。深海的冷、熱泉所能供給的養分在範圍及總量上都有限制；由於得在這種環境之下爭奪有限的營養，成長後的相模帝王蝦平均體長還不到兩公分。與熱泉環境相較之下，相模的冷泉環境裡小型生物原本就比較多。

「將相模帝王蝦置於優氧環境之下的長期觀測數據還不完整，不過在營養無限化的狀態之下，急遽變大的可能性是很高的。」

「過個五年就能變得像橫須賀的那麼大？」

「我們研究所裡飼養的相模帝王蝦才三個月就變得和美國螯蝦一樣大了。所裡沒有飼育場所，餵餌時有控制餌量；要是不限制餌量，不知道能長到多大。」

假如在逗子釣到的是相模帝王蝦，那就代表在艾文II號事故發生後的短短一年之內，蝦子便長到八十公分大。

「還有，相模帝王蝦的世代交替很快，應該是因為冷、熱泉環境變化大，得加快世代交替速度以適應之故；平均大概不到一年，女王蝦便會交替一次。每當交替之時，女王蝦都會配合當時的環境產卵；而在沒有營養限制的環境之下反覆進行世代交替的話，由於無須抑制成長，巨大化的速度也會變快。假如流失的帝王蝦群之中包含了女王蝦，造成這次現象的可能性就很高了。女王蝦為了因應外敵捕食，每次都會產下天文數字的卵；倘若在巨大化過程之中少了天敵，所有孵化的幼蝦都能存活下來，便可能發展成這種數以萬計的超巨大群集。」

「我能問個問題嗎？」

明石輕輕舉手。

「既然原來是深海生物，視力應該很差才對——或該說這是我的希望；但根據前線傳來的報告，螯蝦能非常準確地掌握隊員的位置並加以攻擊，這又是為什麼？」

「深海生物通常具備紅外線探測器官，我想牠們應該是靠著這種器官上岸及覓食。」

「……換句話說，牠們碰巧探測到陸地，便把陸地當成了狩獵場？」

「可以這麼說。牠們來到這一帶，或許是出於偶然；但上岸之後，發現陸地上的食物不虞匱乏，才開始占據橫須賀。」

明石的疑問解除了，那麼烏丸呢？明石偷偷打量烏丸，烏丸也開口說道：

「你的推測很有趣，不過，要說橫須賀的甲殼類就是相模帝王蝦，根據還太薄弱了。你能舉出什麼根據？」

「呃，橫須賀的甲殼類也是集體行動……上岸範圍也有固定界限……若是不具有社會性的生物，行動起來應該會更沒秩序才對……」

芹澤咕咕噥噥地回答，怎麼聽都像是臨時才想出來充數的。

「既然已經拉起防衛線進行封鎖作戰，便無法斷定甲殼類上岸範圍的界限是出於牠們獨特的集團習性；因為我們並非從甲殼類出現時就開始觀測牠們的行動範圍，沒有精確的數據足以佐證。再說，有些生物雖然不具備社會性，依舊會集體行動；比方沙丁魚和鯡魚也常聚在一起，但那可不是出於社會性吧？真社會性似乎是相模帝王蝦的代表特徵，不過要確認牠們的行動有無社會性，應該還需要長期的觀察，不是嗎？」

這番毫不容情的攻勢逼得芹澤大為洩氣，垂下了頭。其實烏丸應該也不是想否決芹澤的假說，只是太過性急而已。甲殼類出現至今才過了一個晚上，哪找得到確切根據？

「唉，畢竟事發不久，現在頂多也只找得出『長得像』之類的根據嘛！海洋研究開發機構（JAMSTEC）提出的根據還不是差不多？」

明石開口打圓場，並轉向芹澤。

「所以你不知道的事說不知道就行了，別因為這位先生看起來很可怕就硬要無中生有。要是你把沒憑沒據的東西說得煞有其事，對我們而言反而是個大問題。」

烏丸方才先稱讚芹澤的推測有趣，可見他是用詰問法來表達自己的感興趣——應該是吧？

「呃，你說得對，對不起。呃，根據就是長得相像，還有我的聯想。」

一般人並不把聯想稱作根據，不過若是加以指摘，想必芹澤又要連聲道歉，沒完沒了；因此明石並不追究，繼續問道：

「你從以前就開始注意相模帝王蝦的巨大化了嗎？」

「對，從看到逗子的報導時起。那時我就覺得外觀很相似，又想到艾文II號流失的樣本之中也有相模帝王蝦。」

——不過根本沒人當一回事。芹澤自嘲地笑了。

「深海生物在淺海巨大化，是有點天方夜譚。畢竟形狀雖然相像，但若說是龍蝦的變種，也還說得過去。」

「不過，你心裡很不服氣吧？」

以冷淡語氣插嘴的是烏丸。芹澤驚訝地瞪大眼睛，接著又靦腆地笑道：「我是很不服氣。」

「我在研究所裡也提議過化驗釣到的蝦子，但說明理由以後，反而被取笑；所以我才開始尋找支持巨大化假說的證據，收集新聞報導等各種資料。最近我們所裡也開始飼育相模帝王蝦，我還故意把其中一部分弄成營養飽和狀態……結果被罵得狗血淋頭。」

這樣還不死心，硬是不請自來地提交報告？看來他外表雖然軟弱，實際上卻頗有主見。明石有些訝異地凝視著眼前這個怯生生的青年。

「要不要在橫須賀報逗子的一箭之仇啊？」

烏丸的語氣變得相當傲慢，這種含笑的口吻顯然是在煽動芹澤。

自昨日以來的觀察，明石已知烏丸這種妄自尊大的態度乃是他的個人特質。那麼這位小兄弟能不打退堂鼓，乖乖上鉤嗎？

「我可以提供相模水產研究所一隻射殺後的甲殼類，給你一天的時間證明那就是相模帝王蝦。」

「好！」

出人意料的是，芹澤居然一口答應。烏丸能看出芹澤的不服輸個性，也教明石嘖嘖稱奇。

「明石警監，運送事宜交給你安排。」

「是，順便送芹澤教授回去吧！」

在安排妥當之前，芹澤便在其他房間等候。待芹澤離開會議室之後，明石說道：

第二日。

「真虧您看得出來。」

明石省略了受詞，烏丸一臉無趣地回答：

「一個單純的膽小鬼怎麼可能敢硬塞報告到內閣應變室去？雖然他那種妄自菲薄的態度令人不快，不過倒還算是個可用之材。」

妄自尊大的烏丸不過是方向不同而已，其實還不是跟人家半斤八兩？明石心裡雖然這麼想，卻沒說出口。

*

經過一夜，微妙的勢力關係已在孩子們之間成形。

國二的坂本達也及國一的芦川哲平與圭介率領的國三三人組連成一氣，木下玲一以外的國中生全站到了圭介這一邊；支持森生姊弟的則是翔的朋友中村亮太與西山兄弟。

小五的平石龍之介與野野村健太不知該如何自處，最後決定保持中立；而國一的木下玲一則完全無視於勢力圖，大多時候都是獨來獨往。

或許是前一天的疲勞未消之故，孩子們都起得很晚；而勢力關係便在他們著手準備早飯兼中飯之時開始顯現。

望雖然手藝不精，但至少還勝過其他孩童，因此冬原便指名她來做飯；結果圭介等人見狀便完全不幫忙，窩在餐廳裡看電視，擺明了事後清洗碗盤了事。

第二日。

夏木與冬原並不是老師，犯不著硬性要求他們和平相處及幫忙做飯；但望這邊能稱得上戰力的只有翔與亮太，只得叫維持中立的玲一過來湊數。

「實際上陣以後，才知道補給課的人有多偉大。」

夏木一面依照人數打蛋，一面咕噥。

「不過兩、三個人，就能做出幾十人份的飯菜。」

親潮級潛艇的水手約有七十名，出航中採三班輪替制，並不會有七十個人同時用餐的情形，但區區兩、三名食勤兵還是得打理二、三十人的伙食，而且做出來的飯菜向來美味可口。在海上及海底這種無處娛樂的環境之下，若是飯菜難吃鐵定會引起暴動；或許正是因為這個緣故，食勤兵也格外致力於烹煮美食。

「喂，這是不是得用打蛋器打啊？」

「誰知道？用筷子就行了吧？」

「可是量這麼多，用筷子怎麼打啊……」

夏木與冬原只有這等水準。他們很清楚自己絕對無法保持蛋黃的完整，因此打一開始就沒考慮過荷包蛋；對他們而言，「炒蛋」已經是極限了。為了加點料，冬原從剛才便開始默默地切著火腿。

「森生姊，打蛋器在哪兒？」

「你們都不知道了，我怎麼會知道……」

答得心不在焉的望正在特大號電鍋前小心謹慎地量著水。這回絕不煮成粥的決心湧現於她那使勁的肩膀之上。

「靠女人的直覺啊！這類東西一般應該放在哪裡？」

「找過抽屜了嗎……唉呀！又忘記了。」

望穿著藍色的水手制服，晾在房裡的衣服果然無法一夜就乾。圭介對於此事並未表示意見；孩子們雖然滿臉訝異，卻沒明目張膽地探問。昨晚尿床的光也因為褲子未乾而穿著大人用的睡褲，因此望倒不致於太過醒目。

夏木等人曾聽見望如此對出言詢問的亮太（或該說他是代翔發問）說明：「我昨天把衣服弄濕了。」這個說明雖然牽強，但他們卻沒再追究；或許是感受到了不可細問的氣氛吧！

「哦！找到了。妳真厲害啊！森生姊。」

夏木四處開抽屜，找到了打蛋器之後道了個謝，卻換來望的認真抗議：「請別跟我說話！」

「抽屜開了要記得關啊！夏。」

冬原啼笑皆非地告誡夏木，又對望說道：

「小望，電鍋上沒有水量刻度嗎？」

「對不起，上頭有好幾種刻度，我不知道該看哪一個。水量應該要比米量多一杯，對吧？唉呀！我忘了剛才量幾杯米了……」

垂頭喪氣的望又重量泡過水的米。由於無人指導，現在的望只怕手腳還不及家政課的小學生俐落。

「好了。」

第二日。

玲一將削完皮的馬鈴薯放入碗中，擱到調理臺上；由於廚房狹窄，他是在外頭作業。他掉頭便要離去，冬原卻叫住了他。

「還得切呢！你叫亮太和小翔一起去那邊幫忙切。」

說著，冬原以下巴指了指廚房櫃臺彼端的餐廳。

「怎麼切？」

玲一以平板的語氣問道，最後又加了句「要多大？」冬原回了句隨便，他又追問：

「幾公分？」

「幾公分……那是要做味噌湯用的，差不多就行了。」

「所以到底是幾公分？」

他的不知變通是因為不諳廚藝，或是天性如此？「……大概一、兩公分吧？」冬原提出具體的數字之後，他便拿著馬鈴薯回到餐廳去，也不推諉工作。

他該不會拿尺來量吧？冬原啼笑皆非地說道，又繼續切起火腿。

「出現了一個大問題。」

夏木一面打蛋，一面語重心長地說道：

「湯要怎麼熬啊？」

「……啊，確實是個問題。」

冬原這麼回話，表示他也沒有答案。他們兩人回頭看著正在量米的望，顯然要仰仗女孩家的知識；望一臉膽怯地縮了縮身子。

「……加柴魚片或小魚乾？」

「這種事我們也知道，問題是要怎麼熬？」

還有量是多少。冬原又補上一句。望被逼急了，戰戰兢兢地回答：

「……沒有高湯粉之類的東西嗎？」

聽了這個新方針，兩個大人恍然大悟地拍手。

「原來還有這個辦法。」「快找、快找！」

重視實用性的狹窄廚房幾乎是見縫便插櫃，於是夏木與冬原開始翻箱倒櫃，尋找高湯粉。

「唉呀，又忘記了……」望再次垂頭喪氣地重新量米。

搜索片刻後，兩人找到了一罐褐色粉末。

「就是這個……對吧？」

冬原聞了一聞，一旁的夏木則用手指沾了一些，舔了一口。「哇！好難吃！」他大皺眉頭。

「把這種東西加在湯裡行嗎？」

「稀釋一下應該就行吧？」

「稀釋？又不是電池液！就算要稀釋，量得放多少？一人一匙嗎？」

夏木拿起塞在罐中的湯匙舀起粉末，此時櫃臺彼端傳來一道斥責聲：「你想煮什麼啊？太多了啦！」仔細一瞧，是圭介的跟班吉田茂久，他似乎一直從餐廳觀看著夏木等人做飯。

「你知道該放多少？」

「你是大人，居然不知道？」

茂久損了一句，但口氣卻不及圭介刻薄。或許他的性子原本便不甚強悍吧！

「先拿鍋子裝水。」

夏木依言拿起掛在流理臺上的鍋子，但又遇上了挫折。「十五人份是多少啊？」

你很笨耶！茂久難以置信地喃喃說道。

「不會拿碗來量？」

「對喔！你腦筋不錯嘛！」

夏木立刻拿起塑膠碗量水，茂久又叮囑他多裝一點，以彌補蒸發的量。

茂久從櫃臺對側伸過手來，憑著目測倒了些高湯粉進入裝了水的鍋中，分量約是內附湯匙的一匙左右。

「剩下的試過味道以後再加就行了。如果覺得味道淡，就是高湯粉加得不夠多。」

「你真清楚耶！比小望還行。」

冬原衝口說了句無心之言，一旁的望慚愧地道歉，這下子又得重量了。「妳別管他，好好量米。」夏木開口緩頰，望便又開始默默地量米。

茂久被如此誇讚，似乎也有些得意。

「因為我家是開快餐店的啊……」

「難怪這麼專業！那你順便再多教一點嘛！馬鈴薯該什麼時候放啊？水滾了以後？」

「和水一起煮才會熟啦！接著把蓋子蓋上，煮之前先用水沖一下馬鈴薯。」

說著，茂久便要回到圭介身邊；但他有些放心不下，微微轉頭瞥了廚房一眼，這一看又讓他不禁瞪大了眼睛。

「你在幹嘛啊！」

夏木正把冬原切完的火腿丟進蛋汁之中。

「料不先炒過，怎麼會熟啊？」

「反正火腿可以生吃，有差嗎？」

「本來就是得先炒過！下次照著我教的做！」

聽了他們的對話，圭介轉過頭來。

「茂久，你在幹嘛啊？」

這道隱含恫嚇之意的聲音讓茂久心驚膽顫地縮起脖子，並開口辯解：

「因為交給他們去做，不知道又會做出什麼怪東西來啊！」

「男人別幫忙做菜！」

茂久低下頭，夏木悄悄地說道：

「有問題時我再叫你，你可以回去了。」

茂久抬起頭來看著夏木，夏木沒轉向他，只是繼續說道：

「你不想和他鬧翻吧？別擔心，下次我會照著你教的去做。」

茂久微微向前伸了伸脖子，做了個頗似點頭致意的動作之後，才回到圭介等人身邊。

同時，翔與亮太端著切好的馬鈴薯及用完的工具回到廚房，與他擦身而過。此時自動結束幫忙的玲一正好走出了餐廳。

比起昨天，今天可說是大有進步；至少味噌湯裡的馬鈴薯是熟的，望煮的飯也沒變成粥。然而用餐的氣氛卻比昨天還要差。昨天圭介賭氣離去，之後尚能相安無事；但今大圭介似乎不打算連捱兩頓餓，夏木等人也不能讓他連續兩餐沒飯吃。既然收容了孩子，就有責任維護他們的健康與安全。

圭介板著一張臉動筷，那不悅的氛圍逼得其他孩子保持沉默，原就狹窄的空間更教人喘不過氣來。播放著新聞的電視傳來主播平淡的聲音，讓現場的氣氛更加蕭條。

『……畫面上是一夜過後的橫須賀。昨天利用輸電線設置防衛線之後，在制止甲殼類進攻之上已收到一定的成效；今後考慮定期餵食，以緩和甲殼類對防衛線的攻擊。此外，應神奈川縣長要求而出動救災的自衛隊已在今天早上開始援救避難區域中的受困居民，至於是否可能派出防衛武力，至今仍在研討中……』

第二日。

同意派出防衛武力便等於決定打市街戰，也難怪內閣遲遲拿不定主意。現在的內閣可有膽識下戰後以來的第一道開戰令？

包圍戰術成功也助長了內閣的遲疑不決。這下子內閣八成又要繼續垂死掙扎，期待警察就此解決問題吧？

『警政署計畫趁甲殼類休眠時出動特殊奇襲部隊（SAT）加以各個擊破，但目前甲殼類並無全體休眠的跡象。根據推測，即將進入休眠的個體會回到海裡。』

果然在打這種算盤啊？夏木嘆了口氣，一旁的冬原喃喃說道：

「就算甲殼類會在陸地上休眠好了，那留在海裡的要怎麼對付？海巡署總沒有深水炸彈吧？」

「美軍基地裡的混亂也得想辦法處理啊！不快點解決，那些傢伙會發飆耶！」

面對排山倒海的螯蝦大軍，美軍不可能依賴各個擊破這種沒效率的戰法來收拾局面，想必會冷笑一聲，搬出自家火力解決吧！

新聞轉而探討甲殼類出現的時間與上岸路線。夏木與冬原完全忘了動筷，直盯著電視不放。甲殼類乃是從美軍橫須賀基地東側上岸，而最早探得消息的果然也是美軍。空中還有防空警戒網可用，但海裡可沒這種玩意兒，頂多只有美國海軍的水下監聽系統（SOSUS）；而這套系統專用來偵測敵軍潛水艇，並無法完全探知海洋中發生的異狀。

「霧潮號」是在七日上午十點左右接獲司令部的出航．撤退命令；與新聞上的資訊對照之下，可知發現甲殼類上岸的時間為九點三十分左右。美軍幾乎是在第一時間對海上自衛隊發出警告，但潛艇依舊來不及逃出，可以想像甲殼類的進攻速度與數量有多麼驚人。

由於當時基地剛開放不久，人山人海，沒能在第一時間照應基地居民與櫻花祭遊客，才導致傷亡擴大。當時的望在寸步難行的人潮中與大人走散，還得帶領孩童逃走，想必極為無助——

夏木瞥了坐在對面的望一眼。冬原說她是「女中豪傑」，果然是半分不差。

『此外，受困於「霧潮號」的孩童安危也令人擔憂。』

興奮大叫的是西山弟弟，光。電視畫面上映著社區中的兒童公園，似乎是孩子們熟悉的場所；夏木可以感受到他們的雀躍之情。

「啊！拍到公園了！」

光一臉驕傲地向冬原及夏木強調。對小孩而言，鄰近的場所上電視似乎是件值得高興之事；翔及其他孩童雖然沒說話，卻也顯得相當興奮。望見狀頗為欣慰，表情變得柔和許多。到了望這個年紀，已不會因為住家附近上電視而高興了。

「這就在我家附近喔！」

記者叫住行人，詢問他們對孩童受困的看法。其實這種時候除了「令人擔心」、「但願他們能早點獲救」等無關痛癢的評論外，根本不可能採訪到其他看法；但每發生這類事件時，總要上演相同的戲碼。或許這已經成為一種傳統了吧！

此時，一直避開受訪者臉部而拍下的談話片段突然轉為露臉片段；出現於鏡頭前的，是一個五官分明的中年女性。

夏木老覺得自己見過這個女人，正百思不解之時，有人喃喃說道：「是圭介的媽媽耶！」確實，畫面中的女人長得與圭介頗為神似，尤其是那對強悍的眼睛更是一模一樣；說他們是母子，應該沒人會質疑。

「別多嘴！」

圭介喝道，瞪著中立的小四生野野村健太；健太嚇得縮起脖子，低下頭來。

『我當然擔心啊！希望能早一刻看到我兒子平安歸來。當時基地裡一片混亂，也難怪孩子們會和帶路的大人走散；可是他們怎麼偏偏跑到那種難以救援的地方……』

這婆娘說話的方式真惹人厭啊！夏木微微皺眉。她那明快的語調中帶著濃濃的酸味，彷彿正從畫面彼端諷刺著某人一般。

她諷刺的對象應該是收容孩童於潛艇之內的海上自衛官。她大概認為自衛官應該將孩童送到基地之外才對吧！事發時不在現場的人什麼話都說得出來；尤其她又是受困孩童的母親，說什麼都不會被責怪，更是所向無敵。

要怎麼諷刺我們都沒關係，只要別把矛頭指向艦長就成了。

夏木打定主意，啜了口味噌湯，卻發現望停下筷子，咬著嘴唇。這種表情昨天夏木已見過好幾次，是望忍耐時的習慣，也最能顯現她隱藏的自我。

但她為何在此時露出這種表情？略微思索過後，夏木明白了。圭介的母親諷刺的對象之中也包含了望，因為是最年長的她帶領孩童逃跑的。雖然不知道圭介在電話中透露了多少，倘若她明知是望帶頭又故意說出這番話，那就更惹人厭了。

別放在心上，她是在說我們。夏木雖想如此安慰望，但在其他孩子面前又不好說這種輕率的話語，最後只能裝作沒發現望咬唇垂頭的模樣。

「救援還不來啊？」

圭介突然問道。

「還早咧！」

夏木立即回答。在吃飯之前，他已確認過無線電。

「為什麼不來啊？」

「你媽也說了吧？要救援很難，無論是在技術面或政治面上都是。」

「只有這樣？」

「啊？你想說什麼？」

夏木不明白圭介的意圖為何，只知道他是槓上了自己，因此口氣也變得頗不客氣。

好了啦！沒個大人樣。冬原從旁勸解，夏木才沒發作。

此時圭介的母親已從畫面上消失，下一個人宛若與圭介的母親一搭一唱似的說道：「怎麼不逃到更安全一點的地方去？」根據孩子們所言，那是國三生跟班之一，高津雅之的母親。她與雅之長得倒是不太相像。

受訪的監護人只有這兩位。

飯後，圭介、雅之以及與他們變為同一陣線的國二生坂本達也倒沒說半句怨言，乖乖地開始收拾餐盤。廚房狹窄，再有人進入反而礙手礙腳，因此剩下的吉田茂久與國一的芦哲平只得無所事事地在櫃臺邊打轉。

第二日。

飯後如廁歸來的望表情頗為黯淡，是惦記著方才的採訪，或是……？

她說第二天比較痛？不對，第二天是量比較多，經痛是頭一天便開始了。或許她現在正犯經痛。夏木反射性地尋找冬原，但冬原已去了發令所。今天輪到夏木監督廚房的收拾工作。

夏木略微沉下聲音，詢問歸來的望：

「妳不舒服啊？」

望伸出食指和拇指，在其間留了個小小的縫隙並微微一笑。假如真的只有一點點痛，這個女孩是不會刻意提起的；她的微笑反而教人心疼。

「吃個藥睡一覺吧！」

不知道阿斯匹靈對生理痛有沒有效？望從制服口袋中取出夏木昨晚給她的藥錠，並起身去倒水，但夏木卻制止她，用塑膠碗在飲水機替她裝了碗水。當夏木遞水給望時，視線正巧與廚房中怒目相視的圭介對上；夏木正面回視，圭介便立刻轉開視線。望背對著他，沒有發現這一幕。

這種未至爆發卻直冒濃煙的氣氛最是麻煩。無意間又成了事端的望回到房間後，夏木才鬆了口氣。至少她睡著時不會有人找碴。

一覺過後醒來一看，約過了兩小時。腰部至背上並沒有冰冷的觸感。

望鬆了口氣，小心翼翼地起身；有時換個姿勢便會大量出血。託止痛藥的福，盤據於腰間的鈍重痛楚已略微減輕。

由於床單上鋪滿了塑膠袋，體溫籠罩於棉被之中，衣服與內衣褲都被汗水沾濕了。

望很想沖澡更衣，但現在不容她如此奢侈。光是能在半夜沖澡已經是莫大的方便了，她也不能一直消耗替換衣物。於是望採取了治標法，掀開棉被坐在床鋪一角，減少臀部與床鋪的接觸面，靜待衣服與寢具的濕氣蒸發。

雖然望本人嗅不出來，不過流了這麼多汗，房裡應該充滿了汗臭味吧！何況潛艇中的房間原本就不太透氣。

正當望暗自擔心之際，光在房門口探頭叫了聲「小望姊姊」，見望已經起床，便跑上前來。情急之下，望叫道：

「別過來！」

這道意外尖銳的聲音嚇得光止住腳步，跟在光身後進房的陽也僵住了。

啊！糟了。望連忙露出笑臉。

「對不起，姊姊一身汗臭味，怕你覺得難聞。」

「不會難聞啊！」

不會難聞，代表果然有味道囉？望有些耿耿於懷，嘴上還是問道：「有什麼事嗎？」

「光想向妳借電話。」

雖然陽這麼說，其實他自己也一樣想借。昨天入夜以前，大家都猛打電話回家，所以不致於過度想家；只不過中午的新聞拍到了住家附近，又點燃了他們的思鄉之情。年紀小的孩子原本就比較戀家。

他們和森生姊弟的情況並不相同。

第二日。

望檢查手機的剩餘電量。昨天孩子們打了許久，只剩三分之一了；不過一天向家裡報一次平安就行，即使電力真的耗盡，也還有夏木及冬原的手機可借。其實若向夏木與冬原開口，他們必然不會拒絕；不過對於這對兄弟而言，望是最好商借的人。

「快沒電了，假如其他孩子想用，要乖乖和他們輪流用喔！還有，不可以自己跑到上頭去，一定得請夏木先生或冬原先生幫忙，知道嗎？」

「嗯！」

開口請求的是陽，接過電話的卻是光。他是個嬌生慣養的孩子——典型的老么性格。

……翔從前也是這樣。望回想起如今只能在記憶中聽見的無邪撒嬌聲。

「小望姊姊，謝謝。」

光一借到電話便高高興興地跑出去，陽代他道謝之後，又緊追著他出去。

「你要說謝謝啊！光！」

斥責聲隨著奔跑的速度逐漸遠去。雖然陽還是個小四生，卻已經是不折不扣的哥哥了。

我從前也是那樣嗎？由於主觀意識太過強烈，望無法客觀地回憶過去的自己。能夠客觀回憶自己的人，如今也已經不在了。

「還是換下來吧……」

濕氣雖已蒸發，底褲中卻又悶又黏。望把脫脂棉袋塞入上衣之中，走出擺滿細長床舖的房間。

直到此刻，望才明白平時垂手可得的生理用品究竟是多麼偉大的發明。不但精巧、舒適又好用，不濕、不悶、不外漏，除臭效果更是出類拔萃。

光用脫脂棉，更換時便有一陣腥味撲鼻而來。望到現在才知道生理期竟是如此腥臭、骯髒又麻煩的玩意兒。

望真氣過去那個不知好歹的自己。明明有那麼舒適方便的工具可用，生理期來臨時卻還大發牢騷，每回與朋友見面時都咕噥著「那個又來了，好煩喔！」「真麻煩。」「我懂、我懂！」活像一成不變的時節問候語。妳真的知道什麼叫麻煩嗎？

勉強湊合著難用的道具，成天擔心弄髒底褲與衣物；即使再悶、再不舒服，再怎麼擔心臭味外漏，還是不能隨心所欲地沖澡——這才叫麻煩。

替換下來的脫脂棉不能就這麼擱在廁所裡。儘管望分配到的房間與男生房位於不同樓層，不必共用廁所，但也不能保證其他孩子或夏木等人絕對不會來用。廁所裡連個垃圾桶也沒有，要望直接把穢物擱在塑膠袋中，她實在做不到；結果她只好以衛生紙包覆，帶回房間，丟在黑色塑膠袋裡。

望不知道潛水艇裡的垃圾如何處理，因此打算離船時把穢物一併帶走。畢竟潛艇之內只有望一個女人，一看見留有女性痕跡的垃圾，便知道是望留下的，她無法忍受。或許潛艇之內的垃圾不會一一分類，但她還是不願意。

回到房間後，她開始整理脫脂棉與替換下來的穢物。照平時的週期看來，明天的量會更多；她的心情不由得黯淡下來。不知自己能否度過這一關？

比起睡著時，醒來時反而較不易外漏，因此望休息片刻之後便走向了餐廳。餐廳是唯一放有電視的地方，即使不在用餐時間，孩子們仍會自然而然地聚集在那兒。望也擔心翔；雖然亮太總是和翔在一塊，應該不會有問題，但她還是擔心圭介等人去找翔的麻煩。

一走進餐廳，光與陽便走上前來，還她手機。圭介正瞪著他們，但望刻意避開他的視線，置之不理。圭介動輒挑釁，望早已習慣了；再說她也無意自降身分，和一個國中生爭吵。

「對不起，沒電了。」

陽和光道歉，一旁的亮太也幫腔：

「抱歉，大家都打了。」

「沒關係、沒關係，我可以向夏木先生他們借。」

「嗯，可是……」

亮太尷尬地說道：

「輪到我打的時候，小望姊姊家的阿姨打了好幾次電話過來，對不起。最後一通我有接，可是說到一半就斷了。」

望聽了大感意外。她對家人說過人在潛艇之內時打不通，但家人明知接通可能性極低，還是打了電話來？倘若真是如此，不知道他們來電的頻率有多麼頻繁？

翔也露出了複雜的表情，凝視著手機。

「是有什麼急事嗎？」

「不是，阿姨問我小望姊姊和翔過得好不好，我有告訴她過得很好。」

「是嗎？謝謝。」

望安慰耿耿於懷的亮太，又輕輕摸著翔的頭。

「待會兒我再向夏木先生借手機打回去。」

夏木才剛帶孩子上去打完電話，不好又立刻麻煩他。

「家裡的人一定很擔心吧！」

望說道，翔微微歪了歪腦袋，似乎在問「是嗎？」或「會嗎？」

「他們一定很擔心的。」

望再次說道，彷彿在說服自己。

*

第二日。

「下毒？」

明石反問。時近傍晚，明石人在幕僚團休息室之中，和他交談的是烏丸。烏丸勸他坐下，他便往烏丸對面坐了下來。

「這是內閣應變室提出的方案，你覺得如何？」

「呃……」

明石因為太過意外而一時語塞。

「我從沒想過。」

明石老實招認，烏丸也點了點頭，看來他也從未想過這個法子。在一般警備計畫之中，沒想過要下毒是正常的——通常思考都會侷限於使用何種裝備來達成目標。

「為了防止帝王蝦突破防線，明天不是要開始餵食嗎？內閣應變室提議在食物之中下毒。」

烏丸口中的帝王蝦，指的便是橫須賀的甲殼類。懦弱生物學者芹澤使用的名稱「相模帝王蝦」叫來順口，似乎頗得他的意。

「要用哪種毒？」

「現在也不知道哪種毒有效，只好先選一些可能有效的毒來試。」

「應該有嘗試的價值吧！」

至少對於岸上的個體而言，是個相當有效的手段。此法雖然無法對付海中的帝王蝦，不過只要解決陸上問題，剩下的海上自衛隊便可自行處理。內閣之所以遲遲不允防衛出動，純粹是梗在使用強大火力的市街戰問題；倘若能不動用武器而驅除市區裡的帝王蝦，要出動海上自衛隊應該不難。

「幕僚的意見呢？」

明石詢問，烏丸笑道：

「他們巴不得馬上進行啊！不借助自衛隊之手而維持治安，對他們而言是種極有魅力的選項；海洋原本就不在警察的管轄之內，交給海上自衛隊也無傷他們的尊嚴。他們只差沒開口求我了。」

一開始便主張與自衛隊交接的烏丸，對幕僚而言似乎是個炸彈般的存在。

「假如能避免市街戰，我也不是非拉陸上自衛隊出來不可啊！」

烏丸似乎覺得冤枉，聲音中夾雜著苦笑。

「不過，您的提案還是該繼續進行才對。」

之所以要求居民進行廣域避難，乃是為應陸上自衛隊展開市街戰時之需；如今既然要採取毒殺方案，上頭極可能因此認定無須繼續避難。

全讓你料到了。烏丸喃喃說道。內閣果然已經開始研討是否該解除廣域避難。

「畢竟我長年待在警備部門嘛！」

上頭會說什麼，明石大概都猜得出來。這回的烏丸是個難以捉摸的人，不過他的思考模式基本上和明石相仿，反而好辦事。

待毒殺作戰有了成效以後，再解除避難也不遲。若是作戰失敗，問題可就大了。

民眾一旦從處處受限的避難生活解脫，要他們再度避難，必然會心生怨懟，屆時又要怪罪警察過度樂觀，錯估局勢；就整體警備行動上而言，效率也差。

「您可以拿萬一失敗之時的輿論反應來當擋箭牌。」

明石雖覺得僭越，還是斗膽建言，而烏丸也坦率地道了謝。看來他並不擅長借力使力——不過倒是很擅長強行蠻幹。

「別提這個了。『霧潮號』救援行動已經定案啦！」

「搭救災出動的順風車啊？」

既然自衛隊已出動遷移居民，自然不會擱著「霧潮號」不管。站在海上自衛隊救難隊的立場，他們最想搶救的應該便是「霧潮號」才是。

「什麼時候？」

「明天。」

在不能使用武器的救災出動之下，能成功救出形同沉入帝王蝦之海的「霧潮號」嗎？

「至少該和ＳＡＴ合作吧？」

「地盤問題似乎還沒解決。」

看在下頭的人眼裡，這實在是種愚蠢至極的問題。即使地點是美軍碼頭，觸礁的是自衛隊船艦，但困在船中的卻是未成年的一般民眾啊！

「家長一定心急如焚吧！」

「明石警監也有小孩？」

「不，我未婚。一直專心於工作，錯過了適婚期。」

參事您呢？明石反問，烏丸也搖了搖頭。

「暫時不考慮結婚。」

有了得保護的事物，就有了弱點。聽了烏丸這句話，可知他的周遭果然不甚安穩；像他這樣鋒芒畢露的人，格外容易樹敵。

「你對現狀滿意嗎？」

這直截了當的問題應該是針對明石在縣警局內未受重用的際遇——或許他知道明石的經歷。

「我很喜歡警備工作啊！」

明石故意含糊其詞。憤懣或不滿早已成了往事。

「警備工作那麼有趣？」

「對我來說就像猜謎一樣，能如此測試腦力極限的工作不多了。」

該怎麼做才能解決問題？突發狀況最能測試腦力。這回的橫須賀事件，是明石頭一次覺得光靠警力無法解決的狀況；只不過——

「我壓根兒沒想過毒殺這條計，心裡還真有點嘔。」

「現在可沒時間嘔啊！分撥一些人力出來，好實施毒殺計畫。」

烏丸語調雖然冷淡，其實自己也相當懊悔。這正顯示了狀況有多麼特殊（甚或該說異常），但依他的性格，是不會拿這個當藉口的。明石也一樣。

明石敬了一禮，離開幕僚休息室。現在光是固守防衛線便已分身乏術，還得設法挪出人力與器材來實施毒殺計畫。

*

神盾：我和沖繩的親戚聯絡過了，他說昨天有一堆美軍的ＣＨ53飛來飛去。

04/08（一）15:03

獵鷹：果然是救援模擬訓練？　04/08（一）15:04

神盾：應該是。畢竟是特殊作戰，得熟悉一下流程。　04/08（一）15:05

獵鷹：在沖繩進行海上模擬訓練也比較容易。我這邊也有人提供岩國和三澤基地的情報，運輸直升機尚未有大規模移動的跡象。　04/08（一）15:06

神盾：那就怪了。　04/08（一）15:07

獵鷹：什麼地方怪？　04/08（一）15:07

神盾：直升機差不多該行動了。海軍陸戰隊可用噴射機運送，但直升機移動需要時間啊！應該可以先行動才對。　04/08（一）15:08

獵鷹：會不會是在調配各基地派出的直升機數量？總不能把所有直升機都用在橫須賀啊！再說，派出多少海軍陸戰隊救援，也會影響直升機的使用數量。　04/08（一）15:09

神盾：話是這麼說沒錯，可是海軍陸戰隊的總數也不過一萬六千人，沖繩又不能放空城，派得出多少人總有個底吧？這麼拖拖拉拉的，反而讓人疑心。　04/08（一）15:11

獵鷹：或許是不想無謂地刺激日本政府吧？　04/08（一）15:12

神盾：他們有這麼體貼嗎？當然啦，出動得越晚，對日本越有利就是了。對了，警方也在自行收集情報嗎？　04/08（一）15:14

獵鷹：警方應該也有他們自己的一套計畫吧？明石先生總不可能把網路上的消

息全部當真嘛！他們需要的應該是多方位的情報吧？　04/08（一）15:16

神盾：啊！我們最好別提及那位現任先生的名字。　04/08（一）15:17

獵鷹：啊，對喔！抱歉。　04/08（一）15:17

神盾：其實聊天記錄每次都會刪，躲避搜尋功能也有開，或許不用那麼吹毛求疵。　04/08（一）15:18

獵鷹：不，是我太不小心了。　04/08（一）15:18

神盾：對了，湯姆大去哪兒啦？今天還沒看到他耶！　04/08（一）15:19

獵鷹：他今天一早就去橫田跟監了。　04/08（一）15:20

神盾：真辛苦耶！我也差不多該上陣啦！　04/08（一）15:21

獵鷹：請加油。對不起，只有我一個人輕鬆。　04/08（一）15:22

神盾：不，獵鷹大得當轉播站嘛！還不一樣是把時間耗在這上頭？浪費了特休。　04/08（一）15:23

獵鷹：我的工作時間上比較有彈性。　04/08（一）15:24

神盾：總之，先告訴現任先生海軍陸戰隊已經開始模擬訓練了。我也該去和朋友換班啦！　04/08（一）15:25

獵鷹：了解，路上小心。　04/08（一）15:25

*

夏木與冬原決定從今天起實施輪班制，除了用餐與就寢時間之外，每隔兩個小時輪流守在發令所等待無線電聯絡；未留守發令所的人則執行一般業務及巡邏。現在潛艇之內有外人在，縱使是小孩，也得定期確認安全。

就這樣，現在夏木正在進行中午後的第二次巡邏。

而從今晚開始，夏木與冬原將會錯開就寢時間。照理說，潛艇之內一定要有水手隨時保持清醒才行；昨天累了一天，顧不得這許多，但不能讓這種狀況繼續下去。睡在發令所，便能隨時注意無線電，醒著的另一個人也能適時巡邏。

唯一令人擔心的，便是冬原愛賴床的習性；但這種小問題也只能暫且忽視了。

「問題是用餐時間光靠一個人監督，夠嗎？」

夏木一面巡邏上層，一面喃喃說道。錯開就寢時間，代表彼此單獨管理潛艇的時間將隨之增加，單獨監督用餐的時刻也必會到來。

就在夏木左思右想之際，已經到了準備晚餐的時候了。他越來越覺得補給課偉大；無須其他水手操心準備工作及菜單，時間到了便會自動出菜，而且菜色回回不同，鮮美可口。

巡邏最下層時，夏木在打水場碰上了吉田茂久。他與夏木四目相交，微微垂下了頭，做出頗似點頭致意的動作之後，便站到牆邊讓夏木通過。潛艇內的通道寬度不足以讓兩人同時通過。

「哦！吉田茂久！」

夏木先前已把眾人的全名機械式地塞進腦裡，因此除了幾個較熟的孩子以外，叫喚時總是無法把姓氏和名字分割。目前較熟的為望身邊的孩童與圭介。

「不要那樣叫我啦！」

茂久皺起眉頭，莫非是不高興夏木以全名稱呼他？

「幹嘛？不能叫全名啊？」

「我不喜歡我的名字。」

「為什麼？你的名字很不錯啊！應該是取自吉田茂（註6）吧？」

「所以我才不喜歡啊！」

茂久一臉不悅。

「因為姓吉田，就學吉田茂取名字，未免太沒創意了吧？再說我的成績很爛，每次都被笑說是名過其實。」

「白癡！」

夏木罵道，茂久氣鼓鼓地嘟起嘴來。啊！不行，我就是在這種時候會說出白癡一類的字眼，人家才老說我粗線條。夏木自我告誡，卻又懶得改口，便直接說下去：

註6：日本知名政治家，曾五度就任內閣總理。

「在你們這種年紀要論斷是不是名過其實，還早得很咧！就算成年以後也一樣，人在什麼時候會突然鹹魚翻身是說不準的。把這種話當真的人才是白癡！」

啊！不行，我又犯了。夏木微微地皺著眉頭。在粗魯無文的眾多水手之中，夏木的賤嘴可是首屈一指的。正因為如此，他才沒有女人緣；即使難得碰上一個女人，也被他那吐不出象牙的狗嘴給氣跑了。

不過，這回茂久似乎並不生氣，置若無聞。剛才的白癡與現在的有何不同，夏木並不明白；但他抓住了這個好機會，改變話題。

「對了，你好像很會做飯嘛！」

「還好啦！因為我從小就開始幫家裡的忙。」

「幫忙店裡的生意啊？」

「不是，是我爸媽忙著顧店，所以家裡煮飯的都是我。」

「真樣啊！真厲害——對了！」

夏木心裡的大石頭還沒放下，因此便抱著姑且一試的心態問道：

「你要不要當補給長啊？」

聽了這陌生的名詞，茂久歪了歪頭，夏木則補充說明：

「就是伙食班長啦！我和冬原都不會煮飯，森生姊也不太牢靠，要是你肯負責督導就再好不過啦！」

夏木原以為茂久與圭介同一鼻孔出氣，肯定不願意；沒想到他卻露出遲疑之色。

「好吧！假如當作是你們逼我的，我就接受吧！」

茂久聽了，略微欣喜地笑了。

「哦！大得很、大得很！畢竟是幹部嘛！官階比我們高多了。」

「……補給長很大嗎？」

「不然就當作是我逼你的吧！」

「唔……可是……」

第二日。

一味等待不知何時來訊的無線電，實在是件相當無聊的事。

雖然夏木等人也會定期主動聯絡以獲取情報，但目前狀況全無進展，因此通話總是立刻結束。

巡邏中的夏木也差不多該回來了，所以當冬原感覺到人的氣息之時，一心以為是夏木；但他回頭一看，卻是兩個孩子。

「呃……你們是平石龍之介和野野村健太？」

他們正是不知該投靠哪派而迷惘困惑的小五生及小四生，現在正站在發令所之外探頭探腦。

「怎麼了？有什麼事嗎？」

「呃……我可以問一個問題嗎？」

龍之介詢問，冬原點頭。「可以啊！過來吧！」

兩人戰戰兢兢地走入發令所後，便開始互使眼色，彷彿在催促對方開口；最後先發言的仍是龍之介。

「救援還沒來嗎？」

「還沒。」

冬原一口回答，又覺得未免過於冷淡，正要再補上幾句話時，健太似乎橫了心，開口問道：

「救援沒來，真的是因為小望姊姊和小翔的緣故嗎？」

或許是冬原的臉色突然沉了下來吧，只見兩人害怕地退了一步。

冬原又立刻恢復笑臉。

「這話是誰說的？」

其實冬原大致猜想得到，甚至該說除了那個人以外，不會有別人；但他到底是拿什麼理論說這種話？

「圭介哥哥說的……」

果不其然。

「他說因為小望姊姊和小翔是孤兒，所以救援才會晚來。」

正當冬原領略孤兒兩字之意時——

「——那個白癡！」

一道忿忿的怒聲傳來，冬原回頭往入口一看，是夏木。冬原聽見這番話時，便覺得夏木若是聽了必然會生氣；誰知夏木竟真的挑在這個節骨眼回來。

才剛進門，夏木又立刻轉身離去；冬原欲起身追趕，偏偏無線電的來電警示鈴聲卻在這個時候響起，緊接著無線電的呼叫鈴聲也開始大作。

「唉呀！真是的！」

冬原無暇安慰因事出突然而嚇得動彈不得的龍之介與健太，只得接起無線電。

夏木將圭介從男生房裡拉出來，不容分說地推到走道上。夏木只是抓著他的衣服輕輕一甩，但體格尚未發育完全的圭介卻被摔到了地上。

「……你、你幹嘛啊！」

「你有蠢到還得要我說理由嗎？」

夏木揪著圭介的衣襟，拉他起身，將臉湊上前去瞪著他。

「對那些小你五、六歲的小鬼灌輸那種骯髒的價值觀，你覺得很爽嗎？你真的喜歡這樣的自己嗎？」

「我又沒說什麼……只不過是因為救援一直不來，發一下牢騷而已啊！是他們自己要當真的！」

「因為有孤兒在，所以救援才一直不到？這話不管是笑著說、氣著說還是發牢騷、隨口抱怨，都太刻薄了！骯髒到小鬼會當真的地步！」

圭介的跟班們從房裡戰戰兢兢地窺探著，但見夏木來勢洶洶，沒人敢插嘴。

「混帳……你這是暴力！我要告你！」

「很好啊！我就拚著免職，好好扁你一頓！」

「好啦、好啦！到此為止！」

冬原出聲制止，同時從身後架住夏木，分開他和圭介。「你想讓小望她們聽見嗎？」冬原低聲說道，夏木聽了，只得不情不願地閉上嘴巴。

「好啦，現在要宣佈一個消息。明天上午救援就會到了。」

在孩子們的一片譁然聲之中，夏木以更大上一截的聲音追問：「真的嗎！」冬原點了點頭。

「你衝出去的時候正好來了消息。」

接著冬原轉向圭介。

「我們可沒差勁到在這種關頭還以災民的身家背景來決定救援順序，所以你不必操那種無聊的心。救援晚到，是因為無法出動以及人力裝備還不齊全，總之純粹是力量不足的問題，你要擔心就擔心這方面吧！大人的工作可沒你想得那麼簡單！」

冬原最後說了句難得出口的重話，比起始終大吼大叫的夏木，這一瞬間的冬原更凶惡許多。

他們好像是被現在的家庭收養——冬原直截了當地如此說道。冬原的性子，便是不做多餘的同情。

夏木在發令所冷卻腦袋的期間，冬原已從龍之介與健太口中問出了事情的大概。

「他們的爸媽在四年前意外身亡，後來才被現在的養父母收養；收養時小翔似乎就已經不會說話了。」

「——這和我們有什麼關係啊！」

頭。

夏木依舊面對著無線操作臺，自言自語似的冷冷說道。是啊！和我們沒關係。冬原也點了點頭。

「我們也沒權利干涉。」

冬原說的話向來正確。他們只是在緊急避難的狀況之下暫時保管孩子，哪有權利改變孩子們什麼？他們無法負起出口置喙之後的責任。

原來那種表情是這麼來的啊！夏木想起了望那咬著嘴唇、心有不甘的表情。

那已經成了她的習性。雖然有著堅強自主的特質卻老是委屈求全的理由，便是因為她已經失去了可以堅持己見的環境。為了保護說不出話來的弟弟，為了繼續留在新環境，屈服是最簡單的辦法。不知她受了多少委屈，才養成這種習性？光是想像便教人心疼。

養父母是怎麼樣的人，夏木不知道；但要驟失父母的孩子坦然接納新父母，四年的時間還太短了。從昨天打電話回家時那過分客套的用字遣詞，也可感覺出望與翔對於他們的養父母仍然生分——而世人時常對命運多舛之人展露毫不客氣的好奇心，想必望便是以不露稜角的態度來面對這一切。

然而，委屈求全並非望的本性。咬著嘴唇、心有不甘的表情才是本來的她。她想忍氣吞聲，卻還不夠圓滑，無法完全壓抑自我，與試圖變得成熟的她之間形成了落差；而或許便是這份落差——刺激了主介。

要忍氣吞聲便全忍下來，忍不住就別忍了——這句話，如今知道了事情緣由的夏木可再也說不出來了。

在夏木與圭介大吵一架之後，夏木原以為吉田茂久會違背他們之間的口頭約定，沒想到他準時於六點到廚房報到。圭介與其他跟班仍舊窩在男生房之中。

「我跟他們說，我去替你們煮點好吃的飯菜，就溜出來了。氣氛有夠悶的。」

茂久聳著肩說道：

「再說，我已經受不了你們煮的飯菜啦！我爸很會煮菜，所以我很挑嘴的。」

昨天與今天的努力就這麼被茂久一口否定了。不過茂久肯做飯，的確是幫了大忙。

「我來想菜單，讓我看看冰箱。材料可以隨我用吧？」

說著，茂久打開了冰箱。他那檢查內容物的手法十分熟練，冬原不禁吐了口讚嘆之氣。

「這下可得到一個了不得的人材啦！夏。」

「是啊！要膜拜就趁現在。」

兩人卸下了肩上的重擔，已經完全進入了袖手旁觀模式。

「對不起，我來晚了。」

在房裡休息的望現身於食堂。她一絲不苟地在煮飯時間起身前來，雖然尚未不適到無法走動的地步，氣色卻顯得不佳。

從冰箱轉過頭來的茂久皺了皺眉頭。

「不用了，我來就好，妳到旁邊去。」

「咦？可是……」

「妳在這裡也幫不上忙啊！」

被如此狠狠拒絕，望露出了沮喪的表情。茂久有點焦急地繼續說道：

「而且要是我和妳一起做飯，圭介一定會生氣——反正妳去坐著啦！」

這才是茂久想下的最終結論。夏木與冬原輕輕地互使眼色。看來茂久也隱約察覺了望的身體狀況，如果不是受圭介支配，其實他並不想苛待望。

那些傢伙怎麼這麼彆扭啊？夏木訝異地歪著腦袋。尤其是牽扯到圭介之時，更是如此。

「沒關係，小望，妳坐下吧！去看著小孩。」

聽冬原這麼說，望總算點頭了。即使只是場面話，不另給她一個任務，她似乎無法安心休息。對夏木而言，這種處處顧慮他人的性子實在教人焦慮——不舒服就光明正大地躺著休息啊！

餐廳裡有翔、亮太、西山兄弟與中立組的三人。他們大概是不願待在因圭介而低氣壓化的寢室之中吧！

「明天可以回家了！」

望一坐到翔與亮太身邊，西山兄弟便立刻圍住了望。

聽了光的報告，望也驚訝地叫出聲來，並回頭望著廚房。她的臉朝著夏木，因此夏木冷淡地回答：

「順利的話，直升機會來救援。」

「會順利吧？」

亮太略微擔心地詢問，冬原老實地說了句「不知道」，聳了聳肩。

第二日。

「我們會做最大的努力。」

依冬原的性子，是不會拍胸脯來安慰他們的。

孩子們開始興奮地討論回家以後要做什麼，念國一的木下玲一或許是嫌吵，靜靜地起身走向別處。

「喂！你也得幫忙做飯，要立刻回來啊！」

夏木叫道，玲一默默地點了點頭之後，便行離去。

由於明天就能逃離此地，因此餐桌上的氣氛完全不受圭介的低氣壓影響，變得相當明朗。用餐時必看的新聞也大力播報著明天將進行救援之事，又讓孩子們更加興奮。在茂久的指揮下做出來的飯菜味道鮮美，孩子們讚不絕口，茂久也頗是得意。

「接下來交給你啦！」

吃完飯後，冬原便立刻起身回發令所去。如今實施不規則的兩班制，先就寢的是冬原，凌晨三點為交班時間。睡眠時間本來是以六小時為基本，但現在人手不足，過度勞累，因此他們將彼此的睡眠時間訂為八小時。

在孩子們收拾完餐盤，開始各自往電視機或寢室移動之時——

「夏木先生。」

叫住夏木的是望。見她吃過飯後臉色已好上一些，夏木心裡也鬆了口氣。

「對不起，能向你借個電話嗎？我的電池沒電了。」

原來是要打電話回家啊！自從收容孩子們之後，夏木向來隨身攜帶手機；他伸手探了探制服口袋——沒想到這回他竟疏忽了。

「抱歉，現在在充電。」

手機常借孩子們打，電池已經沒電了。

「好，妳和我一起來發令所。冬原應該還沒睡，向他借了手機以後再到上頭打吧！」

「啊！不用了！不好意思吵醒他。」

望連忙阻止夏木。這個已習慣委屈求全的女孩自然不願擾人清夢。

「我只是因為家裡似乎在我把手機借人時打過電話來，才想打回去看看。」

聽了這話，夏木更想借她手機；但本人都說不用了，他也不好勉強。要是他多事，讓望察覺自己已知道他們姊弟的身世，可就是本末倒置了。夏木努力佯裝不知情，壓抑內心的焦急。

「反正明天就能回去，也不急在這一時。」

望大概沒發現這句話有多麼不自然。

即使知道明天就能回去，孩子們仍想打電話回家。夏木的手機電力之所以耗盡，便是因為孩子們得知救援將到後，接二連三地前來借用之故。沒向夏木等人借用手機的人，也因為有圭介及第一號跟班高津雅之的手機可借，已數次前來要求夏木帶他們上瞭望臺。

明天就能回去，不急在這一時。

在這種特殊狀況之下，擁有自然家庭關係的人絕不會說這種話。她和養父母之間的距離感果然仍未消除。

「可是妳的家人打了電話來啊！他們應該很想聽聽妳的聲音吧！」

夏木姑且再勸上一句，但望卻只是笑著搖搖頭。

基本上，潛艇內的設施與美觀兩字正好處於相反的極端。

尤其是淋浴室等能夠汲水之處，不但管線暴露在外，簡陋不堪，空間便是讓單人使用也過於狹小，所以望其實是能不用便盡量不用。

不過，有熱水可用已是萬幸，望也不好再多做奢求。望每天都能使用淋浴室，已是特例中的特例了。

在狹窄的個人沖澡間脫去衣物及內衣褲之後，釋放出來的血腥味便攀纏著望的身體。現在已是第二天，量也差不多該變多了。

時間已晚，與男生房的樓層又不同，其實用不著怕其他人撞見；但望依然擔心聲音外傳，調弱了蓮蓬頭的水量。

再說，看著夏木與冬原，便知道水有多麼寶貴。洗手臺等處的水龍頭是自動轉回式，但在非自動轉回式的廚房煮飯時，他們倆從不浪費半滴水。

水龍頭向來是迅速轉緊，做飯用的工具總等到累積了一定程度之後才一起洗；有時沒斟酌好份量，在鍋裡裝了太多的水，也不是把水倒掉來調整，而是裝在其他容器之中。由他們毫不遲疑的動作可知他們並非是刻意留心去做，而是已養成根深蒂固的習慣，根本無須意識。

望也效法他們，弄濕了身體之後便立刻關掉蓮蓬頭，打開沐浴乳，開始打泡。

沐浴乳是夏木連毛巾及替換衣物一起交給她的，似乎是某人的個人物品，已經用過了。昨天望也有過同樣的想法，總希望這瓶沐浴乳是夏木或冬原的物品。與其使用不知名男性用過的物品，還不如向認識的人借用較好；而對望來說，夏木與冬原是值得信賴的大人。

冬原辦事簡潔明快，反而讓望感受不到性別上的差別待遇。就這點而言，夏木沒冬原強；但他對望的關懷卻是勝過冬原。夏木對待望的冷淡態度之中，隱約可見「對待女孩時的差別待遇」；而夏木越是努力一視同仁，便越是凸顯這種差別待遇，有時讓望覺得頗為難堪。然而，這成不了讓望排斥夏木的原因。碰上日常上的困擾時，反而是夏木比較好商量。

——比方要商借手機的時候。

他似乎很想借我手機。望一面洗澡，一面想道。這也是他知道望是女孩以後的過度關懷嗎？不過，或許該向他借的。

當時望反射性地拒絕，但現在夏木的那句話卻刺著她的胸口。

他們應該很想聽聽妳的聲音吧！

——真的嗎？

望的腦海中浮現候在家中的人。

你們真的像夏木先生所說的，想聽我的聲音嗎？

若是如此，自己沒回電話，是否傷害了他們？無心錯過的分歧點，或許其實是相當重要的？

不是妳忍氣吞聲就能解決任何事。昨晚夏木的聲音逼著望檢討自己。

她本以為忍氣吞聲便能相安無事，但或許有些物事卻是被自己的忍氣吞聲給斷絕了。從前她從未想過這一點。

不過，如今再去想也沒有用。望快速地沖洗身子。

雖然弄髒且變得沉甸甸的頭髮令望不太自在，但她已答應過不洗頭；其他的孩子們全忍著沒洗，她無法利用特權獨善其身。

沖完澡後，換上的依舊是藍色水手制服。望晾在房裡的衣服還有些濕氣，不過明天應該能穿著回去。

在廁所清理過內衣褲之後，望覺得喉嚨有些乾渴，便走向餐廳。聽了理由之後，望已明白夜間使用紅色照明的用意，但幽暗的燈光依舊讓她覺得有點可怕。

啊！

正當廚房映入眼簾之際，望瞧見其中有個黑色人影蜷曲著，那人穿著與望相同的制服——是夏木，他蹲在冰箱之前。

「——」

望原想出聲叫喚，卻又改變主意；現場的氣氛制止了她。

夏木以為現在四下無人，完全放鬆了心情。

望想離去，卻又擔心自己一移動便會被發現，只得抱著盥洗用具呆立於原地。

夏木垂頭合掌，在冰箱前跪了下來，膜拜著冰箱。他的動作教望心下一驚——望想起收拾於冰箱之中的悲劇。

望不記得那個人的長相，只記得在逃往潛艇的一片混亂之中，有個穿著筆挺水手制服的年長男性。

那名男性最後落得只剩一條手臂，掉進潛艇之中；孩子們一陣恐慌，望也發出了尖叫，但那只是見到恐怖事物時的反射性尖叫。不過，夏木與冬原並不一樣。

夏木那如野獸般的怒吼聲，冬原那推開孩子疾奔而出時的猙獰面容——對他們而言，那條手臂代表他們熟悉且敬愛的人正瀕臨死亡——不，正被生吞活剝。

那想必是種讓人幾欲發狂的恐慌吧！對望而言，在她心中擁有相同份量的人便是翔。假如翔也變成如此，假如自己無法救他，只能放著一面哭喊、一面被滯鈍大螯分解吞食的翔不管……

光是想像，望的身體便開始顫抖。我們沒變成那樣，幸好那樣的事沒發生在我們身上。這種望避之唯恐不及的事，卻發生在夏木與冬原的身上。

一思及此，望才明白他們這些孩子當時有多麼麻木不仁。沒人去拾起那名男性掉進潛艇之內的手臂，只是滿臉驚懼地遠遠圍觀……那名男性可是為了救他們而落得如此下場啊！

夏木欲將手臂存放至冰箱裡時，他們甚至還覺得驚訝，不敢相信夏木居然想把屍體放進冰箱——也不想想便是那條手臂救了他們。夏木會如火山爆發似的狂怒，也是理所當然。

夏木的怒吼聲讓人忍不住縮起身子，強烈地打擊著每個聽見的人。想必在場的孩子們都是有生以來頭一次被罵得如此狗血淋頭，心裡雖然害怕，卻又覺得無辜。

當時望雖然代表眾人道了歉，卻不是因為打從心裡感到歉咎，只是因為覺得有義務道歉而已。而這股義務感之中甚至還夾雜著對夏木的反感。

真是太差勁了。為了救這種孩子而失去了敬愛之人的夏木與冬原，心裡不知有多麼悔恨。給我們一點時間。彷彿欲逃離孩子們的求助視線而快步離去的夏木，當時應該很想哭吧！之後他們兩人卻不再吐露半句怨言，公平地照顧著孩子。

因為他們在孩子面前從未表露出半點悲傷的態度，望便以為起初的悲劇已經過去了，然而並非如此。

自昨天起，夏木不知在這裡祭拜過幾次了？冬原亦然。他們甚至無法好好地沉浸於失去敬愛之人的悲傷裡。

耳邊突然傳來了嗚咽，是種欲壓抑卻沒能完全壓抑住的低沉聲音。

望更是動彈不得了。夏木一定不願意被人看見——望也不想打擾他哭泣。

失去了重要的人，想哭是理所當然，但夏木白天時卻不能哭。

夏木一定會說：「怎麼能在小孩面前掉眼淚。」不過實際上的理由並非如此。夏木與冬原若是掉淚，孩子們便得硬生生地面對自己引起的這場悲劇，因此他們才從不展露悲傷的神情。

假如在潛艇上的只有望一個人，望還能請他們不必顧慮自己；但望不希望翔去面對這個事實，更何況潛艇之上還有許多比翔更為年幼的孩子。

不久後，夏木站起身了。啊，該怎麼辦——即使望想逃，狹窄的通道之上並無遮蔽物；距離最近的轉角還有幾公尺，移動到那裡之前便會被發現。

就在望渾身動彈不得之際，夏木走了出來，與望撞個正著。

「……哦！」

夏木露出了略微尷尬的表情。他的眼角已無可掩飾，只見他微微轉向一旁，以手背擦拭眼睛之後才說道：

「別說出去喔！」

說著，他摸了摸望的頭。正當他與望擦身而過時，這回竟輪到望淚水盈眶。

「哇！妳怎麼啦？」

本欲離去的夏木焦急地停下腳步。

「發生了什麼事？喂，快說啊！」

望用力搖頭，但卻說不出話來。不行，在這種時候哭，真是糟透了。

我沒事，你先走吧！望帶著這個意念一味地搖頭，但淚水卻遲遲不止。在這種情形下還會說「那我先走了」的人，流的血肯定不是紅的；何況對象是夏木，就更不用說了。

「怎麼了？說啊！」

夏木勸解，望終於喃喃地說了聲對不起。

對不起，我們只能被別人保護。對不起，我們害你和冬原先生失去了重要的人，卻連哭也不能哭。

這些話望在心裡說得通順，要出口時卻變得斷斷續續，難以分辨意義；不過，夏木似乎聽懂了。

「——別放在心上，這不是你們的錯……不過這話由我來說，好像沒什麼說服力。」

夏木苦笑。頭一天他曾勃然大怒地斥喝：要是沒去救你們，現在待在這裡的是艦長！

第二日。

「我心胸狹窄，才會說那種話。艦長不會怪你們的，再說你們是小孩，沒關係。」

夏木再次撫摸望的頭。

「小孩不用去管大人的負擔。我們在你們這個年紀時，也還是小孩啊！」

望又喃喃說了一次對不起。

她好恨自己方才沒能就那麼與夏木擦肩而過。夏木原諒望害得自己無法縱情哭泣之事，結果只有望放下了心裡的石頭，夏木並不會因為原諒望而比較好過。她就這麼憑空耗費夏木的寬容。

夏木似乎還得巡邏，但他依然陪著望，直到她冷靜下來為止。

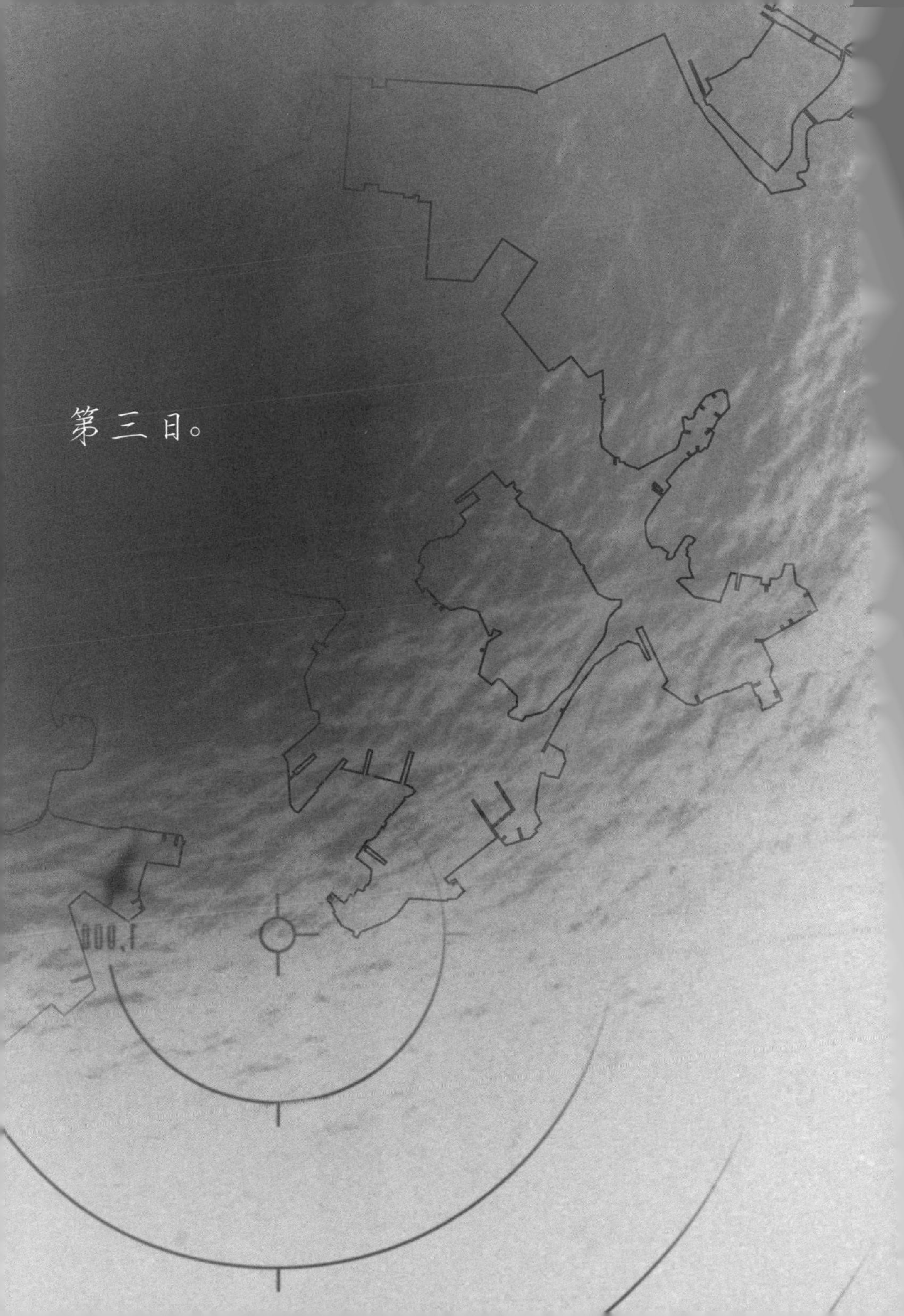
第三日。

＊

四月九日（二）凌晨，厚木基地。

經過徹夜的空中救援之後，預定今天便能全數撤離受困於橫須賀災區的居民。

厚木基地為美國海軍及海上自衛隊的航空部隊所共用，但自從昨日下達救災出動指令以來，起降的幾乎全是自衛隊的直升機。

而在等待起飛的眾多直升機之中，有一架直升機背負著海上自衛隊的特別情感。

負責救援「霧潮號」上受困民眾的厚木救難飛行隊雖預定於上午九點到達現場，卻早在清晨時分便已開完行前會議。

顧及救援對象的人數，出動的UH60J救難直升機共有兩架，各機的乘員編制為駕駛一名、副駕駛一名、救助員兩名。

代號「天使星一號」的一號機駕駛為是枝少校，他亦是厚木救難飛行隊的飛行隊長；副駕駛益田少尉年紀雖輕，卻以精確的導航能力聞名；救助員岩崎軍士長與小松崎一等士官長都是經驗豐富的隊員。二號機的隊員亦是摩拳擦掌，士氣相當高昂。

除此之外，各機尚配有一名陸上自衛隊游擊隊員支援，預定分兩次救援受困於「霧潮號」上的十五人。一號機先依照年幼順序，接收其中八人；接著二號機再行接收包含「霧潮號」水手在內的剩餘七人。

正當一號、二號機隊員各自開始檢查整備妥當待出發的UH60J時，機庫中的整備員前來呼喚是枝。

一問之下，原來是橫須賀基地來電。是枝滿臉訝異，卻還是前往設置於機庫之中的辦公室。所有必須工作應該都已經完成了，他實在想不出橫須賀基地還能為了何事打電話來。

「你好，我是厚木救難飛行隊的是枝少校。」

抱歉，在你正忙的時候打擾——電話彼端，一道低沉穩重的聲音如此回應。

「我是第二潛水聯隊司令，富野少將；特地打電話來勉勵執行『霧潮號』救援任務的各位。」

說到第二潛水聯隊，便是「霧潮號」所屬的橫須賀部隊；該部隊的司令打電話前來勉勵，倒也是合情合理。

據說「霧潮號」救援作戰能及早定案，乃是歸功於潛艇艦隊再三向總司令強烈請求；而第二潛水聯隊當然便是請求聲浪的中心。

「潛艇艦隊司令也想勉勵一下各位，現在換他接聽。」

富野少將的聲音遠去，接著是另一道聲音做了自我介紹。

「我是潛艇艦隊司令，福原中將。」

「是……！」

第三日。

雖然對方根本看不見，但是枝還是險些對著空氣敬禮。中將之上唯有總司令，可說是實質上的最高階級。自己基地的司令倒還罷了，平時是枝可沒機會和其他艦隊的將領私下談話。

「這次為難你們執行嚴苛的作戰，真的很抱歉。孩子們和『霧潮號』水手就拜託各位了。」

為了說服內閣同意將救災出動改為防衛出動或在救災出動中使用武器，參謀本部鍥而不捨地與內閣應變室交涉；但截至目前為止，參謀本部的努力仍未開花結果。

福原中將與富野少將應該也很希望能趕上「霧潮號」救援行動吧！「霧潮號」艦長為了保護孩童而殉職，救援行動乃是承其遺志的海上自衛隊全體共同的心願。

「我們會全力以赴。」

是枝堅毅地說道，福原中將則回了一句謝謝。聽了他的語調，便可知他在電話彼端也同時低頭行了一禮。

*

夏木與冬原在早上七點把孩子們挖起來，供應的早餐唯有未烤的吐司與水煮蛋；但受到終於能回家的解脫感影響，並沒有人埋怨。

夏木與冬原接下飯後的收拾工作，讓孩子們去整理行裝。孩子們只是去參加當天往返的櫻花祭，行李並不多；但為防他們丟三落四，還是得多加注意。

清洗完餐具之後，冬原不知從哪兒拿出了隔熱紙，夏木也從冰箱裡取出以保鮮膜團團包裹的第三日。

艦長手臂。

隔了兩天取出的艦長手臂，已在保鮮膜內側滲出了不少淡紅色的水。損傷的速度比想像中的還要快，或許是因為沒有進行過去血處置所致吧！

「……看來最好在冰箱裡保存到離開的前一刻為止。」

直升機一次只能吊掛一人，即使救援進行順利，也得花費一小時以上才能接收完所有人。即使用隔熱紙包著，在這這麼長的時間內將手臂放置於室溫之下，保存狀態依然堪慮。

冬原一面慎重地包裹手臂，一面點頭。

「得最後再來拿。」

救援行動將在發令所的艦橋瞭望臺進行，而夏木與冬原得一直待在瞭望臺上幫助孩子們脫困。待直升機接收所有孩童之後，他們其中一人必須回來拿手臂，而回來的那個人勢必得殿後。

「我回來。」

冬原搶先說道：

「我跑得比你快。」

夏木忿忿地回嘴：

「只差零點一秒而已，講什麼鬼話啊？你這個白癡。」

「就算只差零點一秒，贏了就是贏了。」

「你不是一向最愛你自己嗎？」

「沒辦法啊，豈能把艦長交給比我慢的人？」

「不要一直說我慢！」

他們倆都不願將殿後的工作交給對方，幼稚的爭吵便在廚房不斷持續下去。

「我來拿！」

打斷他們的是望的聲音。今早已換上自己衣服的望，從餐廳瞪著他們兩人。

「救援是按照年齡順序，反正我是排最後一個。快輪到我的時候，我就到廚房去拿艦長先生的手臂，交給夏木先生或冬原先生就行了吧？不過是舉手之勞嘛！」

望以氣忿的口吻責備兩人。

「為什麼不找我商量？」

望不以為然地喃喃說道，最後視線與夏木對上，又立刻別開視線並垂下了頭。由於最後和望對上視線的是自己，夏木似乎覺得有責任回答。

「呃……你們應該會怕吧？」

冬原正要拉他的袖子示意，卻晚了一步，夏木已把話說出口。望反擊道：

「我才不怕！其他人一定也……」

最後一句話她說得甚無自信，聲音越來越小；但她依舊以這幾天以來最為強硬的聲音宣言：

「反正我不怕！」並瞪著夏木。

慢著，幹嘛瞪我啊？夏木心生畏怯，忍不住在廚房中退了一步。

「是那個人救了我，我怎麼可能會怕？幫忙拿手臂是天經地義的吧？天經地義的事情我當然會做！」

她那不知是責備或力陳的強硬語氣聽來似乎快哭出聲來，夏木更加畏怯了。

「謝謝，這下省事多了。拜託妳了。」

這種時候，冬原總是輕輕鬆鬆地搶走所有風頭。

「妳的行李已經收拾好了嗎？」

望點了點頭，並隔著肩膀指著自己的背上。背包的肩帶正掛在她的雙肩上。

「妳原來有帶那個背包嗎？」

為什麼你會記得森生姊的背包長怎樣啊？見話題轉移而鬆了口氣的夏木不可置信地想道。

「這是翔的，我替他拿。」

「哦！對啊！這樣比較好。」

一語帶過的冬原顯然不記得翔的背包生成什麼模樣；遇上女人的時候耳聰目明，但遇上帶把的和小孩便漠不關心——這種性格也一覽無遺。

他明明是這種性子，卻因為態度柔和，小孩也喜歡他，真教人受不了。

「冬，艦長就交給你了，我去看看那些小鬼。」

望欲言又止地看著逃出廚房的夏木，但夏木裝作沒發現，逕行撤退。

第三日。

負責「霧潮號」救援大任的救難直升機UH60J二機編隊自厚木基地起飛之後，一面避開橫須賀災區的救援行動，一面從海上繞進美軍橫須賀基地外圍，朝著位於橫須賀本港內的「霧潮號」出發。

領頭的一號機為是枝少校駕駛的天使星一號，後續的二號機則是天使星二號。

「到底有多少隻啊？」

是枝的眉頭下意識地皺了起來。

放眼望去，美軍基地內盡是紅色的甲殼類，如螞蟻般蠢動著。從現在的高度看來，便像是紅螞蟻群一般。

「真噁心。」

副駕駛益田少尉也露出膽寒之色。「我最怕蟲了。」

「那不是蟲，是蝦子。」

「請別說這種話，我會不敢吃蝦子。」

是枝祈禱著「霧潮號」周圍的甲殼類數量能少些，但進入橫須賀港之後，甲殼類的密度仍毫無改變。

越過基地最大的六號船塢，飛過幾個棧橋之後，便可望見潛水艇停泊於其中一個碼頭邊。是枝降低機速，慎重地靠近。

「就是那個？」

益田一面觀看基地平面圖，一面回答是枝的問題。

「好像是。」

靠近一看，潛艇的船身原本該與碼頭與平行停泊，但現在船頭卻完全與碼頭相接，呈現傾斜狀態。這應該便是甲殼類來襲時試圖出航的痕跡吧！

甲板上爬滿了可憎的甲殼類，彷彿正在宣示牠們已占據了潛艇。

是枝命令二號機提升高度待命，一號機則緩緩地降低高度。朝著下方吹襲的旋風在黑色的海面上掀起了橢圓形的白色波浪。

到達適當的救援位置之後，是枝以無線電呼叫「霧潮號」。

「厚木救難飛行隊呼叫『霧潮號』水手，聽到請回答。」

『厚木救難飛行隊，這裡是「霧潮號」。』

一道口齒清晰的聲音立刻回應了。困在潛艇之上的兩名水手似乎叫做夏木與冬原，是前途不可限量的實習幹部；從冷靜的應對態度，亦可看出他們過人的膽識。

「我們是二機編制，本機為一號機天使星一號。天使星一號依年幼順序接收八人之後，二號機天使星二號將接收剩餘七人，請夏木少尉與冬原少尉到瞭望臺上協助接收未成年人。」

『了解。請說明外頭的狀況。』

從潛水艇之中使用潛望鏡，無法確認甲板上的情況。

「甲板上有許多甲殼類，但沒有爬上瞭望臺的個體。氣象條件為晴天、微風，但請注意本機的下洗氣流。」

『了解。夏木少尉立刻上艦橋。』

待對方掛斷無線電後，益田少尉對著後方叫道：

「『霧潮號』的水手要上來了！是夏木少尉！」

「了解！」

在座艙中待命的岩崎軍士長打開了拉門。稍後降下救援的亦是岩崎，吊索已扣上了安全帶。

第三日。

前來支援的游擊隊員為免礙事，全坐在內側待命；岩崎與小松崎一等士官長從座艙之中俯瞰著「霧潮號」。

只見關閉的艦橋艙門開啟，上部指揮所出現了一位隊員；那人見到一號機後，便輕輕地敬了一禮，視線半分不差地盯著從座艙俯瞰的兩名救助員。他從上部指揮所撐起身子攀上瞭望臺的動作與他的視線一樣，沒有絲毫的多餘。

只見他對著艙口說了些話，不久後便有個孩子從艙口出現，看來似乎是小學低年級生。接著是另一個水手從下方將孩子推上來，應該便是冬原少尉。瞭望臺高達七、八公尺，若是沒人從下方支撐，實在無法讓孩子自行攀爬。

夏木將小孩抱上瞭望臺，並朝著天使星一號的座艙揮手。他的手正示意著一切準備就緒。

岩崎朝著瞭望臺丟下一捆繩索，夏木接住，綁在通訊天線之上以作為導繩。

「好，我下去了。」

岩崎軍士長從座艙邊緣滑向空中，小松崎一等士官長則操縱吊索，讓他下降。尖銳的馬達聲響起，吊索逐漸放下。

瞬間，潛艇之上發生了劇烈的變化。

於甲板上四處爬動的螯蝦一齊望向上空——望向吊在UH60J的岩崎軍士長。

就在岩崎膽顫心驚地聳肩之際，螯蝦一齊湧向瞭望臺。

那顯然是看見食物從天而降的反應。

喀茲！一陣硬質的衝擊撼動著瞭望臺。

「怎麼回事？」

情急之下抱著西山光蹲下的夏木往下俯瞰，發覺帶頭湧向瞭望臺的螯蝦正攀著瞭望臺的壁面。蝦群從四面八方包圍瞭望臺，其他個體又以包圍瞭望臺的同類為墊腳石攀爬而上。不光是潛艇上的個體，連碼頭及海中的螯蝦也不辭勞苦地爬上潛艇，合作無間的程度直教人懷疑牠們是否懂得彼此溝通。

為什麼？之前甲殼類從沒注意過上空啊！

「混帳，動作好快！」

夏木想著至少得把光送上去，便將他高高舉起；救助員也奮力指示降索，但吊索下降的速度卻不及螯蝦爬上的速度。

「夏，來不及了！」

眼見與救助員之間的距離還有兩公尺，在下方監視的冬原終於出聲喊停。

「回去，吊上去！」

夏木一面對救助員叫道，一面將光遞給冬原。

冬原讓光抱住自己的脖子。

「假如有人爬上來，快點離開！我們要下去了！」

應該不會有人擅自爬上，但為了安全起見，冬原還是先出聲示警。

接著，冬原便一口氣滑下艙口梯。抓著他的光大聲尖叫，刺得他耳朵發疼。他在長達兩層樓的升降筒二樓部分著地，先把光放到地板上，又朝著通往下方的艙口叫道：

「小望！」

望立刻飛奔過來，果然機靈。

「我要把這個孩子放下去，妳扶著！」

「好！」

望沒問理由，顯然已明白發生了什麼事。冬原將光放下，交由爬上艙口梯的望攙扶。

冬原抬頭仰望上方，只從敞開的艙口看見了天空。時間已過了片刻，卻還不見夏木下來。歷歷在目的記憶引起了冬原的不安。

我才不會讓歷史重演！冬原三步併作兩步，爬上艙口梯。

吊著岩崎軍士長的吊索之上突然多了股負擔，停了下來。

操作吊索的小松崎一等士官長從座艙中探出身子，只見導繩與吊索糾纏住了。由於座艙上的他在情急之下急速捲起吊索，導致岩崎姿勢不穩，才不慎纏住了導繩。

「混帳！」

沒事先向岩崎打信號，是小松崎的疏失。他連忙解開導繩，但狀況並未改善；共乘的游擊隊員提醒：

「是在軍士長的上方纏住的。」

既然是在岩崎的上方纏住，即使解下座艙這一頭的導繩，也無法鬆開吊索。

第三日。

游擊隊員從小松崎手中取過繩索捲起，開始著手解開糾纏部分。要說運用繩索，無人能出游擊隊員之右；但這回繩索纏得太緊，遲遲解不開。

「吊索出了問題！維持靜止！」

小松崎對著駕駛艙大吼，心急如焚地看著游擊隊員作業。

此時，原欲回到艙口內的夏木少尉看了他們一眼，他發現直升機的窘境之後，便再度奔向綁著導繩的天線。然而要說窘境，夏木才是真正處於窘境——螯蝦的腳已攀上瞭望臺了。

「狙擊！」

小松崎對著游擊隊員叫道。為防萬一，游擊隊員尚未徵得內閣許可，便已私自攜帶了89式步槍前來。

夏木著手解開天線上的導繩，而隨時便要爬上瞭望臺的螯蝦已近在咫尺。

游擊隊員放下繩索，改拿起步槍，於座艙口單膝跪地，瞄準下方。此時吊在空中的岩崎軍士長卻大吼：

「別開槍！有媒體！」

聞言便已領略狀況的游擊隊員把槍縮回機內。有採訪直升機正位於座艙的死角。幾乎同一時間，益田副駕駛也從駕駛座上飛奔而來。

「禁止開槍！採訪直升機正在拍攝！」

「是哪個白癡發出飛行許可讓他們來的！」

小松崎洩忿似的大聲怒吼，但無論他吼得再凶，情況也不會有所改善。

繃緊的繩索沒有足夠的彎度可供解繩，夏木一面使盡渾身之力將繩索拉過來，一面對著從瞭望臺邊探出頭來的螯蝦一笑。「你慢慢來，別急！」

此時繩索突然大彎；回頭一看，原來是冬原抓住了往上延伸的繩索，紮穩馬步用力拉著。

「你來得正好！」

「廢話少說，快點解開啦！白癡！」

用不著冬原提醒，夏木已解開了繩索，朝著海上用力扔去。直升機等不及拉起救助員，便先提升了高度；要是被螯蝦抓住繩索，可是大事不妙。

打頭陣的螯蝦已自夏木背後爬了上來，竄進他與冬原之間。

退路被斷，夏木情急之下對著離艙門較近的冬原叫道：

「冬，你先走！」

「……走個屁啊！白癡！你快過來！」

冬原以肩膀用力撞擊爬上來的螯蝦。此時的螯蝦只有上半身攀上瞭望臺，姿勢尚不穩定；被這麼一撞，便往後翻了個四腳朝天。夏木趁機衝上前去，抓住險些與螯蝦一起跌落的冬原。

他們兩人同時衝進下掘式的上部指揮所。

「下去！」

冬原吼道，把夏木踢入艙口之中。這下子角色對調，完全失去了主導權的夏木鑽入艙口後，冬原也隨後進入，一面爬下艙口梯，一面關上艙門——中途，他突然放開了艙門，把頭縮進縱孔之中。

同一瞬間，艙門以驚人之勢闔上，看來是被螯蝦從外踐踏而蓋上的。

迅速關起艙門的冬原從艙口梯上怒視著夏木。

「你胡扯什麼啊，混蛋！」

冬原的怒氣非同小可。

「在那種狀況下叫我先走？你以為你是誰啊！你什麼時候變成我的長官了？我可沒墮落到得讓同梯同級的人保護！」

方才情況緊急，夏木無暇多想；但在狹窄的瞭望臺上，後路被斷，決對無法孤身避開螯蝦爬入艙口之中。若是冬原幹了同樣的事，夏木鐵定也會生氣；無論是站在同僚或朋友的立場皆然。

「對不起。」

「算了。」

嘴上這麼說，冬原仍顯得氣忿難消。他以下巴指了指下方：

「下去吧！還得和直升機聯絡。」

爬下瞭望臺後一看，發令所的氣氛簡直像是守靈一般；為免妨礙進出瞭望臺而聚集於導航區的孩子們一齊望著現身的夏木。夏木不知如何回應，只得走向通訊席。

與直升機聯絡後，決定待瞭望臺上的螯蝦散去之後再伺機進行救援。

辦得到嗎？冬原在一旁輕聲說道。他顧慮孩子們，聲音放得很低。

夏木等人早在頭一天便親身體驗過螯蝦的機動力，但牠們的認知能力與合作能力卻是遠遠超乎想像之外。能避過螯蝦，成功救援嗎？

救援行動尚未中止。告訴孩子們這件事對他們而言是種安慰，或只會害他們空歡喜一場？

顧慮到後者的情形，夏木宣佈時的口吻也自然而然地變得公事化，只差沒補上一句「你們最好別期待」。

*

Subject：沖繩情報

Date：04/09（TUE）10：27

住在普天間基地附近的親戚傳來情報：

・今天早上已經看不到半臺運輸直升機了。

・跑道上多了好幾臺運輸用噴射機。

也許模擬訓練已經結束，要開始輸送兵隊到關東去了？

務必聯絡現任先生。

直升機或許也快到了，必須注意。

from　神盾

進行甲殼類毒殺作戰時，為免干擾進行中的居民救援行動，決定不採空運，而是從地上搬運毒餌。

使用的毒藥為驅逐甲殼類極為有效且容易得手的有機磷類農藥，塗抹於牛或豬肉塊上使用。菟葵毒乃是知名的甲殼類致命毒素，對哺乳類的毒性又低，就安全面上最為合適，只可惜一時間無法大量取得。

搬入點為災區內的五處，自十三時起，輪流開啟各處防衛線，以大型車輛運送入內。開啟防衛線時，強化防禦亦是相當重要。

「上頭的人是不是覺得他們只要下了決定，事情就能自動辦好啊？」

對著明石口吐怨言的，是縣警局第一機動隊長瀧野。昨天剛運送完大榮超市的避難客人，瀧野的部隊也已經撤回，現在轉守防衛線。

「下決定是上頭的工作，而行動則是我們的工作啊！」

明石一面坐在長桌前寫著文件，一面回答。縣警警備應變室徒有其名，其實只是在體育室裡用彩色膠帶劃出一塊區域來而已。雖然警備應變總部位於其他房間，由於對整體警備狀況最清楚的是明石，因此此處便成了警備發令中心。

其實把這個房間和總部室合併的話，要來得方便許多；但縣警幹部與幕僚團向來待在總部室

*

第三日。

裡，明石總得有個放鬆的場所。

「讓上頭以為事情能自動辦好，才顯得出咱們的本領啊！」

聽了明石這句話，瀧野啼笑皆非地扯起臉頰。

「你就是這樣，才老被使喚來、使喚去。」

「相對地，我可以使喚你啊！」

在他們鬥嘴期間，明石已寫好了指示書，交給部下；接著他又一本正經地轉向瀧野。

「抱歉，害你這麼操勞。」

都這種時候了還說什麼？瀧野苦笑。毒餌共分五次搬運，其中一次為瀧野直接指揮。總部原本打算交給管區機動隊或東京都警局機動隊全權負責，是明石硬讓縣內機動隊插上一腳。在初期警備中消耗甚鉅的縣內機動隊原本該被排除在外的。

然而，明石卻希望縣警方面也能派出代表，以便觀察作戰。

明石開口懇求，原想拒絕的瀧野也只得二話不說地答應了。

每度過一個難關，就多欠你一份人情啊！這話不合明石的作風，因此他從沒開口說過。

「拜託你啦！」

以毒殺這種原本不屬於警察手段的手段，來對付巨大甲殼類這種原本不屬於警察對手的對手。明石承認毒殺的有效性，但又無法拂拭對於未知作戰的憂慮。如果能夠，明石很想親眼觀察；但身為警備計畫的籌策者，他難以如願。

「這麼一提，負傷隊員的狀況如何？」

「沒有生命危險，但腳是廢定了。」

被切斷的腳也一併送往醫院，但被甲殼類的大螯扭下的傷口已是血肉模糊、充滿細菌，無法接合了。

「看來只得調內勤了……」

瀧野含糊其辭，明石明白他的言下之意。身受重大公傷的警官回到工作崗位之後，往往不久便自行辭職。

雖然是榮譽負傷，但就現實問題而言，公傷者力有不逮之處全得要同事分擔；在這種嚴苛的職場，公傷者往往不願加重同事的負擔而自行辭職；現行制度也無法消除公傷者的精神負擔。

「不過，那個救回來的警官還留著一條命，可說是不幸中的大幸；對於前線人員而言，也是種莫大的激勵。」

「什麼？」

「你不知道啊？」

瀧野一臉意外地反問。

「在大榮超市救回了一個重傷的警官，是個年近退休的老警官；聽說本來是在基地前的派出所值勤，不過卻負傷爬到了大榮超市附近。」

「真虧他……沒被吃掉啊！」

對於明石這直截了當的感想，瀧野苦笑道；

「大家都這麼想，可是沒人像你一樣說出口。」

第三日。

「誠實為上嘛！」

說著，明石起身。十點的警備會議快開始了，瀧野也跟著站了起來。

「假如作戰有變，再通知我一聲。」

身經百戰的第一機動機隊長輕輕地舉起手來致意，回到了前線。

「甲殼類的來歷已經確定了。」

共同警備會議之上，明石於確認毒殺作戰的執行步驟之後如此宣佈：

「相模水產研究所檢驗過後，證實甲殼類乃是相模帝王蝦巨大化並發生異變之後的產物。海洋研究開發機構（JAMSTEC）及其他機關檢驗過後，也支持這個結果。」

那個小兄弟成功啦！明石一面漫不經心地聽著烏丸的說明，一面翻閱報告書。

沒想到他居然真的只用一個晚上便證明了……

決定性的一步，便是頭部器官一致。相模帝王蝦的頭部有種特殊的空洞式器官，根據推測，應該是聲壓感應器官；而甲殼類的頭部雖因狙擊而破損，也檢驗出相同器官。

明石跳過了說明巨大化與發生異常過程及真社會性特徵的頁數。反正這些都已經聽芹澤說明過了。

「根據這個結論，內閣應變室決定稱呼甲殼類為相模帝王蝦。」

昨天烏丸因順口而使用的這個通稱，似乎將在不久的將來固定下來。

看著看著，明石的視線停駐於某段文字之上。他快速瀏覽，待烏丸說明完畢，便舉起手來。

「明石警監。」

明石被指名之後，便站了起來。

「根據這份報告所言，相模帝王蝦的學習能力很高……我們是否有必要重新檢討作戰方案？目前的作戰方案並非針對學習能力高的生物而擬定的。」

「相模帝王蝦的權威芹澤先生也提過相同的意見。」

瞧烏丸若無其事地稱呼芹澤為權威，明石知道自己又中計了。原來你就在等我說這句話啊？參事。

「帝王蝦的學習能力很高，有學習毒殺作戰的危險性。」

「既然如此，是否該暫時停止作戰？」

對明石而言，這根本是一場鬧劇，但他又不得不配合演下去。

「毒殺作戰的材料都已經準備好了，不能在這個關頭中止！」

立即反對的是擬定毒殺作戰的幕僚團作戰指揮官，芦屋管事。他生性一絲不苟，擬定的作戰也是一絲不苟；但由於他從不替作戰計畫留一絲餘地，因此明石常在實施階段出口干涉，造成雙方衝突。

明石原以為他那尖銳的語氣便是緣於此故，但他與其說是衝著明石，倒不如說是衝著烏丸來的。烏丸保持沉默，只得由明石來回答：

「不過，現在作戰發生了不確定要素，至少我們得向內閣報告才行。否則若是失敗，就完全變成警察的責任了。」

第三日。

趁著芦屋管事略微遲疑之時，烏丸說道：

「都到這個關頭了，作戰當然不能中止；不過明石警監說得很有道理，我們得稟報內閣，請他們重新考量，並等待新的命令。」

他說的話其實和明石差不多，不過換個立場，便成了公正廉明的裁決。

會議告終，出席者紛紛散去，而烏丸則走向明石。

「感謝你的協助。」

「您這個人真狡猾啊！」

明石竭力諷刺，但烏丸只是微微揚起嘴角，便行離去。

毒殺作戰的開始時間比預定時間晚了三十分鐘。為何晚了三十分鐘，瀧野不知；不過這點誤差原也在預料範圍之內。

瀧野率領的縣警一機是第四棒，由橫須賀警局前進入。目前第一、二棒已進入防衛線中設置毒餌，而效果已然展現。

「牠們似乎全移向毒餌了。」

瀧野一面看著電磁柵欄的彼端，一面喃喃說道。他們以長浦方向為上游，依序進入防衛線設置毒餌；而目前全體帝王蝦都往上游方向移動。

無須接受相關說明，於前線力抗帝王蝦的眾機動隊員便已透過親身體驗察覺帝王蝦擁有某種程度的溝通能力。

第三日。

比方突破防衛線的方法。只要有一點被突破，附近的帝王蝦群便會集中過來。雖然牠們不會交談，卻顯然懂得單點突破的好處並據此行動。

不久後，終於輪到縣警一機行動。距離第一棒進入防衛線後，約過了一個小時。

瀧野下令：

「第四組開始行動！中斷輸電！」

待命傾卸車左右五公尺內的輸電被中斷，一名隊員以警棍觸碰電磁柵欄。「輸電確定停止！」

聞言，機動隊員左右開啟柵欄。柵欄並非滑動式，得一片片拆下搬運，煞是麻煩；作業途中，帝王蝦已逐漸察覺，並朝著敞開的電磁柵欄前進。

「貴客上門啦！」

隊員們戲謔地叫道。雖然身處嚴苛的前線，但他們尚未失去餘裕。

「衝！」

在瀧野的命令之下，前衛部隊一齊衝入。他們以硬鋁製的大盾敲擊帝王蝦，替加速緩慢的傾卸車爭取衝進電磁柵欄中的時間。

「傾卸車進入！前衛退下！」

終於加速的傾卸車衝入了隊員避開的空間之中。

接下來才是重頭戲。隊員們得堅守防衛線，直到傾卸車歸來為止。

後衛部隊緊隨著進入防衛線的傾卸車一擁而上，加入守備。倘若只是抱著固守防線的心態，絕對抵擋不住帝王蝦的攻勢;因此隊員們都是以逼退帝王蝦的氣勢進攻,才能勉強守住防衛線。

傾卸車在棄車無數的車道上尋縫前進,時而硬生生地將車輛撞開,但前進速度依舊遲緩,令人焦急。

傾卸車於十字路口正中央升起貨臺,幾十頭宰成兩半的豬牛一齊滾落路面。

「要回來了!淨空道路!」

隊員們猛烈打出一條路,讓巧妙地於夾縫中蛇行的傾卸車回來。待傾卸車駛動,隊員逐一逃往防衛線之外;此時須得由少數人阻擋乘勝追擊的帝王蝦,因此都是由熟練的隊員為中心斷後。當然,瀧野的身影也在其中。

「別用盾面攻擊!用角!用角攻擊!」

指導年輕隊員使用盾牌的聲音此起彼落。

「發射瓦斯彈!射擊!」

最後撤退時則是重複進行多段水平射擊,製造空隙。轉眼間,隊員們便因為這陣近距離射擊而開始嗆咳;電磁柵欄即在這種況狀之下再度封閉。

「全員退開!倒數三聲後開始通電,別碰柵欄!」

瀧野警告過後,開始倒數。

「三、二、一!」

「通電!」

在催淚瓦斯造成的白煙之中,帝王蝦湧向電磁柵欄。

第三日。

「電壓開到最大！」

柵欄發出了如雷電似的白色光芒，觸及的帝王蝦被往後震飛。

輪番上前的帝王蝦一碰到柵欄便被彈開，氣得直冒泡；高壓電流的威力果然驚人。

「輸電快撐不住了！」

「還不行！再三十秒！」

瀧野知道絕對撐不了一分鐘，便下令維持可能的最大輸電時間，並瞪視於柵欄彼端大鬧的帝王蝦。若是這三十秒無法讓牠們鎮靜下來，牠們便會在電壓下降的瞬間衝出來。

「全員，準備迎擊！」

隊員們排列陣形，吞著口水，舉起大盾。

剩下二十秒，帝王蝦仍暴跳如雷。

十五秒。

十。

九。

八……

帝王蝦的沸騰終於開始止息了。

很好，就這麼冷靜下來吧！瀧野屏氣凝神，繼續瞪著帝王蝦。

「剩餘輸電時間五秒！四！三！二！一！」

〇。

瀧野等人所見的，是垂頭喪氣地轉身離開電磁柵欄的帝王蝦。

隊員們這才放下心來，瀧野也吐出了屏住的一口氣。

運入毒餌過後，約過了三十分鐘。

瀧野一面觀看著瓦斯散去後的十字路口，一面深深地皺起眉頭。

堆積於路口的肉塊依然維持原樣，未曾動過。帝王蝦完全無視於毒餌，在路上四處爬動，沒有半隻因為吃了餌而倒地。

先遣行動的小組設下毒餌時，帝王蝦明明立刻聚攏爭食，效果立現。

隊員們見牠們置毒餌不顧，也紛紛露出懷疑的表情。

「聯絡警備總部。」

負責傳令的立花撥打無線電，瀧野神情嚴肅地報告：

「毒殺作戰第四組，縣警第一機報告。毒餌設置已過了三十分鐘，橫須賀警局一帶的帝王蝦完全無視毒餌。再重複一次，橫須賀警局一帶的帝王蝦完全無視毒餌。」

隨後，各組亦相繼向警備總部報告帝王蝦已不食用毒餌一事。第五組似乎也和第四組相同，毒餌設置後，帝王蝦完全不靠近。

烏丸不理會因失算而大亂陣腳的幕僚團，對明石下令：

「關於這個問題，今後我們將依照專家的指示來行動。去請相模水產研究所的芹澤先生過來。」

烏丸早預料到這種情形，卻還刻意擺出凝重神態，教明石看了不禁有點生氣。

不過，他選在這個絕妙的時機招聘「專家」，果然未引起任何反對——即使那「專家」是出身於近乎無名的研究機關。

*

在傍晚之前，救難隊又二度嘗試救援「霧潮號」，但兩次都以失敗收場。

白天在內閣宣佈之下，定名為相模帝王蝦的甲殼類屢屢察覺降下的救難人員，並群起攀登瞭望臺。

為了緩和孩子們的情緒，由態度柔和的冬原來宣佈救援中止的消息；而孩子們或許是早已死心了，神色木然。不久之後，最為年幼的西山光開始抽噎起來。

光是救援順位第一名，在前兩次失敗之時都曾到外頭去，因此回家的期待也比其他孩童更大。

一個人決堤，接著便是連鎖崩潰。小學生組接二連三地跨越了淚水的臨界點，年幼的孩子們更是開始嗚咽起來。

夏木滿心無奈地聽著迴響於發令所中的哭聲合唱，突然注意到翔的神態。

在這種時候，他依然沒放聲大哭，只是撲簌簌地掉著眼淚；用力咬著的嘴唇顯示了他的忍耐之情。這副模樣與姊姊望極為相似，然而陪在翔身邊的望現在卻未咬著嘴唇。望與夏木對上了視線，她明明很沮喪，卻又努力露出笑容——拜託，不用顧慮我。夏木忍不住別開視線。

「為什麼不開槍！殺了螯蝦就行了啊！為什麼不殺螯蝦，反而放棄救援！」

圭介暴跳如雷地大吼，夏木與冬原一時之間不知如何回答。

此時，就讀國一的木下玲一以一如往常的平板語氣，一臉無趣地說道：

「因為現在是救災出動。」

只有玲一並未哭泣，也不顯沮喪，依舊維持平時那漠不關心的表情。

「什麼意思啊？」

圭介逼問，玲一並不因而膽怯，只是淡淡地回答：

「救災出動的情況下不能使用武器。自衛隊依出動命令的種類來決定能否使用武器，而現在是救災出動。」

出人意料的回答者語氣始終淡然，並無嘲笑圭介的無知之意。

冬原點了點頭。

「玲一說得沒錯，很遺憾。你能替大家說明一下使用武器的前提嗎？」

見冬原不自行說明，玲一略顯訝異，卻還是二話不說地回答了。

「防衛出動或警護出動。警護出動僅限於恐怖分子攻擊時保衛基地，所以現在的情況需要的是防衛出動，或是允許在救災出動時使用武器。政府應該正在討論這個問題吧！」

以一個國一生而言，算是說明得很好了。冬原接過話頭，轉向圭介。

「就是這樣，了解了嗎？」

「那你們是幹什麼用的！」

圭介立刻斥責道：

「你們不就是為了在這種時候幫助我們才存在的嘛！這種時候還不能動用的武器，有什麼屁用啊！」

「你問我們，我們問誰？」

冬原一句話便頂了回來，令圭介啞然無語。

「我們只能在被賦予的狀況之下盡最大的努力。打從一開始，我們就沒有權利對狀況表示異議。對於為何現在不能使用武器這類的問題，我們根本就沒有去思考的權利。」

「你擺爛啊？」

「我只是沒空和一個只會亂發脾氣的小朋友談論現行法制而已。」

無論圭介如何叫陣，冬原都不激動，始終淡然地還以諷刺；圭介焦躁地踢了潛望鏡底座一腳。

「別亂來啊！你知道這一支值幾億嗎？」

「誰管你啊！」

圭介怒吼，推開啜泣的孩子離開了發令所。國三的高津雅之追著他而去，過了片刻，國一的坂本達也與國一的芦川哲平也垂頭喪氣地步出發令所，最後跟上的則是補給長茂久。

第三日。

夏木對著冬原微微皺起眉頭。

「你也不用說得這麼狠吧！」

這樣他未免太可憐了。夏木無法坦率地這麼說，只能換一種抗議詞；對此，冬原絲毫未見反省之色。

「比起和他對衝，哪個比較好？」

戳著了夏木的痛處之後，冬原又轉向其餘的孩子。

「抱歉，讓你們空歡喜一場。今天就到此解散，隨你們要回房間或去餐廳都行。」

走出發令所後，孩子們不由自主地停下腳步，把狹窄的通道塞得水泄不通，堵了有數公尺長；再這麼下去，會妨礙夏木與冬原進出。

望為了讓他們再度邁開步伐，努力提起嗓門說道：

「我們去餐廳看電視吧！傍晚應該有卡通吧？是什麼卡通？」

「丸少爺……」

無精打采地回答的人是光，看來他的消沉並非區區卡通便能化解的。

「丸少爺我也看過，很可愛。」

「我很久沒看了，不過挺好看的。」

配合望一起拚命提振士氣的，是翔的好友中村亮太。這個有點早熟的少年應該是想幫望的忙吧！亮太方才也是哭喪著臉，可見他現在是在強顏歡笑。

孩子們總算朝著餐廳再次邁開步伐。望跟在他們身後，輕輕地抱住亮太的肩膀，輕聲說道：

「謝謝你的幫忙。」

亮太露出略微得意的笑容。「我先去開電視！」說著，便搶先跑走了。

「亮太真是個好孩子。」

多虧亮太平時都和翔一起行動，讓望少操了不少心。與不怕生的亮太結為好友，不會說話的翔才能融入班級之中。

翔也點頭附和望——接著突然停下腳步。

望走了兩、三步以後，才發現翔沒跟上；回頭一看，翔低下頭，撲簌簌地掉著眼淚。

「怎麼了？」

望連忙轉向翔，翔則用力地低下頭。自從翔變啞了以後，他們倆便學會以動作溝通；用力低頭代表「對不起」。

「唉呀，幹嘛這麼說？」

望不明白翔為何道歉，然而翔的回應卻是又一次的「對不起」。

「為什麼？你又沒做錯什麼。」

翔低著頭，依舊撲簌簌地掉淚。望不明白翔為何哭泣，也不明白他突如其來的對不起是何含意；假如他說得出話來，就能懂了。

「別哭了。」

要是媽媽在，一定能懂的。要是媽媽在，翔根本不會掉如此難懂的眼淚。望只知道翔不是和其他孩子一樣，純粹因無法回家而難過得掉淚。

因為——

「他也會哭啊？」

突然傳來的這道聲音，讓望神情一緊。抬起頭來一看，圭介正站在通道的另一端；望將翔推到身後護住他。

「反正你們就算回不了家也不覺得寂寞，監護人是外人嘛！」

望自己也有過這種念頭，因此一時之間無法反駁。

望與翔的「想回家」與其他人的不同。

大家最強烈的希望，都是「和家人見面」；望和翔則不同，最強烈的希望只是從這個不自在的環境解脫，想見家人的動機相當微弱。因為他們不明白同住一個屋簷之下的人究竟算不算自己的家人。

因為膝下無子而領養父母雙亡的望與翔的，是他們的阿姨與姨丈。阿姨與姨丈雖然是善良的人，但過了四年，望仍不明白他們可有成為一家人。

彼此都無法踏進對方的領域，是因為對方退縮，或是自己退縮？望至今仍不禁懷疑阿姨與姨丈只是基於義務感而收養他們姊弟倆，而她的懷疑是有理由的。

因此，翔也絕對不是因為想念阿姨他們才哭的。

即使如此，哭泣的翔仍沒有接受嘲弄的道理。即使圭介的精神已緊繃到須得攻擊別人才甘心的地步，現在的望等人也沒那等餘力去體諒他。

因為「不是妳忍氣吞聲就能解決任何事」。無論望如何忍讓，她與圭介的關係從未因此而獲得改善過。

反正無法弭平爭端，忍讓只是徒勞無功。

「要你管！」

望筆直地瞪著圭介說道。果不其然，圭介的目光立刻變得凌厲起來。

「我們要不要哭是我們的自由，和你有什麼關係？我們想回家的心情也和大家一樣啊！」

「妳以為妳和我們一樣？」

圭介嗤之以鼻，望不等他攻擊，自己先說了出來：

「我們是孤兒，可有造成你任何麻煩？」

圭介沒想到她會自揭身世，一臉錯愕。翔從背後拉了拉望的衣襬，望雖明白翔是在制止自己，卻仍無視於他。

這些話她早就想說了。不必咬著嘴唇忍住話語的感覺真好。

「或許你很討厭身為孤兒的我們；告訴你，我也討厭你，而且遠比你討厭我們的程度更加討厭。」

一瞬間，血液全往圭介的臉上集中；他那瞪大的眼睛吊得老高。

「——吵死了，閉嘴！」

我才不閉嘴，我已經忍耐得夠久了。

「你一直用那種態度對待我們，難道還以為我不會討厭你？自己討厭別人在先，反過來被討

第三日。

厭了還要生氣，你以為你是誰啊？還是你以為我不會跟你計較？你的行為可不是因為小我三歲就能原諒的！」

「閉嘴！」

圭介突然逼近，揪住望的衣襟。翔立刻挺身衝撞圭介，但圭介文風不動。

他要打我？一時間，望忍不住瞇起了眼睛；但她並未別開視線，瞪了回去。

沒想到圭介卻緩緩地說道：

「昨天我就想說了，妳很臭！」

——望的腦中變得一片空白。

待她回過神來，只見翔一屁股跌坐在地板上，似乎是撲向圭介而被推開所致。圭介正轉身準備離去。

翔一躍而起，又要衝向圭介，望及時抱住了他。

「我沒事。」

翔欲掙脫，望卻緊緊抱住他，直到他冷靜下來為止。待翔平靜之後，望婉言勸道：

「你先去餐廳。」

翔搖頭，望又說道：

「對不起，我現在笑不出來，不想和大家碰面。可是我們兩個都沒去，亮太會擔心的，所以你去。」

拜託——望勉強擠出聲音，如此喃喃說道。翔雖然擔心，也只得到餐廳去。

不知自己在原地呆立了多久？望覺得似乎過了好一段時間，但實際上應該不久吧！

一道奔跑的腳步聲傳來，夏木的身影隨之出現於轉角。

「哦！森生姊，遇見妳正好。」

夏木將手中的紙袋遞給抬頭仰望自己的望。望打開封口一看——

——得救了。望如此想道，裡頭是知名品牌的生理用品，而且是夜用型的。

「這是怎麼來的？」

「第三次救援的時候，我們想大概是沒辦法了，所以改變方針，請他們空投必要用品下來。只是空投體積小的東西，應該來得及接。」

裡頭應該也有內衣褲。說完，夏木又慌慌張張地補上一句：「是女性隊員替妳準備的。」

「謝謝，有了這個就方便許多了。」

望想笑，但似乎沒能成功地露出笑容；只見夏木一臉訝異地問道：

「怎麼啦？幹嘛做出那種怪表情？」

會以怪表情來形容，正是夏木的本色。望已經知道他並無惡意。

「呃……」

望還來不及思考，話便已經衝口而出。

「我身上很臭嗎？」

「啊？」

夏木完全愣住，不久後，表情變得越來越陰沉。

「……他又對妳說了什麼？」

夏木已經不問是誰說的了。混小子！夏木忿忿地說道，立即邁開腳步；望情急之下連忙攀住他的手臂。她把自己當成鉛垂，牽制夏木的行動。

「對不起，我沒事！別把事情鬧大！」

夏木頂著怒氣騰騰的臉轉向望。「妳又來了……」

他突然斥責起望來。

「對不起和我沒事是多餘的！只要說妳不想把事情鬧大就行了！不用勉強自己沒事！不過……我的確是太衝動了，阻止我倒是對的。」

夏木對於自己的魯莽似乎也頗為慚愧，最後又補了一句。

「他說妳臭？胡說八道。」

夏木啐道，突然把臉湊向望的頸子。

望吃了一驚，縮起肩膀，卻使得夏木的臉碰上自己的脖子；她連忙垂下肩膀。夏木八成沒想太多，所以望也裝出無所謂的樣子——僵在原地。

她覺得自己似乎僵硬了好一陣子，夏木的臉才離開頸邊；不過實際上應該並不久。

「根本聞不出來啦！」

說著，夏木抬起臉來。

「在潛艇裡，已經不是空氣流不流通、發不發臭的問題了。就算再怎麼換氣，潛艇裡的油味、菸味和十天沒洗澡的男人臭味已經滲透到空氣裡了。你們打電話時會到瞭望臺上，應該也感覺得出來吧？潛艇裡的空氣和外頭比起來有多麼污濁。在這種空氣裡還能聞得出臭不臭？根本是胡說八道。再說，妳每天都有洗澡吧？」

望雖被夏木滔滔不絕的氣勢所懾，仍然再問了一句：

「真的聞不出來？」

「要我再多聞幾次嗎？」

聽夏木那不悅的語氣，似乎是不滿望懷疑他。望連忙搖頭。

「告訴妳，我們航海結束回到岸上以後，可是連計程車都拒載的，因為司機說我們的臭味會附在車子裡清不掉。妳受過這種待遇嗎？少瞧不起潛艇的惡臭啦！」

聽了夏木這不知是威脅還是自誇的一番話，望忍不住噗哧一笑。

她的眼角多了些淚光，彷彿笑出了眼淚一般。

第三日。

望回到房間，打開背包，裡頭是打算帶走的穢物。雖然她包了兩層塑膠袋，但現在既然無法回去，她也不願把這種東西長時間放在行李之中。就算不顧慮衛生問題，這個背包畢竟是向翔借來的。

這一陣子應該還會再積一些。不過，現在有了生理用品，情況將改善許多。

現在立刻就用吧！望打開紙袋，裡頭除了生理用品以外，還有五件新內褲；而最底下則放了張折起的紙條。望打開一看——

加油！

紙條上是以可愛的圓滾字跡寫成的一行文，應該是出自代為準備生理用品的女性之手。雖然極為微小，卻是理所當然的善意。寫下這行字的人，可知她這微小的善意給了望多大的鼓勵嗎？

雖然難為情，卻不可恥。望沒有受任何人毀謗的道理。

被人嘲笑，可恥的不是自己，是出言嘲笑的人。

素未謀面的女性寫下的兩字激勵，增強了望不向惡意屈服的勇氣。

而更讓望感激的，便是讓望得以收到這張紙條的人。

每當望退縮之時便焦躁地斥責她的夏木——聲音雖然可怕，卻相當溫暖。

夏木與冬原抱著紙箱走向餐廳時，茂久已在廚房裡幹活兒了。

「你怎麼來了？」

夏木滿心以為他還和圭介等人一起窩在房間裡，便直截了當地詢問；而茂久則是一臉無趣地說道：

「這種時候更需要好吃的飯菜啊！不過沒人幫忙，我頂多只能做些蓋飯而已。」

孩子們帶著守靈般的表情心不在焉地看著電視上播放的卡通。原來如此，確實不好要求帶著這種表情的孩子們幫忙。

「我爸常說，沮喪的時候只要吃了好吃的飯菜，心情就會好轉。」

「真是名言啊！你爸爸是智者嗎？」

茂久苦笑，停下了切菜的手，轉向兩人。

「對了。」

說著，茂久從冰箱中取出之前以隔熱紙包裹的艦長手臂。包裝有被開過的痕跡，應該是茂久打開的。

「這個最好放到冷凍庫裡，快壞了。」

空著手的冬原接過，打開包裝。他們兩人都沒立刻回答，而是默默地凝視著保鮮膜中的手臂。

他們倆都不願冷凍艦長的手臂。

「保存狀況挺糟糕的，已經流了很多汁，而且開始腐爛了。假如是被利刃切下的，可能還好一點。」

確實，切斷面已經開始變色了。冬原的臉上閃過難得一見的痛苦表情。

「——你沒意見吧？」

這話是對著夏木問的。結凍的手臂和腐爛的手臂，要交給家屬時，哪種比較好？一思及這個問題，他們也沒有猶豫的餘地。

他們依照茂久的指示，在冷凍之前先將汁液清除，重新用保鮮膜包裹。拆開保鮮膜時，手臂發出了開始腐敗的臭味。

處理完畢後，他們把手臂移到冷凍庫中。冬原默默地拍了拍茂久的肩膀，應該是為了表達對他的謝意。

第三日。

「好，你也先暫停一下，到這邊來。」

夏木把茂久也一齊喚來，在餐廳的桌子上放了個紙箱。

「來，大家注意！」

冬原拍著手，召集孩子過來，並一一取出箱中的物品。

哇！孩子們齊聲高叫。放到桌上的是各色各樣的牙刷；以鹽刷牙從頭一天起便惡評如潮，因此眾人見了牙刷都顯得相當高興。

「剛才請直升機上的人送來的，還有小孩用的牙粉，不知道是草莓口味還是香蕉口味。」

「是香蕉口味！」

西山兄弟興奮地叫道。哦？小孩子還真的喜歡這種玩意兒啊？冬原歪了歪腦袋。「我倒是覺得很噁心，沒辦法理解。」

「陽還在用有水果味道的牙膏，我已經在用大人的了。」

與陽同為四年級生的野野村健太顯得頗為得意。

「因為我在家是和光用同一條牙膏嘛！」

陽似乎有些難為情，如此辯解。

「還有，今天大家都可以洗澡換衣服，也可以洗頭。衣服我會替你們洗。」

說著，夏木從箱子裡拿出由船上蒐羅而來的內褲、T恤及備用制服。

「短褲和T恤優先給年紀小的用，年紀大的穿制服。」

男生比較不在乎洗澡及更衣問題，不過人性就是這樣，越是禁止，越想去做；只見孩子們比想像中更為興高彩烈地選起衣服來。

夏木等人策劃這個活動，便是為了安慰因救援行動中止而沮喪的孩子們，看來效果還不差。就連向來面無表情的木下玲一也積極地比對著制服尺寸。

不在場的有望與圭介等人。

國三的圭介與雅之、國二的坂本達也與國一的芦川哲平。夏木一面回想他們的體格，一面選取適當的尺寸，並依照人數添上牙刷，放入空箱後交給茂久。

「你能不能幫忙把這個交給他們？」

才剛發生了望那件事，夏木見了圭介鐵定又是一番爭執；再說，由他們的朋友經手，他們也較能坦然收下。

「好，你們先洗米煮飯吧！」

茂久將自己的換洗衣物也放入箱中，跑出了餐廳。

「喂，我拿到換洗衣物和牙刷了！」

茂久抱著紙箱走進男生房，圭介以外的三人一臉驚訝地從狹窄的床鋪上探出頭來，只有圭介仍老大不高興地躺在最下方的床鋪之上。

「我穿Ｍ剛好，你們應該也沒問題吧？」

達也和哲平雖是國中生，個子卻頗為矮小，或許Ｍ號是大了一點；不過只要捲起褲管和衣袖，應該還能湊合著穿。

茂久依序將衣服放到四人的床上，而最先接過衣物的雅之見了標籤卻嘟起嘴來。

「搞什麼，這是S耶！」

「啊！那可能是要給阿哲的，你換一下。」

阿哲是哲平的暱稱。鎮上的媽媽們總是稱呼他「小哲」，但哲平上了國中以後，討厭被加個小字稱呼，因此孩子便改口喊他阿哲。

茂久檢視還沒發的那一件，標籤上印的也是S，應該是要給個子矮小的達也。

「達也的也是S號。」

茂久將最後一件丟給達也以後，漫不經心地喃喃說道：「原來他有在注意啊！」

瞧夏木似乎是隨手分配替換衣物，沒想到居然有考慮到他們的體格來選擇尺寸。

「還有，他們說今天大家都可以洗澡，也可以洗衣服。」

「哦？」

雅之、達也與哲平顯得有點高興，從床上探出身子。

此時，圭介以焦躁的口吻開口說道：

「你們在高興什麼啊！那些人只是想掩飾救援失敗的事實而已嘛！」

眾人宛如被摑了一掌似的沉默下來。

「……可是……」

茂久橫了心，開口說道：

「用鹽刷牙真的很麻煩啊！還有沒衣服換也是，衣服都被汗水弄得黏答答的，很噁心。就算高興也沒什麼……」

「你幹嘛替那些人講話啊？」

圭介直瞪著茂久。

「他們給我們衣服和牙刷是應該的，拿了該拿的東西有什麼好高興的？」

平時被圭介這麼一瞪，茂久絕不會繼續堅持己見；但這回茂久並未屈服。其餘三人膽顫心驚地觀望事情的發展。

「沒辦法啊！又不知道我們會在這裡關多久，水當然得省著用。這裡又不是家裡或飯店，要去哪裡拿新牙刷？我又不想用別人用過的。他們已經很努力地幫我們準備日常用品了。牙刷好像也是拜託直升機送來的……」

最後一次救援時，夏木與冬原並沒帶西山光上去；現在回想起來，應該是因為帝王蝦的動作太快，他們放棄救援，改為要求直升機運送物資吧！明知救援無望，他們倆卻為了接牙刷而到充滿危險的外頭去；既然已無法救援，他們根本不必出去冒險。

再說——

茂久總算發現自己不肯屈服的理由。

便是他在不知情之下從冰箱中取出拆開的手臂——包在保鮮膜之中，血肉模糊的手臂。當時茂久覺得自己的腦袋彷彿被狠狠地敲了一記。直到那時他才想起這個人是為了救他們而死的。

夏木與冬原為了救他們而失去了這個人。一思及此，茂久實在無法認為夏木等人幫助自己或給予牙刷、換洗衣物是理所當然的——

第三日。

「你什麼時候變成他們養的狗啦？」

圭介的聲音直鑽入耳。茂久知道這時候若不屈服，事情會變得很麻煩；然而即使如此——

現在的茂久不願向圭介認輸。

「受了人家的幫助是事實啊！」

「好，不用再說了。」

意外的是，圭介極為乾脆地打住了話題。

「就算離開這裡，你也不是我們這一夥的了。你就好好去跟他們搖尾巴吧！」

茂久覺得胸口發冷。被圭介宣告絕交，便代表以後在學校裡沒人會與他說話。國二升國三時並未換班，朋友圈早已定形；一旦被趕出圈子，便等於孤立。圭介對於自己排擠的對象絕對不會給好臉色看，何況要加入其他團體也很困難。

你要不惜一切和我爭吵？這就是圭介的心理戰術。他們兩家住得近，茂久從幼稚園時便認識圭介，這種經驗已經有過好幾次；而茂久從未贏過這個心理戰術。

茂久用力地吸了數次氣；他的心跳既重又快。

「好啊！」

雖然聲音略微顫抖，但他總算是說出口了。

圭介氣到了極點，怒目相視；其餘三人則是目瞪口呆。

茂久將自己的替換衣物與牙刷放在床上，抱著空箱走到外頭。

茂久走向餐廳，雅之追了上來。

「你慘了，圭介很生氣耶！你快點道歉啦！」

「不用啦！」

茂久聳聳肩。

他知道自己道歉，圭介就會原諒他。不過——

「為什麼我要求他原諒？我又沒說錯話，只是圭介不愛聽而已吧！」

雅之啞口無言地凝視著茂久，接著又結結巴巴地說道：「可是，你……」

你竟然敢反抗圭介——這就是雅之想說的。

「其實我一直覺得很不爽。圭介動不動就說男人做飯怎樣怎樣，可是我家是開快餐店的啊！總覺得他好像在嘲笑我爸。」

家政課時見茂久手腳俐落，圭介也會調侃他：「虧你還是個男人！」圭介或許覺得有趣，但茂久一點也不覺得。他一直很不高興。

「他也常說不做家事的女人怎樣怎樣，對吧？我媽忙著顧店，沒時間做家事，家裡通常很亂；所以圭介每次那麼說，我就覺得他好像在說我媽不及格。」

當大家都附和圭介時，茂久總是含糊地笑著；他無法開口反駁，卻也不願附和，因此才含糊以對。

夏木與冬原稱讚茂久的料理。說了「不愧是開快餐店的」是哪一個？他們兩人的手藝都很差，或許任何一個會做飯的人對他們而言都很厲害；但是茂久的朋友之中，從沒有一個人因茂久會做飯而誇他厲害。

第三日。

圭介取笑時，其他人便跟著笑，所以無論何時何地，他對於會做飯之事只感到自卑，從不覺得是項才藝。

「還有我的名字也是。」

取笑他名過其實的人，當然就是圭介。你的爸媽用總理的名字給你取名，真是大錯特錯！考試成績鮮少超過五十分的茂久，總是任人取笑。

白癡。

圭介也常罵茂久白癡，但夏木的白癡完全不同。

在你們這種年紀要論斷是不是名過其實，還早得很咧！

把這種話當真的人才是白癡！夏木一口否定了厭惡自己名字的茂久。

現在還不知道是否名過其實——這番直率的言語猶如醍醐灌頂。圭介是個成績優秀的好孩子，而茂久則是又笨又沒前途；一路被這麼取笑下來，茂久也自然而然地以為自己是人生上的失敗者。

「……對不起。」

雅之垂下了頭。他也常附和圭介，跟著取笑茂久。

「我從來沒想過你聽了會不舒服。」

「沒關係啦！你又沒辦法反抗圭介。」

茂久自個兒也是，在事不關己的話題之上從未反抗過圭介——面對望與翔時也是一樣，因為圭介老找他們的麻煩，茂久便自然而然地跟著冷漠相待，但他與他們其實並無任何過節。

「我發現了，圭介常對我說一些難聽話，但那些人從來沒有。當然啦，一開始他們很凶；但那是因為他們認識的人剛死。」

雅之也一面注意著背後的男生房，一面微微點了點頭。

茂久以為自己和圭介是朋友，但比起圭介，其他人還比較不會傷害自己。茂久總是看圭介的臉色說話，但他從不關心茂久的感受。這樣真的是朋友嗎？疑問一旦產生，便再也無法抹滅了。

「你別放在心上。」

茂久拍了拍雅之的肩膀。

「我爸媽很忙，無所謂，可是你不能和圭介鬧翻嘛！加油吧！」

雅之仍然低著頭，輕輕地說了聲對不起。

在男生房裡廝混了一小時後，圭介突然翻身下床。床頂低矮，床鋪又狹窄，下床時必須翻滾下來才行。眾人在學會這種下床方式之前，不知撞了幾次腦袋。

「雅之，我們去打電話。」

圭介說要去，其他孩子自然無法反抗；雅之亦是不說二話便遵從了。

待在發令所裡的是冬原，因此他們便請求冬原帶他們上瞭望臺。圭介的語氣與其說是請求，倒不如說是命令；若是換作夏木，搞不好又要吵上一架，但冬原什麼也沒說，以潛望鏡確認上方過後，便帶兩人上去。

天色已完全黯淡下來，星星出現於天空之中。雅之的淚腺有些鬆弛，連忙以手指揉了揉眼角。走出戶外，更是體認到潛艇之內的空氣有多糟，救援失敗的失望再度襲上心頭。

「救援才剛中止而已，別打太久啊！」

說著，冬原走到瞭望臺頂端。一方面是知道圭介不願別人聽他講電話，刻意迴避；另一方面則是為了注意四周。

「你好好監視他，別讓他過來。」

圭介一面說道，一面蹲下來操作手機。雅之依言注意著冬原，但圭介並未打電話。仔細一看，他似乎在上網。

「你在看什麼啊？」

「ＮＢＣ電視臺。」

Nippon Broadcast Center，全國聯播的電視臺；圭介似乎連上了該電視臺的官網。幹嘛這麼做？雅之心裡雖然感到奇怪，但質疑圭介的行為，待會兒倒楣的可是自己；因此他並未出口詢問，而是輕聲說道：

「連線太久，電池會沒電喔！」

「已經好了。」

說著，圭介又按了幾個鍵，關掉電源；接著他對雅之低聲說道：

「聽好了，我們要離開這裡。」

雅之目瞪口呆，圭介氣忿地說道：

「別寄望那些人了。連武器都不能用，再怎麼等都無法成功救援的啦！明明什麼都辦不到還踐成那樣，我一定要給他們好看！」

「……可是，要怎麼做？」

雅之詢問，圭介咧嘴一笑。

「用你的腦子想想啊！現在的我們可是很有商品價值的。」

說著，這回圭介才開始打起電話來。

＊

NBC電視臺報導室在晚上七點過後接到了電話，當時晚間新聞剛播報完「霧潮號」救援行動失敗的消息。

由總機轉至分機的電話來電者自稱為受困於「霧潮號」的遠藤圭介，引起接到電話的採訪小組一陣騷動。

廣受全日本矚目的橫須賀甲殼類事件與「霧潮號」。

處於風波中心的未成年人來電，即使是惡作劇，在確定之前也不能隨意掛斷電話。

結果採訪小組確定了來電者的確是本人；因為來電者提供的住家電話與手機號碼都經證實為本人無誤。

留下這兩個電話號碼之後，來電者表示待採訪小組確認過後會再打電話過來；而他再度來電，是在兩個小時之後。

第三日。

來電者遠藤圭介以不似小孩所有的厚顏態度提出了獨家專訪的交換條件。

＊

毒殺作戰成功消滅的帝王蝦共有一一六隻。目前帝王蝦占據了整個災區，海裡也不知還潛藏了多少，這個結果可說是杯水車薪。

作戰開始約一小時過後，帝王蝦便不再對毒餌有所反應。第四組與第五組設置的毒餌完全無蝦問津。

由相模水產研究所招聘而來的芹澤齊，正說明著起先成效良好的毒殺作戰為何以失敗收場的原因。

「應該是相模帝王蝦藉著牠們的學習能力與溝通能力，避開了危險。」

簡言之，牠們從吃了毒餌而死的同類身上學到了餌中有毒，並把毒餌很危險的情報傳播給其他同類。

「可是，區區螯蝦的智能有這麼高？」

幕僚團的芦屋管事難以置信地皺起眉頭；他是作戰籌策者，或許對自己的失算心有不甘吧！芹澤回答了這個幾乎代表所有人而發的問題。

「與其說是智能，倒不如說是學習能力。雖說相模帝王蝦的研究是近年才開始的，但牠們的學習能力之高已在深海生物學領域大受矚目；而最為獨特的，便是這份學習能力是專為了保存族群而發達。」

「專為了保存族群而發達，是什麼意思？」

明石心想，發問的人若是熟面孔，回答起來應該比較輕鬆，因此便如此問道。自會議開始以來便渾身僵硬的芹澤露出了些許安心的表情。

「帝王蝦以自然死亡以外的方式死去之時，會發出一種警戒氣味，警告其他同類危險；通常受到警告的蝦群會對外敵產生警戒反應，但當外敵不存在時，帝王蝦便會避開可疑的條件。」

「可疑的條件？」

「即是蝦群周圍發生的最新變化。」

舉例來說，假設有人用鑷子夾死水槽中的帝王蝦，長期反覆下來，帝王蝦便會將此視為發生於蝦群裡的最新變化，而認定「定期插入水中的鑷子」為應當警戒的條件。

「但節肢動物具備足以學習新警戒條件的長期記憶力嗎？牠們的腦容量應該沒那麼大才對。」

明石這回的問題純粹是基於興趣而發。

「剛才我說過，帝王蝦的學習能力是專為了保存族群而發達。在一般狀態之下，帝工蝦是靠著反射與短期記憶力行動；唯有在族群受到危害之時，帝王蝦才會發揮中長期記憶能力，有可能是警戒氣味之中存在著讓腦活性化的物質。」

芹澤回答時也相當起勁，他原本便是個談及專長領域就格外饒舌的男人。

「照這麼說來，只要蝦群持續處於警戒狀態，就會無止無盡地學習下去？」

「沒錯。假如警戒氣味真能使腦部活性化，在維持警戒狀態的情況之下，帝王蝦能學習到什麼地步？這是今後的研究之中最受矚目的一點……」

「我不管今後的研究如何……」

烏丸打斷兩人的對話。

「能否請你說明這次警備時必要的事項？」

芹澤抓了抓腦袋，說了聲對不起。他與明石對看一眼，互相微微地聳了聳肩。

「簡單地說，這次帝王蝦便是靠著因毒餌身亡的同類所發出的警戒氣味，認定毒餌為『蝦群周圍發生的最新變化』，從而避開毒餌。」

「牠們的學習速度未免太快了吧？」

豐岡局長的問題與其說是質疑，倒不如說是不滿。

「只要毒餌持續存在，帝王蝦便會食用而持續死亡，警戒氣味也會持續散發，告知同類警戒條件仍持續存在著；因此，牠們認定毒餌為警戒條件的速度也會變快。剛才舉的例子也一樣，要是插入鑷子之後連續夾死帝王蝦，牠們應該一次就能學習完畢。只要有部分帝王蝦學習完畢，便能以溝通音波輕易地將情報傳播給全體帝王蝦。」

「這種事你一開始就得說……」

「呃，我已經寫在提出的報告之中了。」

明石與烏丸以外的眾人全都露出了尷尬的表情。確實，報告書裡記載了學習能力的細節，只不過連明石都沒仔細看過內容，幕僚及縣警幹部自然更不可能閱讀。

那位老兄鐵定知道——明石微微瞥了上座的烏丸一眼。雖然烏丸不動聲色，但他接到報告書時，應該早已與芹澤討論過，而芹澤也該提醒過他毒殺作戰難以奏效。

明石已猜到烏丸明知會失敗卻仍執行作戰的理由；但烏丸這麼做，震撼的可不只警備總部，最後終將波及內閣應變室。

芹澤又說明了帝王蝦的溝通能力——

判定甲殼類為相模帝王蝦的根據，便是頭部的空洞式器官；而這器官既是聲壓感應器官，同時亦相當於聲帶。在水中，音波最難衰減，帝王蝦便是靠著這個空洞式器官來與同類溝通。

新習得的警戒條件藉著音波由個體傳遞至個體，最後全體蝦群便共有新的警戒條件。

第四組與第五組的毒餌之所以無蝦問津，便是因為情報已傳播至所有帝王蝦；今後相同型態的毒餌將不再管用。

聽了相同型態四字，幕僚團立即反應。

「這代表不是相同型態就有效果？比如弄成絞肉或液態？」

「不，不是這種表面上的變化。簡單地說，那種擺在眼前等著你來吃的死肉不行。」

眾人露出了厭惡的表情。

「活餌可不能用啊！」

「現在有電視轉播，批判聲浪太大了。」

「動物保護團體的抗議也很可怕。」

「不光是這類問題，我想活餌最好別用。」

芹澤難得如此強烈反對。

「若是帝王蝦學習到不論死肉、活餌，『只要是被送入防衛線中的食物』便很危險，恐怕牠們接下來的結論便是『只有防衛線外才有安全的食物』。」

再說，該擔心的不是這個。眼看無人發現，明石只得發言：

「芹澤先生，帝王蝦今後不會再吃的不只是毒餌，而是所有送入的死肉嗎？」

聽到這番話，眾人也發現了事情的嚴重性。

「慢著！那防衛線支援計畫該怎麼辦！」

這代表不久後將開始的帝王蝦餵食計畫也無法實行。少了供餌，斷然無法長期阻擋飢腸轆轆的帝王蝦。

「只能使用活餌了。別公開消息，並要求電視臺不准轉播……」

「辦不到的，消息一定會走漏。」

「還有調度及預算的問題。」

明石冷靜地指摘：

「要調集必須的活餌量，勢必會造成漲價問題；附近地區能夠供應的家畜數量，又撐不了幾天。假如要從遠方運送活餌過來，還得加上運費及時間成本。」

提出餵食計畫時，便已經試算過活餌的成本了。這回的警備費用還不確定可否完全獲得補償，即使政府承諾補償，也可能因事後的復興預算壓迫財政等理由，強制以警察預算分擔經費。雖說現在並非關心荷包的時候，但荷包問題或許會對事後的組織營運造成直接衝擊，不能毫無節制地揮霍經費。會計年度才剛開始啊！

「再說，警察不擅長管理家畜，送入防衛線時一定是手忙腳亂，防衛線因此產生破綻的危險性也高。長期定時供給活餌的方法並不實際；餵食帝王蝦以將牠們留在災區之內，原本就是治標不治本的辦法。」

「沒有其他辦法嗎？芹澤教授！」

突然被求助的芹澤困惑地開了口：

「……帝王蝦有殼，但不知道能發揮多少效果；或許可用氫氧化鈉溶解蛋白質……從殼縫下手，應該能多少造成傷害。再來就是用濃硫酸連殼一併溶掉……我只想得出這類辦法了。」

明石又立刻否決。

「這個辦法無法一口氣殲滅所有帝王蝦，還是不切實際。如果無法立即致死，防衛線很可能被垂死掙扎的帝王蝦突破，這時再讓無傷的蝦群闖進來就完蛋了。要機動隊員使用危險物質也是個問題。至於濃硫酸，連處理的器材都很難找。」

無法將帝王蝦連根拔除，便沒完沒了。原本期望毒殺作戰能夠殲滅帝王蝦，沒想到卻以失敗收場；警察已被逼得無路可退。事到如今，只能藉由強大的火力直接粉碎蝦群，但這又不是警察能力所及的範疇。

將事態逼進死胡同的男人卻若無其事地坐在上座。

當芹澤指出眾人奉為妙計的毒殺作戰有何風險之時，烏丸大可堅請內閣中止計畫，但他卻只是建議內閣重新考量，讓內閣下令執行。

第三日。

烏丸早料到毒殺計畫將以失敗收場，並利用這個失敗來加速狀況的發展。他的目的是逼內閣將警備轉為防衛，派遣自衛隊出馬。

雖然狠毒，卻是盡早解決狀況的最佳方法。反正毒殺作戰行不通，警察已束手無策；各個擊破畢竟不切實際，只怕警察還沒忙完，美軍便已經先插手了。光是讓美軍靜觀三天，便已用盡了所有外交手段（據說是以基地修復預算為談判籌碼），但也擋不了多久。

目前的當務之急，便是與自衛隊交接——情況原本就超乎警察的處理能力。

烏丸揚聲說道：

「為了因應極可能出現的防衛線破綻，我決定建構雙重防衛線。第二防衛線退後至京濱特快車鐵路沿線，末端與第一防衛線重疊；我們就死守第二防衛線，靜待內閣決斷。」

到了這個關頭，已經沒人開口詢問是什麼決斷了。

「明石警監，民眾的廣域避難進行得如何？」

自事發後便以出動自衛隊為前提而進行的民眾廣域避難，乃是以橫須賀基地方圓五公里內的地區為對象。

「幾乎已全數撤離完畢，目前允許部分家住防衛線外的民眾暫時回家拿取財物，只要這部分加以管制便告完畢。」

「盡快管制。」

在這道簡潔的指示之後，警備會議便告結束。

芹澤獲聘為顧問，就得隨時於警備總部待命；明石先派人帶領他到事先備下的宿舍，才回到位於體育室的縣警警備應變室，此時烏丸已在內等候。

「聽說『霧潮號』的救援行動也失敗了。」

「是啊！兩個失敗湊在一塊，批判火力就會分散，倒也算是個好消息。」

「對我們來說是。」

明石察覺烏丸話中有話，注視著烏丸的表情。

「上頭也快壓不住美軍了。我看這幾天以內，就得在允許美軍轟炸或出動自衛隊之間做出選擇。」

他那低沉的聲音中帶著凝重之色。

外事課與網路上的軍事迷集團都報告了海軍陸戰隊模擬訓練及輸送兵隊的跡象；至於運輸直升機由地方基地集結至橫須賀之事，乃是截聽航空無線電而得知的。待器材及人員齊聚之後，轟炸橫須賀便進入讀秒階段。

一旦決定實行，美軍八成不會顧慮停泊於美軍碼頭的日本潛艇，甚至還得擔心誤炸市區的風險——莫說誤炸，搞不好他們會以斬草不除根、春風吹又生為由，強行轟炸市區。現在民眾已撤退完畢，美軍就更是肆無忌憚了。

「……那還是成功救出比較好。」

內閣能否堅拒美軍的轟炸要求並出動自衛隊，值得懷疑。沒有一見大事不妙便立刻召開臨時國會，還算有點希望；不過內閣會議依舊在原地繞圈，目前似乎正為了各部會的責任區分問題而

第三日。

爭執。

「上頭似乎打算讓SAT與海上自衛隊救難隊合作，救援潛艇。」

上頭或許是打算將使用武器的任務交給SAT，但這種臨時湊合的搭檔默契根本不足。更重要的是，如今毒殺作戰失敗，陸上防衛將變得更加艱難；在這種關頭，警察能借出寶貴的SAT人力嗎？如果情況允許，自然是希望自衛隊能獨力完成救援行動。警察已無餘力，甚至可說是力困筋乏。

「據說美軍也拒絕自衛隊協助遷移民眾。」

自衛隊承諾於救出災區的孤立居民之後，協助遷移避難所內的一般民眾；日前孤立居民已全數救出，自衛隊便與美軍討論是否從明天開始遷移，卻被美軍拒絕。

從美軍的堅決態度之中，亦可窺知對方的焦躁不耐。

「美軍的意思就是『我幹我的，不用你管』？」

「既然打算強行轟炸，他們自然不願意欠日本人情。剩下的問題，便是直升機幾時調齊。」

若是無法搶在救援完畢之前達成防衛出動，轟炸便會化為現實。

「假如核子潛艇入港就好啦！」

如果核子潛艇也受困於港灣之中，美軍的確不敢進行轟炸；不過這種發言未免太激進了。

*

Subject：：來了

Date：：04/09（TUE）19:27

剛才在厚木發現美軍CH53的三機編隊！

我會繼續監視，拜託你聯絡現任先生！

from神盾

湯姆貓☆：：CH53來厚木了？ 04/09（二）19:35

獵鷹：：對，剛剛才收到信。橫田的情況如何？ 04/09（二）19:36

湯姆貓☆：：我這邊還沒有動靜，現在是我朋友在跟監。 04/09（二）19:36

獵鷹：：現任先生的話終於要成真了……怎麼辦？我該回老家避難嗎？ 04/09（二）19:37

湯姆貓☆：：可是你住的地方離美軍基地還有一段距離吧？ 04/09（二）19:37

獵鷹：：把誤炸也考慮進去的話，已經在受害範圍裡啦！警察指定的廣域避難區域離我的住處也只差一點點而已。 04/09（二）19:38

湯姆貓☆：：話說回來，那真的是美軍直升機嗎？橫田這裡連個影子都沒有耶！會不會是看錯啦…… 04/09（二）19:39

獵鷹：可是ryu大也在BBS上留言，說他應該不久之後就能獲救了。
04/09（二）19:40

神盾：趁著我不在的時候說我壞話　真是大意不得啊XD　04/09（二）19:41

湯姆貓☆：哇！死了，被抓包了！（笑）　04/09（二）19:41

神盾：當時有照明　絕對錯不了　是CH53　04/09（二）19:44

湯姆貓☆：對不起，我不該懷疑您m(_ _)m　04/09（二）19:44

神盾：知錯就好XD　04/09（二）19:45

獵鷹：辛苦了。你是用手機上網的嗎？　04/09（二）19:45

神盾：抱歉　懶得標點　04/09（二）19‥47

湯姆貓☆：你的字也越來越少了（笑）　04/09（二）19:47

神盾：後續報導　我還看到美軍輸送機接連飛來　就時間上而言應該是傍晚從
沖繩出發的海軍陸戰隊　04/09（二）19:49

湯姆貓☆：……！來了來了來了！　04/09（二）19:50

湯姆貓☆：神盾大，我不該懷疑你的！跟監的朋友打電話來，說橫田也有直升
機來了！也是CH53的三機編隊！　04/09（二）19:51

獵鷹：這一刻終於到來啦……看來時限就是救援結束之時。真希望他們多花點
時間。　04/09（二）19:52

第三日。

湯姆貓☆：獵鷹大，就拜託你寄信給現任先生了！　04/09（二）19:52

神盾：我會繼續跟監　有新消息再通知　先下線　04/09（二）19:54

獵鷹：辛苦了。　04/09（二）19:54

湯姆貓☆：辛苦了～　04/09（二）19:54

湯姆貓☆：獵鷹大，你是轉播站，大概有好一陣子不能睡了，沒問題嗎？　04/09（二）19:55

獵鷹：和外頭跟監的人相比，我很輕鬆啦！不過假如我沒回信，大概就是睡著了，麻煩你們直接打電話給我。　04/09（二）19:56

湯姆貓☆：ＯＫ，就算是半夜我也會挖你起來（笑）　04/09（二）19:57

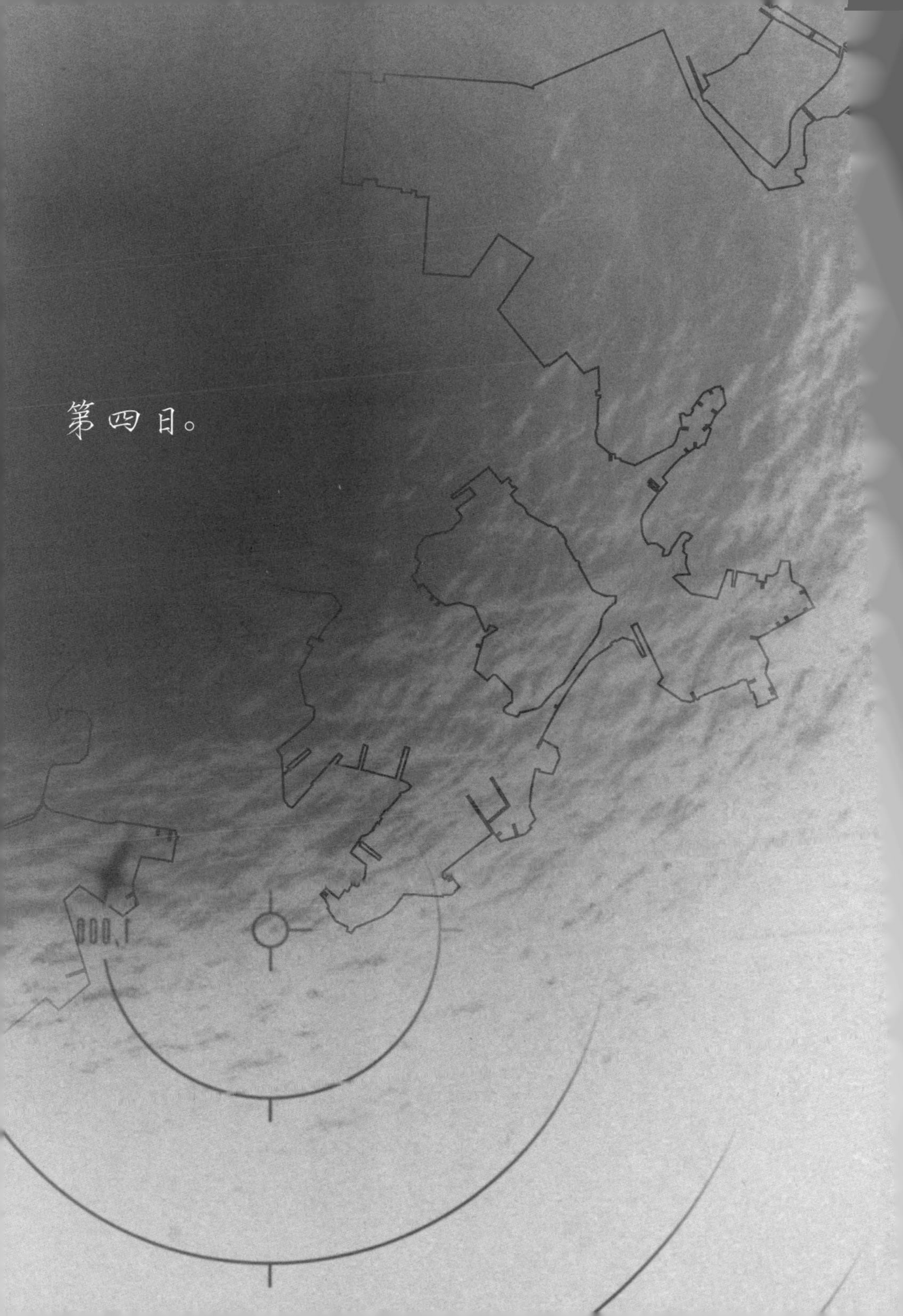

第四日。

＊

〈耶！〉：ryu　投稿日：04/10（Wed）08:24

昨天我也提過了，終於可以出獄（？）啦！

美軍好像打算在這兩、三天以內把所有民眾送出去。

婦女、小孩，還有身體不適者優先救援。

身為健康年輕男性的我不知要等到第幾天……

「期限只剩三天啊……」

明石一面瀏覽著電子佈告欄，一面喃喃說道。

警察與自衛隊約花了兩天才救出受困於市區中的孤立居民，遷移總人數約為美軍基地居民的一半。

自昨夜起，大型運輸直升機陸續集結至厚木與橫田，到了今天凌晨已聚集了十數架直升機；再加上兩個基地原有的配備數量，至少有二十幾架直升機可供救援使用。包含櫻花祭的觀光客人數在內，運送人數應有橫須賀市區救援居民的兩倍以上；但由於接送地點固定，遷移較為容易，花費日數並不會因而倍增。

「話說回來，誤差架數竟然只有個位數……軍事迷還是真是厲害啊！」

報告信件自昨夜起便如雪片一般地飛來，而將信中指稱的直升機架數與橫田、厚木的配備數量合計之後，竟與國防部公佈的情報幾乎一致。

美方已要求日本政府允許他們在救出基地內所有民眾的同時開始「自救」。這個預告也送入了國防部與外交部。

面對這個要求，政府無法拖延回覆。美方已按兵不動三天，靜待日本政府解決問題，卻連一點像樣的進展都沒有。美國本土也強力施壓，要求日本政府同意轟炸；一旦起跑，在這幾天來的壓抑推波助瀾之下，鐵定是直奔轟炸之路。充作談判籌碼的基地修復補助預算已經通過，無法撤回；若是日本允許轟炸，將承受賠了夫人又折兵的恥辱。

要避免轟炸，得盡快與自衛隊交接；必須消除轟炸的必要性。

「說歸說……」

即將展開警備會議的會議室之中籠罩著平時無法比擬的嚴肅氣氛，因為身著出動服的機動隊長們全都到齊了。縣警方面派出了第一機動隊長瀧野警監與第二機動隊長曾根警監，而東京都警局的第一至第九機動隊長也全員出席。十一個虎背熊腰、面貌凶悍的人齊聚一堂，使得房間的面積比平時感覺起來更為狹窄。

不久後，烏丸與幕僚團走入會議室，明石關掉了筆記型電腦。

「這是給機動隊的最後一道命令。」

烏丸打一開始便火力全開。

「去死吧！」

聽到這句話，幕僚團與縣警表現得比機動隊長更為驚懼。

「烏丸參事！」

雙方陣營之中響起幾道如斥責又如抗議的聲音，應該是為了搶先制止機動隊長發難。

不過，機動隊長們並無動作，只是目不轉睛地打量著烏丸。

光靠階級，無法令身經百戰的強者服從；更何況他們正處於苛刻的警備任務之中。你要怎麼駕馭他們？明石有些幸災樂禍地旁觀著。

烏丸正面承受眾機動隊長的視線，開口說道：

「如各位所知，毒殺作戰以失敗收場，原先預定進行的餵食計畫也不可行了；今後帝王蝦為了覓食，將變得更加凶猛。」

前線早已傳來帝王蝦凶暴化的消息。

根據芹澤所言，帝王蝦原本便是步行類蝦子，並不擅長游泳；而爆發性的繁殖更使得牠們無法在海中找到足夠的獵物維生。

飢餓蝦群拓展的新獵場，便是灣岸。

帝王蝦已經知道陸地上存在著腳程緩慢的食物——人類；牠們也明白只要突破防衛線，便有豐富的食物等著牠們。今後牠們越是飢餓，便越會執拗地進攻「防衛線彼端」。

「目前在陸上自衛隊設施隊的協助之下，正在設置強化電磁柵欄，作為第二防衛線；在設置完畢之前，請各位抱著必死的決心守住第一防衛線。而設置完畢之後，請你們徹底敗走，要敗得潰不成軍、一塌糊塗，讓白癡也看得出來警察已經無力對抗了。」

「——你是要我們出醜？」

頭一個發言的是瀧野。其他隊長不知是否持相同意見，全都保持沉默，將發言權交給瀧野。

「不是戰術上的撤退，而是為了敗走而敗走？」

機動隊根本不可能服從這種命令。若是誘敵深入、伏擊或與自衛隊交接前線等戰術上的撤退，或許機動隊還能接受；但現在竟要他們為了出醜而敗走？

烏丸這種做法，說不定會令所有機動隊與他為敵。然而烏丸卻發出了挑戰性的聲音，迎擊機動隊長的壓力。

「別搞錯了，我們的敵人到底是誰？」

烏丸以問還問，一時之間無人能回答。

「是罪犯吧？起先情況緊急，臨時被調去支援，那是無可奈何；但是節肢動物本來就不是我們的對手。機動隊是為了鎮暴而存在的，難道要把全國僅有三萬人的寶貴菁英隊員耗在對付螯蝦之上嗎？橫須賀甲殼類來襲事件平息之後，身為治安警備部隊的機動隊依舊得維持完整狀態。若是在消耗的戰力尚未恢復期間又發生了暴動，難道你們打算拜託暴徒讓你們休息一陣子以後再開打嗎？」

第四日。

這一波接著一波的斥責壓倒了機動隊長。

「……可是，這是兩碼子事。」

終於開口反駁的是東京都警局第一機隊長仁川警監，然而這種沒有明確論據的反駁豈能駁倒烏丸？

「很遺憾，無論你們如何英勇善戰，內閣裡面也不會有人受你們的氣魄感動而投入下一批戰力。你們越是奮勇，那些怕事的傢伙越會期待事情就此解決，即使美軍已按捺不住，開始著手準備轟炸橫須賀也一樣。」

「參事！」

眾幕僚高聲叫道。轟炸橫須賀的情報當然屬於最高機密，不可洩漏給前線機動隊長層級的人知情。

「我說溜嘴了。」

烏丸滿不在乎地說道，但機動隊長確實聽見了，而幕僚等人的焦急更是證明了此事並非烏丸信口胡謅。

「我知道要你們為了丟臉而丟臉是個無理的命令。不過，為了保護橫須賀，為了拯救日本免於面臨國恥，這個臉是非丟不可的。要讓內閣盡快決定出動自衛隊，唯有讓他們親眼見到警察潰敗一途。」

接著，每個人都懷疑起自己的眼睛——烏丸將雙手放在桌上，額頭也觸及桌面。

拜託。這道聲音雖低，卻傳遍了整個會議室，足見會議室內是多麼地鴉雀無聲。警政署參事居然向機動隊長低頭。

來這招啊？靜觀其變的明石在內心暗暗咂嘴。就算只是演戲，這招依然高明。機動隊員原本就是熱血人種，朝他們的滿腔熱血下手，乃是極為有效的策略。

不久後。

「……沒辦法。」

開口的是縣警第二機的曾根警監，他與瀧野同期，階級也相同。

「假如能救橫須賀，這個臉丟得就值得啦！是吧？小瀧。」

「只不過沒人能懂我們的苦心而已。」

瀧野也回以半是認命的苦笑，接著轉向東京都警局的隊長們。

「身為本地的縣警，我們不忍心看到橫須賀被轟炸。要前來支援的各位一起丟臉，實在很過意不去……但能請各位作陪嗎？」

東京都警局的隊員們也跟著苦笑。

「都搬出國恥來了，我們還能怎麼辦呢？」

「這份人情帳我們可會記上一輩子的，參事。」

烏丸再度默默地低下頭。明石估算，他這齣戲裡的真心成分應該不低。

雖說敗走之計已定，但在第二防衛線建構完畢之前，還是得阻擋飢餓的帝王蝦；因此前線的警備狀況依舊艱辛困頓。

自昨夜起，陸自設施隊便開始連夜趕工設置電磁柵欄，估計還得花上一天才能完工。強化電磁柵欄須得使用許多重型機械，因此工程規模變得極為龐大；而當地多山，山脈直逼海邊，克服地形問題亦得花費不少時間，與能以人力拆卸的輕巧型第一防衛線截然不同。畢竟第二防衛線若是被突破，後頭便是毫無防備的市區；而帝王蝦雖是水棲生物，卻能在陸地活動半天以上，屆時受害範圍將一口氣擴大開來。柵欄的強度便是防衛的關鍵。

帝王蝦因飢餓而越發凶暴，第一防衛線產生破綻的次數越來越多，負傷者也急遽增加。現在已無人員可供補充，只得苛求隊員們死守防衛線卻不得受傷。

「就是這麼回事，希望能請你盡快找出帝王蝦的弱點。」

聽了明石的要求，芹澤微微縮起肩膀。專為芹澤備下的房間裡安了張長桌，桌上是堆積如山的文件及檔案夾。

從事發初期的巡邏報告、機動隊的定時報告至國防部的觀察報告，各種帝王蝦的相關報告書與觀察數據全都集中於此。目前的當務之急，在於找出足以驅逐帝王蝦的生態模式或特徵；所以各單位摒除了地盤意識，同心協力地提供所有資料給各大研究機關。

芹澤不但獲警備總部招聘，所提出的帝王蝦相關意見又俱是一針見血，因此格外受到期待。

拚了你的命去找。設法調集各單位資料的烏丸如此囑咐，而懦弱又認真的青年研究員完全把這句話當真了，自昨夜接到資料以後便徹夜過濾，幾乎未曾闔眼。

「呃，其他研究機關的進度如何？」

「只談到可用聲音誘導帝王蝦而已。」

這個主意芹澤已然提議過，但目前還無法過濾出聲音的種類。

「能如此爆發性繁殖，代表蝦群之中一定有女王蝦。」

芹澤這麼主張。

以真社會性為特徵的相模帝王蝦，乃是以女王蝦為核心，形成群集；而統御群集行動的，似乎便是女王蝦發出的溝通音波——這一點雖然純屬推測，但眼前也只能寄望於此了。帝王蝦研究在日本並不受關注，特別執著於帝王蝦的芹澤在日本已算得上是唯一且第一把交椅，說來實在教人不安。

只要能取得女王蝦的命令音波樣本，便能任意誘導帝王蝦，然而——

「過去從未捕獲過女王蝦，根本沒有溝通音波的樣本啊……」

「不過，一開始流失樣本的那一次，不就抓到了女王蝦嗎？」

「那並不是故意去抓的，只是女王蝦碰巧混在蝦群裡而已。要從深海的蝦群之中捕獲女王蝦，不是說辦就能辦到的。我也很希望能抓到，還為此探索過好幾次呢！」

原來「世代交替迅速」亦是每回探索時鍥而不捨地調查樣本基因得來的結果，並非飼育個體而得的觀察結果。

「咦？」

芹澤一面翻閱文件，一面歪起腦袋。他手上的是負傷警察名單。

「為什麼這個人沒死啊？」

或許是因為疲勞滲透腦袋所致，芹澤竟做出了這等不當發言。明石看了芹澤所指的名單一

第四日。

眼，上頭記載的人物他也有印象。

八幡美津夫警佐，便是瀧野提過的那個在瀕死狀態之下被機動隊救回的老警官。明石還記得自己也曾意外此人居然沒被吃掉。

「從他受了重傷到獲救為止經過了數個小時，對吧？不可能啊！」

確實，其他重傷者都是受傷之後立即獲救；受傷數小時卻未被吃掉而捱到獲救的，也只有他一個人。

「聽說這個人是在瀕死狀態之下爬到機動隊的活動範圍。」

「那就更不可能了，帝王蝦怎麼可能放過流著血在地上爬的獵物？這個人沒被吃掉，一定有某種原因。」

「我來調查看看。」

明石自告奮勇，站了起來。這個人獲救不是出於幸運，而是基於某種原因——芹澤的這個主張大出明石意表。警察不具備質疑同僚生還原因的思考迴路，就連曾感嘆他居然沒被吃掉的明石也一樣。

如果完全站在第三者的觀點來看，便會發覺警官生還必是另有蹊蹺。

「芹澤先生，請你繼續研究。」

明石對芹澤敬了一禮後，便離開了房間。對明石而言，那是難得如此標準整齊的一禮。

「等一下，真的要塗這個啊？」

抗議的是魚崎小隊長，不過其餘的中隊長與小隊長亦是面有難色。

「總部說的，沒辦法。」

瀧野嘴上這麼說，其實心裡也是不情不願。

放他們面前的是被射殺的帝王蝦屍骸，而機動隊接獲的指令便是把這些帝王蝦的體液及肉渣抹在出動服上。每個分隊都分配到了過去射殺的帝王蝦屍體，盡是些散發著腐臭的東西。

總部似乎認為在瀕死狀態之下獲救的八幡警佐之所以能奇蹟式生還，乃是歸功於帝王蝦的體液。八幡警佐在獲救之前曾因故淋灑了一身的帝王蝦體液，雖然送醫後因此感染，一度陷入病危狀態，但若沒淋灑體液，只怕還來不及等到救援便已被吃掉了。

帝王蝦似乎是藉由氣味來識別同類，淋灑了體液的八幡警佐被接近的帝王蝦認定為同類，因此逃過一劫。

「似乎、似乎，只是推測嘛！真的有效嗎？」

「別埋怨了，只要有些微騙過帝王蝦的可能，就該試上一試。」

就算能用氣味騙過帝王蝦，瀧野並不認為牠們便會因此打不還手，乖乖就戮；但至少在孤立時只要停止攻擊，就不致像單獨行動時的長田隊員那樣落得截斷單腳的田地。此外，帝王蝦將因此不再捕食隊員，也是相當重要的一點；負傷者撤退時會變得容易許多。

「那也就算了，可是這個已經腐爛了耶！」

「據說帝王蝦的氣味在水中較容易傳播；要讓牠們在空氣中辨認出氣味，必須相當靠近，或是使用腐爛後臭味變強的屍體。」

「要是我中午吃不下飯，誰要負責啊……」

魚崎一面抱怨，一面率先從剖成兩半的屍體之中撈起混著體液的肉渣，抹在出動服之上。開心果一動手，其餘的人也默默跟著照辦；隊員們面帶認命之色，在分配到的三隻帝王蝦屍體之前排起隊來。

就結果而言，體液作戰的成效頗佳；尤其是在負傷者撤退之上更是發揮了戲劇性的功效。只不過，塗抹於出動服上的體液隨著時間經過便會散發出強烈惡臭，成了機動隊於警備之中的最大不滿，自是無須贅言。

*

夏木遵從不規則輪班制，到了近中午時才起床；而火藥便是在他加入午餐時引爆的。

『……目前全國民眾都在擔心「霧潮號」上的受困孩童，而ＮＢＣ採訪小組獲得了驚人的情報。』

用餐時間看新聞已成了慣例。白天除了ＮＨＫ以外，幾乎沒有正經的新聞節目；而小孩不喜歡硬梆梆的ＮＨＫ，因此夏木等人總是轉到略帶綜藝性質的橫須賀特別報導節目。

早在主持人以民營電視臺常見的誇張開場白描述內容之前，字幕便已透露了新聞內容。

——「霧潮號」水手虐待未成年人——

『根據定時與船上未成年人聯絡的家長爆料，「霧潮號」水手從事發當日便一再虐待孩童，時而怒罵，時而威脅，甚至還對部分孩童施暴。』

哦，來這招啊！夏木半是讚嘆地望著畫面，冬原也在一旁聳肩。前腳才剛在他們倆的帶領之下踩上瞭望臺，後腳便開始耍起這種小手段，真是有種啊！

這下子離開這裡以後，鐵定要被審問一番了。

「……這是怎麼回事？」

停下筷子起身的是望，她那充滿怒氣的雙眼直瞪著圭介。她已經無須質問是誰幹的好事了。她是什麼時候變得會露出這種眼神了？夏木頗為意外地看著望，出聲說道：

「森生姊，坐下。」

「可是……！」

望反駁，語調中有著責備夏木為何制止自己之意；接著她又再度轉圭介。其他孩子的反應分為兩種，有的不明就裡，一臉錯愕地看著他們；有的顯然早知道事情的來龍去脈——看來知道來龍去脈的是茂久與玲一以外的國中生。

「你不覺得可恥嗎？人家……人家這麼照顧我們，你卻胡說八道來陷害他們！」

「我才沒胡說八道。」

圭介厚著臉皮說道：

「夏木本來就一直在罵人，再說我也真的被打了。」

望噤了口，滿臉疑惑地轉向夏木與冬原。他是胡說的吧？望的表情如此詢問著，但夏木卻無從回應。

冬原一面苦笑，一面回答。

「說打人是太誇張啦！只是揪著領子推了他一把而已，是吧？夏木老弟。」

「哦！對對對。」

夏木點頭，搶在望開口之前說道：

「別問理由，我可沒寬大到能和這種小鬼好聲好氣說話的地步。」

即使望詢問理由，夏木也無法回答；因為他正是為了圭介取笑望與翔的身世而發怒的。

「看吧！是事實啊！」

圭介得意洋洋地說道：

「我不會再乖乖被這些沒本事又跩到極點的人擺佈。」

你什麼時候乖乖被我擺佈過啦？夏木已經懶得挑他語病，索性視而不見。

圭介半睜眼睛瞥著望，嘲笑道：

「瞧妳老是在討好他們，是不是白癡啊？不知道是看上哪一個喔？」

望的臉頰漲得通紅，張嘴打算怒吼，卻又吞了口氣，閉上嘴巴。接著——

「人家說下流的人最會做些下流的想像，果然是真的。」

這對望而言，應該是竭盡全力的諷刺了。這回換圭介橫眉豎目，站起身來。

「坐下！」

夏木怒吼，故意不指名道姓。聽了他這厲聲一喝，雙方都嚇得縮起了肩膀。

「你們兩個現在是想打一架嗎？」

兩人不情不願地坐下，望露出了初次展現的氣鼓鼓表情，開始動筷。

此時，新聞已切換至下一個話題，夏木沒來得及看見主持人是如何作結。

「沒想到你姊的個性還挺倔的嘛！」

夏木對著坐在另一側鄰座上的翔說道，翔一臉高興地笑著點頭。

怎麼，原來這對翔而言是件值得高興的事啊？夏木也跟著笑了。亮太或其他孩子見了望一反常態的倔強態度，多是面露意外之色；但對翔而言，這樣的望才自然。

翔欲言又止地抬頭看了夏木數次。哦？要講話嗎？夏木以眼色催促翔，但翔還是什麼也沒說，死了心垂下頭來。四年都說不出話的孩子怎能對一個才認識兩、三天的生人開口說話？

「你姊還是倔強的時候比較好。」

夏木代翔說道，翔用力點頭，顯然此言正合他意。

飯後，夏木很快地回到發令所；木下玲一見他離去，便將自己吃完的餐具送回櫃臺，走出餐廳。冬原還得檢查電磁爐等物品有無收拾好，所以會在餐廳待上一陣子。

他先下樓，朝著船尾方向前進。餐廳樓下除了充當男生房的居住區以外，尚有電池室，夏木等人曾叮囑眾人不得進入。這裡玲一在頭一天便已探訪過，無須再看。

來到全樓層互通的機械室之前，玲一握住了關閉的水密門門把。門把相當牢固，玲一用上了全身重量轉動圓形把手，苦戰了數十秒才打開門。

他將金屬門開了條縫，鑽進裡頭；如金屬貨櫃般的簡陋房間之中有著持續低吼的引擎，天花板雖比一般房間要高，但塞的機械也多，所以還是很狹窄。

玲一穿過機械間的縫隙，走向房間深處。房間盡頭又有個水密門，小小的名牌之上寫著電動機室四字。

玲一打開這扇門，再度鑽入門內。馬達聲轟隆作響，室內一片幽暗。他在牆邊摸索一陣，找到了電燈開關；打開電燈後，是一個天花板比機械室還低的房間，裡頭和機械室一樣盡是管線，還有個巨大的馬達坐鎮於房間正中央。

玲一從昨天借來的作業服口袋中取出數位相機，將取景窗對準低吼的馬達，按下快門。嗶嗶！電子聲響起，閃光燈發出光芒。

「好啦，到此為止。」

背後突然傳來一道聲音。玲一暗驚，回頭一看，冬原正站在入口處。

「相機給我。」

面對這滿面笑容的要求，玲一沒有矇混的餘地，只得心不甘情不願地將相機交給冬原。

「還有記憶卡吧？一併交出來。」

完全被識破了。玲一從胸前的口袋中取出拍滿的記憶卡，交給冬原。

冬原立刻開始瀏覽數位相機中的檔案。

「唉呀，連這種地方都去過了。我不是說過發射管室絕對不准進去嗎？」

冬原一面嘀咕，一面毫不容情地刪去檔案。他換了張記憶卡，重複相同的作業。

唉！真可惜。玲一嘆了口氣，問道：「你怎麼知道的？」

「決定性的關鍵應該是昨天吧？知道防衛出動和救災出動的差別也就算了，一般國中生怎麼可能連警護出動的定義都知道啊！我想就算是你爸媽也不知道。」

你能替大家說明一下自衛隊使用武器的前提嗎？昨天如此催促玲一的便是冬原。當時玲一便曾奇怪冬原為何不親自說明，原來是在套他的話。

「聽了那番話，我就知道你這孩子是軍事迷。既然如此，來參加櫻花祭的目的鐵定是展示船艦，身上不可能沒帶相機，坐上了親潮級潛艇更不可能不拍照。這麼一想，就發現你老是選在我和夏木都在餐廳的時候離席嘛！」

「要找沒人巡邏的時候，就只能選那個時間了。」

「這算什麼理由啊！」

冬原苦笑，玲一嘖了一聲。

「我沒想到會被發現。」

「想做得神不知鬼不覺，就得把門關緊一點啊！不然我們發現有好幾個水密門的把手變鬆時，當然會起疑心。夏木巡邏時也發現了，起先還和我互相指責對方沒把門關緊咧！」

玲一自以為出入之後已經牢牢關上了門，沒想到看在冬原等人眼裡，似乎還不夠緊。

「我不會拿來濫用或上傳到網站去的。」

「不行就是不行。就算是正規的參觀者也不能攝影。話說回來，要是昨天的救援行動成功，可就真讓你混過去啦！」

我幫你保管，等到離開這裡時再還你。說著，冬原便將數位相機及記憶卡塞進上衣口袋中。

「對了……」

走出電動機室，冬原一面關門，一面問道：

「圭介為什麼那個樣子啊？」

「為什麼……你看不出來？」

「不，我知道他對小望有意思，可是就算男生總會忍不住欺負喜歡的女生，也該有個限度啊！他那樣未免太彆扭了吧？再說，他和其他小孩的關係也很扭曲。小望面對一個小她三歲的國中生，根本用不著那麼畏畏縮縮；和圭介一黨的孩子也老是戰戰兢兢的，根本不像朋友。應該有什麼理由吧？」

是冬原感覺敏銳，或是這些孩子的扭曲程度已極端到連剛認識的人都能察覺？應該是兩者兼有吧！玲一回答：

「是因為遠藤媽媽太強勢了。」

冬原恍然大悟地點頭附和，似乎想起了出現於新聞之上的圭介母親。她看起來的確暴躁易怒，但玲一所指的並非此意。

「你也知道我們是同一個鎮上來的吧?我們那個鎮有點奇怪。」

他們居住的社區極為常見,但由於地理上與其他地區以山坡相隔,形成了孤立狀態,因此鎮民會的約束力極強,對居民的影響力也是時下罕見地大。

「那塊社區是在我小時候開始出售的,當時正好是我們的父母買得起的價位,所以有許多年齡相近的家庭入住,不過彼此之間的上下關係很明顯。先入住的人地位比較高,依此類推。換句話說,就是以收入來決定。」

「……這該說是勢利眼,還是斤斤計較?」

「我媽也常說,早知道是這種鬼地方,她才不會在這裡買房子。我們是後來才搬進去的,所以在別人面前比較抬不起頭來;不過我爸媽都在工作,和鄰居不常來往,所以還過得去。」

年齡相近,生活水準亦相近的家庭集中在一起生活,彼此間的齟齬便格外地大。為了保住自己的優勢,或為了不被周圍的人瞧不起,往往會在一些芝麻小事之上互相較勁;比如翻修住宅或庭院,以向鄰居炫耀。

玲一的母親最受不了的,便是聖誕節的不成文規定——張燈結彩。若是不配合,就得被冠上不合群的罪名;假如選用便宜的燈飾,又會有人在背地裡批評:都是那一家拉低了大家的水準。時間、燈飾費用與電費俱是非同小可。

這種活像強制勞動一樣的張燈結彩,可是絕無僅有的啊!母親的這番怨言不無道理,玲一也覺得這種活動應該是隨人隨興才對。

最好是哪家發生火災,到時就會停止啦!自從社區內開始流行張燈結彩之後,每到十二月,就必然會聽見母親的這番刻薄話。

然而，若不跟進，在鎮裡便越來越難生存。說壞話或視而不見只是開端，有人還會把垃圾扔進大門裡來，或故意不傳閱記有重大消息的傳閱板。假如有人膽敢袒護，連袒護者都會成為標的，因此沒人會袒護他人。

簡直和學校中的霸凌行為一樣。甚至有人因為受不了這種有形無形的惡整，不惜放棄好不容易買下的房子，搬到他處去。

冬原一面聆聽，一面歪了歪頭。

「居然有這麼極端的鎮內情勢啊？」

對於單身且住在宿舍之中的冬原而言，那是個無法想像的世界。

「這種情況每個地方多多少少都會有，畢竟孩子還小的時候，和鄰居之間的往來比較密切嘛！當然啦，像我們鎮上這麼極端的是有點稀奇啦！」

說著，玲一輕輕地聳了聳肩。

「而遠藤媽媽就是最早搬進來的，權力也最大。圭介自我意識很強，不過實際上都是他媽灌輸出來的。」

「……你還真有見地啊！」

「我爸是教育雜誌的編輯，家裡從沒缺過這一類的話題。」

玲一家與鎮上其他人家交往不甚密切，卻未受強烈迫害的理由便在於此。雖然玲一的父親只是個編輯，但看在鎮上的三姑六婆眼裡，便等於教育權威；站在為人母親的立場，自然不敢招惹玲一的父親，以免受權威批判。

「關於圭介，還有個了不起的傳說。」

「咦？」

「幼稚園時有個孩子害圭介受傷；他們在公園裡玩立體方格梯，那小孩不小心把圭介推了下去。雖然傷勢並不嚴重，遠藤媽媽卻大發雷霆，不但叫人把方格梯拆掉，還責怪那個孩子一家，指使其他人排擠他們。那個孩子後來在上小學之前就搬家了。」

正因為發生過這種事，才沒有小孩敢反抗圭介。父母不允許小孩反抗圭介；若是對圭介態度不善，全家都會被逐出鎮外。

「圭介一直是國王。我們鎮上有一片獨特的遠藤時空，所有小孩都自動歸屬於圭介以下的階級。不住我們鎮上的學校同學是不是也這樣，我就不清楚了。」

「我大致明白了，不過還是不太懂為何他對小望的態度那麼差。」

「我不是說了？圭介是被他媽灌輸的。其實討厭望的不是圭介，是他媽媽。」

「……原來如此。」

冬原聳了聳肩。「連戀愛都受媽媽掌控，真可憐。」

走出機械室後，冬原再度關上門，突然叫住了玲一。

「你站到那個牌子的旁邊去。」

玲一不明就裡地站到寫著機械室的名牌旁去，突然被閃光閃得一陣眼花。

「為了答謝你告訴我緣由，替你拍張照。本來這種地方是不許民眾照相的。」

冬原再度將數位相機收進口袋之中，再次叮囑玲一「別到處偷看啊！」之後才離去。

夏木於發令所中待命時，補給長吉田茂久前來找他。

「夏木先生。」

茂久從發令所外探頭喚道。

「哦，怎麼啦？」

夏木一面忍著呵欠一面回答，茂久走進房內，一臉尷尬地開口：

「能不能借我手機？」

「小事一樁，用不著那麼拘謹。」

夏木從口袋中取出手機，遞給茂久。

「圭介的手機終於沒電啦？你跟他說，我不會跟他討人情，要用的時候別賭氣，盡管來借。」

「我想他們應該沒問題，雅之也有手機，只是不肯再借我而已。」

茂久原想輕描淡寫，聲音卻顯得略微僵硬。夏木的表情立刻認真起來。

「是因為你幫忙我們，所以被排擠了？」

「不，不是這樣。是我不想再對圭介唯唯諾諾了。」

他那平靜的聲音仍顯僵硬，卻宛若對人宣言一般地充滿驕傲。

「不管圭介再怎麼惡言相向，我都得嘻皮笑臉；心裡生氣，還是得忍住，討好圭介……我已經受不了這些了。你們是外人，但是居然比我的朋友還對我好，這樣不是很奇怪嗎？他根本沒把我當朋友。」

茂久以為自己已然釋懷，但說出最後一句話時仍覺得傷心。他低下了頭，可是因為淚腺鬆弛之故？

鮮少接觸小孩的夏木不懂這種時候到底該說什麼才好，因此還沒說話便先伸出了手，摸摸茂久的頭。

「你就原諒圭介吧！他沒你成熟，不知道自己傷害了你。」

「可是我比圭介還笨耶！」

「考試分數高，不代表就能成為一個好的大人。在這方面你比他早熟，就等等他吧！」

只要我等，圭介就會向我道歉嗎？茂久帶著不甚期待的表情喃喃說道。

以潛望鏡確認過上頭之後，他們倆便爬上了瞭望臺。

「慢慢講沒關係，讓你廚藝高超的爸爸放心。」

夏木一面說著，一面走到瞭望臺頂端，注意四下。茂久笑道：

「等到救援成功以後，歡迎你和冬原先生來我們店裡吃飯。我會要我爸請客的。」

「好，回去時記得留店名和地址啊！」

小學生們似乎看膩了電視，今天開始玩起捉迷藏來打發時間。「好了沒？」「好了！」招呼聲在船內此起彼落；偶爾聽見的拍手聲是翔發出來的，他無法出聲，所以用拍手代替。

「關著的地方不能進去喔！」

夏木對疾奔於餐廳旁走廊的亮太與翔說道。

「知道——！」

留下的只有亮太的答覆。在狹窄的船上四處奔跑，鐵定會撞傷或淤青；但對於玩心正盛的孩子們而言，這是家常便飯。

不久後，平石龍之介與野野村健太從反方向跑來。這兩人都是維持中立且不知如何自處的人，自然湊在一塊；年幼的光只算半個人，總是和陽分在同組，其餘四個人便也順理成章地兩兩一組行動。兩個大人都曾叮囑過不可讓不會說話的翔單獨行動，亦是原因之一。

奔來的兩人在途中分道揚鑣，健太跑進廚房，拿空紙箱蓋住自己；龍之介則爬上了艙口梯。

「小望姊姊，別說出去喔！」

「我不說，但你可別掉下來！」

盯著他們看便會跟著緊張，因此望將視線移回電視之上。她從水手們捐贈的眾多影帶之中隨意挑了一片來看。

「哦！妳看這麼粗獷的電影啊！『海底喋血戰』？」

說著，夏木走進餐廳。

「好看嗎？」

望點頭，夏木高興地笑了：「這是艦長推薦的電影。」

一瞬間，望心痛地瞇起眼來，卻又連忙露出笑容。

第四日。

「兩個艦長都好帥喔！」

「妳比較喜歡哪一型？」

「呃，德軍的那個。」

「寇尤寧斯啊？很性格。」

「我對這種型的沒輒。雖然嚴厲，卻重情重義。」

夏木一面往桌上坐下，一面滿意地點頭。

「妳會成為一個好女人的，因為妳看男人的眼光很好。」

望的心臟怦然一跳，抬頭望著夏木，但夏木似乎並無他意，依舊看著畫面。

「天底下的女人總是被外表和甜言蜜語欺騙，盡巴著冬原那種型的不放。多看看內在嘛！」

「什麼意思？你這話好像在說冬原先生的內在很糟。」

「本來就很糟。那傢伙只會做表面功夫。」

夏木心裡明明不是這麼想，卻還故意損人，教望覺得好笑。

「我覺得夏木先生也很帥……」

這話本無深意，但說著說著，望卻突然害羞起來，聲音也變得越來越小。

「謝謝妳無力的安慰。要是二十歲以上的女人肯這麼想就好啦！」

夏木一語帶過，教望鬆了口氣——同時卻也略微受傷。

「有什麼事嗎？」

莫名沮喪的心情讓望略微冷淡地催促夏木進入正題——反正夏木不可能沒事來找望。

「哦，對。」

在催促之下，夏木從上衣口袋中取出手機遞給望。

「剛才茂久來借，我才想起救援失敗之後，妳還沒來找我打電話。」

望不知該不該接，夏木卻不容分說地塞給她。

「打吧！現在一時之間回不了家了。」

明天就能回去，不急在這一時。這是救援之前望用來拒絕夏木相借手機的理由。

「妳家裡的人一定很擔心。」

聽了夏木的說辭，望半是直覺地明白了。

他不說「爸媽」，而是說「家裡的人」——夏木先生已經知道我們的身世了。去追究是誰告訴他的並無意義。畢竟圭介也在船上，消息走漏並不奇怪。

「——或許他們並不擔心。」

一直以來無法對任何人提起的不安直湧而上，傾洩而出；她再也無法克制自己。

「夏木先生，你已經知道了吧？我和翔是被現在的家庭收養的。」

望的口吻認定夏木已然知情，而夏木仍舊保持沉默，並不反問。換作是冬原，或許會巧妙的矇混過去。

望覺得夏木的沉默代表他正豎耳傾聽，便繼續說道：

「我們的親生父母已經過世了。我們全家開車出去旅行時，被對向車道的卡車正面衝撞，坐在前座上的爸爸和媽媽當場死亡，我和翔是坐在後座。」

她完全不記得當時的景象，只記得聲音。喇叭聲、破滅的碎裂聲與各種警笛聲，還有翔持續不斷的哭泣聲。

好了，別說了。夏木打斷望，並搭著她的肩。直到夏木的手放上肩膀之時，望才發現自己的肩膀正在顫抖。

「現在的家是我阿姨和姨丈的家。他們膝下無子，就收養了我們。阿姨向來很疼我們，和我們的感情也很好；被她收養時，我還很慶幸。」

當時還有其他親戚有能力收養他們姊弟，祖父母也仍健在；但祖父母住在望與翔住不慣的偏僻山間，其他親戚又不如阿姨這般親近。母親與阿姨年歲相近，性別相同，因此在兄弟姊妹之中感情最好；被阿姨及姨丈收養，似乎是極為自然的事。

望與翔從小就喜歡開朗的阿姨，阿姨也很疼他們。

真希望我也能快點懷上像望和翔這麼乖的孩子。直到望上國中以後，阿姨才不再提起這個樸實的願望。母親偷偷告訴望，阿姨已停止了長久以來持續接受的不孕治療。

失望是在所難免，但阿姨對兩人的疼愛之心並未有絲毫改變；因此望也認為阿姨當然會收養他們姊弟。

「不過，或許她疼的是身為外甥與外甥女的我們，並不想和我們當一家人。或許就是因為不是一家人，她從前才能那麼疼愛我們。或許她是出於無奈才收養我們的。」

夏木似乎不知如何回答，一直默默無語。

「阿姨收養我們已經四年了，但到現在還沒辦理正式的收養手續。」

阿姨供應他們衣食無虞的生活，從未苛待過他們；正因為如此，望更不懂阿姨為何不辦理收養手續。

「有很多鄰居覺得奇怪，我們也不懂是為什麼。」

新家所在的小鎮是個鄰居間往來密切的地方，阿姨收養孤兒之事轉眼間便傳遍了整個鎮上；在這種狀態之下，收養孩子卻未改姓之事自然成了茶餘飯後的話題。

我看他們八成是被迫收養的吧！望與翔沒有根據可否定這些閒話，因為他們的姓氏的確不同，阿姨也的確未辦理收養手續。

「所以被收養之後，我們的心裡一直有芥蒂，相處起來很不自在。阿姨一開始就聲明她不能正式收養我們，我們也不敢問理由。」

阿姨不能正式收養你們，假如你們不在乎這一點的話，來阿姨家好不好？阿姨如此詢問時，望沒問理由便點頭了。

因為望認為比起去其他家庭或孤兒院，不辦理收養手續只是個小問題；但不敢詢問亦是個原因。倘若正面詢問，得到的卻是個令人絕望的理由，該怎麼辦？

然而就算不問，不收養又能有什麼正面理由？望只想得出負面理由，而她的負面想像與日俱增。至少做個乖孩子吧！但她越是規規矩矩，與阿姨及姨丈之間的關係就越是尷尬。她想幫忙做家事，討好阿姨；但過去家事都丟給母親，從未學習過，因此笨手笨腳，反而添了阿姨的麻煩。每當她失敗，阿姨便一再安慰她，更教她覺得羞愧，在家裡也越發不自在。

夏木思索片刻，說道：

「妳阿姨姓什麼？」

面對這道唐突的問題，望歪了歪腦袋。

「姓須藤……」

「好，這下我懂了。放心，妳阿姨並不是討厭你們。」

望渴望相信夏木所言，卻又質疑他憑什麼斷言；兩種相反的情緒湧上心頭。

夏木不知望的感受，大剌剌地說道：

「要是收養之後改了姓，你們就失去意義啦！」

「……什麼叫失去意義？」

望尖聲問道，夏木苦笑：「拜託，別在這種細節上和我計較，妳也知道我不會說話。」

確實，夏木不擅言詞，常說錯話。望仍略微賭氣地點了點頭。夏木繼續說道：

「妳可有發現妳和翔的名字剛好成了句子？」

望意外地眨了眨眼。

「森生望、森生翔——眺望森林，遨翔森林（註7）。」

夏木還特地做出眺望遠方與振翅遨翔的動作。望從沒想過將名字當句子唸，所以未曾發覺。

「我想妳阿姨應該是不願意更改你們的姓氏吧！妳阿姨和妳媽的感情不是很好嗎？」

望無法回答，只能不斷點頭。那便是阿姨如此疼愛望與翔的一大原因。

註7：日文中發音相同。

「這名字取得很漂亮，又有意義存在，我想妳阿姨一定是想保留你們親生父母起的名字吧！為了你們，也是為了自己的姊姊。」

望帶著求助的眼神仰望夏木。

「這話——是真的嗎？你真的這麼認為？」

「妳覺得我是故意說謊騙妳？沒禮貌。」

夏木嘴上雖然責備著她，口吻中卻未帶怒意。

「再說，你們未免把收養小孩想得太簡單了吧？突然之間多出兩個人的飯錢耶！要是不情願，一開始就不會收養啦！就算有遺產可拿，一般家庭也不可能在最小的孩子還是小二的時候，就存夠了足以供應兩個孩子出社會的錢，妳阿姨也不可能叫你們別升學吧？講白一點，在經濟上根本沒半點好處，這樣還能一次收養兩個，沒決心的人是做不到的。」

夏木連珠砲似的說道，又突然注視著望的臉龐。

「妳很高興啊？」

「咦？」

「妳在笑。」

被這麼一說，望才發覺自己的臉頰是鬆弛的。

夏木會心一笑，被他含笑注視，令望大為羞怯，低下頭來掩飾。夏木則將視線從她身上移開，漫不經心地看著電視畫面。

「看了那些小鬼的名字，就能發現不少蘊藏的涵義。比如茂久的名字是取自吉田茂，西山兄弟的名字合起來就成了『陽光』，其他人的名字應該也是為了求吉利或算筆劃取的吧？冬原也一樣，他的名字叫春臣，我想他爸媽應該是因為姓氏裡有個冷字，才在名字裡加了個暖字吧！」

「夏木先生，你叫什麼名字？」

夏木似乎沒料到望會問起他的名字，頓了一會兒才回答：

「大和。這名字對海上自衛隊來說最不吉利了。」

望一時之間不明白他苦笑的意義，思考過後才領悟過來。他指的是戰艦大和號——望曾在書上看過，大和號雖然有最強戰艦之譽，卻在抵達戰場之前便沉沒了。

望追溯著它的命運，又慌忙將其拂去。

「才不會不吉利呢！」

「唔？」

「呃，剛才的新聞……假如你因此被追究責任，我會出來作證，說圭介自己也有錯。」

夏木直到望提起，才想起了這件事，恍然大悟地點了點頭，又苦笑道：

「謝謝妳的心意，這事不用妳擔心。話說回來……」

說著，他轉向望：

「妳對那小子的態度變得很凶啊！發生了什麼事嗎？」

明明是夏木勸她這麼做的，幹嘛明知故問？望有點不滿地嘟起嘴來。當然，聽從夏木的勸告乃是出於望自己的判斷。

「昨天我對他說我也討厭他。話都說了，現在再裝得和顏悅色也沒用。」

「……真……」

夏木轉向一旁，小聲地嘀咕了一句，聽起來似乎是「真可憐」。

「不會有問題的。翔還是小學生，和圭介在學校沒交集。」

「我不是這個意思……算了。」

說著，夏木起身。

「手機待會兒再還我。現在冬原人應該在發令所裡，找他帶妳上去吧！」

說完，夏木便頭也不回地離去了。

望雙手緊握著借來的手機，放在胸前。

她轉向電視，電影正演到德國潛艇上的水手在唱歌。

*

在陸上自衛隊設施隊的奮鬥之下，原定明天完工的第二防衛線於傍晚時分便已設置完畢。以直徑二十公分的鐵柱為基柱，並以厚達兩公分的鐵板為通電導板打造而成的電磁柵欄已不像柵欄，反倒比較接近牢籠。開闔自由度打一開始便未列入考量，進出防衛線時全經由最先打造的門，開口僅限於16號線上下行車道及中間的京急線逸見站、安針塚站與橫須賀中央站五處。

在這種起伏劇烈的地形上施工相當困難，幸賴鐵路公司的好意，得以將部分電磁柵欄建設於京急線上，才能大幅提早完工。

設施隊分頭進行電磁柵欄的最終檢查，而負責守備的縣警第一機動隊也接獲了竣工報告。

「第四設施聯隊現在將第二防衛線的管理權限移交給機動隊。」

別著士官長階級章的自衛隊員在瀧野面前敬了個無懈可擊的禮。他是從座間派來的設施隊隊長。

敬禮的標準程度可不能輸給自衛隊。瀧野也併腳回禮。

「神奈川縣警第一機動隊接收完畢。」

接著又苦笑道：

「抱歉，用這副慘狀跟各位見面。」

他指的是塗在制服上的帝王蝦體液。雖然散發著強烈的惡臭，但眾自衛隊員的臉色卻絲毫未變。他們知道正是這個臭味保護著機動隊員。

「還有，非常感謝各位提早完工，幫了我們大忙。」

帝王蝦因飢餓而凶暴化，第一防衛線已數度發生小規模與中規模瓦解，能否撐到明天還是個未知數。

隊員微微垂下視線。

「抱歉……我們明明有適當的裝備……」

擁有裝備與力量卻只能在後方支援的心焦之情，乃是筆墨難以形容的。

「沒辦法，誰教我們在這種國家當差呢？」

說著，瀧野笑道：

第四日。

「等我們敗走以後，就輪到你們出場了。」

然而，隊員的表情卻變得更加沉痛。為了換取出動機會，得犧牲機動隊，教他們於心不忍。

「不用擔心，要論不用武器的戰鬥，我們可是略勝一籌。」

在禁用重武器的狀態之下，機動隊的作戰能力並不遜於自衛隊。無法收拾局面，乃是因為警察缺乏決定性的裝備；除了SAT的射擊以外，能夠只靠肉搏戰持續防堵帝王蝦的，也唯有機動隊——這種自信乃是全體隊員皆有。

「我們拭目以待。」

敬上最後一禮之後，隊員便率領部隊離去了。

下午四時三十分。

第一防衛線發生了全線電壓降低的意外。

在凶暴化的帝王蝦面前，電磁柵欄根本不堪一擊。

「來了！架盾！」

組成橫向隊形的機動隊員架起了大盾，被踹飛的電磁柵欄砸到了盾牌之上。

接著，紅色蝦群如海嘯一般席捲而來。

「突擊！」

架著銀盾的寶藍色人群衝向了紅色蝦群。

瀧野身為寶藍色的一分子，也站在陣前。

「推回去！」

他一面大叫，一面揮舞盾牌；盾角精確地擊中眼前帝王蝦的下顎，腦袋後仰的帝王蝦忿怒地吐著泡沫。

縱使身上抹著帝王蝦的體液，只要我方主動攻擊，便會遭受反擊。眼前的敵對行動優先於氣味識別。

瀧野再度攻擊帝王蝦忿怒揮舞的大螯根部，部下也以盾牌敲擊腹足並列的腹部。如蝦類定理所示，側腹是較為柔軟的部位。

雙方僵持之下，瀧野漸漸搞不清帝王蝦之間的差異。一樣的頭，一樣的腳，一樣的大螯，一樣的腹足和腹部；唯有自己製造的傷痕能夠充當記號，但傷痕越來越多，逐漸飽和，難以分辨。

「別休息，繼續！」

而且得使盡渾身解數才行；攻擊力道太輕，便會被彈開。累了就先脫離戰線，等到體力恢復之後再回到前線。

「把電磁柵欄扶起來！」

就算扶起，電壓也不會恢復，因為早已設定成無法恢復。然而，他們必須表現出竭力重整防衛線的樣子。將直升機停在附近大樓頂樓上的各臺記者正鉅細靡遺地實況轉播著。

這是鬧劇，不過卻是一場拚死上演的鬧劇。睜大眼睛看清楚吧！警察已經耗盡所有氣力了。

瀧野以盾牌擋住揮落的大螯之時，另一把大螯又從斜向攻來，朝著他放空的側腹筆直前進，沒得躲也沒得防。

然而，另一面盾牌卻及時擋住了大螯尖端。趁著擊中硬鋁的大螯撤回之際，盾牌順勢挺進，往上撥打。

仔細一看，持盾的原來是西宮中隊長。他那木訥的臉孔微微一笑，並流露關懷之色。

「謝謝你的掩護！」

瀧野嘴上吼著謝辭，手上已開始下一波攻擊。

前線很快地瓦解，狀況已陷入人蝦混戰。

當魚崎小隊長發現之時，自己與兩、三名隊員已被孤立；約有他們兩倍之多的帝王蝦正在眼前張牙舞爪。他們稍離本隊深入之際，竟被截斷了後路。

「小隊長！」

隊員一面敲打眼前的帝王蝦，一面叫道。

「保持冷靜！」

魚崎斥責動搖的隊員。

「數到三，龜甲護身！打！」

全員使盡力氣敲打，魚崎發號施令。

「一、二、三！」

數到三時，全員停止敲打，背起大盾逃走。大盾便像龜甲一樣護住後心。

「快跑，別被抓到！」

不使盡全力奔跑，無法甩開帝王蝦。在身著重裝的狀態之下賽跑，可說是相當不利。

眾隊員在帝王蝦之間穿梭之際，一名隊員突然絆了一下。疲勞的雙腿無法適應複雜的路線。

「別停！」

魚崎將手臂伸進快要跌倒的隊員腋下。

「抱著必死的決心跑！反正停下來也是死！」

緊追在後的帝王蝦尚未鎮靜下來，若在此時被追上，一定會被大卸八塊。

「……喔喔喔喔喔！」

隊員大叫，一面吼叫一面踩穩腳步，拚命地重穩陣腳。倚在魚崎身上的體重自立了，在千鈞一髮之際拉開與帝王蝦之間的距離。

「別跌倒，死都別跌倒！要跌倒等死了以後再跌！」

就在魚崎吼著矛盾的命令之時，緊追在後的帝王蝦停下了腳步。中斷敵對行動逃走期間，帝王蝦已認知了氣味。

自從使用帝王蝦體液以來，孤立之時都是用這套方法脫離戰線。雖然成效斐然，但如今防衛線瓦解，得在擴散的戰場之中甩開凶猛的帝王蝦，要脫身並不簡單；若是隻身受困，且在戰鬥之中身負重傷，便是生還無望了。

方才險些跌倒的隊員這會兒真的倒了下來，他的腳已經到達了界限。其他隊員將盾牌圍成圓形，護住跌倒的隊員；帝王蝦閃過這道圓陣，爬向他處。

一旦帝王蝦認知氣味，只要我方不再展開攻擊，帝王蝦便不會襲擊。即使如此，這種狀態仍教人不舒服。

第四日。

在同伴盾牌包圍之下的跌倒隊員略微調整呼吸過後，便站了起來。

「行了。」

任誰都明白他在硬撐，但現在的確是該硬撐的時候。

「往本隊撤退，撤退中放棄戰鬥。快跑！」

最後的難關還未度過。

突然，身旁傳來一陣慘叫。

魚崎一面揮舞盾牌一面觀看，發現住之江小隊長的部下關目隊員跌坐於右側，白骨從擱下盾牌的右臂之中刺穿衣袖而出；與他對峙的帝王蝦正朝他寶藍色後背揮落大螯。

休想！住之江立刻背起盾牌，撲向關目，伏在他的身上掩護他。怎能讓自己的隊上再度出現犧牲者？光一個斷腿的長田已經夠了。

或許是因為折斷的右臂受到壓迫，成了肉墊的關目發出了更為慘烈的哀號。就在住之江壓住他以免他亂動之時，大螯的尖端落向背後的盾牌，那感覺宛如被人用棍棒或鐵鎚使勁敲擊一般，讓住之江奮力支撐的手臂承受不住而崩潰。

關目大聲哀號過後，身子突然一軟；劇痛使他昏厥了。或許這樣對他比較好。接二連三落下的大螯從盾牌之上一再撞擊住之江，將他擊潰。

周圍正處於混戰之中，在這種狀態之下，即使住之江一個人停止敵對行動，帝王蝦也不會因體液而視他為同類，他只能等敵人放棄或轉移目標。背上的盾牌格格作響，若是盾牌被打穿，他的脊椎便會就此粉碎。盾牌可否能撐住？

「保護住之江小隊長！」

部下拚死從周圍防堵帝王蝦，但蜷曲在地的住之江等人占去了他們的立足點，使得他們無法施力撞擊。

「沒辦法，踩上去！踩住隊長！」

某人叫道，其他人應聲踩上盾牌。住之江不知有幾個人踩了上來，不過相對地，大螯的衝擊停止了，因為在落下之前便已被防堵。

「把他們倆拉出來！」

聽了這聲號令，住之江放開護住身子的盾牌，抱起底下的關目。有人抓住了他的出動靴，將他們倆一起拉出來。關目的安全帽與柏油地面摩擦著，他因為這股衝擊而恢復了意識，又哀叫了一聲。

住之江立刻起身，怒吼：

「拿擔架來！」

關目斷裂刺出的骨頭已不成原形，傷口亦教人不忍卒睹，不過——

「手臂還連著，手臂還連著！好得了，你要振作點！」

關目已連慘叫的體力都不剩，只是一面喘氣一面點頭，還沒等到擔架便再度昏厥。

夜色深沉，街燈開始亮起。

有人負傷，便得換人上陣；而眼下幾乎沒人可換了。機動隊的兵力顯然開始衰減。

第四日。

在帝王蝦進逼之下，機動隊被驅趕至第二防衛線的各個出口。機動隊已開始敗走。

為了預防萬一，自衛隊攜帶步槍於各出口外側待命。這是事發之後自衛隊頭一次獲准攜帶武器，唯有在緊急狀況之下為了救人才可開槍；但由於還附加了嚴格的條件限制——射擊方向不可有人，因此就結果上而言仍然無法開槍。

這是因為每當機動隊出入之時，開啟的門扉附近總是有帝王蝦與機動隊員雜處。防衛線內已陷入完全的混戰之中，連ＳＡＴ都無法射擊。

隊員們如破布一般地七零八落，連滾帶爬地出了防衛線；而迎接他們的隊員亦是滿身瘡痍。見帝王蝦欲趁勢湧出防衛線，隊員們一擁而上，又撞又打，將牠們推回防衛線之中。

待命的自衛隊只能眼睜睜地看著機動隊員奮戰。

守在16號線下行車道出口的小隊向縣警第二機提議協助搬運傷患。指揮官金岡一等士官長表示願派出部分隊員相助，但曾根第二機動隊長卻婉拒了。

「我很感謝你的好意，但現在還不能借助各位的力量。」

「至少讓我們搬運傷患也好啊！你們的人手實在不足。」

金岡仍不死心，但曾根卻堅決不點頭。

「敗走是我們最後的任務，我們警察也有自己的堅持。要是在這種時候借助自衛隊的力量，我沒臉面對其他同仁。」

曾根毅然決然地說道，接著又略微放鬆了表情。

「再說，各位也得顧全自己的任務。各位在此待命，便是為了在帝王蝦大量竄出防衛線時出面阻擋吧？」

金岡無法再堅持下去。對警察而言，接受自衛隊的援助是種恥辱；他們素以獨力完成任務為榮，這麼想也是理所當然。警察原本就不願讓自衛隊介入國內的治安維持工作。

曾根對默默無語的金岡敬了一禮。

「我得回前線了，失陪。」

說著，曾根走向門口。金岡目送他離去之後，回到隊上。

「隊長，他怎麼說？」

金岡對著摩拳擦掌的部下們搖了搖頭。

「他說不想借助自衛隊的力量。」

部下們碰了一鼻子灰，全數沉默下來。

「……這種時候還有地盤意識？」

有人忿忿不平地說道。見機動隊陷入苦戰，自衛隊員提議相助，純粹是出於好意，好意被拒，似乎傷害了他們的感情。

「注意你的言辭。」

金岡以強硬的語氣說道：

「他們把敗走當成任務；你以為他們是為了誰擔起這種無法對外人道的不名譽任務？」

或許機動隊的確懷有部署情節與地盤意識，但這些以借助自衛隊之力為恥的人，現在卻為了成全自衛隊而被迫敗走；這對他們而言，是多大的屈辱？面對把尊嚴賭在成就屈辱之上的他們，提議援助原本便是種傲慢。

「我們就靜觀到最後一刻吧！並謹記自衛隊的出動是建立於他們的苦戰之上。」

晚上七時。

瓦解的第一防衛線未能修復，警備總部終於決定讓機動隊撤退。

要完成撤退，還需要兩個小時。

在這三天的警備行動之中，機動隊的總負傷人數約等於警備動員人數；即使只統計重傷者人數，也高達近千人。雖然無人死亡，卻已是毀滅性的打擊。

除此之外，事發當時趕往現場的警員已有二十人以上死亡；橫須賀甲殼類來襲事件的死傷人數，乃是警備史上前所未見。

警備總部判定無法繼續警備，強烈建請內閣應變室派遣自衛隊。

*

由於媒體全程轉播了機動隊敗走過程，因此除了部分報導以外，多數輿論都認為防衛出動勢在必行。

『警察原本就不夠力，裝備太爛了。不光是自衛隊，今後警察也該強化裝備才對。』

深夜新聞的評論員自以為是地說道，已成了「帝王蝦」博士的芹澤不悅地嘟起嘴巴。

「這人根本是胡說八道嘛！」

場所為芹澤的休息室。這兒備齊了各種視聽器材，以供觀看VCR時使用；因此明石等人要用電視時，便會前來此地。

「唉，一般民眾本來就只會胡說八道啊！」

帝王蝦原就不是警察該對付的對象，因為警察無力對抗帝王蝦，便說警察裝備爛，根本是錯得離譜。拿足以擊斃帝王蝦的裝備來對付人類，除了將對手挫骨揚灰以外，收不到任何功效。

「假如大家覺得把犯人粉身碎骨也無妨，倒是可以導入這類裝備。」

「但是他這麼說實在太過分了啊！根本不了解警察與機動隊有多麼辛苦……當然，我不是內部的人，或許也不怎麼了解。」

「現在是跟白癡生氣的時候嗎？」

打斷他們的是走入房中的烏丸。芹澤嚇得縮起肩膀，回過頭來。懦弱的芹澤一遇上強勢的烏丸，態度就變得格外軟弱。

「你的工作正要開始呢！」

「我、我知道。」

芹澤慌忙將視線移回電腦上。

自明天起，警備總部將轉為協助自衛隊，而他們的工作內容包含研究帝王蝦及尋找徹底驅除海中蝦群的方法。警備總部又從各研究機關招聘學者，組成了帝王蝦研究小組；但主導研究工作的仍是成了警備總部帝王蝦顧問的芹澤。

明石關掉電視，不再觀看廢話連篇的新聞節目，轉對烏丸說道：

「您還沒睡？」

「你也一樣啊！」

說著，烏丸以下巴指了指出入口。明石默默地跟著他。

走出房間，他們站在夜深人靜的走廊上說話。

「內閣召開臨時會議後，已經決定出動自衛隊。」

烏丸所言完全在明石的預料之中。這事尚未對外發佈，因此烏丸不好在芹澤面前提起。

「是防衛出動嗎？」

「明天才要討論這個問題。或許是防衛出動，又或許是災害特例……總是便是搶先發佈出兵消息來牽制美軍。聽說自衛隊已經開始輸送彈藥了。」

無論是防衛或災害特例，出動的都是武山駐防地的第三十一普通科聯隊；但由於並非各地的駐防地都備有充足的彈藥以應實戰，因此得從關東一帶調集彈藥至武山。

「不知道能否成功壓抑美軍到那個時候？」

「美軍一直按兵不動，似乎是有原因的。」

雖然四下無人，烏丸仍然壓低了音量說話；聽了他的聲音，明石直覺地明白接下來的絕非好消息。

「聽說美軍在帝王蝦上岸初期應戰之時，曾誤射日本民眾。」

「……哦！」

原來如此，就是因為有這個把柄在，美軍才會一直默不吭聲啊！明石恍然大悟。仔細一想，要說是靠外交上的努力壓抑了美軍，確實有點令人難以信服。

「中槍的民眾呢？」

「送到國軍醫院治療以後一直處於昏迷狀態，昨天終於過世了。美軍同意交由日本政府收拾局面的條件，便是把這筆帳記到帝王蝦頭上；但他們卻又以忍耐數日未進行轟炸為由，拿走基地修復預算，簡直是得了便宜還賣乖。」

實在是教人忍無可忍啊！明石喃喃說道。

「是啊！忍無可忍，所以我才找你一起分擔。」

見烏丸說得毫不客氣，明石忍不住苦笑。或許這代表烏丸對自己的信任，但對明石而言卻是種麻煩。

「反正自衛隊已掌握了主導權，就請他們好好奮鬥吧！我們的任務結束啦！」

負責指揮警備的明石終於卸下了肩上的重擔。這種工作原本就不是警察所能勝任的，但發生這麼大的變故，警察又不能置之不理。明石已努力操控大局，減少犧牲；傷亡二十餘人、重傷一千人，他的努力究竟算不算得上是有了成果？

「辛苦你了。」

烏丸突然出言慰勞。

「若是機動隊的出動時間再晚一步，橫須賀的災情就不只這樣了。防衛線的安排及封鎖措施也幹得相當漂亮。」

「過獎，參事也辛苦了。」

警備總部判定無法繼續警備——身為提出這個敗北宣言的負責人，無論有何苦衷，都將在個人經歷上留下污點。

「命令機動隊出醜的是我，總不能置身事外吧！再說，我早就宣稱要製造這種結果了，所以這件事反而證明了我的才幹。」

聽烏丸如此大言不慚，明石並未答話，只是苦笑。十年前的自己是否也如此鋒芒畢露？當時的明石總是自行其是，往往違背上級的命令，結果被從警政署踢到了這裡來。明石與烏丸之間的差異，便在於烏丸擁有人脈等王牌，但他沒有。

「不知您這種作風能持續到什麼時候？我拭目以待。」

明石打趣，烏丸則嗤之以鼻。

「警監，你可沒資格說我啊！你和我不也是同一種作風嗎？」

「啊？」

「不聽白癡的指揮，到了這把年紀還是一意孤行，對吧？我也會堅持到你這個年紀的。」

說著，烏丸連聲招呼也沒打便離去了。

是嗎？原來看在旁人的眼裡，現在的我還是一樣橫衝直撞啊？原以為自己已收斂許多的明石只能苦笑。

望是在圭介小學五年級時搬到鎮上來的。

「聽說須藤家收養了親戚的小孩，孩子的爸媽是發生車禍而死的，好可憐。」

晚餐時，一向愛東家長、西家短的母親宣佈了這個消息。沉默寡言的父親一面晚酌，一面適度地點頭附和；圭介則是對鎮上又多了小孩而感到興趣。

「媽咪，那個孩子幾歲？」

「聽說是對姊弟，姊姊國二，弟弟小學二年級。」

這麼一提，前一陣子須藤太太曾來打過招呼。附近的鄰居都是家長會成員，但須藤太太沒有小孩，因此與左鄰右舍較為疏遠，更是鮮少登門拜訪圭介的母親；想必上一回便是因為收養了孩子，才來向身為鎮上中心人物的母親致意。

圭介覺得有些自豪。不管是家長會成員或鄰居，大家都很仰賴我媽咪；沒有小孩的須藤太太會來拜託媽咪關照，也是理所當然的。

「鎮上還是頭一次出現年紀比你們大的小孩呢！」

所謂的你們，指的是圭介及他的兒時玩伴；尤其是雅之與茂久兩家，早在孩子們上幼稚園之前便已與圭介家交好。他們入住社區的時期相近，家也住得近，因此父母比小孩更早結為朋友。

「還真是難為了須藤先生他們啊！要領養孩子，當然是年紀小一點的比較好，年紀太大就不親啦！沒辦法，誰教是親戚的孩子呢？要是只有弟弟也就算了，國二這種年紀又是不大不小

*

第四日。

的。」

說話的盡是母親，父親只負責點頭。這是家裡的日常光景。

「圭介，那兩個孩子來了以後，你要好好對待人家喔！人家死了爸媽很可憐，要多同情人家。」

「我知道，媽咪。」

弟弟與圭介應該是上同一個小學，放學後或放假時總有和其他孩子一起在公園玩耍的機會。到時候我得保護他，免得他被欺負——誰教我是孩子王呢！

「圭介最乖了。住在其他鎮上的家長會會員都很羨慕呢！說現在這個時代還能讓小孩自個兒在外頭玩耍，很難得；大概是因為年紀大的孩子會陪年紀小的孩子玩，鄰居之間常往來，大人也能隨時注意。」

這種時候位居「大哥哥們」之首的總是圭介。他和母親一樣，在孩子之中也是領導級人物。這個社區不但規模小，地理上也較為孤立，因此鄰居之間彼此都認識；一有推銷員等陌生人進入，便可一眼分曉。

母親一向以鎮上仍保有舊時的敦親睦鄰風俗而感到自豪。

「這一帶的女孩子不多，不過現在這種世道，就算是男孩子也不能放心。圭介，你要是看到什麼奇怪的人，要立刻跟大人說喔！有女孩子和你在一塊的時候，更要格外注意。」

「嗯。」

這裡的女孩大多有兄弟，常在公園一起玩耍。

和國二的女孩在一起時，也得注意嗎？可是國中生會和我們一起玩嗎？年紀比較大的孩子都是怎麼做的？

鎮上還沒有小孩讀國中，明年的圭介等人才是第一批升上國中的孩子。從未接觸過年長女孩的圭介，完全無法想像日後將搬到鎮上來的「國二大姊姊」會是什麼模樣。

不過，也正因為如此，他格外興味盎然。

圭介第一次見到望時，便立刻明白就是她了。因為在這個社區裡，沒有其他穿著國中制服的女孩。

當時圭介正要去上補習班，而望則是放學回來。從道路彼端走來的望頂著一頭短髮，身材瘦長。

哦，這就是須藤家收養的國二女孩。圭介略感緊張地與她擦身而過，並於錯身之時偷偷地打量她的臉孔。

——她在哭？

圭介的胸口猛然跳了一下。那張略顯成熟的清秀臉龐之上，一雙眼眸泛著淚光。

圭介想起母親曾說她的父母剛過世。

望並不認識圭介，只把他當成普通的生人，便要錯身離去；然而圭介卻有種依依不捨之情。

媽咪說她很可憐，要我同情她。她在哭，代表她現在的確很可憐，我得同情她。再說——

圭介放不下哭泣的望。

「妳怎麼了？」

他們擦身而過，彼此間已有了一段距離，因此圭介是扯開了嗓門問的。望驚訝地回過頭來，如兔子一般紅的雙眼圓睜，凝視著圭介。

「妳就是來須藤家的人吧？為什麼在哭？」

圭介不懂得如何安慰哭泣的年長女孩，只會投以疑問；而他嘴上發問，心裡卻也明白不妥，暗自焦急。

「你是附近的小孩？」

原本應該相當清澈的聲音，此時卻因剛哭過而略顯沉悶。

「我叫遠藤圭介，和妳住在同一個鎮上，住得也很近。妳呢？」

望略微困擾地支吾片刻，才小聲回答：

「我叫森生望。」

「不是須藤？」

圭介不明白為何她被須藤家收養，姓氏卻不同，便又直截了當地發問；只見望露出略微受傷的神色，圭介發現自己的問題令她露出這種表情，又感到一陣焦慮。

他並不想害她難過。同情為何這麼困難？

「我姓森生。」

「妳有弟弟，對吧？媽……」

媽咪兩字說到一半，圭介突然住了口。雅之也稱呼母親為媽咪，所以圭介平時並未放在心上，但現在卻覺得上了小六還叫媽咪太孩子氣。說歸說，若要像茂久一樣叫「老媽」，母親又會責備他粗魯。

「我媽媽說妳有個弟弟。」

「嗯，他的名字叫做翔，請多指教。」

問完了問題，又是一陣沉默。不久後，望微微點頭致意，便要離去。

「妳在新學校被欺負了嗎？」

圭介希望和她再多說些話，才臨時想出了這個問題。望回過頭來微微一笑，搖了搖頭——這是她頭一次露出笑容。哭泣之後的笑容看起來與普通的笑容不同，讓圭介不禁心跳加速。

無論是淚容或笑容，都和小孩截然不同。

「那妳為什麼哭？」

又回到這個問題之上，望露出困擾的表情。

「因為我想起難過的事。」

「妳爸爸和妳媽媽的事？」

望露出明顯的傷心神色。搞砸了，圭介皺起眉頭。有些事就算知道也不能說出來。

圭介想同情她，卻不知該怎麼做。母親只教自己同情她，卻沒教自己如何同情她。

這種時候，連續劇裡都是怎麼做的？

圭介伸手探了探褲袋，拉出母親要他每天攜帶的手帕。燙得平整漂亮的手帕其實從未派上用場過，因為圭介弄濕了手時總是直接在褲子上擦乾。母親常為了這件事斥責他，不過今天他真的很慶幸自己是個不用手帕的懶鬼。

圭介將乾淨的手帕遞給望，望沒接下，他便更往前遞出，望才終於困惑地接下了手帕。

「謝謝。」

她微微一笑。這回總算對了。圭介頭也不回地跑走。

成功了成功了成功了！她對我說了謝謝。

她的年紀比我還大，卻向我說謝謝。

圭介的情緒格外地高昂。

上完補習班回家後，圭介頭一個便向母親報告。

「媽媽，聽我說！」

當圭介如此呼喚的瞬間，母親的臉色一沉；圭介莫名其妙，不由得噤了聲，而母親立刻又露出笑容。

「不叫我媽咪了？」

「嗯，我覺得好像太孩子氣了。」

他沒告訴母親是因為在望的面前覺得難為情。

「我跟妳說喔！我遇見須藤家的那個姊姊了！她說她叫望，她在哭，我安慰她，她還跟我說謝謝耶！」

圭介一面坐到餐桌旁，一面描述；走向廚房的母親頭也不回地說道：

「做得很好。」

圭介原以為母親會稱讚有加，沒想到卻只有如此簡短的回應。他略微不滿地等待飯菜上桌。

隔天晚上，圭介寫完功課下樓，發現桌上放著昨天的手帕。

她來過了。

圭介立刻跑到廚房纏著正在洗碗盤的母親。

「媽，小望姊姊來過了，對不對？幹嘛不叫我啊？」

望一定會再度向自己道謝的。

「你正在做功課啊！她要我跟你說聲謝謝。」

圭介想聽的便是她的道謝。

「要是叫我一聲，我可以下來一會兒啊！」

「沒那個必要。」

母親的聲音變得強硬起來，這是她快要發火的徵兆。母親的生氣罩門圭介大致都明白，唯有這時他完全不懂母親為何生氣。

「快去洗澡，上床睡覺！」

此時的聲音已略微歇斯底里，不明就裡的圭介趕緊溜之大吉。一旦母親轉為這種聲音，只能三十六計，走為上策。

不久後，森生姊弟便時常出現於父母的對話之中。說歸說，都是母親單方面地說給父親聽。

聽說須藤夫婦把孩子接來養，卻沒辦收養手續，所以孩子和他們不同姓，就連門前的名牌也是掛了兩個。我看須藤夫婦根本不想收養他們吧？尤其是那個老大，個性好像有點古怪。

聽說老么受了父母雙亡的打擊，變得不會說話，好可憐。可是老大之前還笑著和我們打招呼呢！爸媽才剛死，居然還笑得出來？我看那老大有點無情，個性感覺上也挺刁的。

我也和老大說過話，總覺得她不怎麼討人喜歡，明明是個孩子，卻一點也不可愛。鄰居們也都這麼說……

媽，妳不是說須藤家收養的孩子很可憐，得同情他們嗎？

見母親的態度與森生姊弟來此之前產生一百八十度轉變，開始大力批判望，圭介大為混亂。

「當然啦，不會講話的老么很可憐，不能欺負他；不過老大嘛……或許和我們這個小鎮不相配吧？」

圭介的胸口倏地發冷。

和這個小鎮不相配。

母親這麼說，絕對錯不了。因為和這個小鎮不相配，才會被鎮上的人討厭。甚至有人因為不相配而搬家。

只要出現這種人家，母親總是會這麼說——

我們這個小鎮這麼好，或許是不適合那戶人家吧！

對不相配的人好，是不對的。借手帕給望，想聽她的聲音，為她的淚容及笑容怦然心動，全都是不對的。

因為不相配的人都是有缺陷的人。媽媽很敏銳，總能比別人早一步發現這些缺陷；其他人也會跟著慢慢發現。

不能和不相配的人交朋友，會被帶壞。和望交朋友是不對的——喜歡上望也是不對的。

因為媽媽從沒錯看過人。

不要緊，我才沒喜歡上她，我又不認識她，只是因為她是附近唯一一個比我大的孩子，所以有點好奇而已——我只是想看看她是什麼樣的人。

彷彿要說給同座的圭介聽一般，母親與父親單方面的對話之中總是頻繁地摻雜著對望的批判，從未間斷過。

「喂，你們覺得須藤家的森生望怎麼樣？」

在公園玩耍時，雅之突然問道。

「我沒跟她說過話，是那個個子很高的女生吧？」

回答的是茂久。

雅之一面伸手探入洋芋片包裝，一面大惑不解地說道：

「我媽咪要我別和她說話耶！為什麼？」

圭介裝得若無其事，其實全身都在注意聆聽。

第四日。

其他人也開始發現望是個和這裡不相配的人。

應該是圭介的母親告訴雅之的母親的，而雅之的母親聽了以後，也覺得有道理。

「我和她打過招呼，不覺得她有什麼不好啊！」

「或許我們不知道，但大人看得出來她有什麼地方不好。」

圭介插嘴，茂久一面坐上鐵管，一面歪頭說道：

「可是我爸媽什麼都沒說耶……」

「你爸媽的消息一向不靈通。你媽老是說：『唉呀，有這種事啊？唉呀！』要是我媽或雅之的媽媽沒告訴你媽，你媽就跟不上鎮上的話題啦！你要感謝我們！」

因為我們家店裡生意忙嘛……茂久一面笑，一面含糊帶過。

「可是啊，從前她們常批評大人，卻沒說過小孩啊！」

雅之的表情顯得無法釋懷。

「你看漫畫和連續劇裡，說別和某某人家的孩子玩的，不都是壞人嗎？都是那種壞心眼的大人在說的。我媽咪說那種話，讓我有點受到打擊……」

圭介只覺得氣血上衝。

在漫畫或連續劇裡，說這種話的一定是壞人；看在一般人眼裡，是典型的壞心眼人種。圭介直到現在才發現這件事，不由得不分青紅皂白地起了反彈。

圭介的母親是最先這麼說的人，豈不表示圭介的母親便是最惹人厭的？

「你是白癡啊？那些都是虛構的故事，現實上才不一樣咧！大人的世界要來得複雜的多。」

「是嗎？那圭介覺得森生望怎麼樣？」

被雅之這麼一問，圭介一時語塞。

擦身而過的那一瞬間所看見的濕潤眼眶，忍著悲傷的臉龐，在在引人憐惜。不過，大人們從這樣的少女身上發現了某些惹人厭的缺陷。雖然圭介不明白是什麼缺陷，但母親從未錯看過人；她說配不上這個社區的人，就是配不上。

「森生望的事是我媽告訴你媽的，你的意思是我媽亂造謠？」

見圭介改變話題，雅之膽顫心驚。

「我沒這麼說啊！我以為是我媽咪說的。我媽咪個性有點散漫，我只是覺得，假如是她先說這種話，或許是她錯了；不過，既然是圭介的媽咪說的，那鐵定沒錯。圭介的媽咪很能幹，和我媽咪不一樣。」

沒錯，遠藤太太比鎮上的任何一個人都還要能幹，大家都是這麼說的。圭介總算消了氣。

待圭介穿上國中制服時，母親也開始批評起翔來了。

到現在在家裡和學校也都還不說話，遇到附近的大人也只是點點頭，連笑都不笑一下。就算不會說話，總會笑吧？真沒禮貌。老大是那副德行，老么也是這個樣子。老大只會露出那種討好人的卑微表情。

都已經過了兩年，在家裡也該說點話吧？到現在還不說話，不覺得辜負了養父母的恩情嗎？

至少可以表現得親近一點吧！

說不定是老大不喜歡被須藤家收養，故意要弟弟疏遠須藤夫婦的。姊弟倆都一樣忘恩負義。沒有父母的小孩果然會個性扭曲。

附近的孩子鮮少有人與翔一起玩耍。和翔感情最好的是與他同班的中村亮太，亮太的家原本便是「不相配的人家」，所以算是破鍋配爛蓋。聽說亮太的母親以前是做特種行業的，附近的大人對她的風評向來不佳。

還有西山家兄弟與望也相當親近。西山兄弟的母親向來笑臉迎人，絕不與人爭執，見到望時常說「謝謝妳總是陪我們家孩子玩」，不過在圭介家聊天時絕不提起森生姊弟。話題一牽扯到森生姊弟，便一味保持沉默，只聽不說。

其他孩子只有在公園碰巧遇到翔時才會一起玩，平時並不造訪彼此的家。這點從圭介還是小學生時便已是如此，待圭介上了國中，已不和鄰居小孩玩耍以後，依舊維持這個狀態。

須藤太太從以前就是這樣，並不常與鄰居交流，頂多偶爾參與鎮民會與家長會。

須藤先生在縣政府工作，所以大人們並不說須藤家的壞話。有個捧鐵飯碗老公在的家庭，怎麼可能配不上這個社區？大家都只說他們領養了兩個難纏的孩子，很可憐。當然，沒人會當著須藤夫婦的面說這種話，因此須藤夫婦並不知道自己被鄰居憐憫著。

初次見面時相借手帕之事，圭介只當作沒發生過；不過望似乎還記得，每回見面時都會笑著向他點頭致意。

這讓圭介覺得無法忍受。

別鬧了，我那時是誤會了才會對妳好。配不上這個社區的人親近我，反而是種麻煩。

當圭介與雅之或茂久在一塊時遇見望，總會無視於她，並故意說些諷刺話給她聽，諷刺的內容全是向母親現學現賣而來的。一個人遇見望時，當然也是視而不見。

久而久之，望開始迴避圭介的視線，也不再點頭致意；但這麼一來，圭介心裡又不痛快。竟敢對我視而不見，妳以為妳是誰啊？心生不滿的圭介開始找望的碴。無父無母的身世與不會說話的翔成了最好的挑釁題材。

無論圭介說什麼，望絕不反抗，只是含糊地笑著；這又令圭介看不順眼。每次都是同樣的反應，只是在敷衍我。怎麼不回嘴？只會嘿嘿笑，真是窩囊的女人。圭介越來越感焦慮，找碴的方式也越來越刻薄。

然而——

我也討厭你。

那雙頭一次直視自己的眼睛充滿了怒意與無可挽救的厭惡感。

我並不想把事情弄成這樣。圭介心中的某個角落發疼，但現在的圭介已不願承認這股心疼。不可能，我才不在乎望。我只是因為看她不順眼才老是找她麻煩，才不是因為對她有意思，我絕對不承認。

因為被她討厭而感到傷心的自己並不存在。我只是不爽她反抗自己而已。

然而，一直以來，面對圭介時只會忍氣吞聲的望居然改變了；對於改變了她的存在，圭介極為耿耿於懷。

夏木與冬原。

在家時自然不用說，在學校時也是個優等生的圭介只有被稱讚的時候，從來不曾被責備；但這兩個大人居然當面指責他。

就是他們改變了望——讓望開始反抗自己。

圭介極為不悅。望竟然被那些傢伙慫恿，因那些傢伙而改變。

不管我如何欺凌都沒有改變的望，居然被那些傢伙改變了。

——卻沒有因為我而改變。

雖然否定望，卻比任何人都注意著望的圭介很明白，望顯然對那兩個大人懷有親近感，對夏木更是抱有好感。

她不認同圭介，卻認同否定圭介的大人；這便與否定圭介無異。

我才不輸給那種人，才不接受那種人的保護。我才不順從那種人，才不順從望認同的人。

如今圭介的腦中只剩下這些念頭。

第五日。

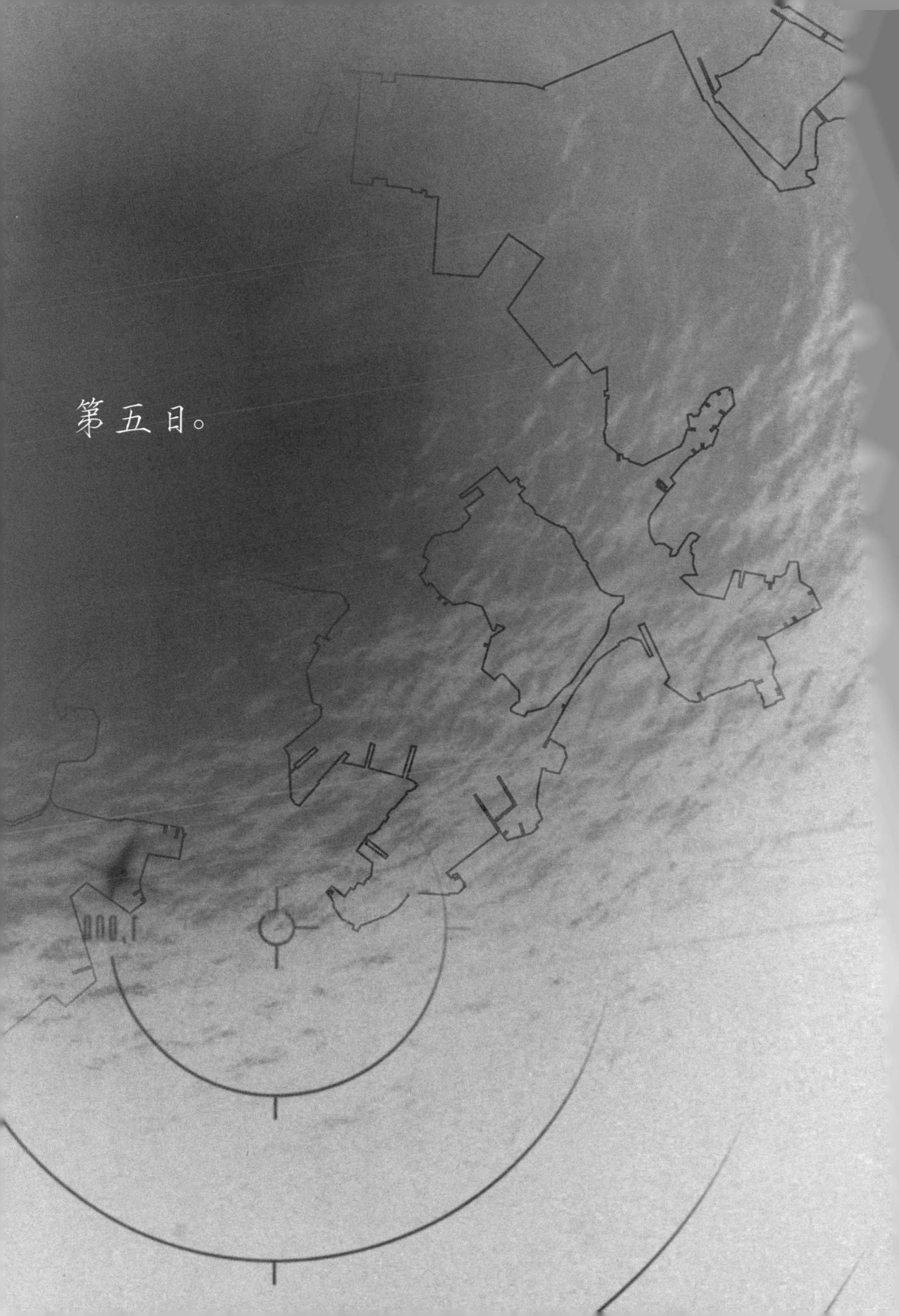

*

四月十一日（四）。

晨間新聞報導了自衛隊決定出動的消息。出動型態尚待協議，不過一般預測正式出動命令應會在近兩天內下達。

據說只要自衛隊出動，便能在一天之內掃蕩包含美軍基地在內的所有陸上蝦群。既是如此，為何不早一點出動？望等人不由得如此懷疑，不過背後想必有許多因素吧！畢竟連前幾天救援時都不能開槍。

「只要解決帝王蝦，我們就可以回家了嗎？」

西山光詢問，冬原睡眼惺忪地點了點頭。早餐時間成了睡眠時間的夏木現在並不在餐廳裡。

冬原對新聞不感興趣，只是喝著茂久親手做的味噌湯。

「你已經知道了？」

望問道，冬原以不帶勁的聲音回答：

「半夜接到的消息，害我被吵醒。」

說著，他又打了個呵欠，似乎真的沒睡好。「我只要被吵醒，就很難再入睡。」

「辛苦你了。」

「這次會是防衛出動嗎？」

木下玲一難得主動找冬原說話。自避難生活開始以來，這個少年還是頭一次向別人攀談；望頗感意外地看著他。

「防衛出動有點難，應該會用災害特例矇混過去吧！」

「機甲之類的特種部隊會來嗎？」

「怎麼可能從富士山腳下搬戰車和榴彈砲過來啊！對付這種對手，根本用不著那麼高級的裝備。只要有武器使用許可，武山普通部隊的裝備就綽綽有餘了。」

「呿！」

此時，報導出動消息的新聞又切換至下一個話題。

『關於「霧潮號」水手虐待未成年人一事的真假，國防部表示必須聽過水手的說法之後才能回答；但由於接收未成年人至「霧潮號」之際，水手的上司因而殉職，國防部並不排除水手因精神不安定而有所失態的可能性。』

望反射性地瞪了圭介一眼，圭介雙眼直盯著電視，並未發現望怒視著自己。

那蘊含著陰暗熱情的眼神令望忍不住別開了視線。雖然這麼做像是怕了圭介，令望有些懊惱；但圭介的眼神凶暴異常，如果視線不慎與他交會，只怕會被他咬得粉身碎骨。

若是主動挑起紛爭，又會連帶造成夏木與冬原的麻煩。望這麼告訴自己，忍了下來。他們兩人現在的立場已經夠複雜了，假如與圭介對立——即使是為了制止小孩吵架——出去後不知又會被圭介說成什麼樣子。

此時的望完全沒想到圭介已經完全失控。

做完輪流負責的飯後收拾工作以後，望回到房裡；八點過後，翔前來找她。

從望頭一天以來的態度，翔已知道望不願讓別人進入房中，因此只在房門口招手叫她過來，並比了個打電話的動作。

「要打電話回家？」

即使手勢顯淺易懂，望還是習慣再出言確認一次。自避難生活開始以來，這是翔頭一次說要打電話回家。

昨天把夏木的一番話告訴翔之後，翔頭一次與家裡通電話。過去翔總認為反正自己說不出話來，因此從不參與通話；即使阿姨與姨丈要求換翔來聽電話，望也從未照辦。

縱使聽不到回答，阿姨和姨丈還是想和翔說話。如果望沒胡思亂想，早該明白這個道理了。

望橫了心詢問：「我可以問一個問題嗎？為什麼妳不收養我們？」不要緊，夏木說阿姨和姨丈並不討厭我們，絕對不是被迫收養我們的。

阿姨在電話的另一端困擾地笑了。

對不起，阿姨從前覺得反正自己沒孩子，花不到什麼錢，所以不太認真存錢；現在一想到翔大學畢業為止所需的花費，手上的錢實在不太夠。假如是寄養，政府就會有補助，就算寄養人是親戚也一樣。

果然如夏木所言，在倉促之間收養兩個孩子，光是錢的問題便不容忽視，絕不可能單因一時衝動而決定。與其勉強自己收養，不如一開始便表明養不起，要來得輕鬆許多。收養望與翔，對阿姨而言沒有半點好處。

那就用爸爸和媽媽的錢吧！

為了彌補自己過去的思慮不周，望如此說道；聽到她這麼說，阿姨又笑了。

光靠姊姊他們的遺產，錢一下子就用完了。我總是希望能把錢留到妳和翔結婚的時候啊！錢多一點，不會有壞處的。再說……

再說？

你們畢竟是姊姊的孩子，我也知道她和姊夫是想了好久才取好你們的名字。雖然和監護人不同姓，會有很多不方便的地方；不過你們還是當森生望和森生翔，直到妳出嫁為止吧！

說來慚愧，望與翔明明很清楚阿姨和姨丈的為人，卻為了那些毫無根據的的謠言而鑽牛角尖。比起那些閒言閒語的人，望與翔明明更了解阿姨的。

不過，現在還不遲。雖然望與翔鑽牛角尖，刻意疏遠，但阿姨及姨丈並未放棄他們。他們還可以從頭來過。

電視上說有小孩被水手虐待，你們沒事吧？電視臺的人也來我們家裡採訪過。

這話雖然令望感到不快，但阿姨這麼問是出於關心。姨丈和阿姨沒見過夏木與冬原，不知道他們為人如何；阿姨只是擔心望與翔吃苦而已。

那是騙人的，阿姨，妳別相信。圭介老是和隊員頂嘴吵架，他只是把爭執和被罵的情況加油添醋過後四處亂說而已。兩位隊員人都很好，這個電話也是其中一個隊員借給我們的，因為我的手機沒電了。我們本來不好意思借，可是他卻說家人一定很擔心，要我打回家。真的虐待小孩的人怎麼會讓小孩聯絡監護人？如果電視臺去採訪，阿姨，妳一定要這麼說喔！

望忿忿不平地訴說，反而讓阿姨放下心來。

望這麼替他們說話，可見他們一定是好人。

望並不是替他們說話，只是實話實說而已；不過，阿姨完全相信望的說法，仍然令望感到十分高興。

翔似乎也除去了心中的芥蒂；說不出話來卻想打電話，便是翔撒嬌的方式。

「我去向冬原先生借電話，你先去和大家玩。」

假如冬原人在發令所，馬上便可借到；但若是在巡邏中，就得找上一陣子。

翔點了點頭，與在外等候的亮太一起跑過通道。

望到發令所一看，冬原果然不在，只有夏木裹著毛毯睡在角落的床墊上。按照輪班時間，他得到近中午時才會起床。

望輕輕地踏入發令所內數步，窺探他的樣子。

——他很累吧？

他睡著時眉頭深鎖，看似相當痛苦，令望有點心疼。若是他感到痛苦，想必大半原因都是出在孩子身上，更讓望於心不忍。

而且，他睡得似乎不太安穩。發令所中的平坦面積不多，無法鋪平床墊，只能硬把床墊塞進空隙裡，連要翻身都困難。

「怎麼了？」

背後突然傳來聲音，嚇得望險些尖叫出聲。回頭一看，原來是冬原。

「如果妳想叫醒他，就得小心點。那小子睡到一半被人叫醒會翻臉。」

冬原嘴上這麼說，卻是以平時的音量在說話；望連忙將食指放到嘴唇之前。

「不要緊，他向來很好睡，說話聲吵不醒他的，得動手拍他或搖他才行。」

「我並不想叫醒他，只是覺得他睡得似乎不太安穩。」

「啊，他的睡臉本來就是這樣。雖然看起來很不爽，但妳不必擔心。」

聽了這話，望有些錯愕；不過機會難得，她又順便問道：

「請問……圭介的事會造成問題嗎？」

即使詢問夏木，他也不會說真話。他只會說「妳不用擔心」，不讓小孩為自己操心。

冬原直截了當地問道，毫不客氣地打量著望，似乎在衡量她有多認真。

「妳擔心啊？」

望也坦白地點了點頭。望已經不是聽見大人說不必擔心便能無條件放心的小孩子，但夏木卻將她歸類於小孩，令她頗為不平。更教望懊惱的是，即使主張自己已不是小孩，她仍舊只是個高中生。

第五日。

冬原微微一笑，回答：

「聽說圭介的媽媽和其他家長去向司令部強烈抗議；司令部也問過我們，我們已經說明事情的經過了，不過出去以後應該得再被審問一遍。這次的事算是情有可原，多半不至於被開除；然而家長們來勢洶洶，我看是免不了處分。」

「情有可原？這麼說活像是夏木先生做錯了事一樣。」

望心有不甘地喃喃說道，冬原苦笑：

「夏木的確也有錯，不管理由為何，他確實揪著圭介的胸口拽了一把。當然，他的心情我能了解啦！」

「理由究竟是什麼？」

「妳想像不出來？」

被這麼一問，望屏住了呼吸。經冬原提點，望才猛省過來。夏木得知望與翔身世的原因，除了圭介再無其他；假如圭介是開端，他提及時不可能不損上幾句。

而夏木也不可能不生氣。

「妳別搞錯了，這不是你們的錯。」

冬原搶先說道：

「夏木不是為了你們，是他自己看不過去才生氣的。雖然他是個白癡，但妳可別小看他了。」

冬原的說話技巧很高明，被他這麼一說，彷彿為此愧疚才是種錯誤的行為。

「可是，為了袒護我和翔而受處分……」

「妳只擔心夏木啊？拜託妳也同情我一下嘛！我被夏木拖下水，得受連帶處分耶！」

聽了這話，望羞紅了臉。

「對不起，我還以為和冬原先生無關……」

冬原為人機靈，望總覺得他不會遭受池魚之殃。這自然是事實，但冬原這番話讓望發現自己對夏木格外關懷，因此大為動搖。

「這種時候我和夏木都是連坐處分啦！」

冬原不平地埋怨道。

對了，妳有什麼事嗎？冬原詢問，望點了點頭。

「我想借用手機。」

「ＯＫ，我會在這裡待上一陣子，妳帶小翔過來吧！」

望點頭，離開了發令所。

走到餐廳一看，只有吉田茂久與木下玲一在場。

與圭介一黨的國中生大概又窩回寢室裡去了。為了供孩子們打發時間，夏木與冬原從隊員的私人物品之中搜刮了許多雜誌及漫畫，放在餐廳裡；但那些書籍全都不見了。在夏木等人的督促之下，他們會不情不願地分擔打掃工作，不過之外的時間幾乎都窩在寢室裡。

小學生全都不在，八成又開始捉迷藏了。

只要在這裡等候片刻，應該會有人經過，因此望便留在餐廳裡，一面看電視，一面等待。現在正好是從新聞轉為綜藝節目的時段，電視上又開始幸災樂禍地討論起「霧潮號」水手虐待孩童的真假。

望自然而然地板起臉孔，坐在附近的茂久突然對她說道：

「不用擔心啦！」

「咦？」

「他們又沒虐待人。反正這種事情一定會去問過每個人的說法，等到出去以後，記者也一定會來找我們採訪。到時問到我，我會好好解釋是圭介把事情誇大了。」

這番意料之外的話語讓望有點錯愕。她沒想到茂久會袒護夏木等人。確實，最近他常幫夏木與冬原做飯，但望沒想到他會如此明目張膽地支持夏木。

「反正電視臺也會找上妳家，到時候妳可要好好解釋啊！」

「我、我當然會好好解釋……那還用說？」

不消茂久叮囑，望原本就打算這麼做，因此回話時的語氣變得有點衝。

「可是，茂久……你和圭介是好朋友，沒關係嗎？」

望不好意思直接詢問「你反抗圭介，沒關係嗎？」只得換個委婉的問法。

「拜託妳別拐彎抹角說話，只會讓我覺得更悲慘。我和圭介看起來根本不像好朋友吧！」

茂久帶著自嘲的聲音拒絕他人的安慰。

「要是連做錯事時都得支持他才能繼續當朋友的話，根本就不叫朋友吧！我覺得在這件事上是夏木先生比較對，所以站在夏木先生這一邊，如此而已。」

「你覺得夏木先生比較對嗎？」

圭介嘲笑的是望與翔。雖然圭介身旁的小孩並不會率先惡言相向，但對望與翔的態度仍然不太好。

或許是看出了望的心思吧，茂久露出尷尬的表情。

「我也覺得對不起妳和翔，只是圭介討厭你們，又沒人敢反抗他。」

「我倒不覺得他討厭你們。」

插嘴的是玲一。玲一不常主動攀談，茂久顯得頗為驚訝。

「他只是自卑情節作祟而已，我看他應該不知道自己究竟想怎麼做吧？當然啦，被他遷怒的人是很倒楣。」

最後一句話帶有體諒望與翔之意。茂久詢問玲一：

「那夏木先生和圭介的事，你打算怎麼辦？」

「不怎麼辦，實話實說啊！我沒看到那兩個人施暴，我也沒被虐待。」

看吧！茂久轉向望。

「這下子就有三個人反駁圭介了。應該還有幾個孩子也會支持他們，外界不可能聽信圭介的一面之辭。」

茂久嘴上說不可能，神色卻略顯不安，或許是因為心中對圭介仍有幾分畏懼吧！

「冬原先生說他們應該不會被開除，不過得接受處分。」

為了讓茂久安心一點，望把剛才聽來的消息說出來。

「希望處分能輕一點。」

茂久點頭，玲一也微微地歪了歪脖子，或許亦是點頭贊同之意。

三人自然而然地將視線移回電視之上。虐待話題已在他們談話之時結束，望終於能安心地看電視，但孩子們卻一直沒出現。昨天明明每隔五到十分鐘，就會有小孩經過餐廳的啊！

正當狐疑開始轉為忐忑不安之際——

「小望姊姊！」

亮太鐵青著臉衝進餐廳。

「翔不見了……我們和昨天一樣玩捉迷藏，可是一直找不到翔！」

枕頭突然被一腳踹開，把夏木嚇得一躍而起。

「你幹嘛啊！」

夏木怒吼，凶手冬原則冷淡地說道：

「緊急狀況，小翔失蹤了。」

夏木一瞬間完全清醒，二話不說地跳了起來，穿上枕邊的上衣，追著說完了話便離開發令所的冬原而去。

「失蹤是怎麼回事？」

「孩子們玩捉迷藏，卻找不到小翔——整整三十分鐘。」

「該不會到外頭去了吧？」

「我檢查過進來時的艙門，是關著的。那些孩子不知道其他艙口在哪裡吧？再說，你覺得小翔會拿這種事情開玩笑嗎？」

「不覺得。」

雖然翔不會說話，但從他的態度與表情便可了解他的性格。他和姊姊望一樣有著倔強的一面，但基本上卻是認真乖巧。

「他的姊姊也持相同見解。」

孩子們呼喚翔的聲音此起彼落，其中可立刻分辨出望的聲音；她的聲音帶著哭腔。夏木微微瞇起眼睛。

別哭了，我立刻替妳找弟弟。

望一哭，夏木便覺得渾身不自在，猶如女人對著自己哭泣時一般刺痛。

「聽說翔是在最下層和亮太分開的。」

「會不會只是他躲得太好，沒人發現？」

「依那孩子的個性，聽見這麼多人拚了命地找他，一定會馬上出來吧！」

「說得也是……這下可糟了。」

叫了這麼久還不出來，表示翔極可能在藏身之處失去了意識。若是貧血或其他症狀便罷，假如在高密閉性之處缺氧——而潛艇原本就是密閉性高的地方。

「從下面開始找吧！把關起來的地方全部打開。」

「送風管也得全檢查過一遍。那小子體格瘦小，什麼地方都鑽得進去。」

「在這種時候就很棘手啊！」

最下層盡是機器與馬達，就構造上而言，多得是小孩能鑽進去的縫隙。

在開始搜索之前，夏木先到男生房一探。圭介等人總是窩在房間裡，或許他們曾看見翔通過房門前。

「你們有沒有看見翔？」

「誰管那個死小鬼在哪裡啊？」

以完美的反應能力反唇相譏的是圭介。其他國中生只是戰戰兢兢地看著圭介，這點也和平時如出一轍。

夏木奮力壓抑焦躁感，繼續說道：

「翔已經失蹤三十分鐘了，你們能不能幫忙找？」

「為什麼我得幫忙找那傢伙的弟弟啊！」

這小子知道現在是什麼情況，自己說的是什麼話嗎？要是翔有了萬一，他回想起自己說的這番話時不會覺得良心不安嗎？

「你這小子……」

別鬧了。夏木正要如此怒吼，冬原用力按住他的肩頭。

「和他耗下去只是浪費時間而已，去找人吧！」

冬原的聲音已經達到了忿怒史上的最高點。

「你就是這副德行，才會連戀愛都被媽媽掌控啊！小弟弟，你該學學如何善待自己喜歡的女孩才對。」

先痛擊圭介最不願被觸及的部分，並在狂怒的圭介破口大罵之前迅速離去。這對自尊心強烈的圭介而言，是最有效的手段。冬原便是這樣的男人，一旦決定攻擊，絕不會因為對方是小孩而手下留情。

「這叫做教育指導！」

「你在這方面真的是毫不容情耶！」

真虧他平時有臉嘲笑夏木不成熟。

說著，他們兵分兩路，冬原往後端去，夏木則從前端的電池室開始搜索翔。

「混帳！那傢伙胡說什麼！混帳！」

圭介猶如語言中樞麻痺一般，一再重複相同的話語。

接著他發現其餘三人正盯著自己。

「你們看什麼看！別相信那傢伙說的話！你們該不會信了吧？」

冬原沒提起任何具體的名字，卻一針見血地直指圭介喜歡望，比起說圭介有戀母情結更令他感到屈辱。

面對惡狠狠的圭介，國二的坂本達也與國一的芦川哲平嚇得不知所措；雅之出面緩頰。

「我們不會相信啦！你怎麼會喜歡望？光看態度就知道了，你很討厭她啊！」

沒錯，我討厭望。

我也討厭你。望當時這麼說並瞪著圭介。圭介討厭望的態度已明顯到連望本人都知道。事到如今，就算旁人否定他討厭望，也已經來不及了。那股厭惡感已經無法抹滅——他才不需要為時已晚的事物，從一開始就不需要。

這種感情從一開始便不存在。

「走吧！」

說著，圭介從床鋪上起身；年紀比他小的哲平露出了驚懼的神情。

「真的要去？不好吧？」

「都到這個關頭了，你怕什麼？那兩個人都離開發令所了，現在正是好機會吧？」

「可是，說不定翔立刻就會被發現啊！」

達也也不安地幫腔。「要是知道我們幹了這種事，他們一定會大發雷霆的。」

「白癡！那小子又不會說話，怎麼可能那麼快被發現！」

圭介窺探正面的通道。走向兩端的兩人尚無折回的跡象。

圭介走出房間，其他三人最後還是乖乖地跟著他。

在聽得見回應聲的範圍之內玩捉迷藏，沒什麼意思；因此捉迷藏的規則變為當鬼的人數一百下之後開始找人。

翔和亮太決定躲到最下層，他們兵分兩路，亮太往後端跑，翔則衝進了男生房附近的淋浴室中，故意把門開著，藏在門後。這種空城計藏法若是運氣好，便能殘存到最後；但若是運氣不好，卻是見光死。這種驚險刺激的感覺最教人難以抗拒。

翔屏氣凝神，聽見好幾道奔跑聲靠近——看來這次是見光死。翔吐了吐舌頭，沒想到衝進淋浴室裡來的卻是圭介。見了圭介可怕的表情，翔不由得縮起身子，圭介卻使用蠻力，硬把翔從淋浴室裡拖出來。圭介的跟班全等在外頭，只有茂久不在場。

圭介，沒問題嗎？

這道不安的聲音是國二的達也，還是國一的哲平？

囉唆，我已經擬好計畫了。只要這小子失蹤，就會引起騷動，可以替我們爭取時間。反正他不會說話，再合適不過了。

雖然翔不明就裡，卻知道圭介等人要利用自己來做壞事。翔試圖從國中生之間的空隙逃走，但他甩不開抓著自己手臂的圭介。

圭介等人硬生生地將奮力掙扎的翔拉進男生房，甚至可說是將他扛進去的。翔用力踩穩腳步，他們便一把將他抱起，拉入房間。

好痛！圭介，他會咬人！

我不是要你們注意一點嗎！這小子的嘴巴只會像狗一樣咬人！

他們把翔推進房間最角落的床上，並以膠帶反綁翔的手臂。翔以尚能活動的腳猛踹周圍，但雙拳難敵四掌，連腳也被從制服褲上團團捆起，全身被膠帶綁成了木乃伊，無法動彈。

圭介輕蔑地俯視著翔。

要是不服氣就說話啊！叫你姊來救你啊！在那些傢伙還在愣頭愣腦地四處嚷嚷的時候，我們已經離開這裡了。走著瞧吧！我要讓他丟大臉。你姊喜歡的男人不過是這種程度，被我羞辱的程度！我會讓你姊看清楚！

圭介猶如發燒似的喃喃囈語，表情顯得相當異樣。比起那直鑽入耳的聲音，他那失控的表情更讓翔害怕。

他們又把翔從床上拉出來，放到地上，並從床墊收納箱中取出床墊，放到最上方的床鋪上。

不要！

翔察覺他們想做什麼，掙扎著想逃走，但捆了數層的膠帶文風不動。國中生們將翔塞入空箱之中。

拜拜！放心，我有留洞讓你呼吸。

說著，圭介便把收納箱的拉鍊拉上——四周變得一片漆黑。

好暗，好窄，無法動彈。三重痛苦輕易地將翔拉回四年前的車禍之中。如果能叫出聲來就好了，但縱使翔張大了嘴，也只能一再地喘息而已。

我在那時早已聲嘶力竭，再也叫不出聲了——翔如此想道。

夏木的聲音從入口傳來。他問圭介有沒有看見翔，而圭介裝蒜，回答：「誰管那個死小鬼在哪裡啊？」圭介討厭望與翔的事已是眾所皆知，因此沒人懷疑。

冬原要夏木別和圭介浪費時間。

接著他們倆便離去了。要是這時翔能叫出聲來，夏木等人立刻就能找到他；但他卻發不出聲音來。

那時候我哭得那麼厲害，叫得那麼慘烈，還是沒人來救我們。爸爸和媽媽都被壓扁了，我們也渾身是傷。

所以我的聲音沒有用，沒有任何意義。最希望能派上用場的時候，我的聲音卻沒能派上任何用場。

如詛咒般的絕望封鎖了翔聲音——自四年前開始，便不斷束縛著他。

不久後，圭介等人似乎離開了房間。翔原以為圭介等人不在，或許會有人進來找他，卻遲遲無人前來。大家都認為圭介等人總是窩在房裡，反而成了盲點。

不過，不久後就會被發現的。那時候也是一樣，等到翔死心，已發不出聲音以後，救護人員才從扭曲的車中拉出了翔與望。

正當翔閉上眼睛，打算捱過這段時間之時——

「翔，你在哪裡？」

望的聲音從外頭傳來。

「沒事的，至少他人沒到外頭去。」

夏木在男生房附近碰上了望，立刻搶先說道。他連孩子們應該不知道的機械室及發射管室艙口都檢查過了，全都是從內側牢牢關著。假如翔打開艙門外出，從外面是無法關上艙門的。

望再也忍耐不住，抓住夏木，如決堤般嚎啕大哭。

「夏木先生，該怎麼辦？要是翔有了萬一該怎麼辦！」

一起玩耍的小學生已找了三十分鐘，而夏木被叫醒之後也已經過了二十分鐘；找了近一小時還找不到翔，必然是出了什麼事。也難怪望這麼想；事實上，若是沒出事，絕不致於鬧得如此沸沸揚揚。

「別哭！」

「翔說他想打電話回家，多虧了夏木先生，他總算消除和阿姨之間的芥蒂了，卻……」

夏木抬起望的臉龐，以手掌擦拭她濕潤的臉頰。

要是翔有了萬一——望不敢明說，是因為她害怕若是說出口便會成真。

但這根本不可能成真，所以夏木毫不修飾地對她說道：

「我才不會讓我們船上出現死人！別操那種無謂的心！」

怒吼過後，夏木又嘖了一聲。我是想讓她哭得更兇嗎？望一哭，最困惑的明明是夏木，但這種時候他卻只會出言斥責。為什麼我不能好好說話？

「對……不起。」

拚命忍著眼淚的望令人心疼。拜託，別道歉。錯的是無法好聲好氣的我。這種時候到底該怎麼辦？

夏木猶豫過後，摸了摸望的頭。

「我一定會找到翔，翔也一定會平安無事，相信我吧——還是妳信不過我？」

望猛然抬起頭來，用力搖頭。

「乖孩子。再從後面找一次吧！」

夏木要望別哭的怒吼聲傳入耳中。

望在哭。

是翔的錯——是把翔幽禁在這裡的圭介的錯。

反正他不會說話，再合適不過了。

因為翔不會說話，這場橫禍才落到他的頭上來。若是如此，翔的聲音真的沒用嗎？如果他能說話，就不會被捲入這場事端了，不是嗎？

只會像狗一樣咬人。要是不服氣就說話啊！

圭介還如此侮辱翔，甚至連翔的嘴巴都沒堵上。

因為圭介瞧扁了翔，認定他說不出話，根本無須堵口。

我要讓他丟大臉，讓你姊看清楚！

圭介想讓望認清什麼？

你姊喜歡的男人不過是這種程度。

無論望喜歡任何事物，喜歡任何人，圭介憑什麼嘲笑她喜歡的對象不過爾爾？

如果翔一直沒被找到，便正中圭介的下懷。

姊。

他以為自己出聲了，但聲音卻仍未發出。你的聲音沒有任何意義——潛意識裡的巨石仍壓著

第五日。

他。

有意義。

如果我能說話，那時候便不會害得姊姊難過。

見翔一再反覆對不起的手勢，望露出了困惑又泫然欲泣的表情。

怎麼了？為什麼道歉？我不懂。

望因為不懂而感到難過。要是翔能說話，便能向她說明。

救援行動失敗，望為了鼓勵孩子們，努力以開朗的語氣說話；當時配合望的是亮太，亮太強顏歡笑，接下了望的話頭。

其實翔很想扮演這個角色。

對不起，姊姊這麼努力鼓勵大家，我卻只能默默地在一旁觀看，對不起。我這個做弟弟的不像亮太那麼可靠，對不起。

這種對不起不好好說明，對方便無法理解。果不其然，望反而感到困擾，變得更加難過。

而望現在也在哭。

若是翔能說話，望就不會傷心，望就不會哭泣——望喜歡的人與事便不會受到侮辱的話，翔的聲音就有意義。

「姊！」

睽違四年的聲音嘶啞且失去音準。

別怕，沒什麼可恥的。讓望傷心才可恥。

「姊！」

這次翔成功扯開了嗓門。不知不覺間，他已開始變聲，發出來的聲音與四年前記憶中的聲音截然不同。

當望經過男生房之前時，聽見了那道聲音。

姊！

這和望記憶中的聲音完全不同，但會叫她姊姊的聲音只有一個。夏木也發現了，立刻跑向男生房。

掀開入口的門簾一看，已不見圭介等人的身影。

「姊！」

或許是因為長年沒出聲，音量極不穩定，但已然足夠。

夏木毫不遲疑地走向房間角落，望也跟在後頭。

夏木打開的收納箱中，塞著被膠帶層層捆住的翔。

好過分。

見了翔的慘狀，望說不出話來。為什麼做出這種事來？望跪了下來，夏木則把翔從箱中抱出來。望扶起被放到地板上的翔，立刻著手撕去他身上的膠帶。

翔努力扯開嗓門，對著迅速撕下他腳上膠帶的夏木說道：

「夏木先生，快到上面去，圭介他們說要離開這裡，說要趁你們找我的時候離開這裡。圭介說要讓你們丟大臉，說姊姊喜歡的人不過是被他羞辱的程度而已。夏木先生，你才不只那種程度，對吧？」

望的身子倏地發僵。翔一心想著快把圭介的事說出來，沒有多餘的心力去斟酌內容。望不知該如何辯解，偷偷地打量夏木；夏木也抬起頭來看了望一眼，卻在視線相交之前又轉向翔。

「嗯，交給我。」

「剩下的交給妳了。」

說著，夏木起身，並在走過望身邊時摸了摸她的頭。

待夏木離去後，望大大地吐了口氣。

她替翔撕去手臂上的膠帶，翔則自行除去腳上的膠帶。

「快上去吧！大家還在找你呢！」

「姊，對不起。」

「這又不是你的錯。幸好你沒事。」

「我剛才全說出來了，對不起。」

翔正面道歉，望的表情變得五味雜陳。話說到一半時，對象原本還是複數，為何翔最後卻毫不遲疑地斷定是夏木？

「——這也不是你的錯。」

追根究柢，都是圭介不好。

「只要你能說話就好，其他的事全都沒關係。走吧！」

說著，望扶翔起身。

「喂，我覺得還是太危險了啦！」

在發令所打起退堂鼓來的，是年紀較小的兩人。

圭介無視於他們，升起了潛望鏡。他看過夏木與冬原使用好幾次，已記住了操作步驟。

ＮＢＣ電視臺的採訪小組正搭著直升機在外等候。他們說已安排好民間救難隊，並載了兩個取得帝王蝦射擊許可的獵友會會員前來。

圭介以獨家專訪為條件，要求電視臺免費安排救難隊前來救援；素以「為達採訪目的不擇手段」而聞名的電視臺二話不說便答應了。到目前為止，一切全照圭介的計畫進行。

圭介學著夏木等人的做法，略微升起潛望鏡環顧一周，確認四下狀況。

「沒問題，現在沒有帝王蝦。」

「可是……」

「我覺得還是不妥耶！」

連雅之都開始反對。都到這個節骨眼了，你還在胡說什麼？圭介瞪了雅之一眼，但雅之並未因此閉上嘴巴。

「要是失敗了，說不定會死。」

「才不會失敗！這次有可以開槍的人在！」

「可是你擔得起達也和哲平的責任嗎？」

「什麼叫責任啊！你們之前也沒反對啊！」

「要是失敗了，就是年紀較大的人得負責。」

平時總是立刻屈服的雅之這回居然不肯退讓，令圭介感到焦躁。

居然敢反抗我？沒人要聽我的話？

打從出生以來，這是圭介的意見頭一次被孤立。這是多麼令人惱恨的經驗啊！

「你們想退出就退出啊！我又沒強迫你們！」

圭介怒吼，達也與哲平嚇得往後退。

「我……我退出！」「我也是！」

他們異口同聲地叫著，衝出了發令所。雖然圭介叫他們想退出就退出，但他們真退出了，又讓圭介氣忿難平。

「你也一樣，想退出就退出吧！」

他對留下的雅之忿忿說道，雅之露出了困擾的表情。

「住手吧！現在只要向夏木和冬原道個歉就沒事了。雖然他們一定會很生氣，不過挨頓罵也就結了。我們也可以向電視臺的人說臨時被逮到就好啦！」

「囉唆！」

圭介朝著升降筒走去，雅之抓住他的手臂。

「你抓誰的手啊？」

圭介怒目相視，雅之雖然面露畏懼之色，卻沒放開圭介的手。

「住手吧！電視臺也不是站在你這邊，他們只是想提高收視率而已，才不會管你這種小鬼的死活咧！」

「我這種小鬼？你以為你在跟誰講話啊！」

「別再鬧下去了！」

雅之回吼。自圭介懂事以來從未遇過這種情況，剎時間不禁縮起了身子；這一縮讓圭介更加倔強了。

「你在賭什麼氣啊！要是為了賭這口氣而死了該怎麼辦！我媽也說，就算是你媽教的，也不該擅自做這麼危險的事！我媽還說會答應這種事的電視臺很沒品，根本不能信賴！」

「你就乖乖聽你媽咪說的話吧！白癡！」

「到底誰才是白癡啊！」

雅之還以嚴厲的諷刺，圭介聽了腦袋沸騰，嚷嚷了些自己也聽不懂的話語，腳則從正面踹往雅之的腹部。

被踹飛的雅之腦袋硬生生地撞上地板。見了雅之悶聲抱著腦袋蜷曲在地的模樣，圭介的心窩倏地發冷。

接著圭介奔向升降筒。事到如今，他已無法退縮。只要向夏木和冬原道個歉就沒事了？那還不如死了算了！

圭介賭著一口氣，開始攀爬通往上方的銀色長梯。

夏木與冬原在發令所前碰個正著，冬原顯然也知道了事情的來龍去脈。

「我找到翔了，他現在和望在一起。」

「國二和國一的孩子也告訴我事情的經過了。圭介和那個大賣虐待情報的電視臺勾結，打算靠民間救難隊演一齣感人的脫逃劇。」

「帝王蝦爬上來該怎麼辦！」

「聽說是要靠擁有除害獸執照的獵友會。他們的執照大概還沒到期吧！」

「那些外行人以為他們有本事狙擊嗎？」

夏木等人衝進發令所，發現雅之蜷曲於地板上；他雙手抱著後腦袋，似乎撞到了頭。

「你沒事吧？」

夏木扶雅之起身，雅之坐在地板上，連連點頭。

「我沒事……圭介到上面去了，快！」

夏木無暇回話，立刻衝進升降筒。上方的艙門已被打開了。

他快速地爬上艙口梯，冬原晚了一步，也隨後跟上。

「只是腫個包而已，沒事！」

他似乎檢查過雅之的傷勢了。接下來只剩圭介。

你可別給我出事啊，小鬼！

夏木過去從未覺得十公尺不到的瞭望臺竟是如此遙遠。

圭介有樣學樣地打開艙門之後，直升機的轟隆巨響突然落了下來。他爬上瞭望臺一看，直升機正停留在附近的空中。

直升機座艙已然開啟，繫著安全帶、貌似救助員的人對著圭介揮手，圭介也揮手回應。

圭介膽顫心驚地往下窺探，只見帝王蝦在甲板上四處爬動；不過瞭望臺這麼高，牠們不可能這麼快便爬上來。

那些人果然是廢物。這麼一想，圭介心中舒坦多了。

直升機一面調整位置，一面駛到瞭望臺的斜上方；救助員滑出了座艙，吊索慢慢放下。就在此時——

降了數公尺的救助員慌慌張張地對著上方比了好幾次×，吊索又被捲了上去。圭介心裡奇怪，走到瞭望臺邊緣一看——

一口氣在喉嚨深處發出了嘶喝聲。帝王蝦一齊爬向瞭望臺，不光是甲板上的，連海裡的帝王蝦也從碼頭爬到潛艇上，以同類為墊腳石，一隻接著一隻往上爬；牠們的速度遠遠超乎圭介的想像，轉眼間便已經爬到了瞭望臺的一半以上。

還是不行，得回去。雖然他極不願挨夏木等人的罵，但無可奈何。正當圭介欲返回艙口之時，子彈在他的附近彈起，距離近得讓他不知道是從哪兒來的。仔細一看，有人在直升機上舉槍瞄準；那人應該不是瞄準圭介，而是瞄準帝王蝦，但準頭實在太差了。

圭介嚇得不敢移步。接下來的子彈似乎打中了瞭望臺側面，應該也擊中了帝王蝦；但一想到若是子彈又失準，彈到身邊來，圭介就不敢動彈。此時，帝王蝦仍持續不斷地爬上來。

還不如死了算了。直到面臨生死關頭，圭介才明白自己賭的這口氣是多麼地膚淺；嘴上說不如死了算了，其實腦子裡根本沒想過真的可能會死。

「別開槍——————！」

圭介轉頭朝怒號聲的方向一看，夏木正爬上瞭望臺。

「孩子怕得不敢動了，別開槍！」

夏木甚至看穿了圭介怕得不敢移動。圭介半是哭泣地凝視著夏木，帝王蝦已來到他的腳邊。夏木對著直升機做出數次驅趕動作，並奔向圭介。

「快跑！」

夏木一面連抱帶扯地拉著圭介逃跑，一面怒吼：

「你想死啊？快動腳！是不是男人啊！」

圭介拚命移動著僵硬的雙腳；他彷彿忘記了走路方式，如不專心注意，腿便抬不起來。

待他跳下上部指揮所時，雙腳已支撐不住，跪了下來。

「快進去！」

夏木的聲音也顯得相當急迫。從矮了一截的指揮所仰望，已可看見帝王蝦的上半身。

「快下去，白癡！」

圭介顫抖的雙腳勉強踩上了艙口梯，但他怎麼也爬不下去。雙腿在梯子上交互往下移動的動作太複雜了。

「不行啦！會摔下去！」

「那就摔吧！」

夏木從上頭毫不容情地將他踢落。顫抖無力的雙腿承受不住衝擊，圭介立刻踩空一階，跌了下去。

圭介開始放聲鬼叫，但叫到一半卻停住了，因為他已停止墜落。

「混帳，夏木那傢伙真亂來。」

下方傳來冬原的聲音。待圭介回過神來之時，才發現冬原接住了他。等在升降筒中段的冬原卡著圭介，並將他抱住。

「喂，你沒昏倒的話，能不能快抓住梯子啊？要支撐只長高不長腦的小鬼很累耶！」

圭介無言以對，只好乖乖抓住梯子。

「走吧！」

冬原冷淡地說道，開始往下爬。每爬下數階，他便留在原地等候圭介。

好不容易爬完樓梯，圭介跌跌撞撞地走出升降筒，跌坐到一旁的操縱席座椅；此時，一道規律的腳步聲從艙口梯上落下，冬原立刻逃開。

圭介馬上便領悟了冬原為何要逃。

衝下艙口梯的夏木不由分說地揪住圭介的胸口，拉他起身，且毫不容情地給了他一巴掌。

雖然只是巴掌，圭介卻彈得老遠，一屁股跌坐在地。夏木立刻又揪著圭介起身，圭介忍不住縮起脖子，夏木把臉湊近他，大聲怒吼：

「誰說你可以隨便去死的！」

圭介有種被聲音毆打的感受，又縮起了脖子。

「你給我聽清楚，艦長是為了救你們才死的！你們的命是用艦長的命換來的，在這艘潛艇上你們沒有任何去死的權利！」

圭介猶如受了當頭棒喝，屏住氣息。反抗心數度抬頭，卻又一再萎靡。沒權利去死，不准擅自去死。夏木逼他認清自己有活下去的義務。暴跳如雷的夏木與冷冷瞥著自己的冬原，他們兩個都是真的生氣了。

即使平時總是衝突不斷，即使圭介再怎麼頂撞他們，夏木與冬原仍不容許圭介遭遇危險。夏木為了救圭介，在差勁的射擊與帝王蝦逼近之中仍毫不猶豫地衝到外頭去。冬原雖然冷冷地出言諷刺，在爬下升降筒時卻也一直在下方支撐著圭介，以免他摔落。他們對一再頂撞自己的圭介明明全無好感，卻未感情用事地拋下自己的義務。

夏木鬆開手，穿越踉蹌跌坐下來的圭介身旁，默默地走出發令所。

冬原在圭介身邊蹲下。

「還有一件事，那兩個年紀較小的國中生跑來找我，要我去阻止你。被你狠狠推開的雅之應該也是拚了命地想阻止你吧？你對他們這麼壞，他們卻這麼關心你，真是太好啦！」

這段柔聲說出的諷刺話刺著圭介；或許這便是圭介有生以來頭一次體驗到的羞慚之情。

圭介垂眼環顧室內，發現有三人份的腳站在入口處。他知道是雅之等人，但是怎麼也無法將視線抬升至看得見臉部的高度。

夏木踩著沉重的步伐，走在通道之上；翔與望從另一端飛奔而來。瞧翔健步如飛，真是人如其名啊！夏木腦子裡想著無聊的冷笑話。

「夏木先生。」

翔以仍不穩定的聲量叫道。翔走上前來，發現夏木鬱鬱寡歡，表情也跟著沉了下來。

「……沒事吧？」

望詢問，夏木在翔面前蹲下，看著翔的眼睛，並拍了拍他的頭。

「沒事，全員平安。」

他對著翔回答，並沒有什麼特別的原因——應該沒有。他還沒傻到把小孩說的話全當真。只不過，望有時候看來不像小孩；因此一時之間，夏木不知該以什麼表情面對她。

「我本來想叫他向你道歉，不過現在沒辦法責罵他，因為他剛經歷過生死交關的恐懼。我只能要他不准再犯。」

「沒關係。」

翔點頭。

「只要能證明你們不只『那種程度』就好。」

幹嘛舊話重提啊？夏木不禁苦笑，望也焦急地制止他。

「是啊！怎麼能讓一個國中小鬼瞧不起呢！」

夏木先生，你好帥！翔笑著說道。

「翔！」

夏木的背後傳來亮太的聲音。

「太好了……你身上是怎麼回事啊？」

安心的聲音變為驚訝。翔那鬆鬆垮垮的制服上仍留有一堆膠帶碎屑。

「是圭介做的，整得我好慘。」

「哇！又是他？他幹嘛做這種事……」

亮太照常回話，答到一半才猛省過來，睜大了眼睛；接著他抬頭看著望，看著夏木，又將視線移回翔身上。

「翔，你在說話耶！」

翔靦腆地笑了。亮太焦急地交互看著望與夏木。

「你們為什麼不驚訝啊？翔在說話耶？」

「因為我們剛才聽過啦！」

哦，這樣啊！亮太又將視線移回翔身上。

「太好了，翔！我第一次聽見你的聲音耶！比我還低，好好喔！」

「嗯，我開始變聲了。」

兩人興奮地又蹦又跳，狹隘的通道變得更為窄小了。不過他們會如此興奮也是人之常情，夏木便稍微讓出一些空間。

這麼一提，從前我們也常以聲音的低沉程度來測量成人度啊！夏木懷念起兒時的記憶。

當他回過神來，發覺望看著蹦蹦跳跳的兩人，又開始哭了。

「唉唷！真是的，妳幹嘛什麼事都哭啊？」

夏木以衣袖粗魯地擦拭望的眼角。伸手可及便是空間狹窄的少數好處之一，雖然這是種絕不想在隊員之間發揮的好處。

「我總覺得我每次都碰到妳在哭的場面，能不能偶爾笑一笑啊！」

「……我在夏木先生面前也有笑的時候啊！」

望一面拭淚一面笑道。這是她到目前為止最不像小孩的笑容，夏木又不由得別開了視線。

*

下午，自衛隊出動的消息也傳入了「霧潮號」。防衛出動果然未獲允許，最後仍以特殊救災模式來處理。

會議中始終繞著火力限制問題爭論，結果決定禁止使用空戰武器與導彈；武器射程亦有限制，最大射程武器為普通部隊所配備的迫擊砲，裝甲與特種部隊的出動也隨之取消。

直升機只可用於偵察及輸送，莫說射擊範圍，連射擊角度與方位都被嚴格限制。

展開陸上作戰時，不可在面向橫須賀港的地區使用俯角射擊，而且只能使用重機關槍以下的武器來對付帝王蝦。此外，美軍基地內的帝王蝦由自衛隊與美軍共同掃蕩，使用武器及射擊條件等限制亦適用於美軍。

雖然加上了諸多限制，軍事出動命令總算正式下達。目前自衛隊正將第一師的彈藥集中至武山駐防地，以因應明早的作戰。在警察的協助之下，必要的交通管制迅速地進行著，物資運輸也相當順利。

「Ping？」

夏木對著無線電反問。通話對象為「霧潮號」隸屬的第二潛水聯隊司令部。

「確定要Ping？兩小時後，一六三〇，一次。了解。」

「咦？怎麼，要Ping啊？為什麼？」

夏木切斷無線電後，冬原立刻問道。

「哦，根據警方的情報顯示，或許能用聲音操縱帝王蝦。」

「哦！電視上有說過嘛！帝王蝦出奇地聰明，又能用音波溝通。不過為什麼要Ping啊？」

潛艇的水聲測位儀（聲納）可分為被動式聲納與主動式聲納兩種，主動發出探測音波（Ping），以藉由反射音波來獲得周圍情報的便是主動式聲納。主動式聲納所能獲得的情報比被動式聲納更為精確，但若是周圍有敵艦時，我方船艦的位置亦會曝光，因此並不常用。

「你還記得『霧潮號』是緊接著在一艘核子潛艇出航後入港的吧？」

「哦，是有一臺核子潛艇在我們入港的前一天出航了。」

「聽說那臺潛艇出航以後Ping了好幾次，他們懷疑帝王蝦就是循聲跑到橫須賀基地附近來的，所以要我們Ping看看。」

冬原微微地皺了皺眉頭。

「慢著，為什麼警方會有這種情報啊？」

「聽說他們聘了個帝王蝦專家，預測帝王蝦的動向還挺準的；這次應該是念在或許能釣到帝王蝦的份上，才提供情報給我們吧！」

經過研究後，專家推測女王蝦發佈給全體蝦群的命令音波或許與聲納的頻率相近。但生物的震盪功率與潛艇的震盪功率有著極大的差距，想來恐怕是女王蝦輸給了潛艇，才造就了蝦群移動的結果。

「而且和我們的浮標天線似乎也有關。」

「怎麼說？」

「你還記得救援行動失敗時的情況嗎？」

救助員一吊著繩索下降，帝王蝦便立刻察覺，並開始攀登瞭望臺。

「今天的那個蠢電視臺也是在放下吊索時就被發現了，看來放吊索的聲音似乎與『工蝦』間的溝通音波音域重疊。」

「原來如此……」

潛艇為了能在海中接收無線電波，使用了各種線狀天線；入港前以無線電聯絡的頻率較高，因此收放天線的次數也更為頻繁。

「帝王蝦循著核子潛艇的聲納往橫須賀方面移動，而我們又把牠們帶到門口來。這麼一提，帝王蝦確實是在我們入港當天不久後登陸的。」

「當然啦，前提是專家的推測無誤。據說帝王蝦登陸的關鍵，便是牠們接近岸邊以後，發現陸地上有一堆行動慢吞吞的生物晃來晃去。聽說三笠公園一帶的帝王蝦其實也是在同一時間登陸的。」

若是推測無誤，掃蕩陸地上的蝦群之後，便能以聲音將海中蝦群引至近海，並用深水炸彈一舉殲滅。

「唉，拜託那位專家一定要猜中啊！只要這個推測沒錯，陸上作戰時就能把帝王蝦引到遠處去，這樣流彈才不會誤中『霧潮號』。我絕對無法接受潛艇在靠岸期間中彈，而且還是攜帶式武器開的火，多丟臉啊！」

冬原自暴自棄地說道。夏木一臉無趣地聳了聳肩。

「這個臉已經丟過啦！那個獵友會員打中瞭望臺的次數應該比打中帝王蝦的次數還多吧！」

「嗚哇！氣死人了！」

冬原難得這樣大聲嚷嚷。他不服輸的程度其實與夏木不相上下。冬原連聲咒罵電視臺好一陣子，之後大概是氣消了，改變了話題。

「話說回來，事發之後警察行動得挺快的嘛！」

雖然也有人主張該追究警備不周及損害上的責任，但多數輿論都認為警方已將傷害降到最低。事發當天，夏木等人亦親眼目睹機動隊僅隔了數小時便抵達現場，而揭曉帝王蝦來歷的也是警察。

「聽說前線指揮官從前是待在東京都警局的，而且有警備之神之譽呢！後來會合的幕僚團團長也很有才幹。」

「前線幾乎沒發生過混亂，防衛線建構得也很快。」

非但如此，甚至還替自衛隊整頓好出動的環境。不但直接將不入斗公園的警備總部移交給自衛隊作為戰鬥指揮所，還提供了前線地理條件等作戰時必須的詳細情報。

這和遲遲無法出動，只能對著內閣嚷嚷的國防部有著天壤之別。雖然警方最後宣告無法繼續警備，但這應該也是刻意製造的結果吧！

「冬原先生！」

突然衝進發令所的，是木下玲一。

「剛才電視上說自衛隊要出動了！你有沒有空白錄影帶啊？」

「你沒事要錄影帶幹嘛啊？」

夏木滿臉錯愕，但冬原卻是一派鎮定。

「哪來的空白錄影帶啊！再說我們這裡的放影機只能播放，畢竟潛艇上看不到電視的時候居多嘛！」

「那電話借我，我叫家人替我錄！」

「好、好！」

接過冬原拋過來的電話，玲一衝進升降筒中，又連聲催促：「快點、快點啦！」

「他怎麼啦？」

夏木歪頭不解，冬原一面升起潛望鏡，一面回答：

「他是個軍事迷，大概是想錄明天的陸上作戰實況轉播吧？」

「我還是頭一次看到他這麼興奮。」

玲一雖然會乖乖去辦夏木等人交代的事，但回話時總是語氣平淡，也鮮少主動開口說話。夏木原以為他的個性便是如此，沒想到卻有這意外的一面。

「就算表現得再淡漠，也還是個孩子。只不過興奮的點和一般人不太一樣。」

冬原也露出苦笑，一面用潛望鏡確認瞭望臺上，一面補充說道：

「這麼一提，剛才小望他們也來打過電話。」

「是嗎？」

「聽說他們的阿姨聽見小翔說話，高興得哭了呢！真是太好啦！」

「……是嗎？」

圭介的所作所為不但自私、任性且惡質，實在不能原諒；不過只有一點值得慶幸，便是他這蠻橫的手段成了翔開口說話的契機。

與亮太交談且興奮不已的翔，又哭又笑的望。看在他們倆的份上，還可以原諒圭介這一點。

「喂，快點啦！」

在玲一的催促之下，夏木走向了升降筒。

＊

下午四時三十分，帝王蝦對於「霧潮號」發出的音波有了相當激烈的反應。

一批批的帝王蝦由海中湧向潛艇，改變了「霧潮號」的形態，變得有如一個巨大的甲殼群集，甚至還使得「霧潮號」的吃水線下降。

由於音波是在水中發出，對地上的蝦群並未產生影響。

這些情景被觀測直升機近距離拍下，影像則送往了警備總部的帝王蝦研究小組。以芹澤齊博士為中心的研究小組認為聲納頻率或許與女王蝦的求援音波類似，蝦群便是為了保護女王蝦而聚在一起，將「霧潮號」視為女王蝦的敵人。群聚的每個個體都試圖攻擊「霧潮號」，但由於牠們全擠在一塊，反而動彈不得。

蝦群多久以後才會散去，最後仍然不明；因為早在蝦群散去之前，隔天的帝王蝦海中誘導作戰便已開始了，不過目前仍無人得知此事。

根據這個實驗結果，總部決定使用潛艇的主動式聲納來誘導海中的帝王蝦群。目前航行於熊野淺灘一帶的春潮級潛艇六號艦「冬潮號」正朝著橫須賀航行，雖然明天早上便能抵達橫須賀，但將遵照命令先於大島近海待命，直到陸上作戰結束為止。

陸上作戰將於明早五時開始，預定八個小時後結束。待陸上作戰告一段落之後，再開始著手殲滅海中蝦群。

決定美日共同作戰之後，已暫停遷移美軍基地保護的一般民眾。與其在帝王蝦四處徘徊的情況之下遷移，不如將民眾留在避難所內，先行掃蕩陸地上的蝦群較為安全；待剷除帝王蝦之後，再開始遷移。

而「霧潮號」救援行動則將等到海中蝦群誘導完畢後再進行。

只要成功掃蕩帝王蝦，明天便能離開潛艇。

聽了這個消息，孩子們固然欣喜，但似乎無法完全相信，因此氣氛也是半冷不熱。前幾天他們才體驗過期待落空的感覺，說來也是無可厚非；夏木等人只能苦笑以對。

*

孩子們在用餐時間前的餐廳齊聚一堂──除了圭介以外。

引起風波的其他國中生倒是露了臉。這三人在風波結束之後無精打采地前來道歉，雖然與夏木等人碰面時仍顯得尷尬，但和茂久倒還能聊上幾句，有時也會幫他的忙。

國中生組的氣氛微妙，小學生們卻是無憂無慮。他們聚在一起談天說笑，翔也融入其中。對於出聲談笑的翔，沒有人顯得困惑；翔能說話，已成了理所當然的事。

「圭介呢？」

夏木詢問，雅之有點心虛地回答：

「他在睡覺，還沒起來。」

「那等一下你去把救援的消息告訴他。」

反正圭介應該不會來吃飯吧！夏木聳聳肩，回到在通道邊倚牆而立的冬原身邊。晚餐的準備工作已到了最終階段，沒有夏木與冬原出場的餘地；因為需要削皮或切剁的大量材料已經處理完畢。這個階段完成後，旁人出手幫忙，反而礙茂久的事。

自從虐待消息外傳之後，司令部便指示夏木等人盡量別讓孩童幫忙煮飯；若是不小心讓孩童受了傷，外界又要胡亂猜疑，所以凡是需要用刀的工作，夏木與冬原都盡量自行解決。然而，茂久對此似乎相當不滿；把工作交給笨拙的大人，令他難以接受。

「圭介那小子在悶頭大睡。別的不會，就只會賭氣！」

夏木抱怨，冬原聽了笑道：

「他這個年紀的孩子都是這樣。別管他，反正我們沒義務也沒權利說教。」

能自然地切割自己與外人，便是冬原占便宜之處。

「唉，反正他有吃早飯，沒吃中餐和晚餐不致於餓倒吧！」

比起這個，我更覺得奇怪的是——冬原看著幫忙端菜的望。在補給長的判斷之下，望幾乎碰不得鍋鏟。

「你們兩個幹嘛搞得像愛在心裡口難開的國中生一樣啊？發生了什麼事嗎？」

「和一個小鬼能發生什麼事？」

夏木一口否決，對於冬原說自己看來也像個「國中生」感到相當不以為然。

「沒辦法，她一看見我就渾身僵硬啊！」

自白天的風波過後，望每一與夏木四目相交，就變得格外不自然，因此彼此都避著對方的視線；這麼一來，反而在任何時候都意識著對方的動向。

夏木在視野一端瞥見幫忙端菜的望即將轉向自己，便反射性地將視線移向電視畫面之上，轉移過後又嘖了一聲。果不其然，冬原開始咯咯笑了起來。

第五日。

不看對方卻能及時避開視線，也挺厲害的——冬原的調侃又令夏木大感不以為然。

晚間新聞播映著帝王蝦群聚於「霧潮號」上的畫面。見了彷彿化為某種生物的「霧潮號」，孩子們不安地喧嘩著。

「為什麼聚了這麼多？」

端著自己的飯菜最後入座的茂久略感噁心地問道。

「我們傍晚Ping過，牠們似乎是聽了Ping聲才來的。」

夏木回答，孩子們又問Ping是何意，因此夏木又簡略地說明一遍。無須說明的玲一埋怨：

「要Ping的時候為什麼不叫我去看啊！」冬原只好隨口打發他。

「喂，船不會破掉吧？」

亮太擔心地詢問。他代眾人說出了心中的憂慮。

夏木笑道：

「或許外殼會有點傷痕吧！」

「可是新聞上說機動隊的盾牌都被打得破破爛爛了耶！」

「別拿耐壓殼和薄薄的硬鋁板相提並論。假如用廚房裡的剪刀就能戳出洞來，一潛進水裡就稀巴爛啦！」

「對喔！潛水艇就算沉到海底也沒問題嘛！」

「別用『沉』字！」

夏木雖然覺得與小孩計較太不成熟，還是訂正了亮太的用字。

「潛水艇是潛，不是沉。」

亮太似乎不太明白潛與沉的差別，其實沉字只有在「擊沉」的時候才會用在潛水艇上，很不吉利。

夏木回想起每當參觀者使用「沉」字時，艦長也是一一加以訂正。

「喂，可以潛幾公尺啊？」

「這是國家機密，要是說出去會有人來暗殺，不能說。」

新聞報導了明天的作戰計畫、裝備細目及交通管制資訊，對於白天電視臺的醜態卻是一筆帶過，而且內容還成了「民間救難隊受家長之託試圖救援，但未能成功」，完全沒提到電視臺亦參與其中。夏木等人原以為其他電視臺會加以批判，但轉臺一看，依舊是隻字不提。有了掃蕩作戰定案的大新聞，白天的事件便被當成了小事一樁，無人聞問。

國防部雖已對該電視臺提出嚴正警告，但缺乏罰則與社會制裁的抗議對於記者而言根本是不痛不癢。

——結果直到眾人用餐完畢以後，圭介還是沒現身。

冬原一吃過飯便早早就寢，夏木監督孩子們收完餐盤之後，便走出餐廳，一道輕快的腳步聲追了上來。

「夏木先生。」

在對方還沒開口之前，夏木便已明白來者是誰了。因為她的腳步聲不像其他孩童一樣啪噠啪噠地響。

「怎麼了？」

「呃……」

望略微困擾地低下了頭。「電話……」

夏木皺了皺眉頭。

「抱歉，目前暫時不能讓你們出去。妳也在電視上看到外頭的狀況了吧？那群蝦子毫無散開的跡象。」

「啊，不是，白天冬原先生已經帶我們打過電話了。」

「哦，翔打電話回家了？」

「對。」

望終於搭上話題，開始說道：

「阿姨高興得哭了，還說翔的聲音完全變了。所以……」

望橫下心，抬起頭來。

「能不能留個電話給我？」

說著，望又低下頭來，從髮絲間探出的耳朵漲得通紅。

「呃，阿姨說想找個機會向你道謝。多虧了你，才能解開我們之間的誤會。」

「——傻瓜。」

既然找好了理由，就表現得大方一點啊！夏木暗暗埋怨，抓了抓腦袋。不然——

就算我再遲鈍，也知道這是藉口。

「我並沒幫上你們任何忙，是你們自己想改善和阿姨之間的關係才打電話吧？」

「可是，要不是你說了姓名的事，我們到現在還在鑽牛尖。」

「但是最後決定要和阿姨重修舊好的還是你們啊！」

望仍想辯駁，夏木卻搶先打住話題。

「要是你們堅持道謝，就寄份謝函到橫須賀司令部吧！公關部最喜歡這類消息了。」

夏木沒看望的臉便轉過身去，因為他知道望的表情一定非常傷心。

茂久前來找一直窩在自己床鋪中的圭介。

圭介依然趴在床上，抬眼狠狠瞪著茂久。

「你是來笑我的？」

「我不會笑你。」

茂久一本正經地回答。

「也沒什麼好笑的。」

這句話重新提醒了圭介，他的所作所為並不能一笑置之。這份重擔令圭介恐懼不已。

「那是來說教的？」

但他說出來的話依然尖銳。

「不管我說什麼，你都不會聽吧？所以我也不想浪費口水。」

浪費口水四個字，又撼動了圭介的心。他有種被捨棄的感受。茂久根本沒資格談什麼捨不捨棄，這小子是所有人裡頭最蠢、最笨的，只會幹些娘兒們幹的事，是我好心才讓他加入我們。

然而，一旦茂久主動遠離圭介，圭介又覺得害怕。

為什麼？是我好心讓他加入的。這種人在不在都沒差，我根本無所謂。

明明無所謂，圭介的心頭卻不安地鼓譟著。而這股鼓譟又讓圭介惱怒不已，一顆心變得更加彆扭。

我累了。彆扭的心如此訴說著，但圭介卻不知如何終結這一切。他明知只要承認自己的錯誤便能解脫，卻不知該如何屈服。

他知道該道歉，可是——

道歉便等於認輸，而輸是件既難堪又窩囊的事，所以輸是壞事，認輸道歉自然也不是好事。承認錯誤，便等於淪為一隻鬥敗的公雞。

不知何時之間深植於心的扭曲價值觀不允許圭介屈服。

我向來是個成績優異的優等生，父母與老師也對我讚賞有加，為什麼現在我得屈服？

一直以來受到讚賞的我才是對的，不是嗎？

「這個給你。」

說著，茂久在他的枕邊放了個鋁箔紙包。

「我幫你做了飯糰，吃吧！」

「不需要。」

「說不定待會兒你會餓啊！放著吧！夏木先生他們不准我晚上用廚房。」

「你幹嘛聽他們的命令啊！」

明明累了，賭氣的話語卻源源不絕。茂久露出啼笑皆非的表情。

「喂，這裡本來就是他們的地盤啊！當然得照他們的規矩走。這不叫命令吧！」

又不是我想來這裡的。現在的圭介已說不出這句話。白天夏木才逼他認清了自己是拜艦長之賜才能活下來，他無法再承受一次當頭棒喝。

「拜拜！」

茂久舉步離去之前，又回過頭來說道：

「對了，我是無所謂，但你最好向雅之他們道個歉。」

你對他們這麼壞，他們卻這麼關心你，真是太好啦！冬原那溫和卻冷酷的諷刺再次迴盪於圭介耳畔。

「還有，你也該向翔道歉。你應該知道你對他做的事有多過分吧？」

說完，茂久便離開了房間。

茂久留下的這番話令圭介心頭一陣騷然。他到現在才知道自己做的事有多過分。可是——母親討厭望與翔，對於母親討厭的孩子，做再過分的事也無妨。因為母親說他們與這個社區不相配，而母親總能判定誰是不相配的人。

那麼自己對翔的所作所為呢？可是「相配」的行為？那是任何人都無法苟同的過分行徑；既然如此，做出那種行徑的圭介才是「不相配」，不是嗎？

追本溯源，母親為何認定他們倆不相配？

一開始被母親判定不相配的人是望。理由是——

須藤太太沒辦收養手續，肯定是有什麼問題。爸媽才剛死，居然還笑著和人打招呼，一定很無情。個性感覺上也挺刁的。

天啊！這是多麼荒謬且無理的批評啊！為何沒人反駁這意見？為何鄰居都默默贊同母親？

你就是這副德行，才會連戀情都被媽媽掌控。

為了防止圭介喜歡上望？不，正相反。回想起初次見到望的情景吧！為了多聽望的聲音而留住她，為了安慰哭泣的她而借出手帕。早在初次見到望時，圭介便已對望產生了好感。

所以母親才排擠望，理由不過是因為一個小學生對年長女孩產生了些微憧憬。

圭介覺得毛骨悚然。至今他才發現自己受了母親的操縱。今後只要是圭介喜歡上的異性，母親都要全數排除嗎？

我想怎麼做？

仔細一想，圭介似乎從未考慮過自己想怎麼做。討母親的歡心，當個大人讚許的小孩，要樂得輕鬆許多。

或許我太怠惰了。

猶如欲逃避心中一閃而過的念頭，圭介翻了個身，轉向牆壁，閉上眼睛。

*

到了半夜，圭介果然如茂久所言，開始餓了。他動手拆開包著飯糰的鋁箔紙，但在夜深人靜的室內，拆封聲格外響亮。晚餐賭氣不吃，半夜卻偷偷摸摸地吃東西，若是被人發現，未免太過窩囊；因此圭介把飯糰塞進上衣裡，悄悄下床，穿越床簾盡閉的床架之間，走到外頭去。

走在夜間的紅色照明之下，圭介原想到附近的洗臉臺去；但在簡陋的洗臉臺邊一面喝水，一面吃飯糰，未免太過寂寥，因此他最後決定到餐廳去。

正當他朝著餐廳邁進之時，卻與走出轉角的望撞個正著。望抱著毛巾及盥洗用具，似乎是從通道底端的淋浴室走出來的。

望的表情頓時僵硬起來。

圭介的胸口一陣酸楚。圭介明明看過望的其他表情，但如今的她面對圭介，只會露出這種臉色。圭介不經大腦地惡言相向，而望過去一直忍耐，應對如常，因此圭介竟沒發現其實望早已開始厭惡自己。

圭介走過，望在狹窄的通道之上盡最大的努力避開圭介。她的提防態度非常強烈，但圭介已經不想管了。

既然與望之間的關係已經無法挽回，又何必惺惺作態地講和？圭介真正的心願已無關緊要。是他自己選擇了這個結果，豈能逃避？

第五日。

他不會為了無法挽回的事而低聲下氣。

「夏木先生他們的事，你打算怎麼辦？」

背後傳來望的尖銳聲音。回頭一看，望一臉堅毅地瞪著圭介。

「什麼怎麼辦？」

「離開這裡以後，你打算怎麼說？」

那些早就無所謂了。圭介明白望愛上夏木，才變本加厲地攻擊夏木；但這麼做並無法改變什麼。望不會因此認同自己，或對被抹黑的夏木等人感到失望。

圭介一再對望惡言相向的過去並不會因此改寫，望厭惡圭介的現實也不會因此改變。

其實圭介根本不懂自己當時為何那麼做。他似乎是為了向望證明某件事，但他想證明的究竟是什麼？

「那些事已經不重要了。」

我累了，想找個地方歇息，吐盡令人厭煩的疲憊感。

聽到這句話，望的聲音變得更加尖銳。

「你說那是什麼話！都是因為你，夏木先生他們會受到處分的！」

「哦？」

不過是隨口說說，事情居然鬧得這麼大啊？圭介一派悠哉地想道，彷彿事情並非發生在自己身上。他不過是為了釣電視臺上鉤，才把話說得誇張了點；他只不過是想給夏木等人一點顏色瞧瞧而已。

仔細一想，國中生的片面之辭居然能鬧上新聞；原來運作這個社會的大人還挺蠢的。我只是想教訓一下夏木他們，才故意加油添醋，他們居然全當真了，還鬧得沸沸揚揚，真是有夠白癡。

「或許夏木先生的脾氣是暴躁了一點，但是你對大家做的事更過分！要是你敢再說夏木先生的壞話，我就把你的行徑全部說出來，包括你對翔做的事還有避難以來的態度。別以為只有夏木先生會吃虧！」

用不著那麼激動我也知道，知道妳拚了命地想保護夏木，知道妳對我的怒意已到了無可挽救的地步。

所以不必如此徹底地把我推落地獄。

「隨妳便。」

圭介自暴自棄地說道，望也氣忿地撂下一句「我會自便的！」便跑著離去了。

圭介用餐廳裡的碗在開飲機盛了碗水，坐了下來。他一直覺得餐廳極為狹窄，但隻身獨處於昏暗的燈光之下，卻顯得空空蕩蕩。

鋁箔紙中有三個飯糰，全都呈現漂亮的三角形。圭介實在無法想像如何把飯糰捏成三角形。

「那小子真厲害。」

男人不必煮飯，男人做家事很窩囊。母親常這麼說，但或許能把飯糰捏成三角形的茂久其實是很厲害的。

母親常以圭介「考試從未低於八十分」而自豪，其實這樣的孩子光是神奈川縣裡便有一堆；但能一天煮三頓十五人份飯菜的國三男生，只怕找遍了全國也沒幾個。而且茂久煮出來的菜色從未重複過，搞不好比圭介的母親還厲害。

茂久成績差，圭介的母親常說那是因為「他家開店」。因為父母忙碌，沒時間顧及孩子的教育問題；因為店裡忙碌，得叫小孩幫忙做家事，所以茂久的成績才會吊車尾。

不過，假如電視上推出「驚人國中生特輯」之類的節目，被選上的鐵定不是圭介，而是茂久。再說，現在長相英俊的男星只要展露廚藝，便被捧得半天高；母親也很喜歡看這類節目，還說會煮飯的男人也不壞——搞什麼，話都是她在說的嘛！

圭介咬著飯糰，水珠滴答滴答地掉落桌面。那是在紅色燈光照耀之下呈現粉紅的淚珠。

「混帳！」

這些論調根本狗屁不通，圭介卻一直深信不疑，做出了許多錯事。

混帳！裝出一副大義凜然的模樣，其實只是個自私自利的老太婆嘛！

一味地討這種自私自利的老太婆歡心，當然會變成一個惹人厭的傢伙。

連憧憬年長女孩的純真感情都被她給剝奪，害得圭介如今只能與望針鋒相對，甚至還得被迫面對對方愛上別人的事實。

被迫認清夏木與自己在望的心中猶如天壤之別。

都是媽的錯。

和望鬧成這個樣子、變本加厲地反抗夏木等人、踢傷雅之、瞧不起茂久，還對翔做出過分的事——

無法承認自己的錯誤、明明身心俱疲卻不能屈服。

全都是媽的錯。

其實不然。

我只是貪圖輕鬆，才讓自己的價值觀變得和母親一樣。

想做的事、期望的事被禁止的感覺很痛苦；只要價值觀變得和母親一樣，自己的希望便能落在母親允許的範圍之內。

與其去了解母親的價值觀有多麼偏頗狹隘，不如相信她是正確的要來得輕鬆許多。

自己果然是怠惰的。窺探著母親與周遭大人的臉色，去做最能討他們歡心的事，卻誤以為是出於自己的判斷及決定。

這和狗學把戲有什麼不同？至少調教過後的狗不會亂咬人，還比自己好得多。

圭介的心底其實明白，但此時的他卻無法不責備母親。

第五日。

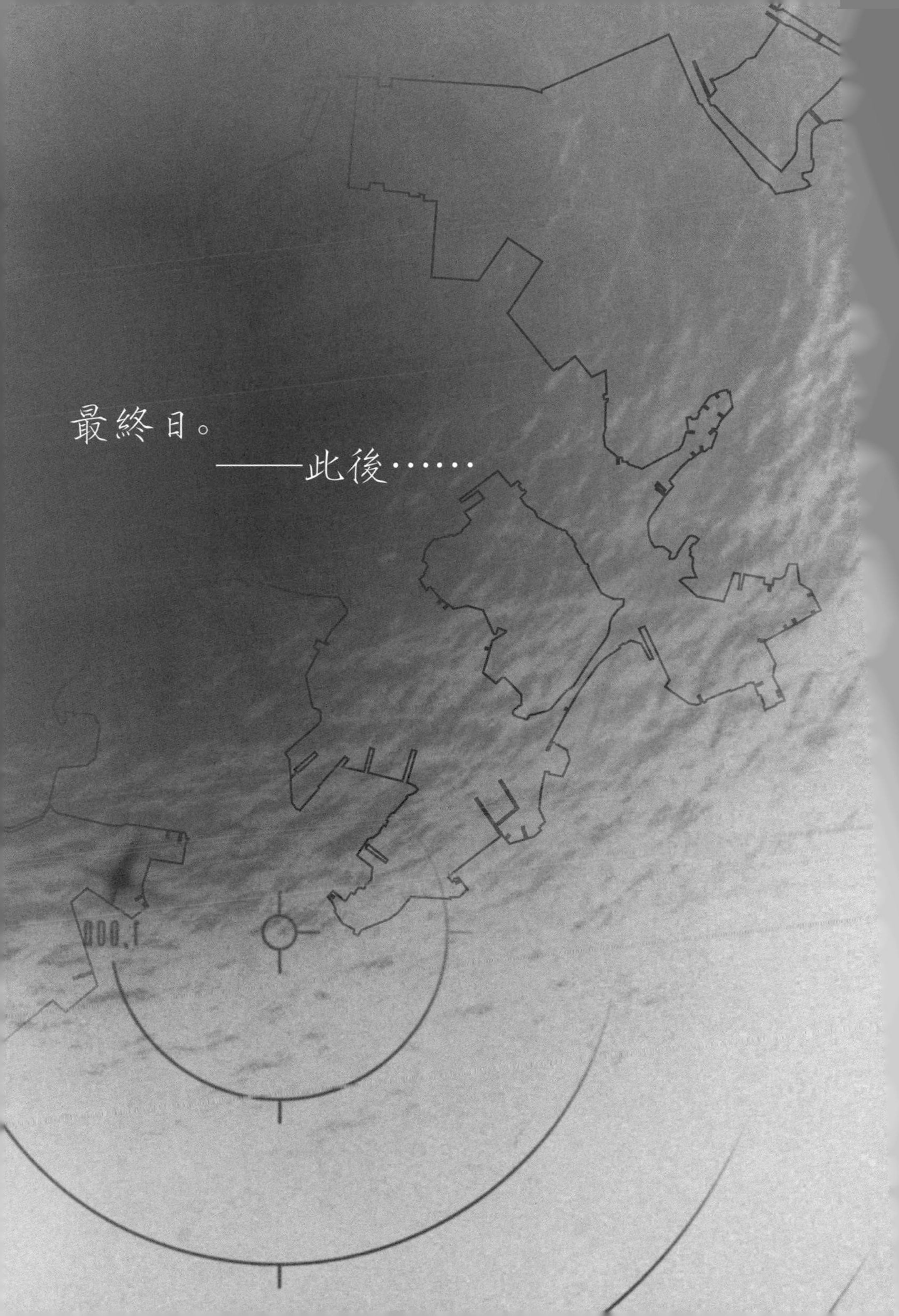
最終日。
——此後……

四月十二日（五），凌晨。

第一普通科聯隊與第三十一普通科聯隊分別自練馬及武山基地出動。主力部隊為第三十一普通科聯隊，將循國道１３４號行軍，從南方繞過三浦半島，朝著國道１３４號與16號的交叉點三春町前進。第二防衛線的最東側出入口便在三春町第二丁目的十字路口附近，部隊將經由此地西進。

防衛線沿線的必要地點亦佈下了守備隊，來自練馬的第一普通科聯隊將在京濱特快車田浦站附近待命，以防帝王蝦突破出入口；原則上，攻擊只從東側進行。

為盡可能減少行軍中交通管制所造成的混亂，兩部隊在半夜便已開始移動，且在凌晨四點各自抵達了定位。

「勢如破竹」——進行實況轉播的各媒體對著鏡頭如此描述。

帝王蝦全無反抗之力，只能乖乖被殲滅驅除。

最令人擔憂的便是第三十一聯隊進入東側出入口之際，然而當橫跨車道的大門全面敞開的那一瞬間，現場的帝王蝦群便與棄置車輛一起灰飛煙滅了；因為排成一線的四門60式１０６㎜無後座力砲同時開了火。

裝載於小型卡車之上的無後座力砲達成任務之後，便往後退；73式裝甲車則取代它前進。裝甲車以重機關槍掃射附近一帶過後，便在步兵的掩護下派出重型機械，將棄置車輛推離車道。重型機械清空路面後，裝甲車又開始前進掃射。

在反覆進行這些步驟之後，裝甲車全面控制了帝王蝦；若有漏網之蝦，則以步兵的攜帶武器剷除。即使用的是步槍，只要朝著頭部三發點放兩、三次，便能擊垮帝王蝦；至於中了重機關槍掃射的個體，更是不成蝦形。

災區裡滿是飛散的帝王蝦碎片及體液。部隊越是前進，悽慘的帝王蝦地毯便越往後延伸。在太陽的燒灼之下，部隊於九點過後抵達美軍基地正門之時，整個市區已如有大量魚箱翻倒一般，籠罩於猛烈的異味之中。

警察沒有強大火力，對付帝王蝦才會如此吃力；但對於獲准開槍的自衛隊而言，帝王蝦群便跟普通的槍靶沒兩樣。

帝王蝦自中途便轉攻為逃，因為牠們已學習到眼前的群體並非自己所能對抗。大量個體開始逃竄，未能及時逃回海裡的便被逼往西方。

既然實力差距這麼大——

「為什麼不一開始就出動？」

猛烈拍桌的，是縣警第一機動隊的住之江小隊長。與自衛隊交接之後，所有機動隊都各自撤回據點，縣警第一機動隊也回到位於金澤區的機動隊公所。

訓練教室中的電視自早上起便固定於ＮＨＫ頻道，播放著帝王蝦掃蕩作戰的全程實況報導。實況轉播只能從安全距離之外進行，因此畫面上皆是遠景，但仍可清楚明白地看出自衛隊占了絕對優勢。

住之江的心情不難理解。同在教室之中觀看轉播的各隊長也深有同感，瀧野亦然。

機動隊在對抗帝王蝦之時，經歷了多少苦戰，受了多少損傷？光是縣警第一機動隊便有不下一個中隊的人身負重傷，現在聚集於此的指揮官也個個負傷在身，但還是無法擊退帝王蝦。

可是自衛隊卻像撕扯紙娃娃一般，輕輕鬆鬆地擊破帝王蝦群前進。機動隊的強敵於他們而言，不過是路邊的障礙物而已。

既然實力差距這麼大，為何沒有武器的警察得如此浴血苦戰？尤其住之江率領的小隊之上還出現了長田這個犧牲者，他自然難以不為長田切斷的右腳懊惱。

沒人說得出話來安慰他。眾人都明白他們被迫承受無謂且嚴重的犧牲。

要是自衛隊立刻出動，就不會發生這種事。

這種任何人都會做的假設並無意義。在這個國家，這種假設無法成真。

「別去懊悔架空的可能性，這是在貶低長田的犧牲。」

瀧野說道，宛若說服自己一般。

「誰教我們在這種國家當差呢？」

他再度說出對陸上自衛隊設施隊說過的話：

「下次再發生同樣的狀況，我們要做得更好。記取失敗的教訓，就是我們的工作。」

*

不管旁人說什麼，都無法將玲一從電視前拉開。根據冬原所言，玲一早在作戰預定開始的早上五點便已起床，打開電視收看了。

畫面上映著進攻橫須賀的自衛隊。

「啊！96式40釐米榴彈發射器！已經開火了嗎？沒有迫擊砲啊？榴彈發射器的威力應該可以媲美一般迫擊砲……」

或許是覺得玲一一面唸唸有辭、一面盯著電視的樣子極為異樣吧，年幼的孩童全都離他遠遠的，不敢靠近。望在一旁讚嘆道：「你真有研究耶！」卻反而被玲一回了句：「別跟我說話，我會分心！」

吃早飯時，他也是心不在焉；不僅是吃得最慢的一個，還被負責餐後收拾工作的雅之等人催促，要他快點吃完。

「原來玲一是阿宅啊？」

翔頗為意外，望只能苦笑以對。玲一平時並不積極與身邊的孩童交流，予人一種淡漠的感覺；會如此熱中於某種事物，的確教人意外。

玲一在眾人面前展露如此渾然忘我的模樣，也令人意外。對玲一而言，自衛隊出動似乎便是這麼一件大事。

熟悉的街道化為戰爭電影中的一景，確實超乎現實且令人震撼。剛才畫面上拍到了三笠公園，馬賽克花紋混凝土磚鋪成的漂亮步道變得支離破碎，帝王蝦屍骸堆積如山，從前清爽的海岸公園面貌已不復見。

「維尼公園也會變成那樣嗎……？」

望並不特別喜歡維尼公園，不過和朋友逛汐留的大榮超市時，偶爾會一起到公園裡去散散步。維尼公園採西式設計，精巧雅緻（雖然從岸邊的扶手看海，只能看到又髒又黑的海水，極為掃興），又種植了許多玫瑰；每到花季，便是花團錦簇，萬紫千紅。

「小望姊姊，玫瑰早就被帝王蝦踩爛了啦！」

亮太得意洋洋地指正望。

「我知道啦！」

其實望沒想到這一點，不過姑且裝作知道。的確，帝王蝦不可能刻意避開花壇爬行。電視中的橫須賀與六天前所見截然不同，不知得花多少時間才能復興？看來花壇要復原，得等到很久以後了。

「各位，請趁早收拾行李及換衣服。作戰一結束，就會有人來接我們囉！」

已成了標準奶爸的冬原說道，玲一以外的孩子全都依言離開餐廳，望也回到自己的房間。

望該做的只剩下垃圾處理。她把包在塑膠袋裡的垃圾放入向翔借來的背包之中，並脫下借來的制服，換上自己的衣服。

她將制服及取下的床單摺好，放在枕邊，並看了頭一天使用的床墊一眼。在她用洗潔劑及清水拍打過後，幾乎已看不出污漬，且已完全乾燥，但她還是不太放心。

不過，夏木說過會代為丟棄。

望在附近找到了清掃工具，大略掃了房間一遍。灰塵及掉落的毛髮她時常撿拾，因此房裡並不髒亂，但沒用到的地方卻積了些灰塵。

她將背包放在入口邊的床鋪上，以便隨時拿取。回到餐廳後，孩子們都換上了便服，全數到齊。看來對橫須賀戰況感到興趣的並不只玲一一人。

平時老窩在房裡的圭介依舊頂著臭臉，坐在角落的座位之上。雅之等人好意找他聊天時，他倒也會答上幾句，看來似乎是達成了和解。

望看了片刻電視之後，突然心念一動，離開了餐廳，走向位於樓下的男生房。進入房裡一看，果不其然，孩子們使用的床鋪大半都未加整理。

望不知道正確的整理方法，只能姑且將全部的床單取下摺好，並把床墊收入箱中。孩子們雖然有摺制服，但大多只是對摺疊起而已，因此望最後還是全數重新摺過。望雖然廚藝不佳，對於不動刀火的洗衣與掃除工作倒還能勝任，尤其以摺衣服最為拿手；唯一的缺點便是動作很慢。

一想到連圭介的份都得幫著做，望便覺得忿忿不平。但她告訴自己，這是為了減少夏木等人的麻煩。

最後望又動手打掃。雖說都是小孩，但畢竟有十二個人在此起居近一星期，而且似乎沒人想過要打掃；望一清掃，便掃出了堆積如山的灰塵。本來她只是來替翔收拾善後的，卻多費了一番手腳。

將打掃工具收拾完畢後，望打算回到樓上，此時卻響起了驚人的爆炸聲。她忍不住大聲尖叫，蹲下身來。

「怎麼了？是誰？」

大吃一驚的夏木從附近的通道出現，似乎正在巡邏途中；他伸出手來，望便讓他扶了一把。

「有沒有受傷？」

「沒有，只是……突然有陣巨響，嚇了一跳而已。」

「哦，附近正在打仗嘛！自衛隊差不多要和美軍會合，在基地內共同作戰了，所以等一下會砲聲隆隆；不過妳不必害怕，他們不會打到『霧潮號』的。」

夏木直指自己害怕，教望有些難為情；或許是這個想法寫在臉上了吧，夏木笑道：

「說歸說，怕還是會怕嘛！」

望也回以靦腆的微笑。

——啊！也許現在正是機會。

自昨天起，望便因為翔的那番話而處於尷尬狀態；她覺得現在或許可以化解這股尷尬。

她支支吾吾地開了口：

「呃，昨天翔說的話……」

但一進入正題，聲音又萎靡了。

然而，夏木卻接下了話頭。

「哦！那件事啊？我知道。」

望的心臟以一種有礙健康的方式猛烈跳動。他說他知道——知道什麼？知道望想說什麼嗎？

「我不會把小鬼說的話當真，放心吧！」

望愣了一愣，緊接著是一陣失望。他不會把小孩說的話當真。望是否也歸入小孩之中？一度高揚的心情再度低落下來。

「上去吧！和大家在一起，應該比較不害怕吧？」

夏木朝著樓梯方向輕推望的肩膀，望有種被拒於千里之外的感受，走向餐廳的腳步也自然而然地變得沉重起來。

＊

抵達美軍基地正門的第三十一聯隊兵分兩路，一隊直接前進，另一隊則與美軍基地的守備隊會合，開始掃蕩基地內的帝王蝦。

西進部隊在下午兩點前抵達了西側出入口。自衛隊備有的最強武器為迫擊砲，但由於穩占上風之故，根本無須使用。

美軍與海上自衛隊基地中的帝王蝦已驅逐殆盡，警備部隊則於沿海列陣，阻止帝王蝦再度上岸。

自衛隊與美軍掃蕩帝王蝦時皆未傷一兵一卒，甚至連輕傷者也沒有，主要損傷為砲擊造成的道路及沿線設施損壞；而在帝王蝦開始逃竄以後，已無必要砲擊，因此損壞程度也極為輕微。

聯隊的主要任務轉為撤除鎮上的散亂屍骸，比起掃蕩帝王蝦，這個工作還要困難許多。街道上的死屍堆積如山，幾乎淹沒了柏油路面；即使使用重型機器來集中搬運，進度仍然相當遲緩。屍骸集中至海上自衛隊橫須賀基地之後，便由護航艦隊棄置於海洋之中。至於市區整頓方面，包含清洗及消毒工作在內，估計約需一星期才能完成。

漫長的善後工作才剛開始。

午後三點，警備部隊確認沿岸的帝王蝦開始一齊移動。

那正是待命於大島近海的「冬潮號」抵達米軍橫須賀基地沿岸，並發出第一道聲納之時。

蝦群爭先恐後地爬向岸邊。

帝王蝦基本上是種不擅長游泳的蝦子，大多於海底爬行；牠們一面爬，一面朝著水深之處前進，不久後，滲透於海水之中的紅色甲殼便沉入水底，再也看不見了。

事發第六天，帝王蝦總算自橫須賀消失。美軍重新開始遷移避難所內的民眾——

自衛隊也開始救援受困於「霧潮號」中的未成年人。

*

孩子們全都換上自己的衣服，帶著行李聚集於餐廳。

「如同我早上說明過的，年紀小的孩子先上去。被我叫到名字就過來。」

冬原說明救援步驟。帝王蝦清除之後的市區難以通車，因此救援將由救難直升機進行。

大家依序在艙口下排隊，待前一個人被送上直升機之後再爬上艙口。在甲板上輔助救援的是夏木，從下方協助孩子們爬上甲板的則是冬原。

「好，該上去了。從光和陽先開始。」

夏木確認時間後，便走向艙口，西山兄弟跟隨在後。他們的腳步之所以如此輕盈，應該是因為從實況轉播中得知帝王蝦已離岸入海之故。

帝王蝦的威脅已經遠去了。

夏木爬上艙口梯，打開艙門。自從逃進潛艇以來，這是他頭一次打開這個艙門。畢竟才過了六天，關上同一個艙門時的絕望與痛苦仍是記憶猶新。

推開艙門後，直升機的螺旋槳聲直落而下。艦長挺身闔上的艙門只有平時的重量，甲板上連半片制服的碎屑也不見，不留一絲痕跡。

宛如一場夢一般。

夏木抬頭仰望盤旋於空中的直升機腹，甩去這股念頭。座艙已然開啟，導繩從上方丟了下來。

夏木將繩索綁在艙口梯的扶手之上，並對著從下仰望的光招手。光在冬原的協助之下爬上甲板，皺起了眉頭。

「好臭！」

橫溢於碼頭的帝王蝦屍骸已開始散發腐臭。多到直升機無法降落的成堆屍骸所發出的臭氣相當刺鼻。

「別這麼說嘛！這是勝利的證據啊！」

說著說著，救助員從直升機降下。這次即使放下吊索，也沒有帝王蝦從海中爬上來。

夏木與著地後的救助員互相敬禮，並替光繫上救援對象用的安全帶。一到往上吊的關頭，光卻緊抓著夏木不放，開始耍賴。

「好可怕！」

「不要！」

「有什麼好怕的？已經沒有帝王蝦啦！」

他似乎不敢在空中吊著上直升機。

救助員一面苦笑，一面看著他們。

「這孩子很黏你啊！」

「不，這小子應該很討厭我，因為他剛逃進潛艇裡時，被我一把丟進艙口裡。」

正因為如此，光這麼黏著夏木不放，反而更教人不可思議。

「好啦，不上直升機回不了家喔！還是你要留在這裡？」

「不要！」

「哪能兩邊都不要？選一個。」

陽與冬原察覺了他們的爭執，也爬了上來。在三人合力說服之下，最後總算將光從夏木身上扒開。

「夏木哥哥、冬原哥哥，拜拜！」

被救助員抱在懷中的光揮著手，卻在吊索捲起的瞬間開始放聲大哭，嘴上還說著「還是好可怕」。夏木與冬原忍不住噗哧一聲，笑了出來。

冬原看著吊在空中的光，喃喃說道：

「這回總算成功啦！」

又爬下艙口。

將光吊上以後，接下來便井然有序，沒人哭鬧。每個人臉上都掛著終於能回家的喜悅，與下頭的冬原及上頭的夏木打過招呼以後，逐一坐上直升機。

搭乘第一架直升機的最後一個人是翔。

「夏木哥哥，謝謝你。」

看著那張與姊姊望極為相似的臉龐，夏木一時之間不知該說什麼才好。

昨天之前，他從未想過能聽見翔的聲音。昨天一天的狀況變化之鉅，教人眼花撩亂。

「保重，和大家好好相處啊！」

猶豫過後所說出口的，卻是根本沒必要說的陳腔濫調。

待小學生全數搭上直升機後，輪到第二架救難直升機前來接棒。

「還你。」

頭一個上第二架直升機的是木下玲一，冬原將沒收的數位相機與記憶卡還給他。

「以後別再幹這種事了，可不是每個人都會睜一隻眼、閉一隻眼的。」

冬原原以為玲一會回嘴，沒想到他只是默默點頭。

「謝謝你們這幾天的照顧。」

說完這句話，玲一便爬上艙口梯。他的態度雖然淡漠，人卻不壞。

國一的芦川哲平與國二的坂本達也在爬上梯子之前都留下了一句「對不起」。他們的確做了應該道歉的事，因此冬原也接受道歉，點了點頭。若是開口安慰他們，只怕他們反而尷尬。

剩下的便是國三的三人及望。

茂久在上梯之前塞了張紙條給冬原。

「我們家快餐店的地址。我跟夏木先生說過，你們來的話要免費招待，他叫我留地址。」

「哦？那我就不客氣啦！」

冬原將紙條收進口袋中。

「謝謝你幫忙煮飯，幫了我們大忙。很好吃。」

茂久高興地笑了，並說話來掩飾自己的難為情。

「我爸煮得更好吃，你可以期待。」

接下來的雅之也和先前的兩人一樣尷尬地道了歉，但圭介卻連視線都沒和冬原對上過。

冬原苦笑，呼喚最後剩下的望。望深深地低下頭來。

「這六天來謝謝你的照顧。」

她排在圭介後頭，坦率的謝辭便更顯得醒目。

「我才要謝謝妳幫忙照顧大家呢！」

望搖搖頭露出笑容。面對冬原時的她顯得坦然自在。

「好了，上去吧！別忘了東西喔！」

望驚訝地轉向冬原。面對她探問的表情，冬原一笑置之。望似乎受到了鼓勵，點了點頭，把手放上艙口梯。

上頭的白癡打算怎麼辦？冬原一面仰望爬上艙口梯的望，一面聳了聳肩。

圭介直到最後都沒和夏木四目相交。

要是圭介突然大徹大悟開口道歉，夏木反而覺得噁心，因此他並不在意。不管圭介有沒有反省，那都是他個人的問題，與夏木或冬原無關。他們只是解決落到自己頭上來的麻煩而已。

接下來只剩下望。夏木窺探艙口，只見望穩穩地爬了上來。

「沒問題嗎？」

夏木伸出手，望怯生生地將自己的手交給他；夏木正要拉望上來，望卻在艙口中停住腳步。

「夏木先生，呃……」

夏木已從其他孩子口中聽了許多「謝謝你的照顧」之類的樣板謝辭，但望想說的顯然不是這些話。

她那真摯的視線刺著夏木。

「我……」

「別說了。」

夏木搶先制止她，是因為自己聽了便會受影響。

「那是妳的錯覺。處在危機之中，若是身旁有個比自己有用一點的大人，看起來總會比實際上好上五成。別衝動。」

夏木是第幾次看見望這種大受傷害的表情了？望總是為夏木的話語所傷。

「我還沒墮落到趁這種機會拐女人，再說我也不把高中生當對象。而且……」

夏木又拉了一次望的手，這回她不再抵抗，無力地上了甲板。

「一開始的時候，我真的希望你們從沒來過；要是你們沒來，艦長就不會死。妳也不希望自己的男友對妳的第一印象是這樣吧？既然要談戀愛，當然是幸福地相識，幸福地發展比較好。」

對不起。望輕聲說道。激烈的螺旋槳聲蓋過了她的聲音，只能以嘴形判讀。

我沒顧慮到夏木先生的感受——夏木知道望必然是這麼想。

不是的。夏木感到焦躁。別道歉，其實我當初的想法更殘酷，現在說這些只是在掩飾而已。

——無論那孩子多麼懂事、多麼乖巧，即使那孩子本身並無任何罪過——

我還是寧願死的是那孩子，獲救的是艦長。這樣的我很殘酷嗎？

這種艦長聽了必會大發雷霆的想法，當時的確存在於我的腦海中。我無法向任何人辯解。

「我們走了以後，請你別再忍耐，放心哭吧！」

望這麼說道，夏木想起她曾看見自己流淚。

夏木與冬原從未在孩子面前表露出悲傷之情，但那晚卻被望撞見了；想必當時望便已察覺他們不露哀容的理由，並一直耿耿於懷。

夏木原以為他是照顧別人的一方，直到此時才發現原來自己一直受到默默的關懷。

「嗯，謝謝。」

坦率的謝意化為了言辭。望搖了搖頭說道：

「我能拜託你一件事嗎？」

她似乎下了某種決心，直視著夏木。夏木以眼神催促她說下去。

「請你忘了我。」

她如此說道。

夏木隔了片刻，才默默地點頭。

連留在記憶裡都不行嗎？一瞬間，夏木的心中閃過這種可悲的感覺；但既然望要他忘記，他也只能裝作已然忘懷。

救助員降下，迅速地替望穿好安全帶。

「謝謝，再見。」

望的最後一句招呼脫離了孩子們的樣板。她明確地道別之後，便沒再回頭看夏木半次。

「你真是個傻瓜耶！夏木老弟。」

救難直升機剛離去，冬原便迅速地從艙口探出頭來，顯然一直在下頭偷聽；但夏木已經懶得指正他了。

「雖然她還是高中生，再等個兩年就成年啦！你們的年紀也不過差了五、六歲而已。你的女人有多到可以用那種理由拒絕人家嗎？」

「囉唆！不光是那個理由而已。」

「主要的理由更蠢。」

冬原一口否決。

「難得有個女孩能認同你的美德耶！艦長一定也很感嘆。現在可沒人會不時地替大家安排聯誼啦！」

或許是憐憫船上的單身漢吧，過世的艦長常使盡他僅有的管道來替水手們找對象。近三年來結婚的水手幾乎都是託了艦長的福。

「艦長最擔心的就是你了，你卻拿他來當理由拒絕人家，他一定悲嘆萬分啊！」

「換作是你，你會怎麼做？」

我還是寧願死的是望，獲救的是艦長。這樣的我很殘酷嗎？

當夏木如此詢問時，冬原也斬釘截鐵地說他不殘酷。但這樣還能接受人家的感情嗎？

「我會接受啊！」

冬原挺起胸膛。

「就算一開始多少覺得於心有愧，時間久了就能解決的。人本來就是這樣，只要最後幸福，其他的都不會去計較了。」

「是啊！像你神經這麼大條的人，應該很好過活吧！」

「說這種話裝帥的夏木老弟實在太令人不爽了，所以我決定再說一句會讓你更加惋惜漏網大魚的話。」

冬原以手肘抵著甲板，促狹地笑道：

「你有沒有發現自己絕對不叫小望的名字？總是森生姊、森生姊地叫，超不自然。」

「囉唆！哪能趁小孩一時鬼迷心竅的時候乘虛而入啊！」

話說出口，夏木才發現這個反駁無效。依冬原的個性，只要有必要，他照樣會乘虛而入。

然而冬原回答的角度卻略有不同。

「我倒不認為她是鬼迷心竅。假如只是因為身旁的大人看起來比平時帥，一時沖昏了頭，那也應該是先愛上溫文儒雅的我才對啊！怎麼會去喜歡一個粗魯野蠻的人呢？」

要論受人喜愛的程度，我一定贏過夏木的啊！冬原這種大言不慚的性格著實令夏木佩服。

——混帳。

這回夏木可真的開始惋惜起漏網的大魚了。

救難直升機才剛遠去，另一架直升機的轟隆聲又接近。夏木眺望著對岸的逸見公所。前來的是陸上自衛隊的CH47，上頭應該載著「霧潮號」的水手。

攻擊蝦群本體所用的是護航艦隊的深水炸彈，而吉倉棧橋的護航艦隊已經尾隨帝王蝦群出航了；至於脫隊的帝王蝦，則是由「霧潮號」來各個擊破。

說穿了，便是司令部刻意安排的艦長復仇戰。

CH47在碼頭邊降落，水手們從開啟的座艙之中一個接一個地跳下來。

「偏偏這時候我們實習的項目是水雷，看來會被操得很慘囉！」

「求之不得啊！反正我們是只能貢獻勞力的菜鳥嘛！」

老士官長帶領眾水手跨越屍山，奔跑過來。

「小鬼們，辛苦啦！出航！」

一開口就是小鬼，教夏木與冬原不由得面面相覷，露出苦笑。這六天來，他們照顧著小孩，自以為已經盡了大人的義務；但看在老鳥眼裡，他們仍是小鬼，過去六天只不過是小孩照料小孩而已。

假如這個不怒自威的老士官長也留在潛艇上，想必那些以圭介為中心的紛爭打一開始便不會發生吧！因為他是個毫無反抗餘地的大人，也是個「可怕的伯伯」。夏木與冬原被頂撞，是因為他們具有被人頂撞的空隙與不成熟之處。

隔了六天，「霧潮號」終於再次迎接水手們，並於下午四點過後自橫須賀出航。

*

載著孩童的救難直升機朝著防衛大學前進。厚木基地收容了自美軍避難所遷移而來的民眾，已是擁擠不堪，因此才選擇將孩童送往防衛大學。

直升機於操場降落，孩子們一一下機後，等候多時的媒體便搶在家長之前一擁而上。隊員圍成一圈，試圖保護孩童，但麥克風卻鑽入了空隙之間，擷取孩子的聲音。

怕不怕？難不難過？

宛若期待孩子們害怕又難過的問題如驟雨直下。

望也在人潮之中扯著嗓門回答：

「完全沒問題！船上的水手很照顧我們！」

聽了這個回答，周圍的記者露出失望的表情；那膚淺的神色令望氣忿不已。

夏木及冬原對孩子很好，讓你們覺得無趣嗎？虐待之事屬實，才「有看頭」，是嗎？

孩子們平安無事，你們為何失望？

「妳有沒有被怎麼樣？」

記者對望問出這種下流的問題，應該是因為望是女孩吧！

「請把你的嘴巴放乾淨點！」

望反射性地舉起手來，掌心如皮鞭一般往發問的記者臉上甩去。這是她有生以來頭一次打人，但一出手就是會心一擊。面對這道出其不意的反擊，喧鬧的周圍頓時鴉雀無聲。

「你很希望我被怎麼樣，是吧？很抱歉，讓你期待落空！雖然『霧潮號』上的生活很不方便，但至少我從來沒碰上這麼令人不愉快的事！他們……」

望險些說出兩人的名字，連忙改口。

「人很好，又很盡責，你這種性騷擾記者和他們根本不能比！」

靜止的閃光燈再度喧騰起來，這回鏡頭是向著發出這個差勁問題的記者；其中最為奮勇的便是該記者所屬報社的敵對社。對他們而言，其他報社的失態顯然是個上好題材。這種互扯後腿的行為也膚淺至極。

「聽說你在潛艇內受到了虐待？」

把麥克風推向圭介的是ＮＢＣ電視台。所有孩子全都注視著圭介。

圭介要怎麼收割自己播下的種？

「沒錯，我被虐待了！」

圭介大聲說道。

孩子們全都屏住了呼吸。望正要反駁，翔與茂久也正要開口之時——

「我要去外頭，他們居然抓著我的衣領把我揪回去！超野蠻的！把我揪回去以後還搥了我一下！他們以為他們是誰啊！」

周圍的記者全愣住了。

「……你為什麼要到外面去？」

「啊？當然是打電話啊！」

圭介輕蔑地哼了一聲。

「我不是也打過電話給你們嗎？不上瞭望臺，電話打不通；可是我想打電話的時候他們卻不在，我就自己上去了啊！有什麼不對？」

「可是，這麼做很危險吧？」

「上去以後地勢很高，有什麼好危險的？每次都要陪，他們太神經質了吧！然後囉哩囉嗦的，這裡不准進去、那裡不准碰，我被關在那麼狹窄的潛水艇裡已經很不爽了，為什麼還得聽他們嘮叨啊！」

幾道近乎嘲笑的失笑聲響起，ＮＢＣ記者一臉屈辱地咬著嘴唇。

周圍的記者顯然是在嘲笑NBC隨著小孩的胡說八道起舞。在這瞬間，自己也曾跟進報導的事實便宛若從未存在過。頭一個追查虐待疑雲的是NBC，失敗時顏面掃地的自然也是NBC。

趁著記者的來勢稍減之際，孩子們逃走了。隊員介入記者與孩童之間形成人牆，終於替孩子們擋掉了窮追不捨的無聊問題。

＊

〔平安生還！〕：ryu　投稿日：04/12（FRI）17:24

感謝大家的關心　我終於解脫了！現在人在厚木

聽說會有接駁車送我們回東京

橫須賀變得亂七八糟　大家也應該在電視轉播上看到了吧？

有錄下來的人請借我看　拜拜～

神盾：ryu大回來了。　04/12（五）17:42

湯姆貓☆：我看他今晚就會來聊天室吧？　04/12（五）17:43

獵鷹：這就叫「無知是種幸福」啊（笑）　04/12（五）17:43

湯姆貓☆：他應該想都沒想過美軍○○的可能性吧～（關鍵字還是打一下馬賽

克） 04/12（五） 17:44

神盾：要是跟他說我們為了預測〇〇，數了一堆運輸直升機，他一定大為扼腕吧！ 04/12（五） 17:45

獵鷹：我們難得有機會活用自己的興趣啊！啊，對了，現任先生寫信來道謝，等一下我傳給大家。 04/12（五） 17:47

神盾：他頭一次來的時候，我們超懷疑他的。 04/12（五） 17:48

湯姆貓☆：那時候的神盾大好可怕（笑）獵鷹大也緊張兮兮的。 04/12（五） 17:48

獵鷹：當然會緊張啊…… 04/12（五） 17:49

神盾：「霧潮號」上的孩子也被救出來了。 04/12（五） 17:50

湯姆貓☆：啊，我有看到、我有看到。好精彩，ＮＢＣ丟了大臉。 04/12（五） 17:51

獵鷹：誰教他們不加求證，看見有話題性就亂報？活該。光聽小孩的一面之辭就播出那種獨家新聞，真是蠢得可以。 04/12（五） 17:52

神盾：至少也該等聽完雙方說法以後再報啊！現在的小孩都被父母慣壞了，自私自利得很。 04/12（五） 17:53

湯姆貓☆：得照顧那種死小孩六天，我還比較同情海上自衛隊隊員咧！那個小孩一定沒半點討人喜歡的地方，又很任性。 04/12（五） 17:54

獵鷹：唉，小孩子嘛！沒辦法。責任還是該算到NBC頭上。　04/12（五）17:56

神盾：我覺得那個打了記者一巴掌的女生好萌，幹得好！　04/12（五）17:56

湯姆貓☆：那個記者有夠惡劣，還問人家有沒有被怎麼樣，不知道在想什麼？他的腦袋大概都是黃的吧！　04/12（五）17:56

獵鷹：那家報社就是因為養了那種記者，才會三天兩頭出現錯誤報導。　04/12（五）17:57

＊

「冬潮號」避開了深深度航線，將帝王蝦一路誘導至相模灣。

「冬潮號」一面循著誘導航路前進，一面逐一搜索離群的帝王蝦。進行誘導時不能使用主動式聲納，以免分散帝王蝦；但帝王蝦擁有獨特的行走聲與溝通音波，光用被動式聲納便可充分探測，更何況空中還有反潛巡邏機P—3C協助進行紅外線探測。

代替死去的川邊艦長指揮「霧潮號」的，是副艦長兼航海長，藤村少校。

「副艦長下令！採用有線制導魚雷！敵人不會閃躲，仔細瞄準過後再發射！把潛艇內的魚雷全射光，一發都別留！」

聽了這闊氣的命令，發射管室中的水手士氣大振。冬原縮了縮脖子，說道：「還真豪邁啊！」

說來湊巧，發射管室裡備有近二十發魚雷。這些魚雷自從「霧潮號」服役以來便已配備，唯有演習時曾射過幾發；要將魚雷全數射光，即使在環太平洋聯合演習時也絕無可能。

「心懷感謝吧，菜鳥！實習中可是難得有機會體驗實射的！」

「是！」

被水雷長輕輕搥了一下的夏木自暴自棄地大聲回答。

年紀尚輕的夏木與冬原目前只能服從指令，貢獻勞力；而魚雷是靠人力填裝，因此他們的勞力被壓榨得相當徹底。要論用處，年資較長的艦艇兵還比他們派得上用場，說來也是理所當然。

魚雷攻擊乃是使用「三角定位法」，先以潛艇與目標之間的相對關係設定三角形，再由三角形中的各種發射數據來計算魚雷的發射角度、速度及時機。

而水中的目標又多了項深度因素，因此得以立體三角形加以計算，難度更是驟增。不過帝王蝦大多在海底爬行，只須將三角形由海上原封不動地沉入海底，便可輕易求出定位。即使有些微誤差，也可憑誘導修正。

「一號發射管，預備！」

水雷長將水測長送來的三角定位數據變換為魚雷控制數據，輸入魚雷射控系統之中。輸入完畢後的魚雷則由數名水手一同裝入發射管中。

關上發射管閥門，號令由注水開始一路往下推進。

「前門開啟！」

「發射！」

「射擊！」

在高喊射擊的同時，水雷長按下發射鍵。電動推進器的輕快聲響由潛艇釋放而出，不久後，一道不靠聲納也可辨別的爆炸聲傳至潛艇內。

待雜音完全靜止後，聲納報告了戰果。

——擊中目標。

實際上，也沒什麼擊不擊中可言。對手只是單純的生物，唯一的優點便是體積龐大，既無反擊潛艇的能力，也無閃避魚雷的機動力，而且脆弱到只須用步槍便能擊潰。這回自衛隊派出的雖然是最新型潛水艇，但實際上的作戰內容只是驅除而已——可謂大材小用至極。

雖然大材小用，但「霧潮號」的水手可是萬分認真。對「霧潮號」而言，這是場復仇戰。

在抵達護航艦隊的深水炸彈作戰地點之前，「霧潮號」便用光了配備的魚雷。

晚上六點。

護航艦隊抵達作戰位置，誘導帝王蝦群的「冬潮號」與掃蕩離群帝王蝦的「霧潮號」於結束任務後浮出海面，與艦隊會合。

接著反潛巡邏機朝著帝王蝦群聚的海底投下一枚誘餌彈。

誘餌彈筆直地沉入一百數十公尺下的海底，彈頭部位裝設了錄有潛艇聲納的音響器材。

……早在誘餌彈抵達海底之前，海底的帝王蝦們便已朝著女王的呼叫聲前進。

帝王蝦回應由上方落下的聲音，於海底疊成了一座小山，朝上延伸；有的踩著同類的身體往上攀登，有的在水中笨拙地游動，製造出一個巨大的圓錐群集。

圓錐的頂點高達數十公尺，底面半徑長達數公里。

誘餌彈朝著圓錐頂點落下，帝王蝦爭先恐後地擁抱魚雷的白色外殼。

全長數公尺的魚雷正好與牠們的女王差不多大，帝王蝦認定它便是牠們所該保護的女王。

魚雷由紅色群集的頂端逐漸送往底部。

接著——

護航艦朝著帝王蝦聚集的海底一再發射反潛武器。

即使未能直接擊中，靠著爆壓便能壓倒目標，於淺深度亦能發揮威力的反潛火箭(Bofors)宛若欲抓住這個機會全數用盡一般，源源不絕地發射。

這種粗略的舊型武器在現代反潛作戰之中註定成為遺物，但對上毫無秩序的帝王蝦群時，它的粗略反而發揮了效果。在對付帝王蝦時，實質火力比準確度來得更為重要。

吞噬了數百發反潛武器的海面沉默片刻。

不久後——

隨著一陣過於震撼而反倒讓人聽不見的爆炸聲，一個滿溢視野的白色球形於黃昏的海面之上隆起。

接著，一切都結束了。

自衛隊不過出動半天，便平息了所有風波。

作戰結束後，護航艦隊之中的所有船艦對照時刻，一齊進行默禱。

之後，「霧潮號」的水手們又在潛艇內另行默禱。

強烈的悲傷時刻已然過去，水手們只是沉痛地靜靜哀悼。在度過這束手無策且心急如焚的六天之後，他們終於跨越了失去艦長的打擊。

事後，帝王蝦研究小組也曾討論過殲滅的蝦群之中可有女王蝦的問題；但一來要在汪洋之中確認女王蝦的存在難如登天；二來工蝦已滅，女王蝦便無人供養，即使女王蝦或蝦卵尚在世上，不久後也會死滅殆盡，應該無須擔憂。

無論如何，帝王蝦的威脅是否會再度來襲，只有天知道。

內閣應變室判斷，橫須賀甲殼類來襲事件已暫告平息。

*

電視畫面中的海面突然高高隆起，形成了白色球形。

見了這副光景，警備應變總部的成員們大為興奮。他們已將主體育館讓給自衛隊，並把據點移往副館。

配合陸上帝王蝦驅逐作戰而終日奔走，進行交通管制調整的明石也待在房間一角。

帝王蝦研究小組的學者們全都拍手叫好，唯有芹澤露出五味雜陳的表情。

「怎麼了？」

明石詢問，芹澤困擾地笑了。

「要是我說我覺得很可惜，會不會被罵啊？」

明石歪頭表示不解，芹澤自己也不知該如何說明才好。

「畢竟我一直把心力放在研究帝王蝦之上啊！為了了解帝王蝦是什麼樣的生物，我投注了全副心力去研究；這回也是覺得這是研究獲得認可的大好機會，才會硬生生地插上一腳。可是就結果而言，卻驅逐了進化過後的帝王蝦。」

「所以你感到惋惜？」

「對不起，有那麼多人罹難，我不該這麼想的，對吧？」

「一點也沒錯。」

烏丸以傲慢的口吻插嘴說道。

「要是讓牠們再繼續進化下去，可就沒那個餘力去研究啦！人類就是要維持萬物之靈的地位，才能悠悠哉哉地觀察其他生物。」

芹澤微微嘟起嘴。

「讓我感傷一下有什麼關係？該盡的義務我都盡啦！」

這是芹澤頭一次使用反抗性口吻說話，明石有點意外地看著他。至於烏丸呢，則是露出了促狹的笑容。

「原來你除了畏畏縮縮以外，還做得出其他表情啊？」

他的態度狂妄依舊。

「好好記住這種表情。老是擺出一副沒自信的臉孔，機會可是會被搶走的。」

這是他故作威嚴時常用的表情。

雖然相處的時日不長，明石對於烏丸的言行已有一定程度的了解。

「內閣應變室已決定撥出預算來研究帝王蝦，以備帝王蝦再度來襲時之需。現在還沒決定由哪個部會負責，總之今後將會對帝王蝦研究進行補助。有了這回的功績，你的申請鐵定會通過；不過預算分配往往是被聲音大的人左右。」

後期才加入研究小組的機關應該也會各自強調自己的功績吧！芹澤所屬的相模水產研究所近乎無名，若是一個不小心，搞不好會被趕到末座上去。

「……謝謝！」

芹澤用力低下了頭：「我也會學習烏丸先生……」說到這兒，他頓了一頓，猶豫著該用什麼字眼比較好——

「表現得更加昂然一點！」

雖然他選用的字眼不錯，明石還是忍不住插嘴說道：

「不不不，你最好別把這個人當榜樣。他就是那種因為聲音太大而吃虧的標準類型。」

「……你說話還真直接啊！」

烏丸苦笑，明石滿不在乎地說道：

「因為我和您共事起來得心應手，而和我合得來的人沒半個是處世圓滑的。」

真是討厭的保證啊！烏丸皺起眉頭。

「警備總部不久後便會解散，期待明石警監日後的手腕。」

話一說完，烏丸便離去了。無法坦率地要明石多多加油，乃是烏丸的性格使然。

沒想到他人還挺好的耶！芹澤喃喃說道。

他人是挺好的。明石一面苦笑，一面點頭。

*

結束作戰的護航艦隊返回橫須賀港，「霧潮號」也特別破例，停靠於橫須賀司令部方向的吉倉棧橋。

川邊艦長的家屬正在棧橋邊等候。

夏木與冬原都曾見過數面的爽朗夫人穿著喪服，帶著年幼的孩子前來。保管於「霧潮號」的川邊艦長手臂在事隔六天之後終於下了船。

手臂由夏木與冬原一起歸還。他們將層層包裹的手臂交還夫人，說明最後的狀況；一回溯當時的情景，夏木的體內便波濤洶湧，不過——

別哭。

夏木拚命克制自己，冬原也面無表情，猶如結凍了一般。

家屬都忍住了，我們怎麼能哭？

後來夫人終於忍耐不住，掉下眼淚，孩子們也跟著哭了出來。夏木與冬原身後的隊員們也在默禱時克制不住，開始嗚咽。

交還手臂後，負責照應的隊員帶領家屬離去。夏木確認著他們的背影——

可以哭了吧？

他想起那道要他盡情哭泣的體貼聲音。

淚水終於靜靜地流下。縱聲大哭的激情已去，再也回不來了；然而，總算得以哭泣的安心感卻令安靜的淚水難以止息。

*

之後，夏木等人回到潛艇之上，照常輪值。

副艦長原欲准許夏木及冬原上岸，但反正在帝王蝦屍體清理完畢之前，潛水隊宿舍無法使用，只能借住司令部的暫時宿舍，沒必要急著下船。

最重要的是，艦長過世前留下的上岸禁止令為期一週，還有一天才到期。夏木與冬原如此表明之後，副艦長便不再勉強他們下船了。

接著，夏木與冬原為了擅自使用隊員私人物品之事，去向各個隊員徵求事後諒解。大家都明白當時事態緊急，並不追究。

「不過是百圓商店的內褲嘛！用不著放在心上。」

眾人表現得相當寬大，令夏木與冬原如釋重負。

餐廳裡的電視播放著一日作戰的回顧特輯，沒輪班的隊員都在電視機前收看。

在副艦長的安排之下，此時的夏木與冬原並未當班，因此得以在隊員雲集的餐廳一角中占得座位。

「景色變了不少啊！」

夏木喃喃說道，冬原也跟著點頭。從前縱使所有孩子齊聚一堂，空間仍是綽綽有餘；但現在換成了隊員進駐，便顯得狹窄擁擠，即使尚未客滿亦然。

夏木的視線才離開電視一會兒，隊員們便發出了驚呼聲：「哦！」身旁的冬原也哈哈大笑。錯過了關鍵畫面的夏木將視線再度移回電視上，只見有個人擠在成群的記者之中；從服裝看來，似乎是望。這應該是獲救的孩子們抵達防衛大學時的場面。

「怎麼啦？」

夏木詢問冬原，冬原笑得喘不過氣來，勉強答道：

「哦，剛才……那孩子竟然打了發問的記者一巴掌，好猛烈的一擊啊！沒想到她的拳腳功夫這麼厲害。」

「……啊？」

仔細一看，望正對著記者怒吼。在一片喧囂聲之中，聽不見她在說些什麼，不過——

「反正一定是記者的錯。」

「那倒是，所以才會惹那孩子生氣。話說回來……」

冬原朝著夏木若有所指地一笑。

「她變得敢放膽發火了耶！都是受了某人的影響。」

「不要說得好像是我帶壞她一樣。」

「我又沒說是壞影響。」

和冬原交談時，夏木不由自主地從一片喧囂之中擷取望的聲音；那奮力提高的清脆嗓音依稀可辨……他們人很好……

又很盡責……根本不能比。

夏木只聽見了這些片段。

原來她那麼信任我們啊！夏木露出苦笑。看著畫面中沉著臉的望，夏木暗暗想道——不必那麼努力維護我們。

我們沒妳說的那麼好。倘若我真是個成熟可靠的大人，就不會一再地傷害妳。

此時，收看電視的隊員們轉向夏木與冬原。

「原來避難的孩童裡也有女孩啊！長得挺清秀的嘛！雖然不夠性感。」

聽了這直截的評論，夏木皺起眉頭。

「你在說什麼啊？白癡。對方可是小孩耶！」

「夏木少尉，你才在說什麼咧！現在這個時代，連國中生都在拍寫真集啦！」

「別把商品化的人和一般人相提並論。」

冬原嘻皮笑臉地看著他們交談，夏木只覺得火大，姑且不去看他。

「話說回來，原來有女孩子在啊！這下我就懂了。」

「懂什麼？」

「你們說居住區是一群活蹦亂跳的小鬼在用，我本來以為鐵定被搞得亂七八糟，沒想到收拾得整整齊齊。」

其他住在充作男生房的居住區裡的人也點了點頭。

「制服和床單的摺法都一樣，我還以為是哪個懂事的小孩摺的，原來是個大姊姊啊！」

夏木想起上午他曾在男生房所在的樓層遇見望。仔細一想，望沒事下樓來確實有點古怪。

她曾說過去家事都是去世的母親發落，自己沒學著做；實際上，她的手藝的確很糟，不過細心與體貼倒是隨處可見。

這或許是她的性格使然，但最大的原因應該是父母教導有方。若是有人這麼稱讚她，想必她會很高興吧！

「她真的是個好孩子，又乖又可愛。」

冬原大剌剌地說道，而他這大剌剌的態度，正暗指夏木對望懷有情愫。這股弦外之音唯有夏木聽得懂。

「——你真是個惹人厭的男人啊！」

「謝謝誇獎。」

『沒錯，我被虐待了！』

電視上突然傳來了圭介的怒吼聲。

眾人表情一沉，回頭觀看畫面。畫面中映著圭介的特寫，他正傲慢地看著另一臺攝影機。

『我要去外頭，他們居然抓著我的衣領把我揪回去！超野蠻的！把我揪回去以後還搥了我一下！他們以為他們是誰啊！』

「哇！這小子是怎麼回事啊！看了有夠火大！」

隊員們的噓聲此起彼落，夏木與冬原則對看一眼——原來如此，這次改用這招啊？

「這小子就是鬼扯什麼虐待的小鬼啊？」

「出去打電話……？他是白癡啊！挨揍是當然的！光是沒被吃掉就該感謝啦！」

「夏木少尉，幹得好！」「夏木少尉，其實你根本不用管他，放他自生自滅就好了。」

「慢著，為什麼每個人都認定是我啊？」

夏木表達不滿，冬原笑道：

「當然是因為平時人望上的差別啊！」

「不，我是覺得只有夏木少尉才會一本正經地教訓這種死小孩。換作冬原少尉，鐵定是毫不遲疑地放任他自生自滅。」

「哦，所以你的意思是我很冷漠囉？」

冬原低聲威嚇，隊員笑著矇混過去，卻沒說半句好聽話來緩頰。冬原的人望也不過爾爾。

「哇！豈有此理。別看我這樣，其實我很重情重義的！對吧？」

冬原徵求夏木的贊同，夏木卻逮住機會落井下石。

「我倒也不是說你不重情義啦！只是你教訓小鬼的時候完全不留情面，都快造成人家的心理創傷了。」

果然是這樣！隊員們哄堂大笑。冬原逐一指著發笑的隊員。「你、你、你，還有你！笑的人我都記住了，給我小心點！」

「我看你把在場的人全記住比較快。」

胡鬧了一陣過後，有人喃喃說道：

「話說回來，這小鬼還真差勁啊！」

看了圭介剛才的樣子，自然會有這般感想；但夏木與冬原卻對看一眼，露出苦笑。

過了一會兒，冬原才說道：

「……唉，那孩子的心思挺複雜的。」

這下子圭介在全國人民眼中，已成了淺顯易懂的「任性小鬼」；但他可沒笨到不知道在鏡頭前那麼做會有什麼後果的地步。

最後分別的時候，圭介一直避免與夏木及冬原對上視線，也沒說半句道歉的話語；但他這番作為，便是他對夏木與冬原的回報。

真是個笨拙的傢伙。夏木難以置信地喃喃說道。比起坦率道歉，這種方式會令他遭受更多的批評。在這個世上，有許多事都是乖乖屈服要來得輕鬆許多。

我想他現在才要開始學習如何屈服吧！冬原說道，然後宛如失去了興趣一般，將視線自電視上移開。

*

暌違六天的親子們，在防衛大學的校舍中重逢了。

所有家長都等候於校舍之中，感人重逢的戲碼四處上演著。其中——

唯有圭介一與母親見面便挨了一巴掌，原因似乎是休息室中的電視轉播。她在第一時間看見了圭介的狂放言行。

「你這孩子——你這孩子！」

她似乎不知該如何責備，只是歇斯底里地重複著毫無意義的話語，一再打著圭介。

感人的重逢場面立刻化為異樣的氣氛。

「別打了！」

就圭介所知，這是存在感薄弱的父親首次對著母親怒吼。父親抓住了母親的手。

雅之的母親也看不下去，從旁緩頰。

「是啊！太太，孩子平安就好。」

「妳別管！這孩子竟然在電視上丟我的臉……！所有觀眾一定都在想，這種孩子是誰教出來的！」

「圭介只是因為被關了好幾天，情緒不穩定，變得比較神經質，才會覺得挨罵就是受虐，對吧？」

雅之的母親應該是想平息這場爭端，但她這番話簡直是把圭介當成蠢蛋。對於她的「對吧？」兩字，圭介實在無法點頭贊同。

見圭介默默地低下頭來，雅之的母親似乎以為他在難過，又對圭介的母親勸道：「妳看，他多可憐。」

母親開始嚎啕大哭，在父親的攙扶之下走到外頭去。母親離開房間之後，那歇斯底里的哭聲依舊清晰可聞，彷彿是刻意哭給圭介聽的，逼迫圭介懺悔道歉；不是為了造成社會的騷動——而是為了害母親丟臉。

我真可憐，臉都被兒子丟光了。虧我萬般呵護他長大，居然在這種時候背叛我，變成一個壞孩子。

聽著那巧妙壓迫自己的哭聲，圭介在心裡拍手稱快。報了一箭之仇的昏暗喜悅湧上心頭，但這股喜悅與空虛又是互為表裡。

假如不當母親引以為傲的乖孩子，就算平安歸來，她也不高興。孩子平安就好。雅之的母親所說的這種平淡喜悅，在自己丟臉的事實之前似乎不值一提。其他家庭的人一臉尷尬地站在原地，圭介穿過他們之間，往牆邊的椅子上坐下。

他自然而然地嘆了口氣——當小孩真輕鬆。

就算做了蠢事，也沒人追究理由。小孩本來就愚蠢，無可奈何；小孩愚蠢是應該的，所有愚蠢行徑都能獲得原諒，就如同方才雅之的母親把圭介當成蠢蛋看待一般。

然而，受到這種輕視而獲得原諒，是種莫大的屈辱。

為何圭介做出這種事？母親、父親與雅之的母親都沒試著想過。其實小孩並不會毫無理由地幹蠢事。

圭介並沒笨到不知道自己的那番話會給人什麼觀感。

只怕母親一輩子都不會明白圭介是明知故犯的吧！認為從前的圭介才是乖小孩而引以自豪的母親永遠不會懂。

因為——

事情已經無法補救了。就算我現在說「對不起，是我一時口快。其實只是因為我和他們發生不愉快，懷恨在心，才故意誇大其辭，說他們虐待我」也一樣。

外界一定會懷疑是他們命令我這麼說的。站在電視臺的立場，這樣才有話題性。

沒人會接受我只是一時愚蠢，騎虎難下吧？

既然如此，為了把這件事一筆勾消，我只能當個任性又愚蠢的孩子了，不是嗎？只能由我來背負罵名，了結這件事，不是嗎？

要罵就罵吧！如果這麼做才能一筆勾消的話。

過了片刻，雅之來到圭介身邊坐下；他開口說話時並未看著圭介。

「我們明白，我想他們一定也明白。」

圭介並不想哭，但這句話卻令他的眼淚應聲奪眶而出。

圭介不想讓任何人看見。他將臉埋在膝間，卻克制不住嗚咽聲。雅之體諒圭介的心境，悄悄地離席了。

不久後，父親回來，見到圭介正在哭泣，便說：「有在反省就好。」這話雖然寬容，卻完全搞錯了方向。

啊！這個人也不了解我。圭介如此想道。

他到這時才明白，最親近的人並非最了解他的人。

想必今後他還會明白許多麻煩事，許多沒察覺反而落得輕鬆的事。

即使如此，圭介已不再喜歡麻木不仁的自己，所以他無法恢復過去的模樣。

殘壞破敗的橫須賀復興得出奇地快。

街道雖因槍砲攻擊而損壞，畢竟不像震災時那般傷及基礎及地盤，因此修復並不困難。

過了三個月以後，街道已恢復從前的面貌。

精打細算的當地商人開始製作起「帝王蝦饅頭」，受到地方新聞的非議；但噱頭十足的產品依然暢銷，今後應會就此定型下來。

得知此事後，茂久的爸爸便想將快餐店裡的天婦羅蓋飯改名為帝王蝦蓋飯，結果被茂久的母親罵得狗血淋頭。

「我爸就是這樣，傷腦筋。」

聳著肩膀的茂久與從前相比，有了些改變。他的成績還是一樣不好，但不再因此自卑。

我只要讀到高中就好了，反正以後要繼承快餐店。茂久老早便決定好自己的出路，一派優哉游哉，又煞有其事地表示高中畢業之後要先到別人的店裡工作，磨練自己。聽說他已開始和父親商討該去哪裡當學徒。

圭介與雅之每天都為了選擇出路而煩惱，看在他們眼裡，規劃好更遠將來的茂久似乎先一步成了大人。

「霧潮號」上的絕交宣言，他們都當作從未有過。圭介還記得，茂久應該也記得；但茂久絕口不提，圭介便跟著順水推舟。

圭介老想著得找機會為過去輕視及欺壓茂久之事道歉，但要當面提起這種事，又覺得尷尬。圭介期待自己態度上的轉變，能讓茂久察覺他的歉意。

至於虐待風波，最後則是以圭介當時情緒不安定所致而收場。

然而，圭介與母親的決裂仍未復原，在過了三個月後的今天，甚至越演越烈。

面對不再聽話的圭介，母親變得歇斯底里，動輒狂怒；圭介尚有氣力的時候便會和她爭吵，沒有氣力的時候則是無視於她，窩進房中。

由於圭介與母親的關係破裂，社區內的勢力圖也微妙地改寫了。

這是因為每當母親又想排擠他人時，圭介便會在人前人後加以批判。

妳說的話才奇怪吧！別再幹這種像霸凌一樣的事情了。妳要討厭人家是妳的自由，別把鄰居拖下水！

雖然每次都演變成激烈的爭吵，至少就圭介所知，已經不再有人像望那樣被母親欺凌排擠。光憑母親一人的看法來決定別人是否配得上這個社區，本來就荒唐無稽。過去被母親趕出社區的人已經無法挽救，但現在圭介既已明白母親有多麼傲慢，就絕不能讓歷史再度重演。放任母親為所欲為，便等於成了母親的同類；圭介無法忍受。

「昨天夏木先生和冬原先生來我們店裡耶！」

在入秋後的某個星期一，茂久如此向眾人報告。圭介由於過去的往事，表現得興趣缺缺；但雅之卻探出了身子。

「咦？為什麼？碰巧去的？」

「離開『霧潮號』時，我有留下快餐店的地址，請他們有空來光顧。」

「哦！他們過得如何？」

「看起來還挺好的。聽說他們後來又出航了好幾次，好一陣子都不在橫須賀。我媽超興奮的，真受不了。你們也知道，我家的客人多半都是中年人，不常有年輕男人上門。」

「因為你媽很花癡嘛！」

此時圭介才加入話題。茂久的媽媽雖然已老大不小，卻很喜歡傑尼斯，即使是人數眾多的團體，也能把所有成員記得一清二楚。

「她還說什麼『很久沒親眼看到年輕人了』，真丟臉，到底有多饑渴啊！幸好他們兩個還覺得我媽挺有趣的。還有……」

茂久轉向圭介。

「他們說之後並沒受到處分。」

「……是嗎？」

圭介淡然回答，但心裡卻放下了一塊大石頭。

那兩人應該就是為了告知此事而來的吧！

雖然對於社會大眾而言，虐待風波已然收場；但自衛隊中如何處置，卻是不得而知。圭介是引起風波的當事人，若是詢問，或許能得到答案；但這麼做實在太過難堪，他無法主動開口，母親又不可能幫助他。至於父親是多一事不如少一事主義，向來置身事外。

「太好了。」

雅之安心地說道，圭介也點了點頭。

望的身影突然閃過圭介的腦海之中。他們仍然維持井水不犯河水的狀態，但圭介卻相當好奇望是否知道此事。

獲救後，望賞了報社記者一巴掌，成了個不小的新聞；電視上不斷重播這個畫面，教人有點同情那個記者。

直到最後一刻都還竭力維護夏木的她，一定比任何人都想知道他們未受處分的消息。或許她早已從夏木口中得知這個消息，圭介操的心是多此一舉。不過——

就在圭介為了此事煩惱數天以後，某一天他在家用功之時，聽見翔的聲音從外頭傳來。自從開口說話以後，翔有了一百八十度轉變，不但常說話，嗓門也大。

圭介慌忙衝出房間，疾奔下樓。他走出大門時，翔正好與亮太等人經過他家門前。

「喂！」

在圭介的呼喚之下，所有人都回過了頭；但圭介只看著翔，因此他們立刻便明白圭介叫住的是翔。翔露出略帶警戒之色的表情。雖然圭介已洗心革面，但他們的關係並未改善；事到如今，圭介也無意改善。

他只是要轉達消息而已。

「聽說夏木和冬原沒受到任何處分。前幾天他們到茂久他家開的快餐店去了。」

不光是翔，亮太等事發當時在場的孩子都跟著表情一亮。

「就這樣，再見。」

這下子消息應該也能傳到望的耳中。圭介立刻又縮回家中。

隔了一陣子在路上遇見望時，望微微地點頭致意，應該是在表達謝意。圭介只是略微垂下視線，便與她錯身而過。

隔年春天，圭介與雅之上了同一所高中，但茂久卻進了別的學校。每個人都升了年級，這會兒輪到翔與亮太穿上國中制服。

聽說望選擇升學；她就讀外地的國立大學，住進了大學宿舍，放長假時常常回來，與她的監護人須藤太太感情相當篤厚。她的頭髮長了些，開始化起淡妝，成了不折不扣的女大學生，與圭介等人已是完全不同世界的人。

從望每遇上連假必會回鄉的情況看來，應該還沒有男朋友。她變得這麼漂亮，不至於交不到男友，應該是不想交吧！圭介總覺得她或許還喜歡著夏木。

圭介也喜歡上班上的女孩。他們是好同學，但圭介無法更進一步發展。

一想到母親，他就裹足不前。他知道母親必然又會像望那時一樣，怒火中燒地排擠對方。即使圭介已懂得反抗母親——或許正是因為圭介已懂得反抗母親，所以母親更加干涉他。

正因為如此，與圭介親近的女孩最後總會被其他人搶走。

雖然不是因為這個緣故，圭介仍決定上大學後要離家外宿。只要待在家裡，他便無法逃離母親的干涉。圭介知道只要學校的排名夠高，即使位於外地，父母也會允許他租屋就學，要說服雙親並不困難。

就在圭介順利考上關西的大學那一年，隔年即將畢業的望回鄉來找工作。

「好久不見。」

他們在路上碰面，彼此打了聲招呼。

橫須賀事件發生至今已過了四年，見了面自然會打聲招呼。

「聽說你要去關西讀書？」

「嗯。」

他們就像一般鄰居一樣地交談，彷彿兩人都已經長大成人。

從前望的個子比較高，如今圭介已追過了她。出落得亭亭玉立的望露出了面對鄰居專用的生分笑容。

「妳找到工作以後，要住家裡通勤？」

「嗯，我想去的地方離家裡不遠，假如錄取可以直接通勤。」

「那倒是。」

正當望道別並欲離去時，圭介突然叫住她。

「望姊。」

望回過頭來，如她初見圭介時一般，露出略微驚訝的表情。

這次圭介很清楚自己該說什麼。

「小時候的事真的很抱歉。」

即使事隔多年，對圭介而言，不說這句話，一切便尚未結束。

望一直是圭介心中的刺，是圭介往日錯誤的象徵。如果不做個了結而只是一味逃避，便與從前無異。

這早已無關喜歡或討厭，然而望對圭介而言，仍是道不能不跨越的障礙。
望眨了眨了眼，露出笑容。
「我已經沒放在心上了。」
啊！
總算結束了——圭介鬆了口氣，有種久債償清的感覺。
現在他有勇氣對抗母親了，因為他已拔掉了望這根最令他不敢碰觸的刺。
「你在學校要多加油喔！」
「——妳也一樣，工作多加油。一定要錄取喔！」
圭介還以鼓勵，望頭一次露出了滿面笑容，用力點了點頭。
見了這個笑容，圭介總算有了被原諒的感覺。

*

橫須賀事件發生後的第五個夏天來臨了。
帝王蝦饅頭與帝王蝦仙貝等產品已成了大街小巷隨處可見的名產，人類精打細算的天性實在教人啼笑皆非。
夏木與冬原難解孽緣，仍舊在同一艘船上工作。新造的親潮級潛艇服役之後，由於欠缺幹部，他們倆便一塊兒被丟上船來——與其將他們分開，讓他們個別生事，還不如擱在一起管理較為方便。

出人意料的是，冬原取得潛水艇徽章後，隔年便結婚了。他平時常參加聯誼，看來毫無定性，沒想到倒是牢牢地套住了真命天女。冬原夫婦婚後搬到官舍居住，太太平易近人，做事勤快，風評頗佳。

去年女兒出生，冬原那寵溺女兒的模樣又教夏木大感意外；不過冬原還是不改本色，時常擔任聯誼召集人。

誰教大家都寄望我的門路呢？我這是在做善事啊！

川邊艦長生前熱心從事的單身救濟，似乎由冬原接手了。

「夏木，要不要我罩你啊？」

「我死也不要你介紹對象。」

冬原鐵定會一輩子記在帳上。不過夏木便是因為賭這口氣，才會至今仍是單身。

「所以啦，你那時候要是別耍帥放走大魚就好啦！」

冬原到現在還會翻五年前的舊帳，他對於那時夏木放走了大魚似乎極有意見。

「事情不是你想的那樣，對方也只是一時沖昏了頭而已。」

「假如不是一時沖昏了頭，你要怎麼辦？」

「要我在士官俱樂部請你喝香檳王都沒問題。」

「你別想說士官俱樂部沒供應香檳王就信口胡吹，有需要時我可以想辦法進貨喔！」

「事到如今，也無從確認起了吧！」

夏木一口否決，扒光了午飯，將餐盤放回櫃臺。

「好啦！快點把飯吃完，下午還有參觀呢！」

入港時最麻煩的工作便是導覽解說。尤其這艘潛艇的內部設計與過去的型號有著微妙的差異，因此常有技術人員前來參觀。

「夏木中尉，前來參觀的訪客來了。」

在隊員的呼喚之下，夏木丟下了本該與自己一同帶路卻仍在扒飯的冬原，自行走向艙口。

參觀者已在碼頭等候。

那是個身穿黑色褲裝的女性，據說是今年剛進國防部工作的技師。由於她是新人，用不著艦長或副艦長級的人來帶路。

讓妳久等了。夏木一面說道，一面走下舷梯，腳步卻倏然停住。

對方抬起頭來——她變得比夏木記憶中的更為漂亮。

「幸會，我是今年剛進國防部工作的森生望。」

很抱歉在你忙碌的時候打擾——因為我希望能先私下參觀一次新造潛艇。望繼續說道，夏木舉手制止她。

「慢著，妳……」

「我們是第一次見面吧？」

望以威嚇的口吻說道——居然在我不知道的時候培養了這種無謂的魄力。

「才剛見面，說話的口氣就這麼差，難怪交不到半個女朋友。」

「要妳管！不對，妳怎麼會知道啊！」

「雖然某人不肯留電話給我，不過冬原先生卻有留。」

根本用不著問，情報來源果然是那傢伙。夏木忍不住回頭望著艙口，爬上來的冬原做出舉杯的動作，露出了促狹的笑容。

夏木再度轉向望，望帶著與方才截然不同的不安視線問道：

「這算是我們第一次見面吧？」

時光又回溯到五年前，在同樣停靠於這個碼頭的「霧潮號」上，將望送上救難直升機前的那一刻。

一開始的時候，我真的希望你們從沒來過——妳也不希望自己的男友對妳的第一印象是這樣的吧？

既然要談戀愛，當然是幸福地相識，幸福地發展比較好——

對於如此自欺欺人的夏木，望做了最後的請求。

請你忘了我。

如果當時望要自己忘了她，是出於這個理由——

夏木對望回敬一禮。

「幸會，我是今天負責導覽解說的夏木大和中尉，請多指教。」

望露出了安心的笑容。

拜託，別那樣笑——藉口全被剝除，夏木已無路可逃。

害我忍不住覺得妳好美。

「注意腳下。」

夏木在舷梯踏板處伸出了手，望一如從前，怯生生地將手放上。

那纖細的手給人的觸感依舊不變。

為何從前的自己能夠平心靜氣地面對她？如今的夏木已怎麼也回想不起來了。

Fin.

参考文献

《現代の潜水艦》
（2001年　学習研究社）
《潜航一ドン亀・潜水艦幹部への道》
（山内敏秀　2000年　かや書房）
《わかりやすい艦艇の基礎知識》
（菊地雅之　2003年　イカロス出版）
《海上自衛隊パーフェクトガイド2002》
（2002年　学習研究社）
《陸上自衛隊パーフェクトガイド2003-2004》
（2003年　学習研究社）
《基地の読み方・歩き方》
（いのくら基地部会　1998年　明石書店）
《警察のことがわかる辞典》
（久保博司　2001年　日本実業出版社）
《東大落成一安田講堂攻防七十二時間一》
（佐々淳行　1996年　文芸春秋）
《連合赤軍『あさま山荘事件』》
（佐々淳行　1999年　文芸春秋）
《重大事件に学ぶ危機管理》
（佐々淳行　2004年　文芸春秋）
《自治体の危機管理》
（田中正博　2003年　時事通信社）
《日本の危機管理》
（歳川隆雄　2002年　共同通信社）
《深海のパイロット一六五〇〇mの深海に何を見たか》
（藤崎慎吾・田代省三・藤岡換太郎　2003年　光文社）
《深海生物学への招待》
（長沼毅　1996年　日本放送出版協会）等

潛水艇「霧潮號」

基準排水量：	2,750t
全　長：	82m
全　寬：	8.9m
深　度：	10.3m
吃　水：	7.4m
馬　力：	7,700ps
時　速：	20kt
乘載量：	70人

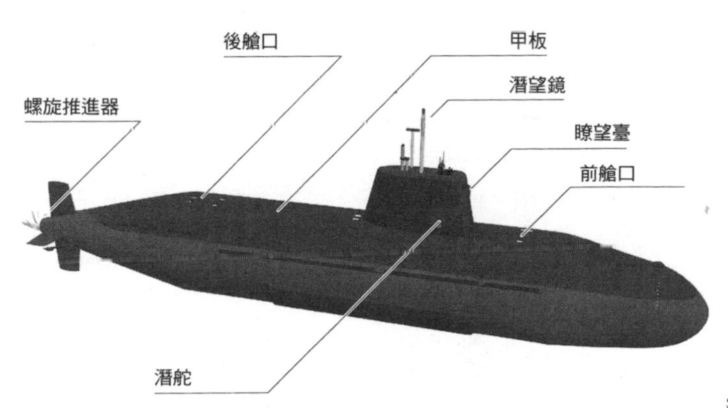

Special Thanks：白貓

後記

本書名為《海之底（來的生物）》，所以在這兒我要先說一句話。難得搬出了親潮級潛水艇，到最後卻連一浬也沒動，真的非常抱歉。

・潛艇版的十五小豪傑（Deux Ans de Vacances）。

為什麼從這個概念會寫出這種故事來，我也不太明白。怪了，我本來明明是想寫漂流到硫磺島以後的生存故事啊！而且表面上宣稱是海上自衛隊的故事，戲份上卻顯然是機動隊較多。

最近我開始覺得自己的作品風格便是「一本正經地胡說八道」。

我的故鄉高知有首民謠叫做「晚上來找我」，裡頭有句歌詞是這麼唱的：「我家的池塘有隻會噴水的魚」。這句歌詞將浦戶灣裡的鯨魚說成是「我家池塘裡養的魚」，可見得高知人的習性便是喜歡胡說八道，為了逗人開心，總是愛把事情說得天花亂墜。唉，畢竟是個酒鬼與醉鬼居多的地方嘛！

因此高知縣人說的話，都得打個七折來聽。我既然來自這種地方，胡說八道便和呼吸沒什麼兩樣了。

承上所述，所以這回我也是一本正經地胡說八道。讀者們可以和我一起投入其中，享受胡說八道的樂趣；也可以站在更高的角度俯瞰，嘲笑本作的荒謬。

我想，一定有讀者質疑我幹嘛每次都要在怪獸故事之中，加入一些老套的青春戀愛橋段吧！要我別寫這些，就等於要我別呼吸，所以在此只能向大家說聲抱歉。

另外，有幾個替我校稿的朋友問我，帝王蝦的原型帝王槍蝦（Synalpheus regalis）是真有其物嗎？答案是有的。

撰寫本書時，同樣受到了許多人的照顧。

向來支持我的德田編輯，為我回答問題的各位相關人士，以及每位製作人員，真的謝謝您們。不才有川正是託了大家的福才能有今天。

前作推出之時，我也深切地感受到營業部及銷售部的各位同仁是多麼地盡心盡力。謝謝您們，這回也要請您們多多幫忙。

各位同業與同時期出道的作家們，謝謝您們的鼓勵，給了我莫大的安慰。

還有每次都被我添了一堆麻煩的親朋好友們，真的非常謝謝。你們對我的幫助，實在是一語難以道盡。

感謝所有幫助及鼓勵我的各位朋友，並衷心感謝與本書邂逅的您。

有川　浩

圖書館暴

定價：各NT$260
HK$78

NOW ON SALE

愛之詩

定價：320元　發售中

新堂冬樹◎著

邱香凝◎譯

在小笠原長大的單純青年・拓海無意中在海豚灣邂逅來自東京的美麗歌姬・流香。回到東京的流香懷著某個煩惱準備參加聲樂比賽，而拓海突然出現，只因為「想看看流香的笑容」。得知流香心中的陰霾，拓海決心為她做一件事……

KADOKAWA 文學放映所 060

美丘

發售中 **定價：240元**

石田衣良◎著

林佩瑾◎譯

美麗的山丘，美丘。雖然妳長得不差，卻不是令人驚豔的美女；與其說是美麗的山丘，暴風雨的山丘或許更適合妳。妳就像流星燃燒般消耗生命，只求散發光輝。如今我終於了解了。不管妳做什麼，其實都只是想保有自我而已——

國家圖書館出版品預行編目資料

海之底 / 有川浩作 ; 王靜怡譯,——初版.——臺北市 : 臺灣國際角川, 2009.08——面 ; 公分——(文學放映所 ; 59)

譯自：海の底
ISBN 978-986-237-222-7（平裝）

861.57 98012480

文學放映所059

海之底

原書名＊海の底

作　　者＊有川浩
日版設計＊鎌部善彥
譯　　者＊王靜怡

2009年8月26日　初版第1刷發行
2014年3月17日　初版第4刷發行

發 行 人＊塚本進
總　　監＊施性吉
主　　編＊李維莉
文字編輯＊黃怡珮
美術副總編＊黃珮君
美術主編＊許景舜
印　　務＊李明修（主任）、張加恩、黎宇凡、張則蝶

發 行 所＊台灣角川股份有限公司
地　　址＊105 台北市光復北路11巷44號5樓
電　　話＊(02)2747-2433
傳　　真＊(02)2747-2558
網　　址＊http://www.kadokawa.com.tw
劃撥帳戶＊台灣角川股份有限公司
劃撥帳號＊19487412
製　　版＊尚騰製版印刷有限公司
I S B N ＊978-986-237-222-7

香港代理
香港角川有限公司
電　　話＊（852）3653-2804
地　　址＊香港新界葵涌興芳路223號新都會廣場第2座17樓1701-02A室

法律顧問＊寰瀛法律事務所